Yasmin Alinaghi
Unwert – der Weg des Kirschmädchens

AF177834

Das Buch

Rheingau 1935: Die dreizehnjährige Käthe Klepper wächst auf einem Bauernhof in der kleinen hessischen Gemeinde Gudenshain auf. Obwohl sie von klein auf hart arbeitet und die Volksschule nach nur drei Jahren verlassen muss, ist sie zufrieden.

Als Erntehelfer Zores sich mehrfach an Käthe vergeht, gerät ihr Leben jedoch aus den Fugen, und was nun geschieht, stellt den Zusammenhalt im Dorf, der seit der Machtübernahme der Nazis ohnehin bröckelt, auf eine harte Probe. Die Machenschaften der fanatischen Nazi-Anhänger – angeführt vom ortsansässigen Amtsarzt – bleiben zunächst unbemerkt, bis sie Käthe ins Visier nehmen und damit eine Entwicklung in Gang setzen, die die gesamte Gemeinde für immer verändert …

Die Autorin

Yasmin Alinaghi wurde 1966 geboren. Sie ist Geschäftsführerin des Paritätischen Wohlfahrtsverbands Hessen und lebt mit ihrem Mann in einem kleinen Ort bei Limburg a. d. Lahn. Seit ihrer Kindheit hat sie in verschiedenen Ländern Europas, in Amerika und dem Nahen Osten gelebt und später u. a. für das Europäische Parlament gearbeitet. Für ihre Erzählung »Unwert«, auf der der Roman »Unwert – der Weg des Kirschmädchens« basiert, gewann sie 2020 den Kindle Storyteller X Award.

YASMIN ALINAGHI

UNWERT

Der Weg des Kirschmädchens

ROMAN

TINTE
& FEDER

Deutsche Erstveröffentlichung bei
Tinte & Feder, Amazon Media EU S.à r.l.
38, avenue John F. Kennedy, L-1855 Luxembourg
Dezember 2021
Copyright © der deutschsprachigen Ausgabe 2021
By Yasmin Alinaghi

Umschlaggestaltung: bürosüd⁰ München, www.buerosued.de
Umschlagmotiv: © Skoblova Elena/Shutterstock; © ping198/Shutterstock;
© Timofey Markov/Shutterstock; © Maria Heyens/Arc Angel
1. Lektorat: Silvia Kuttny-Walser
2. Lektorat: Diana Schaumlöffel
Korrektorat: Manuela Tiller/DRSVS
Gedruckt durch:
Amazon Distribution GmbH, Amazonstraße 1, 04347 Leipzig /
Canon Deutschland Business Services GmbH, Ferdinand-Jühlke-Straße 7,
99095 Erfurt /
CPI books GmbH, Birkstraße 10, 25917 Leck

ISBN 978-2-49670-792-2

www.tinte-feder.de

Teil I

Die Schande

März 1935

Hirnblähungen

»Fätz, neumodische Fätz!«, wetterte Karl Ott.

Mit Bedenken, sogar Widerstand der alteingesessenen Winzer hatte Alwin Klepper gerechnet. Nicht erwartet hatte er jedoch, dass sein Schwiegervater den Vorschlag vor aller Ohren als *Furz* abtat. Andererseits kannte er den Alten kaum anders. Ließ der Otte-Karl ihn doch bei jeder sich bietenden Gelegenheit spüren, dass ein Obstbauer wie er niemals zu seinesgleichen zählte. Egal, wie viele Liter Kirschwein er keltern mochte.

»Glaubst du Dämlack etwa«, legte der alte Ott feindselig nach, »die Menschen zahlen auch nur einen Penning mehr für den Schoppen, nur weil auf dem Etikett unserer Weinflaschen das pralle Dekolleté einer Weinkönigin prangt?«

Die vernichtenden Worte ihres Vorsitzenden hatten in der Gudenshainer Winzergenossenschaft Gewicht und wurden vom Großteil der Anwesenden mit zustimmendem Tischklopfen quittiert. Doch aus dem Gemurmel, das sich vereinzelt in der

Versammlungsstube der Gastwirtschaft *Zur Linde* erhob, schloss Alwin Klepper, dass sich dennoch einige Winzer für seine Idee erwärmten.

»Nicht von irgendeiner Weinkönigin, sondern von unserer Rosi«, prahlte der Färber Schorsch und erntete lautstarke Beifallsrufe.

»Bei dem Holz, das sie vor ihrer Hütte trägt, verdient unser Stöffchen ein eigenes Gütesiegel«, scherzte der glatzköpfige Lindenwirt gut gelaunt. Dabei formte er mit breitem Grinsen und beiden Händen zwei Halbschalen vor der Brust, die er vielsagend auf und ab wippen ließ. Zu dumm, dass ausgerechnet in diesem Moment seine Gattin mit einer voll beladenen Schlachtplatte auf der Bildfläche erschien. Sie war in Eile, denn während ihr Mann auf der Winzerversammlung Reden schwang, plagte sie sich allein mit dem Schankgeschäft, das um die Mittagszeit nur so brummte. Nachdem sie die Schlachtplatte auf dem Tisch abgestellt hatte, nahm sie sich aber trotzdem die Zeit, dem angetrauten Dummschwätzer einen Klaps auf die Glatze zu versetzen, und zwar so kräftig, dass es klatschte. Pfarrer Bachner schlug bestürzt ein Kreuzzeichen. Da der Lindenwirt mit dem Rücken zum bogenförmigen Durchgang saß, der die Versammlungsstube mit dem Ausschank verband, gewahrte er seine Gattin erst im Augenblick der Züchtigung. Verdattert betastete er den schmerzenden Hinterkopf, begleitet vom schadenfrohen Grinsen der Umsitzenden. Die fleischigen Arme in die Hüfte gestemmt, baute sich die Lindenwirtin mit hochgekrempelten Ärmeln und rotem Kopf vor der versammelten Mannschaft auf.

»Juckt noch jemandem der Pelz?«, fragte sie drohend in die Runde, sodass schlagartig Ruhe in der Versammlungsstube einkehrte.

»Genau das denke ich auch«, nahm Alwin Klepper den Gesprächsfaden um die Etikettierung der Weinflaschen wieder auf, nachdem die erboste Wirtin das Feld geräumt hatte. »Was hilft in schweren Zeiten besser als Wein und Weib?« Er wusste so gut wie jeder andere im Raum, dass die Reblaus und der Preisverfall den Rheingauer Winzern zusetzten. Fast die komplette Traubenernte des letzten Herbstes war der gefräßigen Blattlaus zum Opfer gefallen. Trotzdem führte die Verknappung nicht zu einem Preisanstieg des 1934er-Jahrgangsweins. Im Gegenteil: Die Preise stürzten ungebremst ins Bodenlose, seit die Franzosen im besetzten Rheinland mit ihren Weinen auf den deutschen Markt drängten.

»Es existieren wirksamere Möglichkeiten, die verlorenen Marktanteile von den Besatzern zurückzugewinnen«, winkte Karl Ott gereizt ab.

»Welche denn?«, verlangte prompt der Färber Schorsch zu wissen.

»Stell dich nicht dümmer, als du bist«, klinkte sich der Krekel Franz in die Debatte ein. »Oder warum glaubst du«, fragte er in dem gleichen Tonfall, der sonst dem Unterricht seiner Schüler vorbehalten war, »haben wir unsere Genossenschaft gegründet?«

»Sehr richtig«, unterstützte nun auch Willi Lupp den Vorredner. Die Winzergenossenschaft in Gudenshain war das Lieblingsthema des Ortsvorstehers. »Mit dem anteiligen Ausweisen der Anschaffungskosten und der Gewinne fahren wir alle gut«, betonte er. Unermüdlich hatte er sich für eine gemeinsame Kelter- und Abfüllanlage eingesetzt. Mit Engelszungen hatte Willi Lupp auf die knauserigen Winzer eingeredet und sich an dem Projekt fast die Zähne ausgebissen, aber nur fast.

»Warum soll ich für etwas zahlen, was auch meinen Konkurrenten nutzt?«, zweifelten die einen. »Wieso steht mir nur ein Teil am Gewinn zu?«, klagten die anderen. Letztendlich war es Ortsvorsteher Lupp mit der ihm eigenen Beharrlichkeit gelungen, sämtliche Winzer im Dorf zu einen.

»Durch das gemeinsame Keltern und Abfüllen senken wir unsere Produktionskosten enorm«, bestätigte Franz Krekel. Der Schulleiter hatte als einer der Ersten die Vorteile des Zusammenschlusses erkannt und für die Umsetzung der Idee gestimmt. »Oder etwa nicht?«, fragte er herausfordernd in die Runde. Köpfe nickten, Handflächen und Fingerknöchel klopften zustimmend auf Holz. Niemand in der Versammlungsstube sah einen Grund zum Widerspruch.

»Es gibt weitere Maßnahmen«, ergriff Karl Ott erneut das Wort. »Die Saarpfälzer Winzer zum Beispiel verfolgen einen vielversprechenden Plan.«

»Was haben wir mit den Hinterwäldlern zu schaffen?«, maulte der Färber Schorsch und kassierte für seinen Zwischenruf einen mahnenden Rippenstoß von Pfarrer Bachner sowie einen erzürnten Blick des Vorsitzenden.

»Sie wollen eine *Deutsche Weinstraße* ausrufen«, ließ der Otte-Karl die Bombe platzen, die er für die heutige Versammlung vorgesehen hatte.

»Deutsche Weinstraße?« – »Wo?« – »Was soll das sein?«, schallten prompt mehrere Zwischenrufe gleichzeitig durch die Versammlungsstube.

»Ruhe!«, verlangte er. »Eins nach dem anderen!« Er wartete ab, bis wieder Stille eingekehrt war. Dann fuhr er fort: »Die Idee sieht vor, eine Wegstrecke zu definieren, die an ausgewählten Winzerorten vorbeiführt.«

»An welchen Orten?«, rief sofort wieder jemand dazwischen.

»Halt die Backen!«, rügte ein anderer.

»Ruhe!«, forderte Karl Ott erneut, diesmal energischer, und schlug dabei mit der flachen Hand auf den Tisch. »Dazu komme ich später.« Er schaute gereizt in die Runde. »Das heißt, wenn ihr die Güte hättet, mich endlich ausreden zu lassen.«

Nachdem sich die Gemüter beruhigt hatten, nahm er den Faden wieder auf. »Die Rede ist von einer Wegstrecke, die an jenen Winzerorten vorbeiführt, die für ihre hervorragenden Weine bekannt sind und deshalb ein besonderes Qualitätssiegel verdienen.« Er hielt inne in der Erwartung neuerlicher Zwischenrufe, die jedoch ausnahmsweise ausblieben.

»Beginnen soll die Weinstraße in Neustadt«, führte er weiter aus.

»Neustadt an der Weinstraße«, sinnierte Schulleiter Krekel laut vor sich hin. In seinen Ohren klang die Bezeichnung komisch.

»Was nutzt uns Neustadt?«, meldet sich nun der Lindenwirt zu Wort, auf dessen Hinterkopf noch deutlich sichtbar der Handabdruck seines Eheweibs prangte. »Schließlich liegt das Nest ewige Kilometer von Gudenshain entfernt.«

»Trotzdem ist die Idee grundsätzlich gut«, urteilte Ortsvorsteher Lupp. »Natürlich nur, wenn die Wegstrecke nicht rein innerpfälzisch verläuft.«

»Du bringst es auf den Punkt, Willi«, bekräftigte Karl Ott. »Deshalb müssen wir den Antrag der Weinbauern der Mosel aus dem Gau Koblenz-Trier unterstützen, die genau dies fordern.«

»Recht haben sie«, ließ sich mehrstimmig vernehmen.

»Wer ist also dafür?«, schritt Karl Ott in seiner Funktion als Vorsitzender der Winzergenossenschaft zur Abstimmung. Er erhob sich, um die Stimmen zu zählen. Sämtliche Hände im Raum, inklusive der vom Klepper Alwin, schossen in die Höhe, wie er zufrieden registrierte. Damit hatte er den kritischsten Tagesordnungspunkt der heutigen Versammlung mit dem gewünschten Ergebnis abgehakt. Er nahm wieder Platz und wandte seine Aufmerksamkeit der zweitwichtigsten Aufgabe des Tages zu: der Schlachtplatte, über die er sich hungrig hermachte. Der offizielle Teil der Sitzung galt somit als beendet.

»Um auf das Dekolleté von der Rosi und den Vorschlag vom Klepper Alwin zurückzukommen«, sagte er kauend, weil ihm die Sache keine Ruhe ließ. »Das ist nix als eine abgehende

Hirnblähung, sag ich.« Damit schmetterte er das Thema ein für alle Mal ab, denn niemand in der Versammlungsstube wagte sich auf die Seite vom Klepper Alwin und gegen die Meinung des Vorsitzenden zu stellen. Der Otte-Karl gedachte keinesfalls zuzulassen, dass ausgerechnet das Konterfei von Rosi Burkhardt die Etiketten sämtlicher Weinflaschen zierte, die die Winzergenossenschaft gemeinschaftlich produzierte. Solange er Vorsitzender war, würde das niemals geschehen. Immerhin hielt er die meisten Anteile an dem Produktionszusammenschluss der ortsansässigen Weinbauern. Und damit Ende der Diskussion. Schlimm genug, dass die pausbäckige Plunze überhaupt zur Weinkönigin gekürt worden war. Die Jurymitglieder mussten entweder blind sein oder hatten es offenbar nicht fertiggebracht, ihre Augen von Rosis ausladendem Dekolleté bis zu ihrem Gesicht hochwandern zu lassen. Denn in dem Fall wäre die Nominierung anders ausgefallen. Der Otte-Karl hatte sich geweigert, der fünfköpfigen Jury anzugehören, da er diesen Firlefanz grundsätzlich ablehnte. Die Krönung der Weinkönigin fand jedoch auf oberste Anordnung statt. Der zuständige Gauleiter lobte die Wahl als propagandawirksames Mittel, um den Rheingau im Wettstreit um die bedeutendste Weinregion des Reiches hervorzuheben. Nach Meinung von Karl Ott war die Krönung einer Weinhoheit nur ein weiterer Hirnfurz, entwichen aus den findigen Dickschädeln der Neustädter Winzer, die das Brimborium erstmals vor drei Jahren zelebriert hatten. Da die 1931 gekrönte Pfälzerin zu diesem Zeitpunkt die einzige Weinmajestät verkörperte, hätte sie rechtmäßig sogar den Titel der *Deutschen Weinkönigin* für sich beanspruchen können. Das war den Gauleitern der anderen Weinanbaugebiete freilich ein Dorn im Auge. Daher zogen die Weinbauern an der Mosel 1932 mit der Wahl ihrer Weinhoheit nach und jetzt also auch die Rheingauer. Wenn es denn partout eine Weinschönheit brauchte, dachte Karl Ott grimmig, hätte diese

Ehre seiner Elsa gebührt. Doch da der neu eingeführte Brauch die Krönung einer unverheirateten Frau verlangte, schied seine Tochter leider als geeignete Anwärterin aus. Nicht nur aus diesem Grund verspürte er größte Lust, seinen Obst panschenden Schwiegersohn Klepper beim Genick zu packen und ihm den Krotzen umzudrehen.

Obstpanscher

Übellaunig, aber immerhin satt begab sich Karl Ott auf den Heimweg. Nach der hitzigen Diskussion sehnte er sich nach Ruhe. Doch kaum trat er vor die Tür der Gastwirtschaft, baute sich wie aus dem Boden gewachsen der Ortsvorsteher vor ihm auf.

»Karl, was ist in diesem Jahr mit dem Maibaum?«, fragte Willi Lupp. Er hatte den Vorsitzenden der Winzergenossenschaft vor der *Linde* abgepasst, da er es vorzog, das heikle Thema unter vier Augen zu klären.

»Wieso fragst du? Was sollte in diesem Jahr anders sein als sonst?«, erwiderte Karl Ott patzig. Willi Lupp kannte die aufbrausende Art seines ehemaligen Schulkameraden, ließ sich jedoch im Gegensatz zu den übrigen Gudenshainern nur selten davon beeindrucken. Freilich durfte man den Otte-Karl nicht über die Maßen reizen. Beide Männer wussten nur zu gut, was in diesem Jahr anders war: Schließlich hatte Elsa Ott sich beim letzten Tanz in den Mai in Alwin Klepper verguckt und er sich in sie. Vor aller Augen tanzte sie Weise um Weise mit dem Obstbauern. Karl geriet darüber derart in Rage, dass er seine Tochter am Arm packte, vom Tanzboden zerrte und nach Hause schleifte.

»Hier bleibst du gefälligst, bis du einen passenden Umgang pflegst«, hatte er ihr schäumend vor Wut befohlen. Doch störrisch wie eine Eselin bestand Elsa darauf, ihren Alwin zu heiraten.

»Den oder keinen!«, zeterte sie, sperrte sich in ihrer Kammer ein und drohte, nichts mehr zu essen und nicht mehr auf dem Hof zu helfen, bis der Vater in die Hochzeit einwilligte. Im Dorf schloss man Wetten ab, ob der jüngere der beiden Kleppersöhne die Courage aufbrachte, um die Hand der begehrten Winzertochter anzuhalten. Und ob er den Zorn des alten Ott überlebte, falls er es tat.

»Eine Ott heiratet keinen Obstpanscher«, tobte Karl Ott, als Elsas Angebeteter es tatsächlich wagte, bei ihm vorzusprechen. »Eine Ott heiratet einen Winzer, und zwar am besten einen reichen!«

»Tja, das dürfte schwerfallen«, entgegnete Alwin seelenruhig, was den Schwiegervater in spe noch mehr in Rage versetzte. »Woher einen solchen nehmen? Du weißt selbst, dass es den Winzern immer schlechter geht.« Er hatte sich vorgenommen, sich vom alten Ott nicht einschüchtern zu lassen, und fuhr gelassen fort: »Außerdem besitzt im Rheingau niemand so viel Land wie meine Familie.«

»Wertlose Obstwiesen«, winkte Karl Ott ab. »Völlig ungeeignet für den Anbau von Weinreben.« Er schnaufte abfällig.

»Wertlos?«, begehrte Alwin auf. »Schau dir gern die Bücher an, wenn du magst«

»Warum sollte ich?«

»Weil dir die Augen übergehen werden, wenn du schwarz auf weiß siehst, wie viel Geld uns die Kirschen und der Obstwein einbringen.« Karl Otts Neugier siegte. Er ließ sich nicht zweimal bitten, einen Blick in die Bücher des verhassten Obstpanschers zu werfen. Natürlich war ihm nicht entgangen, dass sich das süße Gesöff wachsender Beliebtheit erfreute. Die Leute kamen sogar aus der Stadt, um die Plörre flaschenweise heimzuschleppen. Der Kirschwein verkaufte sich wie geschnitten Brot. Doch nie hätte sich Karl Ott träumen lassen, welch schwindelerregende Summen der Verkauf einbrachte. Er staunte neidisch. Trotzdem war er nicht bereit einzulenken – noch nicht. Aber schließlich schlug ihn der Klepper Alwin mit den eigenen Waffen.

»Wenn es dir darum geht, die Elsa reich zu verheiraten, bin ich so gut wie jeder andere. Vielleicht sogar besser!«, argumentierte er. »Aber entscheidend ist doch vor allem, dass wir uns lieben. Ich verspreche dir, deine Tochter auf Händen zu tragen. Was verlangst du mehr?«

»Pah!«, grummelte Karl Ott. »Liebe vergeht.«

»Mag sein«, konterte Alwin schlagfertig. »Aber Hektar besteht.«

Tagelang hatten sich die Tratschtanten im Dorf die Mäuler darüber zerrissen, wie es dem jüngsten Kleppersohn gelungen war, den Otte-Karl herumzukriegen. Dass er den Alten überzeugt haben musste, stand außer Frage, denn noch während der Kirschernte bestellte Alwin Klepper das Aufgebot bei Pfarrer Bachner. Jeder konnte den Aushang im Nachrichtenkasten der Dorfkirche bestaunen.

Statt im Spätsommer, wie allenthalben erwartet, heirateten sie allerdings erst Ende November. Der Otte-Karl hatte durchgesetzt, dass die Hochzeit erst nach der Weinlese stattfand. Offiziell behauptete er, dass seine Tochter bei der Traubenernte unabkömmlich sei. Insgeheim hoffte er, dass sie es sich doch noch anders überlegte. Zu diesem Zweck war er sich keineswegs zu schade, allerlei erfundene Gerüchte gegen »die dreckige Klepperbagage«, wie er die Familie nannte, ins Feld zu führen. Da Karl Ott jedoch, seit Elsa denken konnte, nie ein gutes Haar an einem Klepper gelassen hatte, gelang es ihm weder, die Tochter durch seine Schauermärchen zu beeindrucken, noch sie umzustimmen. Monatelang gab es im Dorf außer der Reblaus und den verheerenden Schäden, die sie in den Weinbergen anrichtete, kein anderes Gesprächsthema als die hervorragende Partie, die der Klepper-Bub mit der Heirat machte. Angesichts der sauertöpfischen Miene, die der Brautvater am Hochzeitstag in der herrlich geschmückten Dorfkirche zur Schau trug, lästerte mancher Dorfbewohner schadenfroh, dass man den alten Ott kaum so schnell wieder beim Tanz in den Mai zu Gesicht bekäme. Schließlich hatte sein Unglück dort den Anfang genommen.

Willi Lupp gab viel auf den Dorftratsch. Ein Ortsvorsteher sollte stets wissen, was die Gemüter der Einwohner bewegte. Deshalb hatte er sich entschieden, dem Otte-Karl die öffentliche Schmach zu ersparen und ihn diskret an die bevorstehende Lieferung des Maibaums zu erinnern.

»Wenn nix anders ist als sonst, dann ist es ja gut«, sagte Willi Lupp. Sämtliche Gerüchte zu kennen, die im Dorf kursierten, erleichterte die Erfüllung seiner Aufgaben, zu denen auch die Organisation der drei Dorffeste zählte: das Brunnenfest Ende August, das Krippenspiel am Heiligen Abend und der Tanz in den Mai. Er verfügte über langjährige Erfahrung im Amt. Erst im letzten September hatten ihn die Gudenshainer zum dritten Mal in Folge zum Ortsvorsteher gewählt. Deshalb wusste er mit unvorhersehbaren Störungen umzugehen, die unweigerlich auftraten.

Vergangene Weihnachten etwa hatte die dreijährige Burkhardt Liesel beim Krippenspiel hysterisch die Kirche zusammengebrüllt, statt still, wie es sich für ein anständiges Jesuskind gehörte, in der Weihnachtskrippe zu liegen. Die eindringliche Predigt des Pfarrers Bachner, die er während der Christmette in großer Lautstärke von seiner Kanzel verkündete, hatte dem Kind Angst eingeflößt. Am ganzen Leib zitternd und mit sich überschlagender Stimme hatte die Liesel gefleht: »Bitte, bitte, lieber Gott. Nicht mehr schimpfen. Ich mache auch nie wieder in die Hose.« Ein Versprechen, das sie noch im selben

Augenblick Lügen strafte. Die Akustik im Kirchenschiff trug ihr angstvolles Flehen bis in die hinterste Bank. Und die Urinlache, die sich unter der Holzkrippe neben dem Kirchenaltar bildete, war für alle Augen unübersehbar. Willi Lupp fürchtete, dass die kleine Burkhardt ihren Spitznamen nur schwer wieder loswerden würde – wenn überhaupt. Wahrscheinlich würde man sie noch als achtzigjährige Großmutter die Piesel-Liesel nennen. Klatsch und Tratsch vergaß das Dorf nie, zugeteilte Aufgaben hingegen fielen gern totaler oder zeitweiliger Amnesie zum Opfer. Das galt insbesondere in Bezug auf die Vorbereitungen zu den drei Dorffesten. Daher hatte Willi Lupp es sich aus leidvoller Erfahrung zur Gewohnheit gemacht, jeden Einzelnen an seine Aufgabe zu erinnern.

»Wann kann ich also mit der Lieferung des Maibaums rechnen?«, hakte er unerbittlich nach.

»In den nächsten zwei Wochen schick ich den Zores mit dem Traktor vorbei«, brummte Karl Ott. »Kümmer du dich lieber darum, dass der Stamm aufgestellt und geschmückt wird.« Der Winzer hatte genug von der Unterredung mit dem Ortsvorsteher und wandte sich zum Gehen.

»Lass das mal meine Sorge sein«, rief Willi Lupp ihm nach, »wenn dein Knecht demnächst mit dem Maibaum auftaucht!«

Er hatte erreicht, was er wollte. Zufrieden schweifte sein Blick zur Kirchturmuhr, die fast drei Uhr zeigte. Er runzelte besorgt die Stirn. Seine Nichte Käthe hätte längst vom Krankenbesuch bei ihrem Vater im Siechenhaus zurück sein müssen. Wo steckte die Dreizehnjährige nur? Sie hatte hoffentlich gehorcht und den Weg durch den Wald gemieden. Er beschloss, einen Verdauungsspaziergang zu unternehmen und dem Mädchen auf dem Pfad entgegenzugehen, der ortsauswärts zum Geisberg führte, wo sich das Siechenhaus samt nächstgelegener Krankenanstalt befand.

April 1935

Plumpsack

Käthe hätte auf ihren Onkel Willi hören und den Weg über die Chausseestraße einschlagen sollen. Jetzt saß sie in der Falle. Sie rannte, so schnell die Beine sie trugen, über den holprigen Waldweg. Die Buben hatten sie zum Glück noch nicht entdeckt. Den Stimmen nach zu urteilen, waren sie mindestens zu zweit und bewegten sich in ihre Richtung. Sie verdünnisierte sich aus reiner Vorsicht. Falls nämlich der Baumann Peter mit von der Partie war, machte sie lieber, dass sie wegkam. Sie konnte den schmierigen Metzgerssohn nicht leiden. Und er sie offenbar noch weniger, da er sie ständig piesackte.

»Was sich neckt, das liebt sich«, spielte Elsa sein Verhalten herunter. Ob Onkel Alwin sie ebenfalls geärgert hatte, um ihr seine Zuneigung zu zeigen? Auf irgendeine Weise musste er sie ja erobert haben, denn immerhin war sie seit November mit ihm verheiratet. Nein! Eine solche Albernheit traute Käthe dem jüngeren Bruder ihres Vaters beim besten Willen nicht zu. Das passte ganz und gar nicht zu ihm. Onkel Alwin war von ernstem Wesen, genau wie Käthes Vater, obwohl der eher in Schwermut und Alkohol versank. Seit der Hochzeit lebte die jungvermählte Elsa auf dem Klepperhof. Anfangs hatte Käthe sich vor der neuen Frau auf dem Hof gefürchtet, doch sie merkte schnell, dass das Elschen eine gutmütige Seele war. Sie packte mit an, kommandierte sie nicht herum und kochte leckere Eintöpfe. Außerdem brachte sie wieder Leben und Freude ins Haus. Seit dem frühen Ableben der Mutter und seit der Vater wegen seiner Trunksucht im Siechenhaus auf dem Geisberg einsaß, war die Stimmung auf dem Klepperhof bedrückt gewesen. Josef Klepper hatte den Schmerz über den Tod seiner geliebten Hertha mit Alkohol betäubt; er konnte bis heute nicht verwinden, dass sein Eheweib kurz nach Käthes Geburt von der Schwindsucht dahingerafft worden war.

»In Wahrheit mag dich der Peter«, behauptete Elsa. »Er getraut sich bloß nicht, es zuzugeben.« Eigentlich sollte das Elschen wissen, wovon sie sprach, immerhin war sie fünf Jahre älter als Käthe, die den Baumann Peter jedoch weder liebte noch von ihm geliebt werden wollte. Die Dreizehnjährige ging ihm lieber aus dem Weg. Deshalb flitzte sie flink wie ein Wiesel über den Waldweg zur nächsten Weggabelung, bog links in den Hohlweg ein, der zum Dorf führte, und hechtete kopfüber in den Farn hinter dem Stamm einer knorrigen Stieleiche, wo das Kraut besonders dicht wuchs. Onkel Willi sah es nicht gern, wenn seine Nichte im Wald umherstreifte, noch dazu allein. Seine Sorge galt allerdings weniger den Buben aus dem Dorf, sondern vielmehr den Wildsauen. Normalerweise befolgte Käthe seine Ermahnungen. Aber der Fußweg, der entlang der Chausseestraße hinauf zum Geisberg führte, erforderte fast doppelt so viel Zeit wie die Abkürzung durch den Wald.

Das Käthchen besuchte den Vater regelmäßig im Siechenhaus, und heute hatte sie einen guten Tag für ihren

Besuch erwischt, denn Josef Klepper war klar im Kopf und gesprächig gewesen. Deshalb trat Käthe den Heimweg später an als geplant und entschloss sich, die Warnung des Onkels zu ignorieren und den kürzeren Rückweg einzuschlagen, der durch den Wald führte. Während sie sich in ihrem Versteck flach auf den Rücken fallen ließ, um wieder zu Atem zu kommen, dachte sie an die Wildschweine, vor denen sie der Onkel stets warnte. Eine Bache, die ihre Frischlinge beschützte, bedeutete für jeden, der ihren Weg absichtlich oder versehentlich kreuzte, eine lebensgefährliche Bedrohung.

Im vergangenen Sommer hatte Käthe die Gefahr am eigenen Leib gespürt, als sie mit einer Gruppe von Kindern aus dem Dorf am Bärlochweiher Plumpsack spielte und aus heiterem Himmel von einer Wildsau attackiert wurde. Die Spielkameraden saßen zu acht auf dem Boden einer Waldlichtung am Ufer des Weihers. Die Gesichter einander zugewandt, sangen sie:
»Plum, Plum, Plum, dreh dich nicht um.
Plum, Plum, Plum, denn der Plumpsack geht um.«
Der Baumann Peter war mit von der Partie gewesen samt seiner kleinen Schwester, die er im Kinderwagen mit sich führte. Den Wagen stellte er in der Kreismitte ab, um ein Auge auf Alma zu haben. Die Reihe war am Färber Paul gewesen, den Plumpsack zu mimen, da er das Wettrennen um den einzigen freien Platz innerhalb der Runde verloren hatte. Deshalb musste er den Kreis, in dem die Kameraden Seite an Seite saßen, von außen umrunden. In der Hand hielt er ein Taschentuch, das er möglichst unauffällig hinter einem der Spielkameraden fallen ließ, und dann sprintete er sofort los. Der Herausgeforderte musste, so schnell er konnte, auf die Füße springen und die Verfolgung aufnehmen. Ein neuer Wettlauf um den soeben frei gewordenen Platz begann. Der Verlierer wurde zum nächsten Plumpsack. Die Schwierigkeit für die am Boden Sitzenden bestand darin, blitzschnell zu

reagieren, obwohl sie sich nicht umsehen durften, denn die Spielregel besagte: *Wer sich umdreht oder lacht, kriegt den Buckel blau gemacht.*

Offenbar hatte sich eine Bache mit Frischlingen vom Gelächter, Gesang und Gekreische der Dorfkinder bedroht gefühlt, denn während der Färber Paul – »*Plum, Plum, Plum*« – seine Runden drehte, brach das Tier plötzlich wütend aus dem Dickicht hervor, das an die Lichtung grenzte, auf der sie spielten, und raste mit gesenktem Kopf verteidigungsbereit auf die Gruppe zu. Paul gewahrte die Sau zuerst.

»Schnell, schnell, zum Hochsitz!«, warnte er geistesgegenwärtig und sauste los. Alle Spielkameraden bis auf Käthe stürzten hinterher. Zum Glück befand sich die Wildkanzel des Försters nur wenige Hundert Meter von ihnen entfernt, doch je wütender eine Bache ist, desto flinker bewegt sie sich. Die Kinder rannten um ihr Leben. Eines nach dem anderen erreichte glücklich den rettenden Hochsitz und kletterte keuchend die Sprossen der Holzleiter hinauf, um sich außer Reichweite der rasenden Sau zu bringen. Allen voran der Baumann Peter, die kleine Schwester im Kinderwagen dabei im Stich lassend. Nur Käthe zögerte.

»Was ist mit der Alma?«, rief sie den fliehenden Kameraden entsetzt nach. Sie fühlte sich hin- und hergerissen zwischen der Angst, die sie zur Flucht mahnte, und dem Verantwortungsgefühl für das Kind. Es widerstrebte ihr zutiefst, die kleine Alma schutzlos und allein auf der Lichtung zurückzulassen. Keiner der Kameraden reagierte.

»Wir können sie doch nicht hier alleinlassen«, mahnte sie wütend und trotzig zugleich.

»Lauf zu!«, schallte es vom Hochsitz zurück. »Die ist in ihrem Wagen sicherer als du, wenn du nicht bald Fersengeld gibst.« Tatsächlich war die Sau schon sehr nahe gekommen, und so setzte sich Käthe schließlich widerstrebend in Bewegung.

Abgesehen von Alma war sie die Jüngste, daher floh sie auf den kürzesten Beinen. Schon glaubte sie, den heißen Atem der Bache im Nacken zu spüren. Doch sie schaffte es, den Hochstand unversehrt zu erreichen. Da sie als Letzte dort anlangte, fand sie sämtliche Sprossen mit Ausnahme der untersten beiden besetzt vor. Die Kameraden hatten alle anderen in Beschlag genommen. Wie die Orgelpfeifen hockten sie auf der Leiter. Mit einem verzweifelten Sprung rettete Käthe sich auf die obere der beiden freien Stufen. Nur ein Stück über dem Waldboden und am ganzen Leib zitternd, beobachtete sie mit Erleichterung, wie die wütende Bache blindlings erst am Kinderwagen und dann am Hochsitz vorbeiraste.

Die Erinnerung an dieses Abenteuer versetzte sie jetzt erneut in Rage über das verantwortungslose Verhalten vom Baumann Peter. Damals wie heute hätte sie ihren Ärger hinausbrüllen mögen, aber die Furcht vor den näher kommenden Buben hielt sie zurück. Ihr vom Rennen beschleunigter Atem hatte sich inzwischen zum Glück normalisiert, sodass kein Keuchen sie verriet. Der dichte Farn, hinter dem sie vorsichtig hervorlugte, schützte sie außerdem vor fremden Blicken. Sie hatte sich gerade noch rechtzeitig in Deckung begeben. Denn soeben tauchten die Buben an der Weggabelung auf und schlugen ausgerechnet den Weg zum Dorf ein, der unmittelbar an Käthes Versteck vorbeiführte.

»Mist!«, fluchte sie stumm und wusste, dass sie sich mucksmäuschenstill verhalten musste, damit die Jungen nicht durch ein unbedachtes Geräusch auf sie aufmerksam wurden. Soweit Käthe erkennen konnte, schienen es tatsächlich nur zwei zu sein.

»Wir könnten die Axt beim Monstranzenbaum verstecken«, sagte einer der beiden.

»Ausgerechnet!«, dachte Käthe, denn der knorrige Eichenstamm, hinter dem sie Zuflucht gesucht hatte, gehörte zum besagten Monstranzenbaum.

»Warum?«, fragte der andere zu ihrer Erleichterung.

»Wegen der Legende«, erwiderte der Erste.

»Welcher Legende?«

»Na, die von der Äbtissin aus dem nahen Kloster Hohlenfels.« Käthe kannte das Kloster, aber von einer Legende, die sich um eine seiner Äbtissinnen rankte, hatte sie noch nie gehört. Sie spitzte neugierig die Ohren.

»Was ist mit der?«

»Sie soll an der Stelle, wo heute der Baum steht, einst eine heilige Monstranz vergraben haben.«

»Und warum?«

»Um sie vor Plünderern zu verbergen.« Käthe hatte zwar keine Ahnung, was eine Monstranz war, noch wusste sie, wozu sie gut sein sollte, aber es musste ein wertvoller Gegenstand sein, sonst hätte sich eine Klosteroberin kaum die Mühe gemacht, sie im Wald zu verbuddeln. Sie fragte sich, ob die Äbtissin auf ihrer Flucht vor den Plünderern denselben Weg wie sie entlanggeeilt war.

»Um den Schatz wiederzufinden, kennzeichnete die Äbtissin die Stelle mit einem Eichentrieb. Genutzt hat die Markierung allerdings nichts«, lachte der Junge. »Angeblich steckt die Monstranz bis heute im Boden unter dem Baum.« Käthe hatte nie zuvor von der Legende gehört, und es war ihr auch nie in den Sinn gekommen, über den Grund nachzudenken, dem der knorrige Monstranzenbaum seinen Namen verdankte. Vorsichtig lugte sie aus ihrem Versteck hervor. Die Buben schritten nur wenige Meter entfernt an ihr vorüber. Im selben Moment, in dem Käthe zwei feuerrote Haarschöpfe erblickte, wurde ihr klar, wen sie da vor sich hatte. Sie atmete erleichtert auf, denn von den Krekel-Zwillingen drohte keinerlei Gefahr. Die Söhne des Schulleiters waren gutmütige Zeitgenossen, die ständig Unsinn im Schilde führten. Kein Wunder, dass sie, im Gegensatz zu ihr, die Legende kannten.

Ihr Vater bemühte sich redlich, ihre Köpfe mit Wissen statt mit Flausen zu füllen.

»Ich finde, der Monstranzenbaum wäre ein würdiges Versteck für unsere Axt«, sagte der Flammende Erich.

»Aber warum sollten wir die Axt überhaupt vergraben?«, widersprach der Rote Hans.

»Weil man uns ansonsten womöglich auf die Schliche kommt.« Käthe hielt den Atem an, sie war gespannt zu erfahren, was die Zwillinge diesmal ausgefressen hatten.

»Wer sollte Böses dahinter vermuten, wenn wir mit einer Axt in den Wald gehen?«, fragte Hans. »Das ist schließlich das Normalste der Welt.« Jetzt sah Käthe die Axt, die er lässig über der Schulter trug.

»Na, die Schlemmbacher«, lachte der Flammende Erich. »Sie werden Zeter und Mordio schreien, wenn sie entdecken, dass ihnen seit heute ihre Lieblingseiche fehlt.«

Kann das stimmen?, staunte Käthe. Hatten die Krekel-Zwillinge es tatsächlich gewagt, bei den Schlemmbachern einen Baum zu fällen? Wenn ja, bedeutete das Ärger mit der Nachbargemeinde. Hans schien das nicht zu kümmern, denn er stimmte in das Gelächter seines Bruders ein.

»Sollen sie doch«, grinste er. »Uns kann schließlich keiner was nachweisen.«

Selbstbewusst stapfte Erich auf den Monstranzenbaum zu. Kurz vor Käthes Versteck drehte er sich zu seinem Bruder um, sodass er Käthe den Rücken zuwandte.

»Hier im Farn liegt die Axt doch gut. Was meinst du, Hans?«, fragte er.

»Nein, nein!«, quiekte in diesem Moment ein hohes Stimmchen, das den Erich zusammenzucken ließ. »Ich mag nicht allein im Wald bleiben.« Instinktiv fuhr er herum und sah im selben Augenblick eine spindeldürre Gestalt, einem Schachtelteufel gleich, aus dem Dickicht in die Höhe schießen.

Vor Schreck vollführte er einen Satz rückwärts und landete auf seinem Allerwertesten.

»Du meine Güte, Käthe!«, lachte Hans. »Hast du uns erschreckt.« Die Buben nahmen ihr den Streich nicht übel, denn sie mochten sowohl Käthe als auch Streiche. Erich rappelte sich hoch und klopfte sich den Hosenboden ab.

»Du verrätst uns doch nicht?«, fragte er.

»Natürlich nicht«, versprach Käthe. »Ehrenwort!« Sie meinte, was sie sagte. Dann half sie den Zwillingen, die Axt mit Farn und Ästen zu bedecken. Keine Minute zu früh, denn auf dem Weg vom Dorf her tauchte plötzlich der Ortsvorsteher auf.

Erich lag mit seiner Einschätzung richtig: Die Schlemmbacher trauerten um ihre Eiche und tobten angesichts der Abholzung, die sie hinterhältig nannten. Pikanterweise handelte es sich nämlich nicht um irgendeine x-beliebige Waldeiche, nach der wahrscheinlich kein Hahn gekräht hätte, sondern um eine symbolträchtige Hitler-Eiche. Die Schlemmbacher vermuteten ganz richtig einen Sabotageakt. Die Bewohner der Nachbargemeinde hatten den Baum, der die Stärke des deutschen Volkes symbolisierte, zwei Jahre zuvor im Rahmen einer feierlichen Zeremonie gepflanzt. Wie an vielen Orten Deutschlands eiferten die Schlemmbacher damit dem Vorbild von Adolf Hitler nach, der am 1. Mai 1933 auf dem Tempelhofer Feld in Berlin unter dem Beifall der Volksmassen das erste Symbol dieser Art pflanzte.

Hans hingegen täuschte sich: Der Verdacht fiel schnell auf die Krekel-Zwillinge. Ein Tagelöhner, der zunächst selbst unter Tatverdacht geraten war, hatte kurz nach dem fraglichen Tatzeitpunkt einen rothaarigen Buben mit einer Axt im Wald verschwinden sehen. Er konnte zwar nicht angeben, welche Richtung der vermutliche Attentäter einschlug, aber dieses Detail blieb zweitrangig angesichts der Tatsache, dass nur zwei Jungen mit feuerroten Haaren in den umliegenden Gemeinden lebten. Die Spur führte unweigerlich nach Gudenshain, denn die Krekel-Zwillinge waren weit über die Ortsgrenzen hinaus bekannt wie bunte Hunde. Hans behielt jedoch insofern recht, als niemand zweifelsfrei beweisen konnte, welcher der beiden Krekel-Buben hinter der dreisten Baumattacke steckte. Obwohl die Schlemmbacher vehement forderten, den oder die Schuldigen zur Rechenschaft zu ziehen, sorgte der Gudenshainer Ortsvorsteher dafür, dass die Aufklärung im Sande verlief. Er hatte die Krekel-Zwillinge am Tag der Tat mit eigenen Augen gesehen und konnte ruhigen Gewissens bezeugen, dass sie keine Axt mit sich getragen hatten. Käthe hielt ihr Versprechen und verriet weder ihrem Onkel noch sonst jemandem etwas über die Axt im Wald. Da weder Erich noch Hans Krekel den Frevel gestanden, konnte nicht zweifelsfrei bewiesen werden, welcher der beiden verantwortlich und zu belangen war. Den Schlemmbachern gereichte es keineswegs zum Trost, dass die Berliner Hitler-Eiche das gleiche Schicksal ereilte und sie ebenfalls unter dem Beil eines Unbekannten fiel.

Aber natürlich ahnte Willi Lupp, dass die Angelegenheit ein Nachspiel für Gudenshain haben würde.

Maisingen

Ende April begab sich Willi Lupp mit Käthe auf den Dorfplatz. Das Mädchen legte den Kopf in den Nacken und schaute staunend am Stamm des reich geschmückten Maibaums empor, der kerzengerade in den Himmel ragte. Sie erfreute sich am Anblick der bunten Bänder, Wimpel und Blumen, die nicht nur den prunkvollen Baum, sondern den gesamten Platz rund um die Dorfkirche zierten. Auch der Brunnen, viele Fenster und Treppen und sogar das Kirchenportal erstrahlten in neuem Frühlingsglanz. Seit einer Woche schmückten, dekorierten und putzten die Gudenshainer ihr Heimatdorf heraus, unterstützt von Mutter Natur. Denn die Kirschblüte verwandelte die umliegenden Obstwiesen in ein weiß-rosa Blütenmeer, das prachtvoll anzusehen war und zahlreiche Besucher von außerhalb anlockte. Sogar über die Grenzen des Gaus Hessen-Nassau hinaus.

»Onkel Willi, warum hängen am Maibaum Kränze?«, fragte Käthe. Ortsvorsteher Lupp stand breitbeinig und zufrieden neben seiner Nichte auf dem Dorfplatz. Auch er bewunderte den Baum, den die jungen Männer des Dorfes aufgestellt und die Landfrauen unter seiner Anleitung geschmückt hatten. Einmal mehr war es ihm gelungen, seine Qualitäten als Ortsvorsteher auf eindrucksvolle Weise ins rechte Licht zu rücken. Bei der Anordnung der Bänder und Blumen hatte er den Frauen freie Hand gelassen, bei den Fahnen und Wimpeln jedoch darauf geachtet, dass sich keine Hakenkreuze daruntermischten.

Der Baumann-Bengel hatte gleich ein halbes Dutzend Nazi-Insignien angeschleppt und euphorisch argumentiert: »In Berlin ist der Maibaum auch damit geschmückt.«

»Wir sind hier aber in Gudenshain und nicht in der Reichshauptstadt«, hatte Willi Lupp entgegnet und mit der Autorität des Ortsvorstehers verfügt: »Unser Baum kommt ohne diesen Dreck aus.«.

Insgeheim hatte er sich gewundert, wo der Metzgersbub das Zeug überhaupt herhatte, und sich vorgenommen, ihn bei Gelegenheit dazu zu befragen.

»Siehst du, dass die Kränze unterschiedlich groß sind?«, wies Willi Lupp seine Nichte auf die Besonderheit des Baums hin. Die Dreizehnjährige nickte eifrig.

»Dieser hier«, er deutete mit dem Finger auf den größten der insgesamt vier Kränze, der an unterster Position ungefähr in mittlerer Höhe des Stamms hing, »steht für den Verlauf eines Jahres.« Er nahm Käthe bei der Hand und trat gemeinsam mit ihr einige Schritte zurück, damit sie bis zur Spitze des Maibaumes hinaufblicken konnte.

»Und siehst du auch die drei Kränze darüber?« Das Mädchen kniff die Augen zusammen und nickte abermals.

»Sie symbolisieren den Kreislauf des Lebens.«

»Sie werden zur Baumspitze hin immer kleiner«, stellte Käthe fest.

»Stimmt«, bestätigte Willi Lupp. »Die Kränze verlieren an Umfang, weil die Sonne vom Sommer bis zum Winter auch immer kürzere Bahnen zieht.« Das leuchtete ihr ein.

»Und was feiern wir am 1. Mai?«, wollte sie wissen. Der Ortsvorsteher zögerte. Die richtige Antwort zu wählen, erschien ihm heikel. Früher galt der Tag als wichtigster Festtag der Arbeiterbewegung. Die Gewerkschaften genossen bei den Nationalsozialisten jedoch nur geringes Ansehen, sodass sie den *Feiertag der nationalen Arbeit* kurzerhand in *Nationalen Feiertag des deutschen Volkes* umbenannt hatten.

»Wir feiern den Frühlingsbeginn«, entgegnete Willi Lupp nach einigem Nachdenken schließlich diplomatisch. »Wie die alten Germanen.«

»Warum? Was ist denn so besonders am Frühling?« Käthe mochte alle Jahreszeiten. Insbesondere den Winter, weil es dann wenig Arbeit auf dem Hof gab und sie in der Blitzkuhle Schlitten fuhr. Onkel Willi hatte ihr zu Weihnachten einen Holzschlitten geschenkt, dessen Kufen sie mit einer Speckschwarte polierte, um sie rostfrei und geschmeidig zu halten. Mit den anderen Kindern im Dorf lieferte sie sich waghalsige Wettrennen auf dem Rodelhang. Ihr größter Konkurrent war der Baumann Peter. Der dicke Metzgerssohn hatte ihr drei Lebensjahre voraus, brachte mehr Gewicht auf die Kufen und raste daher schneller den Hang hinab. Er konnte jedoch nicht halb so geschickt lenken wie Käthe, weshalb seine Fahrt zwei Tage nach Weihnachten statt im Salzlocher Tal im Kurzbach geendet hatte. Ungebremst schoss Peter über die scharfe Linkskurve am Fuß der Blitzkuhle hinaus und landete unter dem Gelächter und Gejohle der Dorfjugend im eiskalten Bachwasser. Seither schikanierte er Käthe noch penetranter – quasi als Revanche für die erlittene Schmach.

»Unsere Vorfahren glaubten an böse Geister, die das Land im Winter mit Schnee und Eis überzogen, und daran, dass sie gewaltsam vertrieben werden mussten, damit der Frühling Einzug halten konnte«, erklärte Willi Lupp.

»Wie vertreibt man böse Geister?«, wisperte Käthe mit furchtsam aufgerissenen Augen.

»Mit Feuer«, antwortete eine tiefe Stimme, die Heinz Baumann gehörte. Der Dorfmetzger war vom Fleischerladen auf den Dorfplatz hinausgetreten und gesellte sich zu ihnen. Seine Frau bediente derweil die Kundschaft. Es geschah höchst selten, dass Roswitha Baumann sich hinter der Fleischtheke hervorbewegte. Böse Zungen behaupteten, dass sie dort sogar nachts über Würste und Koteletts wachte. Unwillkürlich rückte Käthe näher an ihren Onkel heran, denn der alte Baumann flößte ihr Unbehagen ein. Als der Peter nach seinem unfreiwilligen Bad im Kurzbach mit steif gefrorenen Hosen heimgestakst kam, hatte der Metzger seinen Sohn mit ein paar saftigen Ohrfeigen empfangen.

»Die helfen beim Aufwärmen«, hatte er gespottet.

»Hexenfeuer«, zischte eine schaurige Stimme in Käthes Rücken. Sie wirbelte herum und erblickte einen Dämon, der mit ausgestreckten Armen und zu Krallen gekrümmten Fingern auf sie zuwankte, als wolle er sie gleich packen.

»Hexenfeuer in düsterer Walpurgisnacht«, fauchte er im Näherkommen, das Gesicht zu einer schaurigen Fratze verzerrt. Sie kreischte erschreckt auf.

»Lass gefälligst deine Mätzchen«, schnauzte der Metzger und versetzte dem Dämon eine schallende Backpfeife, der sich daraufhin zu Käthes großem Erstaunen vor ihren Augen in den Baumann Peter verwandelte.

»Wenn man an den Esel denkt, kommt er gerennt«, dachte sie. Der Metzgerssohn hielt sich die schmerzende Wange.

»Und schwätz keinen heidnischen Unsinn«, drohte der alte Baumann. An den Ortsvorsteher gewandt setzte er hinzu: »Aber ein Maifeuer könnten wir, Walpurgisnacht hin oder her, doch lodern lassen, oder was meinst du, Willi?«

»Nix mein ich«, lautete die barsche Antwort. »Wie stellst du dir das vor?«

»Na, die Schlemmbacher und die Georgenthaler machen doch auch alljährlich ein Feuer.«

»Im Gegensatz zu uns verfügen sie aber über eine mannstarke Feuerwehr. Schon vergessen?«

»Nein, hab ich nicht. Deshalb können sie uns im Falle eines Falles zu Hilfe eilen, um beim Löschen zu helfen. Wäre ja nicht das erste Mal.« Der Metzger maß den Ortsvorsteher, der sich nachdenklich über das rasierte Kinn strich, mit herausfordernden Blicken.

»Können ja«, räumte Willi Lupp schließlich ein. »Aber sie wollen nicht.«

»Wieso?«, fragte der Metzger entrüstet. »Was ist los?«

»Ach«, winkte der Ortsvorsteher ab. »Die Schlemmbacher jammern immer noch wegen ihrer dämlichen Eiche.«

»Welcher Eiche?«

»Na, der Hitler-Eiche.«

»Herrje!«, fluchte der Baumann Heinz. »Dass die verdammte Brut des Schulleiters auch immerzu irgendeinen Unsinn verzapfen muss.« Wie jeder Einwohner von Gudenshain kannte er sowohl die Anschuldigungen gegen die Krekel-Zwillinge als auch ihre Taktik. Sie lautete: Entweder leugnen oder, wenn das nicht half, sich gegenseitig die Schuld in die Schuhe schieben, sodass der Schuldige unmöglich auszumachen war. Die Methode funktionierte immer. So auch diesmal, weil Käthe wie versprochen Wort hielt und die Brüder nicht verriet.

»Wenn du mich fragst, brauchen wir die Schlemmbacher Lappeduddel sowieso nicht.«

»Ich frag dich aber nicht«, raunzte Willi Lupp ungehalten. »Was wir nicht brauchen, ist ein Feuer! Ende der Debatte.« Mehr als einmal hatte er das Thema mit dem Dorfmetzger besprochen und war es leid. Daher wandte er sich nun demonstrativ wieder Käthe zu.

»Weißt du, wovor sich die bösen Geister am meisten fürchten?«, fragte er. Die Dreizehnjährige schüttelte den Kopf.

»Vor Gesang!« Das Mädchen machte große Augen. Deshalb also übte Pfarrer Bachner seit Wochen mit dem Kirchenchor Frühlingslieder ein.

»Wirklich?«, staunte sie.

»Kommt darauf an, wer singt!«, spottete der Metzger lachend. »Meine Roswitha könnte mit ihrem Geträller den Teufel höchstselbst in die Flucht schlagen.« Sein dicker Bauch bebte vor Vergnügen.

In Gudenshain wurde der 1. Mai traditionell am Vorabend eingesungen. In diesem Jahr mussten die Chorsänger besonders viele Melodien einstudieren, denn die Nationalsozialisten hatten eine Änderung des Liedguts verfügt. Auf ihr Geheiß standen neuerdings nicht nur die bekannten Frühlingslieder, sondern vor allem politische Gesänge auf dem Programm, die die Chormitglieder von einem der beiden Festwagen schmetterten, die den Gudenshainer Maiumzug anführten. Hinterdrein folgten zu Fuß die Dorfbewohner mit Fahnen und Trommeln. Die Festroute führte vom am Ortseingang gelegenen Friedhof einmal quer durch die Ortschaft zum Dorfplatz. Dort nahm die Dorfkapelle, die neben dem Tanzboden aufspielte, die Prozession gebührend in Empfang.

»Darf ich in diesem Jahr auf dem Umzugswagen mitfahren?«, fragte Käthe hoffnungsvoll. Die Mitfahrgelegenheiten auf den bunt geschmückten Festwagen waren für Nichtsänger rar gesät und besonders bei den Kindern im Dorf heiß begehrt. Das Mädchen träumte davon, an der Spitze des Zuges mitfahren zu dürfen.

»Ich red mal mit dem Färber Schorsch«, versprach Willi Lupp, weil dessen Traktor in diesem Jahr den Anhänger mit den Chormitgliedern ziehen sollte. »Mal schauen, was sich machen lässt.«

Überglücklich fiel Käthe ihm um den Hals, was mit ihren dürren Ärmchen bei dem beträchtlichen Leibesumfang ihres Onkels gar nicht so einfach war. Willi Lupp lachte gutmütig und war froh darüber, dass sich der Gudenshainer Festumzug vom Charakter des Berliner Umzugs unterschied, der mehr einer Militärparade glich. In der Reichshauptstadt marschierten in vorderster Reihe Abordnungen der Wehrmacht, gefolgt von der Sturmabteilung, der Schutzstaffel und der Hitlerjugend. Festwagen, Musizier- und Tanzgruppen sowie Schausteller bildeten die Nachhut. Eine Ehrenbekundung an die Nazis hatte Willi Lupp jedoch auch in Gudenshain zulassen müssen. Er vermutete, dass darin der eigentliche Grund lag, weshalb sich der Dorfmetzger zu ihm gesellt hatte.

»Aber die Sache mit dem Radio geht hoffentlich klar?«, erkundigte sich Heinz Baumann prompt und bestätigte die Vermutung des Ortsvorstehers. Willi Lupp kannte seine Pappenheimer besser, als ihm manchmal lieb war.

»Wenn dein Sohn wie geheißen den Lautsprecher besorgt hat ...«

»Hab ich!«, bestätigte Peter, der interessiert zuhörte. Immerhin war die Idee, die Rundfunkübertragung von Hitlers Feiertagsrede per Lautsprecher auf dem Dorfplatz abzuspielen, auf seinem Mist gewachsen. Er hatte dem Vater so lange damit in den Ohren gelegen, bis der schließlich namhafte Dorfhonoratioren von dem Vorschlag überzeugte. Zu den Unterstützern zählte auch der Dorfarzt Dr. Trabert. Auf der Gemeindeversammlung hatte dieser die Auffassung vertreten, dass die Rede Hitlers den zentralen Bestandteil der Maifeier bilden sollte. Er behauptete, dies gelte sogar für Berlin, obwohl dort Kundgebungen, Kunstflugdarbietungen und Wehrübungen das Programm abrundeten. Die Nationalsozialisten zogen mit dieser gigantischen Propagandaveranstaltung über eine Million Menschen aus allen Teilen Deutschlands an – und auf ihre Seite. Der Gudenshainer Doktor wusste, wovon er sprach, denn er war im Vorjahr mit seiner Gattin in die Reichshauptstadt gereist und hatte die Feierlichkeiten in allen Einzelheiten vor Ort verfolgt. Wochenlang hatte Gerda Trabert von dem gigantischen Feuerwerk geschwärmt, mit dem der Staatsakt um Mitternacht seinen krönenden Abschluss fand. Erleichtert, dass sie niemandem im Dorf den Floh ins Ohr setzte, auch in diesem Punkt den Hauptstädtern nachzueifern, hatte Willi Lupp in die Radioübertragung der Rede eingewilligt. Das Fest wurde ein voller Erfolg. Insbesondere für Käthe, die mit Rosi, der frischgebackenen Weinkönigin, auf dem Festwagen mitfahren sowie Elsa und Alwin zum Tanz in den Mai begleiten durfte. Sie musste jedoch versprechen, zeitig zu Bett zu gehen, denn am nächsten Morgen würde die Kirschernte auf dem Klepperhof beginnen.

Juni 1935

Wer sei

Käthe stand auf einer der obersten Stufen einer langen Holzleiter, die bis hinauf in die Krone eines dicht mit Früchten behangenen Kirschbaums reichte, und pflückte Frühkirschen. Sie arbeitete beidhändig, mit der konzentrierten Routine und Geschwindigkeit einer erfahrenen Pflückerin. Immer im Wechsel griff sie mit der einen Hand zu den am Ast hängenden Kirschen, während sie die abgeernteten Früchte mit der anderen in einen Sammelkorb legte. Ein guter Pflücker schaffte drei Zentner pro Tag. Und Käthe war eine gute Pflückerin; ihre Weidenkörbe füllten sich stetig. Die Kirschen wurden samt Stiel gepflückt, damit sie länger frisch blieben. Um nicht fortwährend die Leiter hinauf- und hinuntersteigen zu müssen, hing an beiden Seiten der Leiter je einer der grob geflochtenen Sammelkörbe an einem großen Haken. Die Holzleitern waren unterschiedlich lang; manche reichten bis in die höchsten Baumkronen hinauf. War ein Pflückkorb gefüllt, machte Käthe mit einem kurzen Pfiff auf sich aufmerksam, holte ihn vom Haken und reichte ihn nach unten, wo Alwin ihn in Empfang nahm. Er leerte die Kirschen vorsichtig, damit sie nicht zerdrückt wurden, auf die Ladefläche der Agria. War der Anhänger des Kleintraktors voll, fuhr er ihn zur Genossenschaft, wo man die Ernte wog, registrierte und zur Weiterverarbeitung entgegennahm. Zu Alwins Aufgaben zählte außerdem, die schweren Leitern so aufzustellen, dass sie einen stabilen Stand ermöglichten. Die Junisonne strahlte fast senkrecht vom Himmel und trieb Käthe den Schweiß auf die Stirn. Sie hielt einen kurzen Augenblick beim Pflücken inne, um ihr Kopftuch abzunehmen und damit einige Schweißperlen abzuwischen. Während sie das Tuch wieder um ihr blondes Haar knotete, das sie zu zwei dicken Zöpfen geflochten hatte, blickte sie zum Klepperhof hinüber. Sie gewahrte die Tante, die mit einem Handkarren nahte.

»Die Elsa ist im Anmarsch!«, rief sie nach unten.

»Wurde auch Zeit«, erwiderte Alwin. »Mir knurrt schon der Magen.« Das erstaunte Käthe kaum, erstens litt ihr Onkel fast immer Hunger, und zweitens arbeiteten sie bereits seit sechs Stunden ohne Pause. Sie verspürte vor allem Durst.

»Mahlzeit«, informierte Alwin die beiden polnischen Erntehelfer, die unweit von Käthe Kirschen brachen. Auf sein Kommando stiegen Olek und Janusz sofort von den Leitern. Mit geübten Handgriffen und mithilfe zweier Holzbohlen, die sie quer über dem Anhänger der Agria ausbreiteten, funktionierten sie den hinteren Teil des Kleintraktors zu einem provisorischen Tisch um. Die Wanderarbeiter verdingten sich bereits in der zweiten Saison auf dem Klepperhof. Sie schliefen in einer Kammer unter dem Dachboden, erhielten fünfunddreißig Pfennig Lohn pro Tag sowie drei Mahlzeiten, für die Elsa sorgte. Sie transportierte das Mittagessen, das heute aus gestampften Kartoffeln und groben Bratwürsten bestand, in einem Leiterwagen, den sie hinter sich herzog. Zum Frühstück servierte sie meist Rührei mit Speck. Die Eier dafür sammelte Käthe jeden Morgen im Hühnerstall, in dem die Kleppers zwölf fette Hinkel hielten. Abends gab es entweder eine dicke Suppe mit Brot vom Vorabend oder frisch gebackenes mit Butter, Schmalz sowie Blutwurst oder Presskopf aus eigener Schlachtung. Diese beiden Mahlzeiten wurden von Familie und Erntehelfern gemeinsam vor und nach der Arbeit im Haus eingenommen, das Mittagessen gab es jedoch bei der Arbeit, damit so wenig Zeit wie möglich beim Pflücken verloren ging.

»Ich dachte schon, der Herd ist umgefallen«, begrüßte Alwin seine Frau vorwurfsvoll, da sie einige Minuten später als üblich erschien.

»Kein Grund zum Nörgeln, du alter Schinder«, beschwichtigte Elsa ihn gutmütig, während sie die Speisen auf dem provisorischen Tisch abstellte, den die Hilfsarbeiter eingerichtet hatten. »Der Post-Michel hat mich aufgehalten. Er hat ein Schreiben für dich gebracht«, erklärte sie ihre Verspätung.

»Soso, ein Schreiben«, brummte Alwin unwillig. »Was steht drin?«

»Keine Ahnung. Ich hab's dabei.« Elsa klopfte auf die Tasche ihrer Kittelschürze, aus der die Ecke eines Briefumschlags hervorlugte.

»Ich bin noch nicht dazu gekommen.« Sie platzierte Krüge mit Wasser und Apfelsaft neben den Speisen.

»Langt kräftig zu!«, forderte sie die Männer und Käthe auf, die inzwischen ebenfalls von der Leiter gestiegen war.

»Nach dem Essen sehen wir weiter.« Alwins Laune besserte sich mit jedem Bissen, den er zu sich nahm.

»Wir liegen gut im Soll«, berichtete er Elsa stolz, die die erste Kirschernte ihres Lebens miterlebte.

»Trotz der Hitze?« Als frischgebackene Ehefrau vom Junior legte sie Wert darauf, ihn nach Kräften bei der Ernte zu unterstützen. Obwohl ihre Hauptaufgabe darin bestand, für die

Verpflegung der Familie und der Arbeiter zu sorgen, hatte sie sich vorgenommen, demnächst auch beim Ernten der Kirschen zu helfen. Sie sah diesem Moment jedoch nervös entgegen, denn sie litt unter Höhenschwindel. Daher bereitete ihr der Gedanke Unbehagen, auf wackligen Leitersprossen in einer Baumkrone zu balancieren und sich nach den Früchten zu strecken. Anders als bei der Weinlese, die sie als Winzertochter im Schlaf beherrschte, fehlten ihr für die Kirschernte die nötige Routine und eine wirkungsvolle Pflücktechnik. Trotzdem war Elsa fest entschlossen, ihr Bestes zu geben. Sie besaß Ausdauer und scheute harte Arbeit nicht. Schließlich war die Weinlese mit klammen Fingern im meist nasskalten Herbst, wie sie sie vom elterlichen Hof kannte, auch kein Zuckerschlecken. Allerdings blieb ihr immerhin erspart, auf eine Leiter zu steigen, um an die Trauben zu gelangen. Seit ihrer Hochzeit im November hatte ihr Ehemann sie allerlei Theoretisches über das Kirschengeschäft gelehrt: Die Ernte begann, sobald sich die Kirschen leicht vom Stiel ziehen ließen, was Alwin ab der zweiten Maihälfte täglich prüfte. Zwischen Ende Mai und Anfang Juni ging es mit den frühen Sorten los. Auf den Obstwiesen der Kleppers zählten *Bornhofener*, *Kassins* sowie *Kesterter Schwarze* zu dieser Kategorie. Elsa hatte sich angestrengt, zumindest die Sortenbezeichnungen im Gedächtnis zu behalten. Eine Unterscheidung der Früchte am Baum fiel ihr schwer, obwohl Käthe ihr geduldig beibrachte, die unterschiedlichen Sorten anhand von Merkmalen wie Färbung und Umfang zu erkennen. Alwin hatte es sich zur Gewohnheit gemacht, nach getaner Arbeit mit Elsa unter den Kirschbäumen zu spazieren. Dabei deutete er auf die Früchte und fragte nach den Sortennamen. Elsa machte so viele Fehler, dass ihr der Spaß am gemeinsamen Spaziergang zu vergehen drohte.

»Ich verwechsele immer *Kassins* und *Kesterter*«, beklagte sie sich bei Käthe.

»Wenn der Alwin auf eine dunkle Kirsche zeigt, dann ist es eine *Kesterter*«, erklärte Käthe. »Du kannst es dir gut mit einer Eselsbrücke merken: ›*Kesterter* ist dunkel wie im Kerker.‹«

»Das ist gut«, freute sich Elsa.

»Und ganz einfach«, stimmte Käthe zu. »Und die *Kassins* sind rot wie der Kaminsims.«

»Also *Kesterter* dunkel wie im Kerker und *Kassins* rot wie der Kaminsims.«

»Genau.«

»Und die *Bornhofener*?«, überlegte Elsa. »Das sind dann die dicken.«

»Siehst du, jetzt kennst du das ganze Geheimnis.«

Zu den späten Kirschsorten, die die Kleppers kultivierten, gehörten *Jorker*, *Blanke* und *Karina*. Diese gelangten Mitte bis Ende Juli zur Vollreife. Auch das hatte Elsa auswendig gelernt.

»Schafft ihr heute die drei Zentner?«, fragte sie und stellte damit ein weiteres Detail ihres neu erworbenen Wissens unter Beweis. Alwin nickte zufrieden.

»Jeder von euch? Du auch?«, neckte Elsa ihren Mann. Sie lächelte, froh darüber, dass das Essen Käthe und den Männern zu schmecken schien, denn sie griffen beherzt zu.

»Na hör mal, wenn der Bauer nicht mit seinen Erntehelfern mithalten kann, verdient er weder Respekt noch den Hof«, brüstete sich Alwin.

»Auch das Käthchen liegt im Soll«, ergänzte er und tätschelte anerkennend den Kopf seiner Nichte, die ob des Lobs stolz errötete. Die diesjährige Ernte versprach anständig auszufallen. Insbesondere wenn das Wetter in den nächsten sieben bis acht Erntewochen trocken blieb. Regen ließ die glänzende Haut der Kirschen aufplatzen, sodass sie sich nicht mehr zum Obstverkauf eigneten, sondern nur noch zum Keltern. Die Wetterzeichen deuteten jedoch auf anhaltenden Sonnenschein.

Elsa fühlte sich wohl in ihrem neuen Zuhause, wo sie seit der Hochzeit lebte. Sie hatte sich gut auf dem Klepperhof eingewöhnt, den der alte Klepper mit eigenen Händen erbaut hatte. Ihr Vater ließ kein gutes Haar an Johann Klepper. Er schimpfte den Jahrgangskollegen einen Drückeberger, weil er 1916 bis 1918 nicht wie er in dem Großen Krieg gekämpft hatte, in dem er drei Finger bei der Explosion einer Mörsergranate eingebüßt hatte. Im Gegenzug hatte ihn der Klepper Johann zu Lebzeiten stets als Arschkriecher tituliert, da der Otte-Karl auf Geheiß der Obrigkeit in einen Kampf zog, den er aus tiefster Überzeugung abgelehnt hatte. Es bereitete Karl Ott wenig Genugtuung, dass er seinen Widersacher, den ein früher Herztod dahingerafft hatte, überlebte. Das wog für ihn die drei verlorenen Finger sowie die beiden Kriegsjahre, die die Lebenswege der ehemaligen Schulkameraden in unterschiedliche Bahnen lenkten, nicht auf. Zudem blieb es Johann Klepper erspart, sich über die aktuellen politischen Entwicklungen zu grämen. Niemand, der ihn gekannt hatte, zweifelte daran, dass er, wenn er denn noch lebte, erneut Opposition bezogen hätte. Aber nicht nur wegen dieser alten Rivalität hegte Karl Ott Vorbehalte dagegen, dass seine Tochter in die Obstpanscherfamilie einheiratete. Erschwerend kam hinzu, dass in seinen Augen alle männlichen Klepper verderbte Charakterzüge aufwiesen: Johann war ein Drückeberger gewesen, sein Schwiegersohn Alwin war ein hirnloser Spinner und Josef ein Trunkenbold. Zumindest Letzteres stimmte, wie Elsa wusste. Alwin hatte ihr anvertraut, dass sein älterer Bruder den Tod seiner geliebten Hertha nie hatte verwinden können. Nachdem die Frau kurz nach Käthes Geburt an der Schwindsucht verstarb, fiel er zusehends der Trunksucht anheim. Elsa hatte Josef vor der Eheschließung nur vom Sehen und von einigen seltenen Begegnungen aus der Ferne gekannt. Auf dem Hof hatte sie ihn dann als einen freundlichen Menschen mit sanftem Charakter kennengelernt. Trotz der Feindschaft ihrer Väter nahm sie der erstgeborene Klepper wohlwollend im Familienkreis auf. Er war ein friedlicher Geselle, der niemandem etwas zuleide tat. Eine Schande, dass er auf Anraten des Dorfarztes seit diesem Frühjahr im Siechenhaus auf dem Geisberg einsaß, wo er von seiner Trunksucht kuriert werden sollte. Seither musste Alwin nicht nur den Hof allein bewirtschaften, sondern sich außerdem um seine dreizehnjährige Nichte kümmern. Er war heilfroh, seit der Heirat dabei auf die Unterstützung seiner Ehefrau zählen zu können. Käthe war ein schüchternes Kind, gehorsam und flei-ßig. Sie packte auf dem Hof mit an und unterstützte Elsa im Haushalt. Nach anfänglicher Zurückhaltung hatte sie Vertrauen zu der angeheirateten Tante gefasst. Das Mädchen und die junge Frau kamen gut miteinander aus. Auch jetzt räumten sie den pro-visorischen Brettertisch gemeinsam ab und verstauten die Reste des Mittagessens im Leiterwagen. Olek und Janusz wandten sich wieder der Arbeit zu.

»Was ist jetzt mit dem Brief?«, fragte Alwin. Elsa schlug sich an die Stirn. Fast hätte sie das Schreiben vergessen, das sie nun sofort aus ihrer Kittelschürze hervorzog. Das Kuvert war leicht zerknittert, die Anschrift darauf mit Schreibmaschine getippt. Der Brief kam von offizieller Stelle, wie der runde Stempel betätigte, der in der oberen linken Ecke prangte und das Symbol eines Adlers sowie ein Hakenkreuz zeigte. Elsa hatte die Erfahrung gemacht, dass Post vom Amt selten Gutes bedeu-tete, und verspürte ein mulmiges Gefühl im Magen.

»Wehrmeldeamt Wiesbaden«, entzifferte Alwin den Absender, und sein Herzschlag setzte für einige Sekunden aus. Auch ihm schwante Unheil. Seine Hand zitterte leicht, als er den Umschlag öffnete. Zum Vorschein kamen zwei Zettel in Postkartengröße.

»*Einberufungsbefehl A*«, stand auf dem Ersten gedruckt. Elsa, die über Alwins Schulter spähte, erblasste. Es folgte eine Liste mit knappen Informationen:

1. Sie werden hierdurch zum aktiven Wehrdienst einberufen und haben sich:

~~sofort~~*) am 15. Juli 1935

bis 8:00 Uhr*)

bei Sammelplatz Nr. 4

in Wiesbaden, Kochbrunnenplatz zu melden.

*) Nichtzutreffendes ist zu streichen.

2. Dieser Einberufungsbefehl und der Wehrpass sind mitzubringen und bei der Dienststelle, zu der Sie einberufen sind, abzugeben.

3. Dieser Einberufungsbefehl berechtigt zum Lösen 1 Wehrmachtfahrkarte(n) gegen Abgabe des anhängenden Gutscheines.

4. Bei unentschuldigtem Fernbleiben haben Sie Bestrafung nach den Wehrmachtsgesetzen zu gewärtigen.

Am unteren Rand des Vordrucks prangte ein zweiter Stempel, identisch mit dem auf dem Umschlag mit Adler und Hakenkreuz sowie ein weiterer des zuständigen Wehrmeldeamts.

Wehrmeldeamt Wiesbaden, 15. Juni 1935

~~Wehrbezirkskommando~~

Bei dem zweiten Zettel, der im Briefumschlag gesteckt hatte, handelte es sich um den in Absatz drei erwähnten Fahrkartengutschein. Elsa fühlte sich wie betäubt. Wie konnte das sein? Sie hatte natürlich mitbekommen, dass Reichsminister Hermann Göring eine deutsche Luftwaffe gegründet hatte. Sie kannte sich mit Politik kaum aus, hatte den Vater jedoch sagen hören, dass Deutschland mit der Gründung gegen irgendeinen Vertrag verstieß. Den Namen hatte Elsa sich nicht merken können. Sie wusste noch, dass er nach der französischen Stadt benannt war, in der er unterschrieben worden war, die so ähnlich klang wie *Wer sei*. Derselbe Vertrag untersagte angeblich auch die Wiedereinführung der Wehrpflicht im Deutschen Reich. Aber offenbar hatte Elsa den Vater falsch verstanden, denn Alwin hatte Ende März seinen Wehrpass erhalten, der gemäß Absatz zwei des Einberufungsbescheids bei der Einsatzstelle vorzulegen war.

O Gott, o Gott!, durchfuhr es Elsa siedend heiß. Wo um Himmels willen hatte sie nur Alwins Wehrpass zur Aufbewahrung deponiert? Sie musste am Nachmittag sogleich im Haus danach suchen. Bis heute hatten sie die Hoffnung gehegt, dass es entweder nicht zur Einberufung käme oder zumindest sein Jahrgang ausgenommen bliebe. Doch nun war das genaue Gegenteil eingetreten.

»Aber wie ist das möglich?«, klagte Elsa am Abend verzweifelt in der ehelichen Schlafkammer, in der es aussah wie Kraut und Rüben. Sie hatte sämtliche Truhen und Schränke durchsuchen müssen, bis sie den Wehrpass endlich unter einem Stapel gestärkter Bettlaken entdeckte.

»Alter Wein in neuen Schläuchen«, gab Alwin missmutig zurück. Worauf er mit seiner Bemerkung anspielte, verstand sie erst, als er ihr erklärte, dass die NSDAP die verbotene Reichswehr kurzerhand in Wehrmacht umbenannt und als Friedensheer deklariert hatte. Da diesbezügliche Proteste aus dem Ausland ausblieben, führten die Nazis am 16. März 1935 die allgemeine Wehrpflicht wieder ein, und zwar für alle Männer ab Jahrgang 1914.

»Ausgerechnet!«, bedauerte Elsa traurig. Das passende Gesetz dazu hatten sie bereits 1933 verabschiedet: Es sah eine

Wehrdienstdauer von zwölf Monaten vor, eine Heeresstärke von sechsunddreißig Divisionen mit insgesamt fünfhundertachtzigtausend Soldaten und das Erreichen der Kriegsfähigkeit im Jahr 1939.

»Ein ganzes Jahr musst du Dienst am Vaterland tun?«, stöhnte Elsa fassungslos.

»Mindestens«, bestätigte Alwin. »Daraus können leicht zwei werden. Ich habe schon von vierundzwanzig Monaten reden hören, allerdings erst ab nächstem Jahr.«

»Aber das ist eine Katastrophe«, brach es aus Elsa heraus. »Was soll aus der Ernte werden?«

Sie sprach aus, was auch ihr Mann dachte. Seit Josef im Siechenhaus saß, trug Alwin die ganze Verantwortung: Er pflückte, teilte die Hilfsarbeiter ein und chauffierte die Agria, die früher sein Bruder gefahren hatte. Fiel Alwin ebenfalls aus, läge Wohl und Wehe der Ernte bei Elsa, Käthe und den beiden polnischen Saisonarbeitern. Ein Ding der Unmöglichkeit, fürchtete Alwin, und seine Frau gab ihm recht.

»Das kann ich keinesfalls allein schaffen«, stieß sie entmutigt hervor. Daraufhin breitete sich Stille in der Schlafkammer aus. Elsa glaubte bereits, ihr Mann sei eingeschlafen. Doch offenbar lag er, genau wie sie, grübelnd wach, denn plötzlich sprach er in die Dunkelheit hinein: »Dann gibt es nur eines.«

»Was?«, flüsterte Elsa.

»Wir müssen mit deinem Vater reden.«

»Schickt mich der Ott«, verkündete der schwarzhaarige Hüne, der zwei Tage später in die Küche des Klepperhofs trat und Alwin die Hand hinstreckte. »Soll ich helfen.« In Richtung der Frauen und der Hilfsarbeiter, die um den Frühstückstisch versammelt saßen, nickte er zur Begrüßung.

Der alte Ott hatte also tatsächlich Wort gehalten und seinen Knecht zur Unterstützung geschickt. Alwin musste bereits in elf Tagen einrücken, deshalb fiel ihm ein Stein vom Herzen, als er die ausgestreckte Pranke des Mannes schüttelte. »Bin ich Zores«, sagte dieser.

Elsa stellte einen weiteren Teller auf den Tisch. Sie kannte den kräftigen Knecht, der seit Jahren auf dem Weingut ihrer Familie arbeitete.

»Setz dich und iss mit uns«, forderte sie ihn auf. Zores ließ sich nicht zweimal bitten und schob sich auf die Eckbank neben Olek und Janusz, die eng zusammenrücken mussten, um dem Hünen Platz zu machen. Dem Otte-Karl war die Genugtuung darüber anzumerken gewesen, dass ihn der Schwiegersohn um Hilfe bat. Jedoch strapazierte er die Situation nicht übermäßig, indem er ihn zu Kreuze kriechen und betteln ließ.

»Selbstverständlich könnt ihr auf mich zählen«, hatte er eingewilligt – so schnell, dass Alwin sich misstrauisch nach dem Grund fragte.

»Sei doch froh«, hatte Elsa ihn gescholten, »du wolltest schließlich, dass mein Vater uns hilft.« Sie wunderte sich allenfalls darüber, dass er seinen tüchtigsten Mann schickte. Karl Ott bot sogar an, ab und zu selbst nach dem Rechten zu schauen.

»Hast ja recht«, lenkte Alwin ein, wurde das Gefühl jedoch nicht los, dass der Alte etwas im Schilde führte. Doch es blieb wenig Zeit für Grübeleien. Die Tage bis zu seiner Einberufung wollten gut genutzt sein. Es gab einiges zu regeln auf dem Hof, den Äckern und mit der Genossenschaft.

»Die Absprachen, wie viel gekeltert wird und wie viel in den Obstverkauf geht, kannst du getrost mir überlassen«, bot der Otte-Karl an. »Ich werde den besten Preis rausholen, darauf kannst du dich verlassen.«

Daran hegte Alwin keinen Zweifel. Trotzdem gedachte er keinesfalls, die Finanzen seinem raffgierigen Schwiegervater zu überlassen. Der brachte es fertig, sich einen Anteil für seine Hilfe einzubehalten.

»Danke, nicht nötig. Darum kümmert sich schon der Willi.«

»Unser Ortsvorsteher persönlich? Wie kommst du zu der Ehre?«

»Na hör mal, immerhin ist er Käthes Onkel.« Karl Ott vergaß immer wieder, dass die verstorbene Hertha die Schwester vom Willi war und deshalb auch eine Verwandtschaft zu der Familie Lupp bestand.

»Und wie macht sich der Zores?«, wechselte er das Thema.

»Besser als gedacht«, lobte Alwin. »Nie und nimmer hätte ich für möglich gehalten, dass er mit seinen Riesenpranken die zarten Kirschen unversehrt vom Baum bricht.« Der Knecht hatte sich in den vergangenen Tagen hervorragend eingearbeitet. Die schweren Leitern aufzustellen, war kein Problem für ihn. Auch die anderen Arbeiten erledigte er mit links. Zuletzt hieß es für Alwin, sicherzustellen, dass die Tagesernten während seiner Abwesenheit zuverlässig zur Genossenschaft gelangten. Diese Aufgabe konnte er weder Käthe noch Elsa übertragen. Keine von beiden hatte Erfahrung mit dem Lenken eines Kleintraktors. Vor allem aber fehlte ihnen die Kraft, den Motor mithilfe des dafür vorgesehenen Seilzugs anzuwerfen. Deshalb rief er am Nachmittag auf dem Acker Zores zu sich.

»Kannst du die Agria fahren?«, fragte er.

»Klar.«

»Gut. Dann übernimmst du heute die letzte Fuhre.«

»In Ordnung«, brummte Zores.

»Und ich fahre mit«, bestimmte Alwin. Wie jeden Abend warteten die Obstbauern in einer langen Schlange darauf, an die Reihe und zur Waage zu kommen, um ihre Ernte wiegen zu lassen. Sie luden die Früchte ab, dann trug der Burkhardt Adolf das Gewicht unter dem Namen des Bauern in das Registerbuch ein.

»Der Zores liefert ab jetzt für mich ab«, stellte Alwin klar. »Nicht dass du auf die Idee kommst, unsere Ernte beim Otte-Karl einzutragen.«

»Keine Sorge«, bestätigte Adolf Burkhardt und vergewisserte sich neugierig: »Der Alte lässt seinen Knecht also tatsächlich für euch buckeln? Es geschehen noch Zeichen und Wunder.« Er hatte im Dorf von der ungewohnten Großzügigkeit des Otte-Karl munkeln hören. Nun, immerhin war Elsa seine Tochter.

Juli 1935

Schande

Seit Wochen sprach man in Gudenshain darüber, dass der
Klepper Alwin und fünf weitere junge Männer zum Wehrdient
einrücken mussten. Es war ein reines Unglück, darin bestand
Einigkeit, denn die Arbeitskraft der Burschen fehlte den
Familien. Alle erhielten die Einberufung für denselben Tag.
Auch der Sohn vom Färber Schorsch gehörte dazu. Deshalb bot
er an, die Bündel mit dem Gepäck der sechs jungen Männer auf
seinem Pferdekarren bis zum Jagdschloss auf der Platte zu bringen. Das Schloss hatte Herzog Wilhelm I. aus dem Geschlecht
der Nassauer errichten lassen. Normalerweise residierte die
Adelsfamilie in ihrem Lustschloss am Biebricher Rheinufer.
Doch in den Sommermonaten nutzte sie die Residenz auf der
dicht bewaldeten Platte für Jagdgesellschaften, zu denen sie
sogar gekrönte Häupter wie die französische Kaiserin Eugénie
luden. Die Uroma der Burkhardt Martha hatte einst auf
dem Jagdschloss gekocht und von den hochherrschaftlichen

Empfängen berichtet. Angeblich war selbst der russische Zar Alexander dort zu Gast gewesen. Marthas Uroma hatte derart von dem schneidigen Russen mit den stahlblauen Augen geschwärmt, dass noch heute im Dorf gerätselt wurde, ob sein Blut nicht auch in den Adern so manch eines Gudenshainers floss. Mittlerweile befand sich das Jagdschloss natürlich im Besitz der Stadt Wiesbaden und gehörte zu den Gebäuden, in denen Dienststellen der Nazis eingerichtet wurden. Der Weg zur Platte führte am Schwarzbach entlang und über die Fürstenwiesen stetig bergan bis zu dem auf vierhundertsechsundneunzig Meter hoch gelegenen Pass. Die Pferde mussten sich ordentlich ins Zeug legen, um den Karren zu bewegen. Der Hohe Taunus grenzte im Norden an den Kamm, an dem sich im Süden die Kreisstraße anschloss, die durch dichten Buchenwald hinunter nach Wiesbaden führte. Am Taunushauptkamm setzte der Färber Schorsch die Gudenshainer Burschen ab. Vor ihnen lag ein circa vierzigminütiger Fußmarsch talwärts am Rabengrund entlang bis zum am Stadtrand gelegenen Volksparkgelände *Unter den Eichen*. An der dortigen Straßenbahnhaltestelle lösten sie den Fahrkartengutschein ein, den sie mit dem Einberufungsbescheid erhalten hatten. Mit der gültigen Fahrkarte in Händen bestiegen die Burschen die Straßenbahnlinie mit der Nummer drei. Die elektrische Bahn fuhr über den Dürerplatz und das Wiesbadener Rathaus zum Hauptbahnhof, wo sie in die Linie 2 Richtung Sonnenberg umstiegen. Insgesamt verkehrten neun Elektrobahnen in der Kreisstadt. Den Sammelplatz am Kochbrunnen, an dem sich die Wehrdienstler einzufinden hatten, erreichten sie nach dem Halt in der Kirchgasse, dem zweiten Stopp der Straßenbahn. Alwin wünschte sich, dass sie nie am Kochbrunnenplatz anlangten und die Fahrt ewig dauern möge. Er blickte den zwölf Monaten, die vor ihm lagen, nervös entgegen und fürchtete die Veränderungen, die ihn erwarteten.

Doch nicht nur sein Leben sollte sich grundlegend ändern, auch der Alltag im Dorf und auf dem Klepperhof veränderte sich, und zwar zum Schlechteren. Elsa bemerkte erste Anzeichen, als Käthe urplötzlich keine Eier mehr für das Frühstück brachte.

»Legen die Hinkel etwa nicht?«, fragte sie überrascht.

»Doch.«

»Was ist dann?«

»Kannst du mitkommen?«, druckste Käthe herum.

»In den Hühnerstall? Bist du irre geworden?« Elsa wunderte sich, was mit dem Mädchen los war. Es schien sich zu fürchten. Nur wovor? In den letzten Tagen verhielt sich das Käthchen merkwürdig. Elsa kam jedoch nicht dazu, nachzufragen, denn in diesem Augenblick erschienen Olek, Janusz und Zores hungrig in der Küche.

»Was ist jetzt mit den Eiern?«, forderte sie ungeduldig, und endlich flitzte Käthe ohne weitere Widerworte los. Zum Glück gab es bei der Ernte keine schwerwiegenden Probleme, obwohl Alwin an allen Ecken und Enden fehlte. Elsa wünschte, sie könnte sich mit ihrem Mann besprechen und sich Rat von ihm holen, statt sämtliche Entscheidungen allein fällen zu müssen. Wenigstens erhielt sie, wenn auch unregelmäßig, Nachrichten von ihm. Es schien ihm gut zu ergehen. Die ersten Wehrdienstwochen war er ganz in der Nähe auf dem Flughafengelände in Wiesbaden-Erbenheim stationiert, wo er beim Jagdgeschwader hundertdreiunddreißig diente. Die Einheit gehörte zur neu gegründeten Luftwaffe. Alwin hatte Elsa geschrieben, dass man immer noch Überreste der Trabrennbahn ausmachen konnte, die sich bis 1929 auf dem Flughafengelände befunden hatte. Er kündigte außerdem an, dass er demnächst nach Kurhessen-Waldeck in der Nähe von Kassel versetzt werden würde. In jedem seiner Briefe erkundigte er sich besorgt, ob die Ernte einigermaßen reibungslos verlief, was Elsa dank Zores' Hilfe bestätigen konnte.

Hätte Alwin mit seiner Nichte gesprochen, hätte er womöglich eine weniger beruhigende Antwort erhalten, denn aus Käthes Sicht lagen die Dinge auf dem Klepperhof leider im Argen. Der neue Knecht, dieser Zores, stellte ihr nach. Nicht so wie der Baumann Peter, der sich entweder damit begnügte, sie aus Dackelaugen anzuschmachten, oder sie auf ungeschickte Weise piesackte, sondern auf eine bedrohliche Art, die Käthe eine Heidenangst einjagte. Zores lauerte ihr im Stall auf und versuchte, sie in eine Ecke zu drängen. Dabei lachte er dreckig. Käthe vermied es in diesen Situationen, dem Zores ins Gesicht zu schauen, denn seine Augen verdunkelten sich gefährlich und seine Miene verzerrte sich zu einer lüsternen Fratze. Außerdem konzentrierte sie sich darauf, ihm zu entwischen, was ihr bisher zum Glück stets gelang. Gestern, als sie bis zur Taille im Hühnerstall steckte, um im Stroh nach den Hühnereiern zu tasten, hatte er sie an den Fußknöcheln gepackt und sie nach draußen gezerrt. Käthe hatte panisch um sich getreten und war so seinem eisernen Griff entkommen. Sie hatte sich ins Haus geflüchtet, in ihrer Kammer eingeschlossen und verzweifelt geweint. Warum waren weder der Vater noch der Onkel auf dem Hof, um sie vor den Attacken des Hünen zu schützen? Der Knecht jagte ihr schreckliche Angst ein, sodass Käthe kaum noch wagte, sich allein auf dem Hof zu bewegen. Jedes Rascheln, jedes Geräusch ließ sie furchtsam zusammenzucken. Sie wollte sich aber nicht bei Elsa oder deren Vater über den Zores beschweren, denn sie wusste ja, dass sie die Kirschernte nicht ohne die Hilfe des Knechts einbringen konnten. Sie musste eben auf der Hut sein und sich vorsehen. Sie beruhigte sich mit dem Gedanken, dem Zores einfach keine Möglichkeit zu bieten, sie allein zu erwischen. Immerhin konnte sie schneller rennen als er. Viel schneller! Doch leider reichte das nicht aus, wie sich herausstellte.

Der Otte-Karl hielt sein Versprechen und schaute regelmäßig nach dem Rechten. Er fand jedoch nicht alles zu seiner Zufriedenheit vor. Im Gegenteil bestätigte sich, was er immer schon behauptet hatte: Die Kleppers waren durch und durch verderbte Menschen, einschließlich der Käthe. Unbemerkt hatte er ihr Treiben auf dem Acker beobachtet. Im Gewand der Unschuld stand sie auf der Leiter, streckte sich nach den Kirschen und zeigte dabei ihre festen Schenkel. Er konnte seinem Knecht nachfühlen, wie dem bei diesem Anblick der Schwanz in der Hose anschwoll. Die Käthe war kein Kind mehr, natürlich reizte sie den Zores mit voller Absicht. Offenbar juckte es das kleine Luder zwischen den Beinen. Das erkannte auch der Zores, der nicht lange fackelte, sondern beherzt zugriff. Wer könnte es ihm verdenken?

Käthe hörte das Motorengeräusch der näher kommenden Agria. Der Anhänger war bereits randvoll mit Kirschen. Es wurde Zeit, dass der Zores die Ernte zur Genossenschaft transportierte. In der Baumkrone fühlte sie sich vor den Anzüglichkeiten des Knechts sicher, deshalb kümmerte sie sich nicht um ihn, sondern pflückte weiter. Als sie plötzlich spürte, wie sich zwei Hände wie Schraubstöcke um ihre Knöchel legten, stockte ihr jäh der Atem. Erschrocken schaute sie nach unten, direkt in die Visage vom Zores. Sein Mund mit den fauligen Zähnen verzog sich zu einem triumphierenden Grinsen, als er sie Zentimeter um Zentimeter genüsslich zu sich nach unten zog. Von Panik erfüllt, wollte Käthe verzweifelt nach ihm treten und sich an der Leiter festklammern, doch gegen die Kraft des Zores kam sie nicht an. Sie war dem Hünen hilflos ausgeliefert. War denn niemand in der Nähe, der ihr zu Hilfe eilen konnte? Sie blickte sich panisch um, doch weder die Erntehelfer noch Elsa oder sonst eine Menschenseele waren weit und breit zu sehen. Sie wollte um Hilfe schreien, doch die Angst schnürte ihr die Kehle zu. Sie fühlte, wie Zores seine schwielige Hand unter ihren Rock wandern ließ, mit der anderen knöpfte er sich die Hose auf. Sein aufgerichteter Schwanz streckte sich ihr entgegen. Käthe wurde übel. Sie hatte oft beobachtet, wie die Deck-Eber die Sauen besprangen, und betete stumm, dass ihr dieses Schicksal erspart blieb. Doch unerbittlich zog der Knecht Käthe näher zu sich, dabei rutschte ihre Kleidung bis zur Hüfte hoch.

Bitte mach, dass er weggeht!, betete sie stumm. Doch ihr Flehen blieb ungehört. Zores zwang ihre nackten Schenkel auseinander. Käthe schluckte die Galle, die ihr bitter in die Kehle schoss, herunter. Einige Sekunden, die Käthe wie eine Ewigkeit vorkamen, schwebte ihr entblößtes Becken über dem erigierten Penis des Knechts. Sein Geschlecht kam ihr riesig vor.

»Bitte, bitte, lass es nicht wehtun!«, dachte sie noch und schloss in Erwartung des Unvermeidlichen die Augen. Dann packte Zores ihre Hüfte, zog sie mit einem einzigen heftigen Ruck auf sich herab und drang brutal in sie ein. Käthe glaubte in zwei Teile gerissen zu werden und schrie auf.

Karl Ott hörte den spitzen Schrei, den das Mädchen ausstieß, und leckte sich lüstern die Lippen – damit heizte das verderbte Luder die Manneslust nur noch mehr an. Sekunden später beobachtete er von seinem Versteck aus, wie sich Käthes nackter, weißer Hintern zwischen den Sprossen im Rhythmus von Zores' Lendenstößen hob und senkte. Er genoss den prächtigen Anblick ihres festen Hinterteils. Trotzdem würde er seinem Knecht später unter vier Augen gehörig die Leviten lesen.

Als Zores endlich von Käthe abließ, wütete der Schmerz zwischen ihren Beinen. Mit einem zufriedenen Grunzen knöpfte er sich die Hose zu und trollte sich. Doch noch schlimmer als ihr Geschlecht brannte die Scham in Käthe. Wie betäubt lehnte sie an der Leiter und zog ihre Kleidung zurecht. Sie wusste nicht, was sie machen sollte. Nach Hause laufen und Elsa davon erzählen? Doch wie sollte sie Worte für das finden, was soeben geschehen war? Was würde die Schwägerin von ihr denken?

Und was konnte sie gegen den Zores ausrichten? Elsa würde höchstens den Otte-Karl zu Hilfe rufen, doch Käthe wollte auf keinen Fall, dass der alte Winzer oder sonst jemand im Dorf von ihrer Schande erfuhr. Wie in Trance stieg Käthe wieder die Leiter hoch und pflückte mechanisch weiter.

»Wenn ich dich dabei erwische, dass du der Käthe ein Balg anhängst, schlage ich dir die Zähne ein«, drohte Karl Ott später seinem Knecht. Er vermutete, dass seine Tochter ebenfalls wusste, was vor sich ging, obwohl sie ihm gegenüber nichts davon erwähnt hatte. Der Knecht glotzte schuldbewusst. Tatsächlich hatte Elsa eine ähnliche Beobachtung gemacht. Sie hatte Käthe und den Zores mit heruntergelassenen Hosen in der Scheune erwischt. Er stand mit dem Rücken und dem haarigen Arsch zu ihr gewandt, sodass er sie zum Glück nicht bemerkte. Vor ihm, vornübergebeugt auf einem Strohballen, lag Käthe, die er bei den Zöpfen gepackt hielt. Wegen seiner wippenden Bewegungen wirkte es fast so, als umfassten seine Hände die Zügel eines Pferdes. »Fehlte nur noch, dass der Zores wieherte wie ein Gaul«, dachte Elsa erschaudernd. Sein Schnaufen klang jedenfalls ähnlich. Sie stand mehrere Sekunden wie versteinert, bevor sie sich verschämt abwandte und eilig aus dem Staub machte. Mit Alwin hatte sie bislang nur im ehelichen Bett beieinandergelegen. Selbst in ihren kühnsten Träumen konnte Elsa sich nicht vorstellen, dass ihr Mann es mit ihr so trieb wie der Zores mit der Käthe. Sie bezweifelte, dass das Käthchen bei der Schweinerei freiwillig mitmachte. Was sollte sie jedoch dagegen unternehmen? Mit ihr über die peinliche Angelegenheit reden? Oder direkt mit dem Vater? Der würde den geilen Bock zweifellos zur Räson bringen können. Aber wie, in Gottes Namen, sollte sie diese Ungeheuerlichkeit in Worte fassen? Unmöglich! Sie beschloss, zunächst abzuwarten. Vielleicht brachte Käthe das heikle Thema ja von selbst zur Sprache.

»Kannst du mir zeigen wie ich einen Dutt drehe?«, fragte Käthe wenige Tage später. Elsa sah darin ihre Vermutung bestätigt, dass der Zores das Käthchen gegen ihren Willen nahm.

»Damit der Zores dich nicht mehr packen kann?«, fragte Elsa deshalb sanft und merkte, wie sich Käthes ganzer Körper versteifte. »Ich hab euch gesehen«, gestand Elsa leise, und im selben Moment begann Käthe schon hemmungslos zu weinen.

»Es soll aufhören«, schluchzte sie. »Kannst du machen, dass er von mir ablässt?«

»Nur wenn ich mit dem Vater spreche.«

Käthe schüttelte energisch den Kopf. »Nein, nur das nicht! Ich will nicht, dass jemand von dieser Schande erfährt«, schluchzte sie.

Seit diesem Tag trug Käthe die Haare nie mehr zu Zöpfen geflochten, doch das rettete sie nicht vor dem Zores.

»Du musst die Vorfälle melden«, forderte Karl Ott von seiner Tochter, nachdem Elsa sich ein Herz gefasst und ihrem Vater von dem Treiben des Knechts berichtet hatte.

»Wem denn?«, fragte sie verwundert.

»Na, unserem Dorfarzt. Dr. Trabert kümmert sich um derlei Angelegenheiten.« Das war ihr neu. Zudem fühlte sie sich unwohl bei dem Gedanken.

»Warum ausgerechnet ich?«

»Weil es sich um eine Weibersache handelt«, argumentierte Karl Ott.

Elsa gehorchte ihrem Vater nicht sofort. Erst nachdem die Übergriffe im Verlauf des Juli und August immer offensichtlicher wurden, fasste sie sich ein Herz und sprach mit dem Dorfarzt.

»Es ist gut, dass du zu mir gekommen bist«, beruhigte Dr. Trabert sie und versprach, sich um die Angelegenheit zu kümmern. Mit wöchentlich durchschnittlich zehn Anzeigen zu Fällen von Erbgesundheitsfragen, die Dr. Trabert in seiner Funktion als Amtsarzt seit Inkrafttreten der Rassengesetze zu beurteilen und zu attestieren hatte, kam er nicht sofort dazu, seine Ankündigung in die Tat umzusetzen. Fast drohte die Sache in Vergessenheit zu geraten. Doch dann erinnerte ihn der Unfall vom dicken Baumann Peter wieder daran. Der Bub war auf dem Acker vom Ortsvorsteher wie Fallobst von einem Apfelbaum gestürzt. Er war meist mit von der Partie, wenn es die Dorfjugend auf die Äpfel von Willi Lupp abgesehen hatte. Wurden sie auf frischer Tat ertappt, nahmen seine Kumpels die Beine in die Hand, um sich schleunigst über die Obstwiesen auf und davon zu machen. Der Metzgersbub jedoch wankte schnaufend hintendrein. Seine breite Silhouette gab ein sicheres Ziel ab, sodass die Steinchen, die der Ortsvorsteher den Flüchtenden hinterherwarf, selten ihr Ziel verfehlten. Oft saß er sogar noch unbeholfen im Baum, wo er bei jedem Treffer wie ein Mädchen aufkreischte.

»Na, haben dich deine Kumpel im Stich gelassen?«, höhnte Willi Lupp, als er den dicken Metzgerssohn mit brummendem Schädel und einer Platzwunde am Boden liegend vorfand. Der Ortsvorsteher wusste, wie wenig beliebt der Junge im Dorf war. Erstens war er so verfressen wie unsportlich und zweitens eine Petze.

»Wer Äpfel klauen will, sollte gut zu Fuß sein«, spottete Willi Lupp. Schließlich überraschte er die Dorfjugend nicht zum ersten Mal dabei, wie sie sich an seinen Äpfeln gütlich tun wollte.

»Diesmal hab ich nix gestohlen«, beteuerte Peter weinerlich, wollte aber partout nicht mit der Sprache herausrücken, was um Himmels willen er dann auf dem Baum gewollt hatte. Lieber ließ er sich als Dieb beschimpfen, als zuzugeben, dass er den Zores dabei beobachtet hatte, wie er es mit der Käthe trieb. Er wäre kaum gestürzt, hätte er die Hände dazu benutzt, sich im Geäst des Apfelbaums festzuhalten, statt sie in seine Hose wandern zu lassen. Er hasste das Käthchen dafür, dass sie dem Zores erlaubte, was sie ihm verwehrte.

»Der Junge ist tatsächlich dumm wie Bohnenstroh«, dachte Willi Lupp angesichts dessen belämmerten Gesichtsausdrucks und schleppte ihn zum Dorfarzt. Die Wunde am Kopf musste genäht werden. Dr. Trabert drohte, die Platzwunde ohne Betäubung zu nähen, falls Peter nicht endlich zugab, was er auf dem Acker gesucht hatte. Der Arzt kannte seine Pappenheimer, allen voran den Baumann Peter und seine hirnverbrannten Einfälle. Weil er seine kleine Schwester loswerden wollte, die noch im Kinderwagen saß und die er auf Geheiß der Eltern zum Spielen mitschleppen musste, hatte er ihr mitten im Winter Schuhe, Strümpfe, Handschuhe und Mütze ausgezogen. Je schneller die Alma fror, kalkulierte der Verreckling, desto eher konnte er den Störenfried wieder zu Hause abliefern. Die Machenschaften des Metzgersbuben flogen an dem Tag auf, an dem er beim Schlittenfahren in den Kurzbach fiel. In der Aufregung hatte er seine Schwester mit bloßen Händen und Füßen am Rand der Schlittenbahn vergessen und folglich zurückgelassen. Käthe Klepper, die offenbar mehr Verstand besaß als er, hatte das Kind mit blau gefrorenen Extremitäten bei Dr. Trabert abgeliefert. Normalerweise, so erzählte das Mädchen, zog sie Alma einfach nur Schuhe, Strümpfe, Handschuhe und Mütze wieder an. Deshalb gerate sie regelmäßig mit dem Baumann Peter in Streit. Anfangs hatte Käthe den Kinderwagen besorgt zu den Eltern in den Metzgerladen gefahren, inzwischen jedoch schien das Kleinkind erstaunlich widerstandsfähig gegen die Kälte. An jenem Tag, als sie die Baumann Alma zum Doktor brachte, sorgte Käthe sich allerdings um die Gesundheit des Kindes. Zu Recht, wie sich der Dorfarzt erinnerte, denn die Ohren der Kleinen glühten regelrecht in der Zimmerwärme der Praxis. Grimmig zückte

Dr. Trabert eine viel zu große Injektionsnadel und näherte sich damit der Stirn des Hornochsen Peter.

»Ich bin der Käthe nachgeschlichen«, gestand der schließlich quiekend vor Angst, woraufhin der Arzt die überdimensionierte Nadel sinken ließ und stattdessen zur Betäubungsspritze griff.

»Auf einen Baum?«

»Nein, natürlich nicht, aber von dort wollte ich einen Blick auf sie erhaschen.« Seine Ohren leuchteten ebenso hochrot wie die seiner unterkühlten Schwester damals.

»Nicht nur ein Trottel«, dachte Willi Lupp, der mit im Behandlungszimmer saß, »sondern auch noch ein verliebter Trottel.« Er wusste, dass die Hormone bei Jungen in diesem Alter den Verstand trübten. Deshalb verzichtete er darauf, nachzuhaken, warum er ausgerechnet auf seinem Acker einen Blick auf die Käthe erhaschen wollte und warum er dazu auf einen Baum hatte klettern müssen. Es genügte Willi Lupp zu wissen, dass seine Nichte sich nicht für den dicken Metzgerssohn interessierte. Das hatte sie ihm erst wenige Monate zuvor beim Maibaumaufstellen anvertraut.

»Wenn du einen Vorwand suchst, um mit deiner Angebeteten zu sprechen ...«, sagte Dr. Trabert und ging zu seinem Schreibtisch, wo er etwas auf einen Vordruck kritzelte und ihn in einen Umschlag steckte, »... dann bring ihr diese Nachricht. Ich möchte Käthe am Montag in meiner Praxis sprechen.«

Peter Baumann nickte eifrig, jedoch nur bis zu dem Augenblick, in dem der Arzt die Betäubungsspritze in seine Stirn setzte.

Oktober 1935

Ferkelhoden

Käthe fragte sich, warum der Herr Doktor sie herbestellt hatte. Zunächst hatte sie einige äußerst peinliche Untersuchungen über sich ergehen lassen müssen, und nun hielt er einen langatmigen Vortrag, dessen Sinn sie nur zur Hälfte verstand.

»In weiten Kreisen der Bevölkerung herrscht Unklarheit über das Wesen der Unfruchtbarmachung. Sie wird oft mit Kastration verwechselt.« Käthe blinzelte, während der Amtsarzt auf der gegenüberliegenden Seite des großen Mahagonischreibtischs mit lauter Stimme fortfuhr. Ansonsten wagte das Mädchen keine Bewegung auf dem unbequemen Stuhl. Der Dutt, zu dem sie das dichte, blonde Haar hochgebunden hatte, steckte unter einem grauen Kopftuch, das ihren hellen Teint blass erscheinen ließ. Ihre Lippen wirkten bläulich, fast blutleer.

»Deshalb ist hervorzuheben, dass Unfruchtbarmachung nichts mit Kastration zu tun hat. Bei der Kastration werden bestimmte wesentliche Teile der Geschlechtsorgane entfernt.«

Die offenherzigen Worte des Herrn Doktor trieben Käthe die Röte in die fahlen Wangen. Sie hatte häufig beobachtet, wie Onkel Willi den Ferkeln mit einer Zange die Eier abknipste. Die Tiere quiekten dabei mit erbärmlich hohen Stimmchen, die fast wie menschliche Schreie klangen. Sie verstand also, wovon der Herr Doktor sprach, aber nicht, warum. Sie blickte verschämt zu Boden, wo sie das verschlungene Muster der graublauen Kacheln studierte.

»Dadurch wird die Persönlichkeit des Kastrierten verändert, insbesondere das Geschlechtsempfinden beseitigt.«

Onkel Willi hielt die Eber stets getrennt von den Sauen. Nach der Kastration kamen sie nicht mehr zum Zug, dieses Privileg blieb dem Deck-Eber vorbehalten. Käthe hatte nie darüber nachgedacht, ob der Eingriff die Persönlichkeit der Ferkel veränderte. Ein bis zwei Tage später schienen sie den Schmerz vergessen zu haben und fraßen mit dem gleichen Appetit wie zuvor.

»Der Unfruchtbargemachte bleibt im Gegensatz zum Kastrierten im Vollbesitz seiner körperlichen, geistigen und seelischen Kräfte«, dozierte Dr. Rudolf Trabert weiter, Käthes Beschämung absichtlich ignorierend. Die Bedeutung dieser zweiten Sache, der Unfruchtbarmachung, kannte sie nicht. Von dieser Methode hatte sie bei den Ferkeln noch nie gehört.

»Er kann auch weiterhin Geschlechtsverkehr ausüben.« Der Amtsarzt schaute über den Rand seiner Hornbrille, um sich der Aufmerksamkeit seines Gegenübers zu versichern. Käthe hörte hoch konzentriert zu, starrte jedoch noch immer peinlich berührt auf das Fliesenmuster zu ihren Füßen. Die Befragung beschämte sie sogar stärker als die aufwendige medizinische Untersuchung, die sie zuvor über sich hatte ergehen lassen müssen.

»Das Lustempfinden des Unfruchtbargemachten wird nicht beeinträchtigt.« An dieser Stelle legte Dr. Rudolf Trabert eine effektvolle Pause ein, die Käthe schließlich aufblicken ließ. Zufrieden hob der Amtsarzt einen belehrenden Zeigefinger und schloss seine Unterweisung mit der Feststellung:

»Es wird ihm nur unmöglich gemacht, seine Erbanlagen fortzupflanzen.« Mit einem kurzatmigen Schnaufen ließ er sich, erschöpft vom eigenen Redeschwall, in den ledernen Sessel hinter seinem Konsultationstisch zurücksinken. Er zog ein kariertes Stofftaschentuch aus der Brusttasche seines gestärkten Arztkittels hervor, nahm die Brille von der Nase und begann sie akribisch zu putzen. Während er das Taschentuch über die Brillengläser kreisen ließ, betrachtete er das Mädchen, das er seit dessen Geburt kannte. Wie lange war das her? Es müssten zwölf, nein, dreizehn Jahre sein. Käthe saß kerzengerade mit durchgedrücktem Rücken auf dem hölzernen Stuhl ihm gegenüber und schwieg, doch ihre Gedanken rasten.

»Aha!«, dachte sie. Obwohl sie sich die komplizierten Worte des Herrn Doktor nicht merken konnte, hatte sie verstanden: Das Erste von beiden war gut. Wie bei den Ferkeln müsste man dem Zores die haarigen Eier abschneiden, damit er sich nicht mehr wie ein grunzender Eber über sie hermachte. Aber das würde wohl kaum geschehen: nicht, solange sich der Vater nicht auf dem Hof befand, um nach dem Rechten zu sehen. Derweil konnte der Knecht mit ihr machen, was er wollte und so oft er es wollte, und er wollte ständig. Angeekelt schloss sie die Augen, die aufsteigende Galle schluckte sie herunter. Stille breitete sich im Raum aus, der in dämmriges Herbstlicht getaucht war, das durch ein schmales, zweiflügeliges Fenster hereinfiel. Käthe schaute hinab auf ihre schwieligen Hände, die sie im Schoß gefaltet hielt, und auf ihre Schuhe, an denen getrockneter Schlamm klebte.

»Hast du verstanden, warum sich die Unfruchtbarmachung wesentlich von der Kastration unterscheidet?«, fragte der Amtsarzt.

»Jawohl, Herr Doktor«, flüsterte das Mädchen nicht wahrheitsgemäß und mit kaum hörbarer Stimme.

Der Arzt nickte zufrieden. Dann setzte er seine Unterschrift auf ein Blatt Papier, das er anschließend stempelte und ihr zusammen mit einem zweiten Dokument aushändigte.

»Du kannst gehen.«

»Jawohl, Herr Doktor«, sagte Käthe erneut und erhob sich erleichtert von dem Stuhl, dessen Beine beim Zurückschieben ein unangenehm kratzendes Geräusch auf dem Fußboden verursachten. Eilig verließ sie das Sprechzimmer des Arztes. In der Hand hielt sie die zwei Papierseiten fest umklammert, die er ihr zum Abschied übergeben hatte und die sie leider nicht lesen konnte. Hätte ihr der Vater erlaubt, nach der dritten Klasse weiter die Schule zu besuchen, könnte sie es vielleicht. Nein, bestimmt sogar! Bestimmt hätte sie das Lesen gelernt. Sie war keineswegs dumm. Sie beherrschte sogar die Grundrechenarten, zumindest ein bisschen. Aber ein Mädchen heiratete und brauchte keine Schulbildung, hatte der Vater gemeint.

Hätte Käthe lesen können, hätte sie gewusst, dass sie eine ärztliche Bescheinigung in den Händen hielt. Darin attestierte Amtsarzt Dr. Rudolf Trabert, dass Fräulein Käthe Klepper, geboren am 31. Oktober 1922, zurzeit wohnhaft in Gudenshain, Regierungsbezirk Wiesbaden, gemäß Paragraph zwei Absatz zwei des Gesetzes zur Verhütung erbkranken Nachwuchses vom 14. Juli 1933 im Reichsgesetzblatt I S. 529 über das Wesen und die Folgen der Unfruchtbarmachung aufgeklärt worden sei. Die Benannte habe gleichzeitig das Merkblatt zur Unfruchtbarmachung erhalten. Unterzeichnet und gestempelt in Gudenshain, Regierungsbezirk Wiesbaden, am 7. Oktober 1935.

Tranfunzel

Froh, den Arztbesuch hinter sich gebracht zu haben, band Käthe das Kopftuch fester um das widerspenstige Haar, an dem der eisige Wind zerrte, als sie aus der Praxis von Dr. Trabert hinaus auf die Untergasse trat. Es war ungewöhnlich kalt für Anfang Oktober, ihr Atem gefror in der Luft. Sie überquerte den menschenleeren Kirchplatz, wo sie sich vor der katholischen Kirche bekreuzigte. Das Gotteshaus bot im Inneren genug Platz für die dreihundert Gudenshainer Seelen, wenn alle zusammenrückten und Ortsvorsteher Lupp seinen enormen Wanst einzog. Der Gedanke an den älteren Bruder ihrer verstorbenen Mutter entlockte Käthe unwillkürlich ein Schmunzeln. Der gutmütige Onkel Willi hatte stets ein nettes Wort für sie übrig. Er war angeblich schon als Kind rund wie ein Apfel gewesen, witzelte man im Dorf. Doch die Frotzeleien perlten an Wilhelm Lupp ab wie das Wasser an einer Ente. Käthe hauchte in die klammen Hände und rieb sie, um sie zu wärmen. Sie schlug den Weg über die Hintergasse ein, der neben der großen Linde abzweigte und stetig bergan zum Klepperhof führte. Das Kopfsteinpflaster der Gasse war stellenweise vereist und rutschig. Trotzdem schritt sie kräftig aus. Je schneller sie lief, desto eher vertrieb die Bewegung die Kälte aus den Knochen.

Auf dem Hof angekommen, ging sie direkt in die Wohnstube. Ihre schmutzigen Schuhe streifte sie an der Haustür ab und schlüpfte in dicke Pantoffeln aus Rosshaar. Die gute Stube war der einzig beheizte Raum im Haus. Sofort schlug ihr die wohlige Wärme des Holzofens entgegen. Sie schälte sich aus dem Mantel und lockerte die angespannten Schultern, die sie zum Schutz vor dem eisigen Wind unwillkürlich zusammengezogen hatte. Ihr blieb eine Stunde, bevor die Hühner für die Nacht gefüttert werden mussten. Auf dem Herd stand ein Erbseneintopf, den Elsa gekocht hatte. Die Suppe duftete herrlich. Käthe rührte mit der

Kelle, die im Topf steckte, und füllte sich eine Suppenschale. Sie hatte seit dem Frühstück nichts gegessen, ihr knurrte der Magen. Der Weg ins Dorf war weit und der Besuch bei Dr. Trabert hatte lang gedauert, länger als erwartet. Sie war im Morgengrauen aufgebrochen, nachdem sie die Eier aus dem Hühnerstall eingesammelt und ins Haus gebracht hatte, und jetzt dunkelte es bereits. Die Tante würde schimpfen, dass Käthe so viele Stunden fort gewesen war, denn eigentlich hätte sie dem Elschen heute bei der Wäsche helfen sollen. Seufzend schnitt sie sich einen Kanten Brot ab und setzte sich auf die Eckbank am Ofen. Sie löffelte die Suppe, in die sie Brotstücke tunkte.

Die beiden Papiere des Herrn Doktor hatte sie auf der Anrichte neben dem Eingang im Flur deponiert. Ein kalter Luftzug wehte plötzlich ins Zimmer, als die Tante hereinkam.

»Da bist du ja endlich«, brummte Elsa, aber ihrem Ton fehlte die erwartete Schärfe. Käthe nickte.

»Lang warst unterwegs.« Wieder nickte Käthe. Sie rechnete damit, dass sich die Tante gleich beklagen würde, weil sie sie mit der Plackerei heute allein gelassen hatte. Elsa verzichtete jedoch auf eine Schimpftirade.

»Und? Was sagt der Herr Doktor?«, fragte sie stattdessen. Tja, was hatte er gesagt? Das wusste Käthe nicht recht zu benennen. Sollte sie damit herausplatzen, dass man dem Zores die Eier abschneiden würde? Aber hatte der Dorfarzt das tatsächlich gesagt? Oder bedeutete sein Gerede etwas anderes? Käthe war durcheinander. Daher schwieg sie, schlurfte zur Anrichte im Flur und reichte der Tante die beiden Schriftstücke, die ihr Dr. Trabert ausgehändigt hatte. Vielleicht stand dort geschrieben, was sich Käthe und Elsa von dem Besuch bei dem Herrn Amtsarzt erhofften. Elsa kniff die Augen zusammen, um im schwachen Licht der Küchenlampe die Schrift zu entziffern. Käthe hielt gespannt den Atem an. Das Elschen konnte lesen, besser als die meisten Dorfbewohner. Das behauptete sie zumindest. Als geborene Ott hatte Elsa volle fünf Jahre die Volksschule besucht, zwei Schuljahre mehr als alle Mädchen und auch viele der Buben im Dorf. Ihr Vater konnte sich den Luxus erlauben, seine Tochter zur Schule zu schicken, denn Karl Ott war schließlich der wohlhabendste Winzer in Gudenshain.

»Zu dunkel«, entschied Elsa, nachdem sie einige Minuten vergeblich versucht hatte, die getippten Zeilen zu lesen. »Mit der Funzel verdirbt man sich die Augen«, schimpfte sie.

Käthe verbarg ihre Enttäuschung. Zu gern hätte sie erfahren, was in den Papieren stand, die ihre Tante achtlos auf den Küchentisch warf. Käthe klaubte die Seiten zusammen und legte sie wieder zurück auf die Anrichte im Flur.

Consilium Medicum

Dr. Rudolf Trabert hängte den Arztkittel ordentlich auf den Kleiderbügel an der Garderobe im Flur seiner Praxis und tauschte ihn gegen ein kariertes Jackett. Dann verschloss er die Eingangstür sorgfältig und steckte den Schlüssel in die Jackentasche. Es galt Patientenakten und vor allem den Medikamentenvorrat im Arzneimittelschrank vor unbefugtem Zugriff zu schützen. Wie in Medizinerkreisen üblich, hielt er am Mittwochnachmittag keine Patientensprechstunde ab, sodass er die Praxis heute früher als gewöhnlich schließen konnte. Das Fräulein Wendt, das ihm am Empfang und bei den Hausbesuchen zur Hand ging, hatte er bereits vor einer Stunde in den wohlverdienten Feierabend geschickt. Für den heutigen Nachmittag hatte Dr. Trabert sämtliche Hausbesuche abgesagt, die mittwochs normalerweise auf dem Programm standen. Auch die Anfertigung des Arztberichts mit den Untersuchungsergebnissen von Käthe Klepper musste bis morgen warten, denn heute hatte er einen Auswärtstermin.

Die Räumlichkeiten der allgemeinmedizinischen Praxis befanden sich im Erdgeschoss seines Elternhauses und umfassten zwei Konsultationszimmer, einen Warteraum, sein Büro sowie den Empfangsbereich. In denselben Räumen hatte zuvor sein Vater, der berühmte Dr. Reinhardt Trabert, praktiziert. 1889 war ihm eine medizinische Sensation gelungen: Er hatte als erster deutscher Arzt die erfolgreiche Operation des Leistenbruchs nach der neuartigen Operationsmethode seines italienischen Kollegen Edoardo Bassini durchgeführt. Der Medizinprofessor aus Padua hatte die bahnbrechende Operationstechnik einige Jahre zuvor entwickelt. Nach siebenunddreißig erfolgreichen Operationen titelte das *Frankfurter Volksblatt* 1892 überschwänglich: *Deutschland kann aufatmen! Endlich Schluss mit dem Tod durch Leistenbruch!* Der übermächtige Schatten des berühmten Vaters schwebte über Dr. Rudolf Trabert wie sein Lebensmotto *Eruditio obligat.*

»Bildung verpflichtet«, hatte der zweiundsiebzigjährige Senior zum wiederholten Mal gemahnt, als er die Arztpraxis samt der Patientenakten an seinen einzigen Sohn übergab. »Du wurdest erzogen, Großes zu schaffen.« Genau das hatte Dr. Rudolf Trabert vor, und die neuen Gesetze der Nazis zur Rassenhygiene würden ihm dabei helfen.

»Gerda!«, brüllte er in den spärlich beleuchteten Hausflur. Sogleich öffnete sich die Tür im ersten Obergeschoss, die zu den Wohnräumen führte, die der Amtsarzt mit seiner Gattin bewohnte. Der sorgfältig frisierte Lockenschopf der Gerufenen erschien am oberen Treppenabsatz, und durch die geöffnete Wohnungstür verbreitete sich sogleich ein Duft von Bratkartoffeln im Treppenhaus.

»Jesses, Rudi, ist dir was?«, fragte Gerda Trabert besorgt.

»Nichts ist«, lautete die unwirsch gebrummte Antwort. »Ich brauche meine Kappe.« Der Kopf verschwand. Wenige Augenblicke später eilte Gerda auf klappernden Absätzen die Treppe hinunter. Wortlos händigte sie ihrem Mann eine Lederkappe nebst Schutzbrille, eine dicke Joppe sowie die gefütterten Handschuhe aus. Sie hatte Übung darin, ihm die Motorradausrüstung zu reichen, wann immer er zu einem Notfall eilte. Während sie beobachtete, wie er die Montur anlegte, stutzte sie. Offenbar plante er, ohne seine Arzttasche aufzubrechen.

Dr. Trabert bemerkte ihren fragenden Blick und erklärte widerwillig, denn schließlich war er seiner Frau keinerlei Rechenschaft schuldig: »Ich fahre zur Sitzung.« Gerda nickte. »Brauchst mit dem Abendessen nicht auf mich zu warten.« Sie unterdrückte ein Seufzen. Ihr Mann gedachte also, im *Ratskeller* zu speisen, wo er sich zum Austausch mit den Medizinerkollegen traf. Nun, dann würde sie die Bratkartoffeln morgen servieren, aufgewärmt mit Ei und Speck. Die Zusammenkünfte des sogenannten Consilium Medicum erfolgten unregelmäßig. Bis zum Ende des Vorjahres hatten die Treffen monatlich im Rahmen der örtlichen SA-Versammlungen stattgefunden. Die Zuständigkeit wechselte jedoch von der Sturmabteilung zur Schutzstaffel, wodurch eine sechsmonatige Pause folgte, bis sich die Ärzte aus dem Rheingau sowie der Umgebung von Main und Taunus in alter Besetzung neu organisierten. Die Diskussionsrunde im Kellerlokal des Wiesbadener Rathauses stand auch Vertretern der SS und der Richterschaft offen.

»Fahr vorsichtig!«, mahnte Gerda. Doch sie sprach zur Haustür, die schon hinter ihrem Mann ins Schloss gefallen war. Dr. Trabert war spät dran, deshalb schritt er eilig über den Hof, wo seine Horex in einem Holzverschlag parkte. Er schob das moderne Zweirad aus der Bad Homburger Produktion heraus, schwang sich auf den Sitz der S8 und trat sie schwungvoll an. Ein Kick genügte, um dem Motor ein tiefes Röhren zu entlocken, mit dem die zwei Zylinder zum Leben erwachten. Dr. Trabert rückte seine Schutzbrille zurecht und brauste mit feurigen vierundzwanzig PS über die Höhenstraße nach Wiesbaden.

Heute war es an ihm, vor der anwesenden Ärzteschaft im *Ratskeller* zu referieren. Zufrieden trat er ans Rednerpult. Kaum hatte er begonnen, die neuesten Erkenntnisse in der Erblehre darzulegen, als bereits eine hitzige Diskussion unter den zweiunddreißig Amts- und Kreisärzten entbrannte. Wie er selbst gehörten die Anwesenden, von wenigen unrühmlichen Ausnahmen abgesehen, der SS an.

»Mitnichten, Herr Kollege, mitnichten«, gebot Dr. Trabert der Diskussion im Auditorium tadelnd Einhalt. »Es muss im Gegenteil streng unterschieden werden zwischen Erbkranken und Geisteskranken.« Wieder erhob sich Gemurmel im Saal. Dr. Trabert klopfte mit der Faust auf das Rednerpult, auf dass Ruhe einkehre. Dann fuhr er unbeirrt fort: »Geisteskrank ist nur ein Teil der Erbkranken.« Er hob die Hand, um dem neuerlich aufbrandenden Tumult Einhalt zu gebieten. »Es gibt unter den Erbkranken eine große Zahl, die geistig und sittlich als vollwertige Menschen angesehen werden müssen.«

»Woraus schließen Sie auf die sittliche Vollwertigkeit mancher Erbkranker, Herr Kollege?«, erklang eine kritische Stimme aus dem Saal. Dr. Trabert lächelte nachsichtig. Nur wenige seiner Berufskollegen waren mit der menschlichen Erblehre und Fragen der Rassenhygiene so vertraut wie er.

»Der Blindenverband beispielsweise hat es seinen Mitgliedern, die erblich blind sind, nahegelegt, sich freiwillig der Unfruchtbarmachung zu unterziehen. Die Angehörigen des Verbandes leisten dieser Aufforderung Folge, um namenloses Unglück von kommenden Generationen abzuwenden. Einer solchen Haltung, werte Kollegen, gebührt die größte Hochachtung.« Zustimmendes Gemurmel und Klopfen erklangen zunächst vereinzelt, dann im gesamten Saal. Dr. Trabert nickte zufrieden.

»Auf welche Krankheiten außer auf erbliche Blindheit und Taubheit erstreckt sich das Gesetz?«, fragte ein anderer der anwesenden Ärzte. »Ich nehme an, erbliche Fallsucht und Veitstanz zählen ebenfalls dazu.«

»Sehr richtig, werter Kollege«, bestätigte Dr. Trabert. »Außerdem angeborener Schwachsinn, Schizophrenie und zirkuläres Irresein«, zählte er weiter auf. »Ferner muss unfruchtbar gemacht werden, wer an schwerem Alkoholismus leidet.« Zustimmendes Nicken im Saal. In der Ärzteschaft, auch unter denjenigen, die sich in der Erblehre wenig auskannten, herrschte Einigkeit darüber, dass bei entarteten Trunksüchtigen eine geistige und ethische Minderwertigkeit vorlag. Es war somit unstrittig, dass Nachwuchs von jenen Personen aus mehrerlei Gründen nicht erwünscht sein konnte.

»Sie werden wissen, werte Kollegen, dass all diese Krankheiten wissenschaftlich genau erforscht sind.« Aus den Reihen der Ärzte erklang kein Widerspruch. »So ist die Sicherheit gegeben, dass nur Menschen unfruchtbar gemacht werden, die an schweren und mit hoher Wahrscheinlichkeit vererbbaren Krankheiten leiden.«

»Die Weitergabe von Erbleiden bedeutet ein Verbrechen an der kommenden Generation«, fuhr Dr. Trabert leidenschaftlich fort. »Daher sind solche Erkrankungen ausnahmslos zur Anzeige zu bringen. Weil manchen Erbkranken die Einsicht fehlt, ist es unsere Aufgabe, geschätzte Kollegen, alle Fälle, und mögen es nur Verdachtsfälle sein, vollumfänglich dem Erbgesundheitsgericht zu melden.« Er selbst nahm diese Pflicht äußerst ernst. Beharrlich würde er sich für die entsprechenden Vorsorgemaßnahmen einsetzen und sich um die kommende Generation verdient machen – zur Not im Alleingang. Obwohl er natürlich hoffte, dass seine Kollegen in Zukunft mitziehen würden. Immerhin bedeutete die Unfruchtbarmachung von Erbkranken eine wahrhafte Tat der Nächstenliebe. Er selbst hatte in den dreiundzwanzig Monaten seit Inkrafttreten des Gesetzes zur Verhütung erbkranken Nachwuchses am 1. Januar 1934 zahllose Anträge gestellt sowie Gutachten angefertigt. Selbstverständlich gebot ihm seine soziale Verantwortung, auch an der Beschlussfassung der Erbgesundheitsgerichte mitzuwirken. Endlich hatte er ein Wirkungsfeld gefunden, in dem er sich hervor- und es dem berühmten Vater gleichtun konnte. Und wer wusste schon, wohin sein unermüdlicher Einsatz führte? Er war davon überzeugt, dass das neue Regime gerade Ärzte mit seinen Kenntnissen in Zukunft brauchen würde.

Zufrieden trat Dr. Trabert auf die Terrasse des *Ratskellers*. Er hatte beschlossen, dem zweiten Vortrag des Abends nicht beizuwohnen, denn ihn verlangte nach einer Zigarette. Das zünftige Abendessen im Kreise seiner geschätzten Medizinerkollegen – es wurde Haspel mit Sauerkraut und Kartoffelpüree serviert – entsprach voll und ganz seinem Geschmack. Besser hätte selbst seine Gerda, deren Kochkünste er über alle Maßen schätzte, das Schweinefleisch kaum zuzubereiten vermocht. Ohne den Genuss einer Verdauungszigarette entfaltete es jedoch nur das halbe Vergnügen. Er tastete in der Tasche seines Jacketts nach dem angebrochenen Päckchen *Eckstein* und klopfte eine der filterlosen Zigaretten heraus.

»*Echt und recht*«, hörte er eine Stimme zu seiner Linken sagen. Er wandte sich dem Sprecher zu, der den Werbeslogan der bekannten Tabakmarke zitiert hatte, und erkannte einen hageren, durchtrainierten Kollegen, der ebenfalls regelmäßig das Consilium Medicum besuchte. Sein Name war ihm jedoch entfallen.

»In der Tat, Herr Kollege, in der Tat«, antwortete er jovial, näherte die Zigarettenspitze der angebotenen Streichholzflamme in der Hand seines Gegenübers und inhalierte tief. »*Feiner Tabak. Durch und durch würzig. Ohne Filter ein ehrlicher Genuss*«, gab er seinerseits einen ebenso bekannten Werbeslogan seiner bevorzugten Zigarettenmarke zum Besten. Sie lachten.

»Verlangt es Sie auch nach frischer Luft?«, fragte Dr. Trabert, der sich an den Namen des Kollegen zu erinnern versuchte.

»Nun, ich muss gestehen, dass mein Interesse weder dem Senk- noch dem Spreizfuß gilt.«

»Mir geht es ebenso«, gestand Dr. Trabert. »Obwohl die werten Vertreter der Orthopädie uns sicher nicht beipflichten werden.«

»Gewiss nicht«, stimmte der Kollege zu.

»Und was ist Ihr Fachgebiet?«

»Nun, mein Name ist Medizinalrat Dr. Erich Zenker«, stellte sich der hagere Mann vor. »Ich vertrete ...«

»Ich weiß«, unterbrach ihn Dr. Trabert, denn der Name seines Gesprächspartners, der sich in bestimmten Kreisen einiger Berühmtheit erfreute, war ihm ein Begriff. »Sie leiten die Stiftung Ahnenerbe.«

»Ganz recht.« Dr. Trabert hatte viel über die Arbeit der Stiftung gehört. Er brannte darauf, sich mit dem Medizinalrat auszutauschen, doch leider trat in diesem Moment eine weitere Person auf die Terrasse und kam auf ihn zu.

»Entschuldigen Sie die Störung«, sagte der Mann, der ihm bereits während des Vortrags mit kritischen Zwischenfragen aufgefallen war.

»Sie stören nicht«, behauptete Medizinalrat Zenker, bevor Dr. Trabert antworten und den Neuankömmling wegschicken konnte. »Ich wollte sowieso gerade gehen«, erklärte er und verließ, den bedauernden Blick von Dr. Trabert im Rücken, die Terrasse.

»Dr. Karges«, stellte sich der Störenfried vor.

»Ah«, murmelte der Angesprochene und ergriff mechanisch die ausgestreckte Hand des jüngeren Kollegen.

»Ich bin Arzt in der Landesheilanstalt auf dem Geisberg.«

»In welcher Abteilung?«, fragte Dr. Trabert mit mäßigem Interesse, weil er mit dem Leiter der Anstalt befreundet war.

»Chirurgie. Allerdings interessiere ich mich für Ihr Fachgebiet.«

»Mein Fachgebiet?«, fragte er mit gerunzelter Stirn. »Ich bin Allgemeinmediziner.«

»Natürlich«, beeilte sich Dr. Karges zu versichern. »Das ist mir selbstverständlich bekannt. Doch Ihr Ruf eilt Ihnen außerdem auf dem Gebiet der Rassenkunde voraus.« Dr. Trabert lächelte geschmeichelt.

»Da ich mich sozusagen am anderen Ende der Kette befinde, würde ich Ihnen gern einige Fragen stellen.«

»Am anderen Ende?«, echote Dr. Rudolf Trabert. »Ich fürchte, ich kann Ihnen nicht folgen.«

»Nun, zu meinen Aufgaben in der Landesheilanstalt gehört unter anderem die Durchführung der verfügten Unfruchtbarmachungen.«

»Verstehe«, sagte Dr. Trabert, obwohl er ganz und gar nicht verstand, worauf der Kollege hinauswollte. »Und welcher Art sind Ihre Fragen?«

Dr. Karges zögerte. »Sie betreffen den Intelligenzprüfbogen.«

»Ich höre.« Dr. Trabert gefiel sich in der Rolle des Experten, die ihm zweifellos zustand.

»Das Gesetz zur Verhütung erbkranken Nachwuchses geht davon aus, dass eine schwachsinnige Person die Fragen des Intelligenzprüfbogens nicht beantworten kann.«

»Das ist korrekt.«

»Aber ist der Umkehrschluss zulässig beziehungsweise zwangsläufig?«

»Inwiefern?«

»Ist eine Person, die die Fragen des Intelligenzprüfbogens nicht beantworten kann, deshalb automatisch geisteskrank?« Dr. Trabert versuchte, in der harmlosen Miene zu lesen, die sein Gegenüber zur Schau trug. War seine Frage als die Provokation beabsichtigt, als die er sie empfand?

»Was bezwecken Sie mit dieser Wortklauberei?«, fragte er deshalb gereizt und spürte, wie ihm die Zornesröte in die Wangen stieg. »Fehlt Ihnen etwa die Courage, Ihren Dienst am Vaterland zu leisten?«

Den drohenden Unterton des älteren Kollegen ignorierend, fuhr Dr. Karges unbeirrt fort: »Ich denke, dass jeder mit einer unterdurchschnittlichen Schulbildung an diesem Intelligenztest scheitern muss.«

»Ist das so?« Die Stimme von Dr. Trabert triefte vor Sarkasmus. »Dann werden Sie sicher die Freundlichkeit besitzen, mich an Ihren tiefschürfenden Erkenntnissen teilhaben zu lassen.«

»Wie soll jemand, der beispielsweise nur zwei oder drei Jahre die Volksschule besucht hat, wissen, wer Amerika entdeckt hat oder wie man die Staatsform Deutschlands bezeichnet?«

»Nun, werter Kollege, ich will Ihnen zugutehalten, dass Ihnen die Praxis fehlt, denn die widerlegt Ihre These.« Dr. Karges hob zu einer Erwiderung an, doch Dr. Trabert ließ ihn nicht zu Wort kommen. »In Ihrem eigenen Interesse gehe ich davon aus, dass Sie unser Rechtssystem nicht in Zweifel ziehen wollen, das alle Verdachtsfälle auf Herz und Nieren prüft.«

Jetzt schwieg Dr. Karges betreten, ihm war bewusst, wie teuer ihn eine offene Auflehnung gegen die Rassengesetze zu stehen kommen konnte. Schon seine bereits geäußerten Zweifel konnten unangenehme Folgen für ihn haben. Dr. Trabert zog ein letztes Mal an seiner Zigarette, schnippte den Stummel zu Boden, wo er ihn mit dem Absatz seines Schuhs austrat, und verließ grußlos die Terrasse.

Dr. Karges schaute ihm lange nach. *Das Rechtssystem in Zweifel ziehen...* Genau das tat er. Er hegte sogar starke Zweifel an der Rechtmäßigkeit der angeordneten Unfruchtbarmachungen. Viele Betroffene, die für den Eingriff in seine Heilanstalt überstellt wurden, zeigten keinerlei medizinische Auffälligkeiten und wirkten ausgesprochen normal. Er hatte es sich zu eigen gemacht, die Akten der Unglücklichen vor den Eingriffen akribisch zu studieren. Häufig schienen ihm die Beschlüsse des Gerichts willkürlich, die ärztlichen Gutachten nahezu widersprüchlich. Oder hatte Dr. Trabert recht? Fehlte ihm die Courage? Es stimmte, er verabscheute die Eingriffe, die vorzunehmen zu seinem Aufgabenbereich gehörte.

Er hatte den hippokratischen Eid geleistet, um Menschen zu heilen, nicht um Leben zu verhindern.

Arztbericht

Auf dem Heimweg vom *Ratskeller* dachte Dr. Trabert über das Gespräch mit dem Medizinalrat Dr. Zenker nach. Immer wieder fragte er sich, ob die Begegnung mit dem renommierten Medizinalrat einem Zufall entsprang oder ob der Leiter der Stiftung Ahnenerbe sie vorsätzlich herbeigeführt hatte? Falls ja, zu welchem Zweck? Vor dem Einschlafen beruhigte sich Dr. Trabert damit, dass er es früher oder später erfahren würde, sollte eine Absicht dahintergesteckt haben – was er hoffte. Ihm blieb nichts anderes übrig, als abzuwarten.

Bevor er am nächsten Morgen das Wartezimmer für seine Patienten öffnete, diktierte er den Arztbericht zur Untersuchung von Käthe Klepper. Seine Arzthelferin nutzte für die Mitschrift einen Vordruck. Die Angaben zur Person sowie die Untersuchungsergebnisse der Harn- und Blutproben hatte sie bereits eingetragen. Dr. Trabert überflog die Eintragungen:

> *Name: Käthe Klepper*
> *Geschlecht: weiblich*
> *Geburtsdatum: 31. Oktober 1922*
> *Körpergröße: 158 Zentimeter*

Gewicht: 55 Kilogramm
Puls: 96 pro Minute, voll und kräftig
Blutdruck: 110 (niedrig)
Harn: klar
Eiweiß: 0
Zucker: 0
Menses: regelmäßig und stark

»Wunderbar, Fräulein Wendt«, lobte er und reichte der Arzthelferin den Vordruck zurück, den sie sogleich in die Schreibmaschine einspannte. Sie war geübt darin, die weiteren Angaben im Formular gemäß seinem Diktat zu vervollständigen. Sogar die Schreibweise der medizinischen Fachbegriffe bereitete ihr keine Schwierigkeiten mehr.

»Allgemeines«, lieferte sie das erste Stichwort. Es hatte sich zwischen ihr und Dr. Trabert eingespielt, dass sie ihm die Überschriften vorlas und er den jeweiligen Befund dazu diktierte:

»guter Ernährungs- und Kraftzustand,
Knochensystem regelrecht,
Ohrmuscheln ausgebildet, Ohrläppchen ange-
wachsen,
Gaumen stabil,
Drüsen unauffällig,
keine Missbildungen an Brustkorb, Wirbel-
säule oder Gliedmaßen,
keine Allgemein- oder Stoffwechselkrank-
heiten,
keine Krankheiten des Blutes und der blut-
bildenden Organe.«

»Eingeweide:«

»Schilddrüse kaum zu tasten,
Herz und Lungen klinisch gesund,
Leib weich und nicht druckempfindlich,

Geschlechtsorgane regelrecht entwickelt.«
»Hirnnerven:«
»Kopfperfusion,
Druckpunkte am Kopfe, Zunge, Gaumensegel,
Würgereflex,
Geruch und Geschmack ohne Befund.«
»Reflexe:«
»Mechanische Muskelerregbarkeit,
Radiusperiostreflex,
Patellarreflex, Patellar clonus, Achillessehnen-
reflex,
Plantarreflex, Bauchreflex und Armbewe-
gungen normal.«
»Sensibilität:«
»Berührungs- und Schmerzempfindlichkeit
unauffällig.
Auffällige Beanspruchungsspuren im Vaginal-
bereich.«
Bis auf den letzten Befund entsprach der Arztbericht bis-
her den üblichen Berichten. Fräulein Wendt wusste, dass der
wesentliche Teil, der über das Schicksal der Patientinnen ent-
schied, auf den nächsten Seiten folgte.
»Blutsverwandtschaften:«
»Folgende blutsverwandte Familienangehörige
der Käthe Klepper, geboren am 31. Oktober
1922 in Gudenshain, wurden einer
Untersuchung auf Krankheiten und Zustände
gemäß § 1 Abs. 2 und 3 des Gesetzes zur
Verhütung erbkranken Nachwuchses unterzogen:
1. der Vater, Josef Klepper,
2. die beiden blutsverwandten Onkel: Alwin
Klepper und Wilhelm Lupp.«

»Anmerkungen:«

»Die Mutter, Hertha Klepper, geborene Lupp, ist, genau wie die Großeltern, bereits verstorben. Die Existenz von Kindern, Geschwistern oder Halbgeschwistern oder sonstigen Blutsverwandten ist nicht dokumentiert.

Bei keinem der oben genannten Blutsverwandten wurden Anzeichen von angeborenem Schwachsinn, Schizophrenie, zirkulärem Irresein, erblicher Fallsucht, erblichem Veitstanz, erblicher Blindheit, erblicher Taubheit oder andere schwere erbliche körperliche Missbildung festgestellt.

Auch zeigten sich keine Symptome anderer körperlicher oder geistiger Leiden noch Hinweise auf sonstige Abnormitäten erblicher oder nichterblicher Natur wie zum Beispiel Giftsüchtigkeit, Selbstmorde, Selbstmordversuche, auffallende Charakterzüge, verbrecherische oder asoziale Veranlagungen, Psychopathien sowie andere Geisteskrankheiten oder Stoffwechselstörungen.

Die Ausnahme bildet jedoch der trunksüchtige Vater der Erbkranken. Josef Klepper, geboren am 14. Oktober 1891 in Gudenshain, zurzeit einsässig im Siechenhaus auf dem Geisberg. Er leidet an schwerem Alkoholismus.

Käthe Klepper neigt im Gegensatz zum Vater nicht zur krankhaften Trunksucht oder zum Missbrauch von Rauschmitteln. Sie leidet an keinerlei Infektions- oder Organkrankheiten noch zeigt sie Symptome einer Nerven- oder Geisteskrankheit. Störungen des Geistes oder des zentralen Nervensystems sind nicht zu diagnostizieren. Auch fehlen Hinweise auf Krampfzustände, Unfälle oder sonstige allgemeine Krankheiten. Als Zehnjährige überstand Käthe Klepper eine Lungen- und Rippenfellentzündung.

Die Erbkranke verfügt über eine geringe Schulbildung. Sie kann kaum lesen und schreiben. Sie ist lediglich in der Lage, bis zehn zu zählen. Auch einfache Additions- und Subtraktionsaufgaben bewältigt sie teilweise.

Ein Interesse an Politik und Zeitgeschehen ist nicht feststellbar. Käthe Klepper hat keinen Schulabschluss und übt Hilfsarbeiten im Haushalt und im Erntebetrieb des elterlichen Hofs aus.

Käthe Klepper ist bisher nicht mit dem Strafgesetz in Konflikt geraten. Sie reagiert meist zugänglich und freundlich, benimmt sich weder misstrauisch noch ablehnend. Zudem lässt ihre Stimmungslage keinerlei Anzeichen von Stumpfsinn oder Gleichgültigkeit erkennen. Gleichwohl wirkt sie zeitweise ängstlich sowie rat- und entschlusslos. Übertriebene Anwandlungen von Heiterkeit, Albernheit oder Zorn traten nicht zutage, obwohl sie nach Angaben Peter Baumanns zum Jähzorn neigt. Sie leidet weder unter Sinnestäuschungen, Zwangsvorstellungen oder Wahnideen wie Größen-, Kleinheits-, Verfolgungs- oder Verbündigungswahn noch unter Anfällen,

Phobien oder motorischen Auffälligkeiten wie Zungenbiss oder Einnässen.

Ihre Menses trat im 11. Lebensjahr auf und ist mit starken Krämpfen verbunden. Käthe Klepper ist sexuell hyperaktiv. Zwar lässt sie keine libidinösen Zudringlichkeiten oder Vorlieben für geschlechtliche Perversionen erkennen. Jedoch entfaltet sie ihren stark ausgeprägten Sexualtrieb, indem sie regelmäßigen Geschlechtsverkehr mit einem älteren Landarbeiter ausübt. Ein erhöhter sexueller Appetit ist bei Schwachsinnigen gemeinhin stark ausgeprägt und deutet auch im Fall von Käthe Klepper auf eine extreme geistige Zurückgebliebenheit hin.

Obwohl sowohl ihr Verhalten als auch ihr Gemüt insgesamt als harmlos einzustufen sind, manifestiert sich die Idiotie vor allem auch im Bereich der Willenssphäre, wo die Erbkranke starke Hemmungen erkennen lässt. So spricht sie mit leiser Stimme, vermeidet Augenkontakt, hat einen ängstlichen Gesichtsausdruck, kauert sich auf dem Stuhl zusammen oder steht gebückt. Immerhin schneidet sie keine unkontrollierten Grimassen und neigt nicht zu übermäßigem Rededrang. Im Gegenteil, sie formuliert kaum zusammenhängende Sätze, stammelt stattdessen einzelne Worte. Auch zeigt die Erbkranke Anzeichen von Stupor und Sperrung. Denn selbst auf gütiges und langes Zureden gibt sie teilweise keine Antwort. Hingegen weist sie keinerlei Symptome von Katalepsie, Befehlsdrang oder Autismus auf.

Auch neigt sie nicht zu Erregungszuständen oder zu impulsiven oder sinnlosen Handlungen wie zum Beispiel Fortlaufen.

Die Bewusstseinslage liefert weitere Indikatoren für die Schwachsinnigkeit der Käthe Klepper. Insbesondere ist ihre Auffassungsgabe wie ihre Aufmerksamkeitsspanne deutlich beschränkt. Zwar ließ sie weder delirante Dämmerzustände noch andere Zustände von Bewusstseinstrübung erkennen, wie Koma, Sopor, Somnolenz, Desorientiertheit, Verwirrtheit oder Absenz. Dafür traten aber auffällige Denkhemmungen zutage, die sich bis hin zur Denksperrung in ihren Gedankenabläufen steigerten und sich in Gedankenentzug, Ideenflucht, Inkohärenz, Perseveration und Zerfahrenheit manifestierten.

Die abschließende Diagnose lautet auf angeborenen Schwachsinn schwersten Grades (Idiotie) und begründet sich in einem überhöhten Sexualtrieb. Die Unfruchtbarmachung ist notwendig, da die Erbkranke fortpflanzungsfähig ist.

Dr. Rudolf Trabert, Amtsarzt zu
Gudenshain
Unterzeichnet und gestempelt in
Gudenshain
(Regierungsbezirk Wiesbaden)
am 7. Oktober 1935.«

Vorladung

Käthe war auf dem Weg zum Hühnerstall, als sie eine Person erspähte, die auf den Hof zuschritt. Sie kniff die Augen zusammen, um besser erkennen zu können, wer zu ihnen kam, noch dazu am späten Nachmittag. Sie erkannte den x-beinigen Gang und den schwabbeligen Umriss vom Baumann Peter. Was wollte der Gumber denn schon wieder hier? Vor wenigen Wochen erst hatte er ihr eine Nachricht von Dr. Trabert gebracht. Weil Käthe nichts mit dem aufgeblasenen Metzgerssohn zu schaffen hatte, setzte sie ihren Weg zum Hühnerstall fort, ohne ihn eines zweiten Blickes zu würdigen. Sie tastete im Stroh unter der Legestange der Hühner. Ah, wusste sie es doch, dort verbargen sich noch zwei weitere Eier. Somit betrug die Ausbeute des heutigen Tages zehn frische Hühnereier. Sie legte sie vorsichtig in den geflochtenen Weidekorb, den sie sogleich in die Küche tragen würde. Das Elschen wollte heute Rührkuchen backen. Da kamen die Eier gerade recht. Elsa brachte ihr das Kuchenbacken bei und hatte sie mit dem Lied *Backe, backe Kuchen* gelehrt, welche Zutaten dazu benötigt wurden.

Wer will guten Kuchen backen, der muss haben sieben Sachen, wusste Käthe inzwischen. Nämlich: *Eier und Schmalz, Zucker und Salz, Milch und Mehl, Safran macht den Kuchen gehl!*

Käthe summte vergnügt vor sich hin. Als sie aus dem Hühnergehege trat, sah sie sich aufmerksam um. Ihr Weg führte durch den Stall, in den sie vorsichtig hineinlugte. Zum Glück war der Zores nirgends zu sehen. Käthe atmete erleichtert aus, der Knecht schien ihr ausnahmsweise nicht aufzulauern. Trotzdem setzte sie behutsam einen Schritt vor den anderen, bemüht, nach Möglichkeit kein Geräusch zu verursachen, das auf ihre Anwesenheit schließen ließe. Sie machte stets einen großen Bogen um den Knecht. Wenn er sich ihr dennoch unbemerkt näherte, entwischte sie ihm meist, da sie, im Gegensatz zum dicken Baumann Peter, flink wie ein Wiesel lief. Nach der täglichen Eiersuche im Hühnerstall vereitelten die zerbrechlichen Eier jedoch eine schnelle Flucht. Das hatte inzwischen auch der einfältige Zores begriffen und passte sie mit Vorliebe dort ab. Deshalb ließ Käthe beim Durchqueren des Stalls äußerste Vorsicht walten. Als sie den Kellerausgang erreichte, hörte sie Stimmen. Sofort zog sie die Hand zurück, die sie schon auf den Holzriegel gelegt hatte, um die Tür aufzustoßen. Sie horchte angestrengt. Sie erkannte den schleppenden Akzent vom Zores und den breiten Dialekt vom Baumann Peter.

»Mist!«, dachte Käthe. Sie überlegte kurz, traf dann eine Entscheidung und stieß die Scheunentür mit einem Ruck auf. Der Knecht und der Metzgersbub blickten auf – ertappt, wie ihr schien. Peter fasste sich als Erster.

»Ei, gude, wie dann«, begrüßte er Käthe leicht errötend.

»Gude«, erwiderte sie knapp, behielt den Zores aber genau im Auge. Der Baumann Peter versuchte, ihre Aufmerksamkeit auf sich zu lenken, und räusperte sich hörbar.

»Ich hätt was zu besprechen mit dir.« Der Knecht glotzte erstaunt und trollte sich missmutig. Käthe, die sich ihre Erleichterung gegenüber dem Metzgerssohn nicht anmerken lassen wollte, reagierte kurz angebunden.

»Wenn's sein muss.«

»Es muss«, behauptete Peter und tat sehr wichtig. Ausnahmsweise musterte Käthe ihn aufmerksam: Er wirkte selbstbewusster als in ihrer Erinnerung. Im Dorf tratschte man, dass er seit Neuestem für die Nazis arbeitete und sich seither aufblies, als sei er Wunder wer und nicht der Sohn vom Metzger.

»Dann komm.« Peter folgte Käthe zum Wohnhaus. »Zieh die Schuhe aus«, kommandierte sie unfreundlich, als er hinter ihr in den Flur trat, und ging voraus in Richtung Stube. An der Tür drehte sie sich nach ihm um. Er stand wie festgewachsen neben der Haustür. Käthe runzelte die Stirn.

»Willst du da Wurzeln schlagen?« Er schüttelte den Kopf. »Was dann?«, fragte sie unwirsch.

Peter zögerte kurz, bevor er herausplatzte: »Was läuft da zwischen dem Zores und dir?«

»Nix«, schnauzte Käthe fuchsteufelswild. »Und selbst wenn, was geht es dich an?« Wütend stemmte sie die Hände in die Hüften.

»Er scheint seine Sache recht gut zu machen.« Er bemühte sich, gemein zu klingen. Aber aus ihm sprach nichts als Verletztheit. Seine Aussage verblüffte Käthe. Was wollte der Baumann Peter damit andeuten? Wusste er etwa Bescheid? Für wen hielt er sich? Bildete er sich ein, sie würde ausgerechnet ihm Auskunft geben? Nie und nimmer!

»Kümmer dich um deinen eigenen Dreck«, zischte sie und betrat die Wohnstube, wo sie den Eierkorb neben dem Herd abstellte. Elsa, die Mehl auf der Anrichte verteilte, um einen Hefeteig auszurollen, schaute in dem Moment auf, als sich der Metzgerssohn hinter Käthe in die Stube schob.

»Ei, Peter, was führt dich denn hierher?«, fragte sie erstaunt.

»Eine Amtsangelegenheit.« Elsa lachte angesichts seines wichtigtuerischen Gehabes.

»Das wüsst ich aber«, entgegnete sie. Vor ein paar Wochen hatte der Bub einen Termin von Dr. Trabert überbracht. Damals hatte er sich nicht so aufgeblasen, sondern mit roten Ohren herumgestottert. Da Elsa und Käthe weder ihm noch dem Schreiben in seiner Hand Beachtung schenkten, legte Peter Baumann das Kuvert auf die Anrichte.

»Lest den Brief«, mahnte er zum Abschied »sonst wird das Käthchen am Ende noch abgeführt.« Er trollte sich.

Elsa und Käthe warfen sich erschrockene Blicke zu. Warum sollte Käthe abgeführt werden? Und von wem? Sie warteten, bis die Haustür hinter dem Baumann Peter ins Schloss fiel, und eilten zur Anrichte. Es handelte sich tatsächlich um ein amtliches Schreiben, stellten sie verblüfft fest. Der Umschlag trug den gleichen Stempel mit Hakenkreuz und Adler wie der Einberufungsbescheid, den Alwin vor vier Monaten erhalten hatte. Nach der Bemerkung vom Baumann Peter befürchtete Elsa, dass auch diesmal nichts Gutes in dem Schreiben stand. Leider sollte sie mit ihrer Vermutung recht behalten.

»Der Brief kommt vom Gericht«, stellte sie verblüfft fest.

»Vom Gericht?«, echote Käthe mit großen Augen. »Aber was wollen die denn von mir?« Sie wirkte verunsichert. »Ich hab doch nix verbrochen?«

»Keine Ahnung«, erwiderte Elsa und überlegte, ob es sich um die Sache mit dem Zores handelte und es dem Knecht endlich an den Kragen ging.

»Hier steht nur, dass du am 11. November zu einer Befragung vorstellig werden musst.« Wahrscheinlich lud das Gericht die Käthe als Zeugin vor, versuchte sie sich zu beruhigen. In diesem Moment wurden vor der Haustür Stimmen laut. Was war denn heute nur los? Das kleine Guckloch neben der Tür gab den Blick auf zwei weitere Besucher frei. Elsa schüttelte verwundert den Kopf. Auf dem Hof ging es schier zu wie im Taubenschlag. Sie gewahrte den Vater, der wild gestikulierend mit dem Ortsvorsteher diskutierte.

»Dieses Geschiss um die Weinköniginnen nimmt Überhand«, fluchte der Otte-Karl lautstark. »Hast du von dem großen Winzerumzug gehört?«, fragte er.

»Meinst du den in Berlin?« Natürlich kannte Willi Lupp die Presseberichte über das Spektakel, das am 21. Oktober in der Reichshauptstadt stattgefunden hatte. In sämtlichen Zeitungen stand in den schillerndsten Farben beschrieben, dass die Moselaner Weinkönigin, ein junges, mageres Ding aus Mehring, von den Massen umjubelt worden war, als sie im Festwagen durch das Brandenburger Tor fuhr.

»Klar habe ich davon gehört. Was stört dich daran?«

»Was mich daran stört?«, schnaubte Karl Ott. »Ganz einfach: dass die Weinmajestät von der Mosel stammt natürlich! Wenn schon, dann sollte auf dem Wagen eine Rheingauerin sitzen! Findest du nicht?«

»Wer weiß, vielleicht klappt es im nächsten Jahr«, versuchte Willi Lupp, den Otte-Karl zu beruhigen. Doch der redete sich in Rage.

»Und weißt du, was noch schlimmer ist? Weißt du, worin die erste Amtshandlung dieser Pfälzer Plunze bestand?« Er holte tief Luft. »Einen Tag zuvor weihte die Majestät in Bad Dürkheim die sogenannte Deutsche Weinstraße ein.« Jetzt verstand der Ortsvorsteher, woher Karl Otts Ärger rührte. Er wusste, wie sehr es ihn wurmte, dass der Antrag der Rheingauer Winzervereinigung abgeschmettert worden war. Sie hatten gefordert, dass die Route der Deutschen Weinstraße auch durch das eigene Weinbaugebiet führte.

»Jetzt reg dich nicht künstlich auf«, mahnte Willi Lupp. »Wenn du weiter so krakeelst, kriegst du einen Herzkasper.« Karl Ott wischte sich mit dem Taschentuch die Schweißperlen von der geröteten Stirn. »Sag mir lieber, was du mit dem Klepperhof vorhast.«

»Wie kommst du darauf, dass ich etwas damit vorhabe? Ist das der Dank, dass ich der Familie helfe?«

Willi Lupp kannte Karl Ott zu gut, um glauben zu können, dass er aus reiner Selbstlosigkeit half. Das Schlitzohr führte irgendeine Sauerei im Schilde. Davon war der Ortsvorsteher überzeugt. Der Otte-Karl könnte versuchen, den Klepperhof in seinen Besitz zu bringen, fürchtete er. Zuzutrauen wäre es dem Raffzahn. Seine Chancen stiegen, je länger die Klepper-Brüder dem Hof fernblieben. Der ältere Klepper-Sohn saß auf unabsehbare Zeit im Siechenhaus ein, und der zweitgeborene Alwin diente bei der Wehrmacht. Seine Pflicht am Vaterland könnte zu einer Mission ohne Wiederkehr werden, falls es zum Krieg kommen sollte, was Willi Lupp seit der Machtergreifung Adolf Hitlers für denkbar hielt. Sein Verdacht ging sogar so weit, dass er dem Otte-Karl unterstellte, sich bei dem Vergehen gegen Käthe nur deshalb als Moralapostel aufgespielt zu haben, um eine Schwangerschaft zu verhindern. Denn ein Klepper-Erbe würde jeden Übernahmeplan vereiteln. Da es keinerlei Beweise für seine Theorie gab, behielt er seine Vermutung zunächst für sich – und den Otte-Karl im Auge.

»Ich habe gehört, dass du beim Josef im Siechenhaus warst«, fuhr er unbeirrt fort. »Was wolltest du von ihm?«

»Frag ihn doch selbst, wenn es dich so brennend interessiert«, blaffte Karl Ott, machte auf dem Absatz kehrt und eilte davon. Genau das nahm sich Willi Lupp vor. Dazu musste er sich allerdings bis zum nächsten Besuchstag im Siechenhaus gedulden.

Teil II

Das Urteil

Oktober 1935

Siechenhaus

Käthe verstand die Welt nicht mehr. Sie zweifelte an Gott und Gerechtigkeit. Sie wusste mittlerweile, dass sie keineswegs als Zeugin, sondern als Beklagte vom Gericht vorgeladen war. Onkel Willi hatte ihr erklärt, dass sie sich wegen der Sache mit dem Zores in einem Prozess verantworten musste. Im Gegensatz zu ihr war er nämlich in seiner Funktion als Ortsvorsteher als Zeuge geladen und fuchsteufelswild, weil sich das Verfahren gegen Käthe richtete statt gegen Zores. »Wieso?«, fragte er sich. Der Knecht war weder angeklagt noch sollte er befragt werden. Dem Gericht würde er was erzählen, das schwor er sich. Darauf konnten die hohen Herren Gift nehmen. Er war außer sich vor Wut. Hätte es der Baumann-Bengel gewagt, ihm die Vorladung wie im Fall von Käthe persönlich zuzustellen, hätte Willi Lupp für nichts garantieren können. Aber das Gerichtsschreiben kam per Post. Der Post-Michel verteilte am selben Tag noch vier weitere Einbestellungen, und zwar an Elsa und Karl Ott, an

Schulleiter Krekel sowie Pfarrer Bachner. Den Zores gedachte das Gericht offenbar nicht anzuhören, dafür aber erstaunlicherweise den Baumann Peter. Willi Lupp fragte sich, was der Nichtsnutz zu dem Fall beizutragen hatte? Unfähig, sich im Laden der Eltern nützlich zu machen, aber sich neuerdings als Laufbursche für die Nazibehörden aufblasen.

»Warum werde ich angeklagt? Für welches Vergehen?«, grübelte Käthe unglücklich. In ihrer Verzweiflung hatte sie Elsa schon dieselben Fragen gestellt. Aber Elsa wusste weder Rat noch vermochte sie, Käthes Kummer zu mildern. Im Gegenteil: Sie teilte die Verzweiflung, die das Mädchen verspürte, weil sie sich selbst schuldig fühlte. Immerhin hatte sie Käthe in diese unglückliche Lage gebracht, weil sie das Vergehen zur Anzeige gebracht hatte – das Vergehen vom Zores wohlgemerkt.

»Ich habe das nicht gewollt«, beteuerte sie immer und immer wieder, und Käthe glaubte ihr.

Bevor der Prozess am 11. November gegen sie begann, nutzte Käthe die Gelegenheit, den Vater im Siechenhaus zu besuchen. Sorgfältig schnürte sie ihre ledernen Halbschuhe, zog den Kragen ihres Wollmantels hoch und wickelte den selbst gestrickten Schal fest um den Hals, bevor sie aus der Haustür trat. Bis zu ihrem Gerichtstermin am Martinstag blieben noch zwei Wochen Zeit. Einmal pro Monat öffnete das Siechenhaus den Verwandten der Insassen die Kliniktüren. Während sie Gudenshain hinter sich ließ und die Abzweigung nach Georgenthal nahm, hoffte sie, dass der Vater heute ansprechbar wäre. Er erlebte gute und weniger gute Tage. An Letzteren erkannte er seine Tochter oft nicht und verwechselte sie mit ihrer Mutter, Gott hab sie selig. Wenn das geschah, füllten sich seine Augen mit Tränen, er streckte die Arme nach ihr aus und schluchzte: »Hertha, meine geliebte Hertha.« Käthe blieb dann immer stocksteif in gebührendem Abstand vom Vater stehen und wagte weder zu ihm zu gehen noch ihn anzusprechen. Was hätte sie auch sagen sollen? In Georgenthal stiefelte sie bergan Richtung Schlemmbach, wo der Weg nach einer guten Stunde zum Geisberg abzweigte. Auf den letzten Metern, das Siechenhaus kam bereits hinter den dunklen Tannen in Sicht, verlangsamte Käthe unwillkürlich ihren Schritt. Sie quälte sich mit der Frage, ob sie dem Vater von den Vorfällen auf dem Hof und der gerichtlichen Vorladung berichten sollte. Doch sie entschied sich dagegen. Von der Sache mit dem Zores konnte sie ihm auf keinen Fall erzählen. Das brachte sie nicht über sich. Sie wollte keinesfalls, dass der Vater von den widerlichen Dingen erfuhr, die auf dem Hof vorgingen. Schlimm genug, dass der Otte-Karl es herausgefunden hatte. Zwar hatte er dafür gesorgt, dass der ekelhafte Zores sie seit dem Ende der Ernte nicht mehr besprang, weshalb sie zunächst erleichtert gewesen war. Aber das Verbot hinderte den Knecht nicht daran, ihr weiterhin nach-zustellen. Meist erwischte er sie im Stall, wo er sie am Genick packte und seinen steifen Schwanz vor ihr entblößte. Er war seit Neuestem nicht mehr darauf aus, ihre Schenkel zu spreizen, son-dern zwang sie stattdessen auf die Knie.

»Mach's Maul auf!«, forderte er dann grob, während Käthe verzweifelt versuchte, seinem Griff zu entgehen. Sie schaffte es nur selten, den Kopf zur Seite zu drehen, denn der Knecht hielt sie mit seinen riesigen Pranken fest wie in einem Schraubstock und lachte dreckig.

»Komm schon, davon wirst du nicht schwanger.« Der Gestank, der von seinem widerlichen Geschlechtsteil ausging, auf dem eine bläuliche Ader pulsierte, brachte sie regelmäßig zum Würgen. Zores verpasste ihr so lange Ohrfeigen, bis sie tat, was er verlangte. »Wenn du zubeißt, schlage ich dir die Zähne aus«, drohte er.

Doch die Übergriffe des brutalen Knechts waren nicht das Schlimmste für Käthe – es war ihr peinlicher Besuch bei Dr. Trabert, der ebenfalls über alles Bescheid zu wissen schien. Sie schämte sich entsetzlich. Elsa war offenbar auch im Bilde und ebenso der Baumann Peter, der seine Nase neuerdings in Dinge steckte, die ihn nichts angingen. Ausgerechnet der größte Dorftrottel, den sie noch nie hatte leiden mögen, hatte ihr die richterliche Anordnung überbracht, am Sankt-Martins-Tag vor dem Erbgesundheitsgericht in Wiesbaden zu erscheinen. Käthe war schrecklich nervös, denn sie wusste nicht, was sie am 11. November vor Gericht erwartete. Als sie in den Kiesweg einbog, der zum Haupteingang des Siechenhauses führte, entschied sie, ihrem Vater von der Vorladung zu berichten, ohne die Sache mit dem Zores zu erwähnen.

Josef Klepper saß in einem Stuhl im Gemeinschaftsraum. Seine Fußgelenke waren fixiert, die Hände jedoch nicht. Das Haar hing ihm strähnig in die Stirn, und sein Blick wirkte glasig. Käthe hockte sich neben ihn und streichelte seinen Handrücken. Ein Lächeln flog über sein Gesicht.

»Käthe, mein Kind«, seufzte er glücklich. Heute war offenbar ein guter Tag. Das hatte auch die Elsa bestätigt. Doch der Baumann Peter, der zu nix taugte – nicht mal zum Metzgergehilfen im Laden der Eltern –, der aber seit Neuestem den Handlanger bei Gericht spielte und sich seither für wer weiß wen hielt, behauptete, dass es ihr an den Kragen gehen sollte. Erst dachte sie, der Peter wolle sich nur aufspielen, um ihr Angst einzujagen, aber dann hatte er das offizielle Schreiben gebracht: Sie musste vor Gericht erscheinen, und nicht der Zores. Tränen fielen auf den Handrücken, den Käthe immer noch tätschelte. Stockend und mit leiser Stimme berichtete sie dem Vater nun doch von ihrem Unglück. Um sie zu trösten, strich er ihr sanft über den Hinterkopf.

»Kind, hol mir Papier und Stift«, bat er. Käthe wischte sich die Tränen vom Gesicht und eilte aus dem Zimmer, um das Gewünschte zu besorgen, ohne nachzufragen, was er damit bezweckte. An der Tür traf sie mit Wilhelm Lupp zusammen. Sein dicker Bauch versperrte ihr den Durchgang.

»Hehe, nicht so stürmisch!«, lachte er gutmütig. »Wo willst du denn so schnell hin?«

»Onkel Willi!«, rief Käthe erfreut. »Ich muss schnell was für den Vadder besorgen.«

»Das trifft sich gut, Kindchen«, meinte er und gab den Türrahmen frei. »Ich muss nämlich kurz mit dem Josef unter vier Augen sprechen.«

Käthe wunderte sich zwar, was die beiden zu besprechen hatten, mischte sich aber nicht in fremde Angelegenheiten und eilte stattdessen davon. Auch Willi Lupp stellte erleichtert fest, dass Josef Klepper offenbar einen guten Tag hatte. Er erteilte ihm bereitwillig Auskunft auf seine Fragen nach dem Hof und den Machenschaften des Otte-Karl und schüttete gleichzeitig sein Herz aus.

»Das bin ich dem Käthchen doch schuldig. Bisher war ich ihr ein miserabler Vater. Ich hätte sie vor einem wie dem Zores schützen müssen. Aber seit die Hertha, meine geliebte Hertha, totgeblieben ist, finde ich Trost nur im Alkohol. Um mich ist es nicht schade, ich erwarte nix mehr vom Leben. Ein oder zwei Enkelchen wären schön gewesen, aber so wie die Sache liegt, ist der Traum für mich wohl ausgeträumt. Und ohne Erben ist's Essig mit dem Hof. Wer soll ihn denn später bewirtschaften? Jesses Maria, dieses Unglück! Und jetzt muss ich für mein einziges Kind sorgen. Wo soll das Käthchen denn hin, wenn ich mal nicht mehr bin? Da hat der Otte-Karl schon recht. Er hat versprochen, achtzugeben, und dass die Käthe immer einen Platz auf dem Klepperhof haben wird, wenn ich ihm den Hof überschreiben tu. Durch die Heirat von seiner Elsa und meinem Bruder sind wir ja sowieso praktisch wie eine Familie. Deshalb hat der Alwin ja auch keinen Nachteil, wenn ich den Hof weggebe. Sobald er von seinem Dienst bei der Wehrmacht heimkehrt, bewirtschaftet er den Hof mit der Elsa und dem Käthchen weiter wie zuvor. Und der Otte-Karl hat versprochen, dafür zu sorgen, dass es der Käthe bei den beiden gut geht und ihr niemand mehr etwas zuleide tut. Wenn ich ihm den Hof verkauf, kann ich endlich wieder ruhig schlafen.«

»Um Gottes willen, Josef!«, entfuhr es Willi Lupp, dessen schlimmste Befürchtungen sich bewahrheiteten. »Du darfst dem Otte-Karl unter gar keinen Umständen den Hof überschreiben!« Josef Klepper starrte ihn aus wässrigen Augen an. »Versprich es mir!«, forderte der Ortsvorsteher. »Auf gar keinen Fall, hörst du?«

Käthe war stolz darauf, dass der Vater schreiben konnte. Als er noch auf dem Hof das Sagen hatte, kontrollierte er die Bestellungen für den Kirschwein, von denen sogar welche aus der Stadt eintrafen, und glich sie mit den Lieferlisten ab. Sie wandte sich zum Empfang im Eingangsbereich, wo die diensthabende Schwester hinter einer großen Glasscheibe thronte, um sie nach Papier und Stift zu fragen. Auf dem Weg dorthin begegnete sie dem freundlichen Arzt, den sie schon zwei- oder dreimal während der Visite bei ihrem Vater gesehen hatte. Er hieß Dr. Karges, war wesentlich jünger als Dr. Trabert und vor allem sympathischer, außerdem sah er fesch aus, fand Käthe. Sein dichtes, blondes Haar hatte er mit Pomade in den Nacken gekämmt, wo sich einige widerspenstige Locken kringelten. Er trug einen weißen, gestärkten Kittel und ein Horchgerät um den Hals, wie sie es auch bei Dr. Trabert gesehen hatte. Käthe drückte sich schüchtern gegen die Wand, um den Herrn Doktor passieren zu lassen. Als Dr. Karges an ihr vorübereilte, knickste sie artig. Der Arzt hielt inne und blieb vor ihr stehen.

»Wohin des Wegs, junge Dame?«, fragte er freundlich. Vorsichtig hob Käthe den gesenkten Kopf und blickte schüchtern auf.

»Der Vater verlangt nach Stift und Papier, Herr Doktor.«
»Und wer ist dein Vater?«

»Der Klepper Josef, Herr Doktor.« Der Arzt musterte Käthe aufmerksam. Sie schaute zu Boden, während sie seinen prüfenden Blick auf sich spürte, eine Ewigkeit, wie ihr schien.

»Du bist also Käthe Klepper«, murmelte er schließlich. Mit einer Stimme, aus der Käthe so etwas wie Trauer herauszuhören glaubte, fügte er hinzu: »Sorg gut für deinen Vater.«

Erst als sie hörte, dass sich seine Schritte entfernten, hob sie den Kopf und rief ihm nach: »Jawohl, Herr Doktor!«

Ihr Herz klopfte bis zum Hals. Sie konnte nicht fassen, dass der Arzt mit ihr gesprochen hatte. Die dicke Stationsschwester hinter dem Empfangstresen hatte die Szene offenbar verfolgt, denn als Käthe bei ihr nach Stift und Papier fragte, händigte Schwester Irene beides anstandslos aus.

»Du erinnerst ihn wohl irgendwie an seine kleine Tochter, Kindchen. Sie hatte genauso stahlblaue Augen wie du«, meinte sie nachdenklich. »Das Mädelchen ist vor drei Jahren bei einem Autounfall ums Leben gekommen. Genau wie die Frau Doktor.« Die Krankenschwester bekreuzigte sich.

Der Tod von Frau und Kind hatte Dr. Karges schwer getroffen. Mehrere Wochen war er der Arbeit ferngeblieben. Und als er den Dienst schließlich wieder aufnahm, hatte er sich wie besessen in die Arbeit gestürzt. Die Oberschwester hatte das Familienfoto, das auf dem Schreibtisch des Herrn Doktor stand, mit einem schwarzen Trauerflor versehen. Das Foto zeigte eine pausbäckige Leni an der Hand ihrer hochgewachsenen, schlanken Mutter. Beide trugen rote Etuikleider mit weißen Tupfen, die Marianne Karges selbst geschneidert hatte, wie die Oberschwester zu berichten wusste. Als Dr. Karges das schwarze Band am Bilderrahmen entdeckte, geriet er außer sich und fegte das Foto mit einer zornigen Handbewegung vom Schreibtisch.

Unter den Krankenschwestern brach in der folgenden Zeit ein regelrechter Wettbewerb um die Gunst des attraktiven Witwers aus, der sogar als verheirateter Mann die Frauenherzen hatte höherschlagen lassen. Jede versuchte, in seiner Schicht zu arbeiten oder bei seinen Operationen zu assistieren. Schwester Irene hatte auch dazugehört, doch bald schon einsehen müssen, dass Dr. Karges sich gegen weibliche Reize gänzlich immun zeigte. Er behandelte sämtliche Krankenschwestern mit der gleichen nervtötenden Höflichkeit und wahrte Distanz. Wenn man dem Krankenhaustratsch Glauben schenken durfte, hatte bislang offenbar auch keine Frau außerhalb der Krankenanstalt das Interesse des gut aussehenden Mediziners wecken können. Es hieß, seine Ehe sei sehr glücklich gewesen. Wahrscheinlich fiel es ihm deshalb besonders schwer, wieder eine Frau in sein Leben zu lassen. Schwester Irene mutmaßte, dass seine Freundlichkeit gegenüber dem Bauernmädchen tatsächlich daher rühren musste, dass es ihn an seine Tochter erinnerte.

Käthes Gedanken wirbelten durcheinander. Dr. Karges hatte also eine Tochter gehabt. Langsam schlenderte sie den Gang zurück, um dem Vater Stift und Papier zu bringen. An der Tür zum Krankensaal stieß sie erneut mit Onkel Willi zusammen.

»Mach's gut, Käthchen«, sagte er und strich ihr über den Kopf. Die Geste trieb Käthe die Tränen in die Augen.

»Was ist?«, fragte er besorgt, obwohl er natürlich ahnte, welche Sorgen seine Nichte umtrieben.

»Weißt du«, fragte sie, während sie sich rasch über die Wangen fuhr, »warum ich vor Gericht muss und der Zores ungeschoren davonkommt?«

»Nein, Käthchen, das weiß ich nicht.«

»Aber das ist doch eine himmelschreiende Ungerechtigkeit.«

»Das sehe ich auch so. Wenn du mich fragst, läuft da eine riesengroße Schweinerei.«

Käthe weinte heftiger, sodass Willi Lupp sie sanft an seinen dicken Bauch drückte und ihre Tränen mit dem Hemdsärmel trocknete.

»Ich verspreche dir, zu dir zu halten, vor Gericht und sonst auch«, wisperte er in ihr Haar. »Und jetzt geh zum Josef«, forderte er sie auf. »Er wartet schon auf dich.«

Käthe nickte schweren Herzens und machte sich von ihrem Onkel los. Sie straffte die Schultern und betrat das Krankenzimmer.

Als sie dem Vater Stift und Papier reichte, breitete er das Blatt sofort auf den Knien aus, strich es glatt und begann mit zitternder Hand zu schreiben. Käthe sah ihm aufmerksam dabei zu, einmal mehr bedauernd, dass sie nicht lesen konnte.

»Vadder, was schreibst du da?«

»Einen Brief.«

»Was denn für einen Brief?«

»Einen Beschwerdebrief.«

»An wen?«

»An das Kreisgesundheitsamt.«

»Weswegen?«

»Wegen dir.«

»Wegen mir?«

»Es ist nicht recht, was man dir antun will, Kind. Deshalb werde ich mich beschweren.«

Käthe brach erneut in Tränen aus, diesmal vor Rührung. Es freute sie, dass sich der Vater und Onkel Willi für sie einsetzten. Auf dem Heimweg kreisten ihre Gedanken unentwegt um den Brief, den der Vater geschrieben hatte. Vielleicht, so hoffte sie, würde doch noch alles gut werden.

Verfahrenspflege

Der ehrenwerte Richter Dr. jur. Heinrich Becker stöhnte. Die Anzeigen von Erbleiden waren sprunghaft angestiegen, sodass er mindestens fünfundzwanzig Fälle pro Woche zu prüfen und zu verhandeln hatte. Wollte er sein Tagespensum schaffen, blieben ihm für die Sichtung kaum mehr als fünfzehn Minuten pro Akte. Tendenz fallend, denn die Anzahl der Anzeigen nahm stetig zu. Jeder, der glaubte, an einer erblichen Krankheit zu leiden, die das Gesetz zur Verhütung erbkranken Nachwuchses vom 5. Dezember 1933 auflistete, konnte einen Antrag auf Unfruchtbarmachung stellen; entweder schriftlich an das Erbgesundheitsgericht oder zur Niederschrift bei einer Geschäftsstelle. Hatte der Erbkranke das achtzehnte Lebensjahr noch nicht erreicht, war er geschäftsunfähig oder wegen Geistesschwäche entmündigt, konnte der Antrag von seinen Eltern oder einem gesetzlichen Vormund gestellt werden. Da manche Erbkranke nicht mehr über die Einsichtsfähigkeit verfügten, ihre Krankheit zu erkennen, konnte die Unfruchtbarmachung auch durch einen Amtsarzt oder Anstaltsleiter beantragt werden, sofern sich der erblich Erkrankte in einer Anstaltseinrichtung befand. Aber egal, wer den Antrag einreichte, am Ende landeten alle Anzeigen auf dem Schreibtisch des Richters oder auf dem eines seiner Kollegen, denn über die Unfruchtbarmachung entschied allein das Erbgesundheitsgericht. Seufzend nahm Dr. Heinrich Becker die nächste Akte vom Eingangsstapel und schlug den Kartondeckel auf. Er blätterte zur Anzeige, die gemäß Reichsgesetzblatt I, S. 1021, Artikel 3, Absatz 4 der Verordnung zur Ausführung des Gesetzes zur Verhütung erbkranken Nachwuchses den Prozess ins Rollen brachte.

»Ah!«, entfuhr es Dr. Becker. Der Antrag stammte mal wieder vom Kollegen Dr. Trabert. Immerhin hatte er die Anzeige diesmal nicht selbst gestellt, sondern eine gewisse Frau Elsa Klepper, geborene Lupp, wohnhaft in Gudenshain, dem Amtsbezirk des geschätzten Herrn Doktor.

An den Herrn Kreisarzt, <u>Dr. Rudolf Trabert,</u>
entgegengenommen am 14. August 1934,
<u>in Gudenshain (Regierungsbezirk Wiesbaden)</u>.
Tageblatt-Nummer 1584/SR

Die Antragstellerin würde im Prozess ausführlich zum Grund der Antragsstellung zu befragen sein. Dr. Becker machte sich eine entsprechende Notiz. Anschließend überflog er die Anzeige. Angewidert verzog er das Gesicht. Augenscheinlich lag hier ein Fall von besonderer sittlicher Verderbtheit vor: Das angezeigte, erst dreizehnjährige Mädchen vollzog offenbar regelmäßigen Geschlechtsverkehr mit einem deutlich älteren Knecht. Empörend! Der Richter blätterte zum ärztlichen Bericht am Schluss der Akte, um zu erfahren, welche Diagnose und Maßnahme Dr. Trabert im vorliegenden Fall aussprach.

<u>Antrag auf Unfruchtbarmachung:</u>
~~Der~~ = Die
(Familienname) <u>Klepper</u>
(Vorname) <u>Käthe</u>
geboren am <u>31.10.1922</u>
in <u>Gudenshain</u>
derzeitiger Aufenthaltsort: <u>Klepperhof in</u>
<u>Gudenshain</u>
leidet an *) = ~~ist verdächtig zu leiden an~~
angeborenem Schwachsinn = ~~Schizophrenie~~
= ~~zirkulärem (manisch depressiven) Irresein~~
= ~~erblicher Fallsucht = erblichem Veitstanz~~
~~erblicher Blindheit = erblicher Taubheit =~~
~~schwerer erblicher körperlicher Missbildung =~~
~~schwerem Alkoholismus~~
*) Unzutreffendes ist zu streichen.

Sterilisierung ist vordringlich.
Ort: <u>Landesheilanstalt Geisberg, den 9. Oktober</u>
<u>1935</u>
Name: <u>Dr. Rudolf Trabert</u>
Stand: <u>Landesmedizinalrat, Arzt der Beratungs-</u>
<u>stelle für Nervenkranke im Amtsbezirk Gudens-</u>
<u>hain.</u>

Dr. Becker seufzte. Was war nur los mit dem einst so starken und leistungsfähigen deutschen Volk? Kam es ihm nur so vor, oder nahmen die Fälle von angeborenem Schwachsinn rapide zu? Die arische Rasse musste dringend von Erbkrankheiten gesäubert werden. Da durfte er sich nicht hinter wachsenden Aktenbergen verschanzen. Da half nur, die Ärmel hochzukrempeln und sich an die Arbeit zu machen. Schade nur, dass das Mädchen nicht an zirkulärem Irresein litt. Das hätte die Angelegenheit erfreulich beschleunigt. Bei Fällen von angeborenem Schwachsinn wie dem vorliegenden jedoch reichte das ärztliche Gutachten allein nicht für die Beschlussfassung des Gerichts aus. Es galt die Erbkranke zudem zwecks Feststellung der Intelligenz zu befragen.

Mit einem neuerlichen Seufzer warf Dr. Heinrich Becker die Akte auf den Stapel mit der Kennzeichnung *Terminvergabe*. Seine Vorzimmerdame Fräulein Pauli würde der Erbkranken einen Termin zur Anhörung mitteilen. Die Wartezeit betrug derzeit inzwischen zwei bis vier Wochen. Der Amtsrichter wollte sich schon der nächsten Verfahrensakte zuwenden, als er sich besann und erneut die Akte der Käthe Klepper aufschlug. Er setzte einen handschriftlichen Vermerk hinzu: *Verfahrenspfleger ist zu bestellen*.

Es konnte nicht schaden, wenn ein Staatsdiener im Vorfeld des Prozesses Informationen aus dem Umfeld des Mädchens einholte und zu diesem Zweck zum Beispiel Verwandte, den Lehrer sowie den Bürgermeister befragte und als Zeugen vor Gericht lud.

November 1935

Vorurteil

Dr. jur. Heinrich Becker bereitete sich in seinem Amtszimmer auf den morgigen Prozesstag vor. Wie er den sorgfältig ausgefüllten Unterlagen entnehmen konnte, machte um neun Uhr dreißig die Anhörung einer gewissen Käthe Klepper den Anfang. Der Name war ihm trotz der Vielzahl von Gerichtsakten, die sich auf seinem Schreibtisch türmten, im Gedächtnis haften geblieben, denn es handelte sich um einen besonders abstoßenden Fall, in dem ein dreizehnjähriges Bauernmädchen ihren übersteigerten Sexualtrieb in sittenwidriger Art und Weise auslebte.

»Fräulein Pauli!«, rief er nach seiner Vorzimmerdame, indem er den Kippschalter der Gegensprechanlage bediente, die auf seinem Schreibtisch installiert war und sein Büro mit dem Sekretariat verband. Die Gerufene eilte sogleich herbei.

»Sie wünschen, Herr Dr. Becker?«, fragte sie dienstbeflissen.

»Bringen Sie mir eine Kanne Kaffee.« Er würde Koffein benötigen, um sich durch den Aktenberg zu arbeiten, der auf dem Schreibtisch vor ihm lag. Fräulein Pauli machte sich sofort auf den Weg. Sie stand seit Anfang des Jahres 1935 im Dienst des Amtsgerichts und seither dem ehrenwerten Richter Dr. jur. Heinrich Becker als Vorzimmerdame zur Verfügung. Ihre Aufgaben umfassten Sekretariats- sowie Schreibarbeiten, einfache Aktenrecherchen, Botengänge, aber vor allem hatte sie den Herrn Amtsrichter mit Kaffee und Gebäck bei Laune zu halten. In Ausnahmefällen servierte sie dem Würdenträger und seinen Besuchern auch Hochprozentiges. Sie musste nicht fragen, ob ihr Vorgesetzter Milch und Zucker wünschte, denn längst kannte sie seine Vorlieben. Die Sekretariatsstellen bei Gericht waren seit Inkrafttreten der Gesetze zur Verhütung erbkranken Nachwuchses am 1. Januar 1934 umfangreich aufgestockt worden. Trotzdem gab es mehr Bewerberinnen als Posten. Eva Pauli gehörte zu den Glücklichen, die aufgrund ihrer hervorragenden Stenografie- und Schreibmaschinenkenntnisse ausgewählt worden war. Und wegen ihrer makellosen Beine, die in schicken Strümpfen unter knielangen Röcken hervorlugten. Dr. Becker nahm die oberste Mappe vom Stapel und grunzte zufrieden. Seine Vorzimmerdame ordnete die Akten erfreulicherweise mit mehr Hirn als ihre Vorgängerin, nämlich in der Reihenfolge der Prozessansetzungen statt alphabetisch. Er schlug den Pappdeckel der Prozessakte Käthe Klepper auf. Zunächst prüfte er den Inhalt auf Vollständigkeit. Er überflog die Verdachtsanzeige. Sie war auf den 30. August 1935 datiert und stammte von einer gewissen Elsa Ott, offenbar die Schwägerin der erkrankten Person. Die ärztliche Untersuchung hatte sein geschätzter Kollege Dr. med. Trabert am 7. Oktober desselben Jahres durchgeführt. Er fragte sich mit einem Anflug von Verärgerung, warum die Inaugenscheinnahme sechs lange Wochen gedauert hatte. Offenbar litten die Medizinalräte unter der gleichen Überlastung wie die Richterschaft. Er blätterte zum Ende des Dokuments, um die Empfehlung des Amtsarztes zu lesen. Es erstaunte Dr. Becker nicht, dass Dr. Trabert eine Unfruchtbarmachung als unabdingbare Maßnahme empfahl, da seine abschließende Diagnose auf angeborenen Schwachsinn schwersten Grades lautete. Zudem zeige die Patientin einen überhöhten Sexualtrieb und befand sich überdies im fortpflanzungsfähigen Alter.

Dr. Becker schüttelte angewidert den Kopf, als er zum Anfang der Akte zurückblätterte. Die Angeklagte zählte erst dreizehn Jahre. Es erschütterte ihn jedes Mal aufs Neue, dass diese Idioten stets einen eifrigen oder vielmehr übereifrigen Hang zur Fortpflanzung erkennen ließen, ausgerechnet. Selbstverständlich gehörte der Erhalt der deutschen Rasse zum gesellschaftlichen Auftrag, dem allerdings ausnahmslos gesunde Eheleute im Rahmen der Erfüllung ihrer ehelichen Pflichten nachzukommen hatten. Die Betonung lag dabei, insbesondere in Bezug auf die Frauen, auf der *Pflicht*. Dr. Becker wagte nicht, sich auszumalen, welche Zustände wohl herrschten, wenn brave Ehefrauen wie seine Hildegard ein Interesse oder gar Freude an der körperlichen Liebe zeigten oder, schlimmer noch, die Initiative übernähmen. Kaum auszudenken! Nun ja, ohne ein moralisches Korrektiv rammelten Männlein und Weiblein offenbar wie die Karnickel. Umso wichtiger, dass der Staat dem Treiben dieser geistig Minderbemittelten rigoros Einhalt gebot. Die Details des ärztlichen Berichts ersparte sich Dr. Becker, dazu würde er im morgigen Prozess mehr hören, als ihm lieb war. Denn da die Diagnose auf angeborenen Schwachsinn lautete, sahen die gesetzlichen Vorschriften unerfreulicherweise eine Intelligenzprüfung der fraglichen Person vor – eine ebenso langatmige wie unnötige Prozedur, denn die Idioten brachten selten zusammenhängende Sätze oder Gedanken zustande.

Ein Klopfen an der Tür riss Dr. Becker aus seinen Überlegungen. Noch bevor er »Herein!« rief, betrat schon Fräulein Pauli mit einem Tablett das Amtszimmer. Darauf balancierte sie geschickt eine Kanne mit dampfendem Kaffee, ein Kännchen warme Milch, eine Schale mit Würfelzucker sowie einen kleinen Teller mit Butterkeksen. Die geschäftige Vorzimmerdame drapierte Speisen und Getränke auf dem Beistelltischchen neben dem Schreibtisch und verschwand ohne einen Kommentar. Der herrliche Kaffeeduft hätte die Laune des Richters zu heben vermocht, wenn sein Blick in diesem Moment nicht auf der Zeugenliste gelandet wäre.

»Herrje!« Welcher Schwachkopf hatte eine derart große Zahl an Zeugen geladen? Selbst ohne die Intelligenzprüfung würde allein die Befragung Stunden dauern. Er musste sich wohl oder übel auf eine längere Verhandlung einstellen. In seinen Augen stellte dies eine sinnlose Zeitverschwendung dar, stand der Ausgang des Verfahrens nach der Aktenlage doch zu neunundneunzig Prozent fest. Ärgerlich rührte er drei Würfel Zucker in den Kaffee und führte die Tasse zum Mund, bevor er sich weiter durch die Akte arbeitete. Er entdeckte eine handschriftliche Notiz, die aus seiner eigenen Feder stammte. Er hatte offenbar einen Verfahrenspfleger bestellt. Nun, auf diesen zusätzlichen Zeitfresser kam es nun auch nicht mehr an. Auf den nächsten Seiten der Akte befand sich der Bericht des Pflegers, den der Richter flüchtig überflog. Baumann beschrieb die fragliche Person als starrsinnig bis zur Uneinsichtigkeit mit einer Neigung zum Jähzorn. Diese Züge gehörten häufig zu den Charaktereigenschaften der Betroffenen, wie Dr. Becker wusste.

Er stellte fest, dass immerhin alle erforderlichen Dokumente für den Prozess vorlagen. Er wollte die Akte bereits schließen, als er darin ein weiteres Schriftstück entdeckte. Es handelte sich um den Brief eines gewissen Herrn Josef Klepper. Offenbar ein Verwandter der Erkrankten. Er hatte das Schreiben an das Kreisgesundheitsamt gerichtet. Die Behörde hatte es jedoch ordnungsgemäß an das zuständige Gericht weitergeleitet. Dr. Becker erinnerte sich an die Erwähnung des Namens im Arztbericht, an den Verwandtschaftsgrad zur Käthe Klepper jedoch nicht. Der Richter suchte nach dem Posteingangsstempel, der den Erhalt des Briefes auf den 4. November 1935 datierte. Er war also vor einer Woche eingegangen. Wie es sich gehörte, hatte Fräulein Pauli ihn direkt in die Akte eingeordnet. Da Richter Becker bisher nicht mit dem Inhalt des Schreibens vertraut war, lenkte er seine Aufmerksamkeit auf die wenigen handschriftlichen Zeilen.

> *An das Kesundheizs Amd Wiesbaden*
> *Siechenhaus auf dem Geisberg, den 25. Oktober*
> *1935*
> *Zie haben Meine Dochder lassen forladen*
> *am Montach den 11. Nowember.*
> *Ich mache Sie auf Märk-*
> *sam daß Meine dochder nicht*
> *in derlagen ist zum unfrucht-*
> *bar Machen zie ist klar und*
> *gesunt wie ein Mänsch zu*
> *kommt*
> > *Josef Klepper*
> > *Heil Hidler*

Dr. Becker schloss für einen Augenblick die Augen, dann klappte er die Akte entnervt zu. Wenn es eines weiteren Beweises über den geistesschwachen Zustand der gesamten Familie bedurfte, lieferte dieser Brief die unumstößliche Gewissheit. Er zementierte quasi das ohnehin höchstwahrscheinliche Urteil im Erbgesundheitsverfahren gegen Käthe Klepper. Selbstverständlich ließe Dr. Becker sich keinesfalls nachsagen, seine Prozesse mit vorgefasster Meinung zu führen. Er würde alle notwendigen Schritte einleiten und abarbeiten. Selbst wenn dies bei einer Diagnose, die auf angeborenen Schwachsinn lautete, bedeutete, die langwierige Mühsal auf sich zu nehmen und die Angeklagte dem Intelligenzprüfverfahren zu unterziehen.

Justitia

Am Martinstag wurde Käthe ausgerechnet vom Baumann Peter zum Justizamt begleitet. Sie hätte gern auf seine Gesellschaft verzichtet. Da er jedoch behauptete, sein Geleit sei gerichtlich angeordnet, ignorierte sie ihn bestmöglich. Sie brachen in aller Herrgottsfrühe auf. Der Färber Schorsch hatte sich erboten, sie mit dem Pferdewagen zur Platte zu bringen. Später würde er mit einer zweiten Fuhre den Pfarrer, den Ortsvorsteher und den Schulleiter zum Bergkamm herauffahren, da sie für den Nachmittag als Zeugen vor Gericht geladen waren. Käthe sprach während der gesamten Wegzeit kein einziges Wort mit dem Baumann Peter. Auf dem Fußmarsch von der Platte zur Straßenbahnhaltestelle stolperte er ohnehin nur kurzatmig hinterdrein. Am Stadtrand von Wiesbaden bekam er dann wieder Luft und damit Oberwasser. Seit er als sogenannter Verfahrenspfleger regelmäßig bei Gericht zu tun hatte, kam er häufiger in die Stadt und kannte sich entsprechend aus. Die Tätigkeit hatte ihm der Dorfarzt auf das Flehen vom Baumann Heinz hin verschafft.

»Mein Sohn taugt nicht zum Metzger«, hatte er bitter geklagt. »Er kann kein Blut sehen.« Dr. Trabert, der offenbar hervorragende Verbindungen zu den Nazibehörden unterhielt, tat dem Dorfmetzger den Gefallen. Seither spreizte sich der Baumann Peter wie ein Pfau. Käthe hatte keinerlei Vorstellung, welche Tätigkeit ein Verfahrenspfleger ausübte, aber aufgrund der Einfältigkeit, die jeder im Dorf dem Metzgerssohn bescheinigte, konnte es sich um nichts Weltbewegendes handeln.

Immerhin wusste er, welche Straßenbahn sie besteigen mussten, um auf dem kürzesten Weg in die Gerichtsstraße zu gelangen. Statt bis zum Volkspark zu gehen, um an der Haltestelle Unter den Eichen die Linie 2 zum Hauptbahnhof zu nehmen und dort umzusteigen, liefen sie bis zur Straßenbahnstation im Nerotal, wo sie die Linie 1 bestiegen. Käthe war erst einmal zuvor in der Kreisstadt gewesen, mit dem Vater, um das Heilwasser aus dem berühmten Kochbrunnen zu trinken. Die heilende Kraft, die man dem Wasser nachsagte, sollte helfen, ihn von seiner Trunksucht zu heilen. Käthe erinnerte sich an den Kuppelbau, der von Gittern umgeben war, sodass man zwar zur sprudelnden Quelle schauen, jedoch nicht zu ihr gelangen konnte. Nur den Brunnenmädchen war es gestattet, die Treppe hinabzusteigen, das sechsundsechzig Grad heiße Heilwasser in Glaskrüge abzufüllen und an die zahlenden Kurgäste sowie Besucher auszuschenken. Der Vater hatte auch einen Becher für Käthe erstanden. Er hieß sie abzuwarten, bis das Wasser auf eine trinkbare Temperatur abgekühlt war. Käthe trank in vorsichtigen Schlucken und rümpfte enttäuscht die Nase. Das Wunderwasser schmeckte, wie es roch: scheußlich nach faulen Eiern. Außerdem stellte sich schnell heraus, dass es keineswegs gegen die Trunksucht des Vaters half.

Damals wie heute staunte Käthe über die prächtige Architektur der Stadthäuser. Die noblen Villen im Nerotal waren mehrstöckig erbaut, die Fassaden reich verziert, und die gepflegten Gärten sahen so aus, als dienten sie ausschließlich der Zierde. Jedenfalls konnte Käthe weder Gemüsestauden noch Salat- oder Kohlköpfe darin entdecken. »Welche Verschwendung!«, dachte sie verwundert. Die Straßenbahntrasse der Linie Nerotal führte am berühmten Wiesbadener Kurhaus vorbei. Angeblich, so raunte ihr der Baumann Peter zu, der weiterhin wie eine Klette an ihrem Rockzipfel hing, galt es als schönstes Kurhaus der Welt. Wer weiß, wo er diese Weisheit aufgeschnappt hatte. Die

Straßenbahn durchquerte die Innenstadt bis zum Biebricher Rheinufer. Bis dahin fuhren sie jedoch nicht, sondern stiegen am Luisenplatz aus. Die restlichen Meter bis zur Gerichtsstraße legten sie zu Fuß zurück. Käthe bemühte sich nach Kräften, sich die steigende Nervosität nicht anmerken zu lassen, die sich bereits seit Tagen in ihr breitmachte. Als sie die Steinstufen zum imposanten Portal des Justizgebäudes hinaufstieg, fühlten sich ihre Knie weich wie Pudding an.

Die Größe der Eingangshalle, von der rechts und links jeweils eine geschwungene Freitreppe mit goldverziertem Geländer in die oberen Etagen führte, schüchterte sie ein. Das Zentrum der Halle zierte eine überdimensionierte Frauenstatue, die Käthe befremdlich anmutete. Die Frau trug nämlich eine Augenbinde, in der einen Hand ein Schwert und – das schien ihr am allermerkwürdigsten – in der anderen eine Küchenwaage. Was um Himmels willen sollte diese Statue darstellen? Eine Göttin? Und wenn ja, welche? Existierte so etwas wie eine Küchengöttin? Davon hatte Käthe noch nie gehört. Und falls ja, warum stand sie ausgerechnet in der Eingangshalle des Gerichtsgebäudes? Obwohl wesentlich kleiner, ähnelte die Marmorstatue der riesigen Germania, die auf einem Felsen am Rheinufer über das Deutsche Reich wachte und die Käthe von einem Ausflug mit Onkel Willi kannte. Das Niederwalddenkmal ragte hoch genug auf, um von der gegenüberliegenden Rheinseite gesehen zu werden und Feinde abzuschrecken. Wie es sich für eine Kriegsgöttin gehörte, hielt Germania ebenfalls ein Schwert in der einen ausgestreckten Hand. In der anderen jedoch einen Schild, was Käthe passender erschien als eine Küchenwaage. Um keinen Preis der Welt hätte sie den Baumann Peter fragen mögen, wen oder was die Statue in der Eingangshalle des Gerichtsgebäudes darstellte. Doch wie meistens plapperte er sein Wissen ungefragt heraus.

»Das ist die Justitia, die Göttin der Gerechtigkeit.«

Käthe folgte dem Baumann Peter in den ersten Stock. Er deutete auf eine Sitzbank aus dunklem Holz.

»Hier musst du Platz nehmen und warten, bis man dich hineinruft.«

Die Bank stand in einem langen Flur, von dem mehrere Flügeltüren abgingen. Die Sitzfläche wirkte abgewetzt. Offenbar hatten darauf schon zahlreiche Menschen gesessen und gewartet. Käthe bemerkte, dass neben jeder Tür ein Schild mit einer Nummer hing. Auf dem ihr gegenüber, vor der ein uniformierter SA-Mann postiert war, stand *1.5.3.* Endlich ließ der Baumann Peter sie allein. Sie beobachtete, wie er in einem Büro am Ende des Gangs verschwand. Auf der Rückseite der Sitzbank verliefen wärmende Heizungsrohre, sodass Käthe zunächst Schal und Mütze sowie kurz darauf auch ihren Wollmantel ablegte, den sie sich fein säuberlich über den Arm drapierte. Sie hatte keinerlei Vorstellung, was sie im Gerichtssaal hinter Tür *1.5.3.* erwartete. Was wollten die Herren Richter von ihr?, fragte sie sich bang. Sie wusste, dass am Nachmittag Elsa, Onkel Willi und der Otte-Karl als Zeugen befragt werden sollten. Nur der Zores hatte keine Vorladung erhalten. Wie war das möglich? Ihr schossen die unterschiedlichsten Gedanken, Sorgen und Ängste durch den Kopf. Nach einer Weile öffnete sich der rechte Flügel der Tür, sodass Käthe einen Blick in den dahinterliegenden Saal erhaschen konnte, und dem SA-Mann wurde ein Zettel zugesteckt.

»Fräulein Käthe Klepper!«, rief er mit lauter Stimme, nachdem er einen kurzen Blick darauf geworfen hatte. Käthe erhob sich und ging schnurstracks auf die Tür zu. Der Uniformierte vertrat ihr jedoch den Weg, um ihr den Zugang zu versperren.

»Sind Sie Fräulein Käthe Klepper?«, fragte er streng.

»Wer sonst?«, dachte sie, antwortete aber: »Jawohl.«

»Zeigen Sie Ihre Vorladung«, forderte er barsch. Käthe griff sogleich in ihre Manteltasche und händigte ihm das geforderte

Amtsschreiben aus. Wieder genügte dem Beamten ein flüchtiger Blick auf das Schreiben. Dann ließ er sie in den Saal eintreten.

»Fräulein Käthe Klepper!«, verkündete er mit derselben Lautstärke, mit der er auf dem Gang nach ihr gerufen hatte, und schloss die Tür hinter ihr.

Käthe stand wie angewurzelt, starrte mit offenem Mund. Noch nie hatte sie einen derart imposanten Raum gesehen. An den holzvertäfelten Wänden hingen Dutzende Ölgemälde in vergoldeten Rahmen. Sie zeigten Porträts von Männern in schwarzen Roben. Einige von ihnen trugen weiße Perücken auf dem Kopf. Darunter befanden sich kleine Bronzetafeln, auf denen Käthe jeweils zwei Jahreszahlen erkannte, die mit einem Bindestrich getrennt waren, sowie, so vermutete sie, die Namen der hohen Herren. Ihr Blick wanderte zur stuckverzierten Decke.

»Komm näher«, sagte eine Stimme, die ihr vage vertraut vorkam. Bei genauerem Hinsehen erkannte Käthe den Dorfarzt. Dr. Trabert bot einen ungewohnten Anblick, denn statt des weißen Arztkittels und seines Horchgeräts trug er heute eine schwarze Richterrobe. Die glich der Robe des Mannes, der neben ihm am Richterpult saß und bei dem es sich um den Richter handeln musste, weil sein Stuhl etwas erhöht in der Mitte stand. Käthe vermutete, dass normalerweise drei Amtsrichter hinter dem lang gezogenen Pult thronten, da hinter jedem Platz dieselbe Anzahl von Hakenkreuzbannern an der rückwärtigen Wand des Saals hingen. Jedoch war kein dritter Würdenträger anwesend, dafür ein Fräulein mit Rollkragenpullover und Brille. Sie saß etwas abseits und wirkte äußerst elegant, fand Käthe. Sie tippte mit rot lackierten Fingernägeln auf einer Schreibmaschine und trug Augengläser an einer Perlenschnur um den Hals.

Hinter dem schicken Fräulein erblickte Käthe eine weitere Person im Gerichtssaal. Sie staunte, als sie in der Stuhlreihe, die offenbar Besuchern vorbehalten war, den feschen Herrn Doktor aus dem Siechenhaus erkannte. Was wollte der denn hier? Der Arzt strich sich eine widerspenstige Haarlocke aus der Stirn und nickte Käthe freundlich zu. Sie errötete unter seinem Blick, wagte aber nicht, seinen Gruß zu erwidern.

»Setz dich«, sagte Dr. Trabert und deutete auf einen einzelnen Stuhl vor der Richterbank.

Käthe tat, wie ihr geheißen. Kaum dass sie Platz genommen hatte, ergriff der Mann, den Käthe für den Richter hielt, das Wort:

»Befragung der Käthe Klepper vor dem Erbgesundheitsgericht Wiesbaden am 11. November 1935 durch den Vorsitzenden Richter Dr. jur. Heinrich Becker und den Vorsitzenden Amtsarzt Dr. med. Rudolf Trabert. Beginn der Befragung: neun Uhr dreißig. Das Wort hat der Vorsitzende Richter Dr. Heinrich Becker zwecks Feststellung der Personalien.«

Während er sprach, flogen die Finger des schicken Fräuleins flink über die Tasten der Schreibmaschine. Offenbar schrieb sie jedes Wort mit, das gesprochen wurde, erkannte Käthe gleichermaßen verwundert wie fasziniert.

»Aha!«, dachte sie. Bei dem Mann mit der auffällig großen Nase handelte es sich also tatsächlich um den Herrn Richter. Wenn sie richtig verstanden hatte, hieß er Becker. Es dauerte einen Augenblick, bis sie begriff, dass seine nächsten Worte ihr galten.

»Name?«, verlangte er mit barscher Stimme zu erfahren.

»Klepper, Käthe.«

»Wohnort?«

»Gudenshain.«

»Geburtsort?«

»Auch.«

»Wie bitte?«

Der Richter klang erbost. Käthe bemühte sich, seine Fragen so präzise wie möglich zu beantworten. Offenbar war ihr das nicht zu seiner Zufriedenheit gelungen, deshalb beeilte sie sich klarzustellen:

»Also, beides in Gudenshain.«

Der Richter seufzte und diktierte dem Fräulein an der Schreibmaschine: »Fräulein Käthe Klepper gibt an, in Gudenshain wohnhaft und geboren zu sein.«

Käthe errötete, beschämt darüber, dass sie sich nicht klar genug ausgedrückt hatte. Sie sah nicht, dass sich auf die Miene von Dr. Karges unwillkürlich ein leichtes Lächeln stahl.

»Ist das korrekt?«

»Jawohl, Herr Richter.«

»Wann?«, feuerte Dr. Becker seine nächste Frage ab, und Käthe fragte sich einen Moment lang verwirrt, worauf er abzielte. Wann *was*? Meinte er ihren Geburtstag?

»Am 31. Oktober 1922«, antwortete sie in der Hoffnung, die richtige Auskunft zu erteilen.

»Name der Mutter?«

»Hertha Klepper, geborene Lupp.«

»Wohnhaft?«

»Auf dem Kirchhof, Herr Richter.«

Offenbar war ihr erneut ein Patzer unterlaufen, denn der Kopf des ehrenwerten Dr. Becker lief rot an – vor Ärger, befürchtete Käthe. Das amüsierte Lächeln im Gesicht von Dr. Karges wurde angesichts der Empörung von Dr. Heinrich Becker breiter. Höchstwahrscheinlich nahm der Richter an, dass Käthe in unverschämter Absicht auf seine Fragen antwortete. Damit dürfte sie sich kaum einen Gefallen tun, fürchtete Karges. Verunsichert biss Käthe sich auf die Lippen.

Zum Glück kam ihr Dr. Trabert zu Hilfe: »Die Mutter der Befragten verstarb im November 1922 kurz nach der Geburt der hier anwesenden Tochter an Lungentuberkulose.«

»Name des Vaters?«, verlangte der Richter daraufhin zu erfahren, ohne auf die Anmerkung des Arztes einzugehen.

»Klepper, Josef.«

»Wohnhaft?«

»Im Siechenhaus auf dem Geisberg.«

»Der nervenkranke Vater ist mir persönlich bekannt«, ergriff Dr. Trabert erneut das Wort. »Er leidet an Trunksucht und weist eine defekte Gesamtpersönlichkeit auf.«

Bei den Ausführungen des Amtsarztes spürte Käthe, wie ihr die Schamesröte in die Wangen stieg. Aus dem Mund des Herrn Doktor klang es so, als sei der Vater ein schlechter Mensch. Unglücklich schlug sie die Hände vors Gesicht.

In diesem Moment erklärte Dr. Heinrich Becker die Feststellung der Personalien für abgeschlossen, sodass Käthe erleichtert aufblickte. Hatte sie die Prozedur schon überstanden? Leider sah sie ihre Hoffnung getrübt, denn der Vorsitzende Richter übergab die weitere Befragung an Dr. Trabert.

»Der Vorsitzende Richter Dr. Heinrich Becker übergibt das Wort an den Vorsitzenden Amtsarzt Dr. med. Richard Trabert zwecks Prüfung der Intelligenz und der Orientierung.«

»Aha!«, dachte Dr. Karges auf der Zuhörerbank. Jetzt trat der unbeliebte Kollege ins Rampenlicht. Er war gespannt auf dessen Fragetechnik.

»Wie heißt du?«, fragte der Dorfarzt mit freundlicher Stimme, sodass Käthe trotz der Fortsetzung der Befragung neue Zuversicht schöpfte.

Offenbar bemühte sich der Kollege, Vertrauen aufzubauen, indem er Käthe duzte, registrierte Dr. Karges.

»Käthchen«, piepste sie, obwohl sie sich wunderte, dass der Herr Doktor Dinge erfragte, die er doch längst wusste.

»Und wie lautet dein Nachname?«

»Klepper.«

»Welchen Beruf übst du aus?«

Käthe wollte nicht riskieren, den Richter erneut zu verärgern, indem sie angab, keinen Beruf erlernt zu haben.

Deshalb antwortete sie ausweichend: »Ich arbeite auf dem Hof.«

Daraufhin erklärte Dr. Trabert dem Fräulein an der Schreibmaschine: »Die Befragte arbeitet auf dem elterlichen Obstbauernhof.«

Dann wandte er sich wieder Käthe zu: »Welche Tätigkeiten zählen zu deinen Aufgaben?«

Sie schwieg und überlegte fieberhaft, was der Doktor mit dieser Fragerei bezweckte. Sie wollte keinesfalls etwas Unsinniges antworten. Sollte sie wirklich alles das aufzählen, was sie den lieben langen Tag an Arbeiten auf dem Hof verrichtete?

»Hast du die Frage verstanden?«, hakte er nach.

»Ich glaube schon.«

Käthe traute sich nicht, zuzugeben, dass das glatte Gegenteil der Fall war.

»Dann erzähle uns bitte, welche Aufgaben du auf dem Hof erledigst.«

»Also, ich fütter die Hinkel, sammle die Eier ein und mach den Hühnerstall sauber«, begann sie zögerlich aufzuzählen.

»Kümmerst du dich außer um die Hühner noch um andere Dinge?«

Sie nickte.

»Nämlich?«

»Ums Wäschewaschen und Bügeln. Das mache ich aber gemeinsam mit dem Elschen.«

Käthe wollte sich keinesfalls mit fremden Federn schmücken. Das schickte sich nicht.

»Ist das alles?«

Sie überlegte. »Im Herbst und im Winter schon.«

»Und welche Aufgaben kommen im Frühjahr und Sommer hinzu?«

Käthe entspannte sich ein wenig, es schien ihr, als liefe die Befragung jetzt reibungsloser.

»Ei, die Kesche!«, platzte sie heraus und biss sich im selben Moment erschrocken auf die Lippen. Onkel Willi hatte ihr eingeschärft, vor Gericht kein hessisches Platt zu schwätzen, und trotzdem war sie unwillkürlich in den Dorfdialekt verfallen.

»Wie bitte?«, fragte Dr. Trabert prompt.

»Entschuldigung«, beeilte sie sich, den Schnitzer auszubügeln. »Ich wollte sagen: die Kirschen. Im Sommer pflücken wir die Kirschen für unseren Kesch-, äh, Kirschwein.«

Jetzt nickte der Arzt zufrieden, und Käthe atmete erleichtert auf.

»Dann kann man deinen Beruf also als Obstpflückerin bezeichnen.«

Da sie nicht sicher wusste, ob man das konnte, schwieg sie.

»Bitte beantworte meine Frage«, forderte der Arzt.

»Wenn Sie es sagen«, bestätigte sie schließlich.

»Wo bist du zu Hause?«

»In Gudenshain, auf dem Klepperhof.«

»Welches Jahr haben wir jetzt?«

»1935.«

»Welchen Monat?«

»November.« Käthe zählte kurz an den Fingern ab, dabei murmelte sie vor sich hin. »Den elften Monat«, präzisierte sie ein wenig stolz.

»Welcher Wochentag ist heute?«

»Montag.«

Die Fragen, die der Herr Doktor stellte, kamen Käthe merkwürdig vor. Sollte er die Antworten darauf nicht selbst kennen?

»Und an welchem Ort befinden wir uns hier?«

»In Wiesbaden.«

»In welchem Haus?«

»Im Richterhaus.«

»Wer bin ich?«

Jetzt fürchtete Käthe, dass der Dr. Trabert völlig überge-schnappt war. Sie schaute ihn verblüfft an. Trotzdem antwortete sie pflichtbewusst.

»Sie sind der Herr Amtsarzt, Herr Doktor.«

Neben dem Stuhl, auf dem Käthe während der Befragung saß, stand ein dreibeiniger Nierentisch, darauf ein Glas und eine Karaffe Wasser. Gern hätte sie gefragt, ob sie sich etwas davon einschenken und trinken dürfe, wagte es aber nicht. Da ihre Kehle jedoch ausgetrocknet war, streckte sie behutsam die Hand nach dem Getränk aus. Aus den Augenwinkeln sah sie, dass der Herr Richter jede ihrer Bewegungen aufmerksam ver-folgte. Da eine Rüge ausblieb, schlussfolgerte sie, dass ihr das Trinken erlaubt war. Also bediente sie sich. Dr. Trabert nahm daraufhin ebenfalls einen Schluck Wasser. Er füllte sein Glas aus der Karaffe, die auf der Richterbank stand. Nach dieser kurzen Unterbrechung setzte er die Befragung fort.

»Das Wort hat weiterhin der Vorsitzende Amtsarzt Dr. Rudolf Trabert zwecks Prüfung der Intelligenz«, verkündete Richter Becker.

Jetzt kam der Teil, der Dr. Karges besonders interessierte. Gespannt richtete er sich in seinem Besucherstuhl auf.

»Heimatort?«, verlangte Dr. Trabert zu wissen. Offenbar hatte er vergessen, dass der Richter und auch er selbst bereits danach gefragt hatten.

»Gudenshain«, wiederholte sie geduldig.

»Zu welchem Land gehörig?«

»Zum deutschen Vaterland.«

»Hauptstadt von Deutschland?«

Jetzt folgten offenbar die Fragen zum Schulwissen, dachte Dr. Karges.

Käthe konzentrierte sich. Sie kannte die Antwort. Es han-delte sich um die Stadt, in der Hitler die erste Eiche gepflanzt hatte. Wie hieß sie noch gleich?

»Berlin?«, wagte sie einen Versuch.

»Hauptstadt von Frankreich?«

Käthe überlegte fieberhaft. Sie hatte nur von einem einzigen französischen Ort gehört. Nämlich dem, wo nach dem Krieg dieser Vertrag unterschrieben worden war, über den der Otte-Karl ständig fluchte. Immer wieder hatte Elsa den Namen der Stadt wie eine Beschwörungsformel aufgesagt, als der Alwin zur Wehrmacht einberufen wurde. Aber ob *Wer sei* die Hauptstadt der Franzmänner war? Bevor sie sich blamierte, hielt Käthe lieber den Mund.

»Wer war Luther?«

Sie hatte nicht die leiseste Ahnung. War jedoch überzeugt, dass keiner im Dorf so hieß, und schwieg. Genau wie bei den nachfolgenden Fragen.

Sie kannte ebenso wenig jemanden mit Namen Bismarck, wusste weder, wie die Staatsform Deutschlands hieß, noch wer Amerika entdeckt hatte.

In Dr. Karges stieg Verärgerung auf, nicht wegen der ausgebliebenen Antworten von Käthe Klepper, sondern wegen der Auswahl der Fragen. Seiner Meinung nach waren sie unmöglich zu beantworten für jemanden, der lediglich drei Jahre Schulbildung genossen hatte. Er fand es erstaunlich, dass Käthe die Hauptstadt von Deutschland hatte benennen können.

»Wann ist Weihnachten?«

Endlich eine Frage, auf die Käthe Auskunft geben konnte.

»Im nächsten Monat«, antwortete sie erleichtert.

»Was bedeutet Weihnachten?«

»Der Heiland ward uns geboren.«

»Nenne die Wochentage.«

»Mondach, Diensdach, Mittwoch, Donnersdach, Freidach, Samsdach und Sonndach«, leierte sie die Tage herunter und bemerkte nicht, dass sie dabei erneut in ihren Dialekt verfiel.

»Wie viele Wochentage gibt es?«

Wieder murmelte sie leise vor sich hin, während sie an den Fingern abzählte.

»Sieben.«

»Rückwärts.«

Sie stutzte einen kurzen Moment.

»Auch sieben.«

Kaum ausgesprochen, konnte sie an der roten Gesichtsfärbung des Richters ablesen, dass sie offenbar erneut die falsche Antwort gegeben hatte.

Fast hätte Dr. Karges auf seinem Besucherstuhl laut aufgelacht. Schlagfertig schien Käthe Klepper immerhin zu sein.

»Du sollst die Tage rückwärts aufzählen«, präzisierte Dr. Trabert.

»Ach so. Entschuldigung, Herr Doktor«, stammelte Käthe peinlich berührt. »Sonndach, Samsdach, Freidach ...«, begann sie, geriet jedoch ins Stocken. »Mittwoch, Mondach«, nahm sie den verlorenen Faden wieder auf. Hatte sie einen Tag ausgelassen? Hektisch wiederholte sie die Wochentage in Gedanken, vermochte sich aber nicht richtig zu konzentrieren.

»Danke, das genügt«, erlöste sie der Herr Doktor. In Erwartung der nächsten Frage knetete sie nervös die Hände im Schoß.

»Wie viel ist eins plus eins?«

»Zwei.«

»Zwei plus zwei?«

»Vier.«

»Sieben minus zwei?«

»Fünf.«

»Sieben mal neun?«

Käthe bedauerte, die Lösung dieser Aufgabenstellung schuldig bleiben zu müssen. Sie war recht gut in Mathematik, aber das Malnehmen hatte Schulleiter Krekel bis zur dritten Schulklasse leider nicht durchgenommen.

»Zehn geteilt durch zwei?«

Wieder wusste Käthe keine Antwort, denn das Teilen kam auch erst in der vierten oder fünften Klasse an die Reihe. Ihr Kopf rauchte. Sie fühlte sich fast ebenso ausgelaugt wie nach einem kompletten Arbeitstag bei der Kirschernte. Deshalb war sie erleichtert, als der Richter eine Pause anordnete. Er verschwand gemeinsam mit Dr. Trabert durch eine Tür, die in der Holztäfelung der Wand hinter der Richterbank eingelassen war und die sie zuvor nicht bemerkt hatte.

Dr. Karges sah seine Einschätzung durch die Beantwortung der letzten Fragen bestätigt. Käthe sah sich offenbar problemlos in der Lage, zu addieren und zu subtrahieren. Die Multiplikation und die Division hingegen waren ihr nicht möglich. Das konnte nur einen Grund haben: Sie hatte diese Rechenarten in der Schule nicht durchgenommen.

Dr. Karges hielt es für grob fahrlässig, aufgrund der Schulbildung Rückschlüsse auf die geistige Gesundheit eines Menschen zu ziehen.

Intelligenzprüfung

Das Fräulein mit der schicken Brille verließ den Gerichtssaal eilig durch die Flügeltür, die nach draußen auf den Gang führte. Käthe folgte ihr in einigem Abstand und nahm zunächst auf derselben Bank Platz, auf der sie zuvor gesessen und auf Einlass gewartet hatte. Sie sah das Fräulein auf klappernden Absätzen die Treppe hinunterlaufen. Käthe blickte ihr voller Bewunderung nach und beobachtete, wie sie hinter einer Tür mit der Aufschrift *oo* verschwand. Unter dem Türgriff, an der Stelle, an der sich sonst das Schlüsselloch befand, war ein grünes Fensterchen zu sehen. Es veränderte sich zu Rot, kurz nachdem das Fräulein eingetreten war und die Tür hinter sich zugezogen hatte, und wenige Minuten später erneut zu Grün, als es wieder herauskam. Dort musste sich der Abort befinden, schlussfolgerte Käthe. Da sie ebenfalls das dringende Bedürfnis verspürte, Wasser zu lassen, steuerte sie auf den Raum mit der Nummer *oo* zu, öffnete vorsichtig die Tür und lugte hinein. Tatsächlich entdeckte sie im gekachelten Inneren eine Porzellanvorrichtung, die vage an eine Latrine erinnerte. Auf dem Klepperhof gab es seit einigen Jahren auch ein Toilettenhäuschen. Alwin hatte es aus groben Brettern gezimmert und ein Herz in die Tür gesägt, die mit einem Riegel von innen verschlossen werden konnte. Selbstverständlich stand der Abort weit genug vom Haus entfernt, damit der Gestank der Sickergrube nicht hinüberwehte, egal, aus welcher Himmelsrichtung der Wind blies. In der Nacht benutzte Käthe nach wie vor den altmodischen Nachttopf, statt quer über den Hof zum stillen Örtchen zu hasten. Der Gestank beziehungsweise das Fehlen des Gestanks stellte den auffälligsten Unterschied zum heimischen Plumpsklo dar. Die Porzellanschüssel im Gerichtsgebäude ähnelte der Suppenterrine von Tante Wilma. Käthe würde wohl nie wieder ohne Hintergedanken Werschingsupp' daraus essen können, wenn sie bei ihr und Onkel Willi zu Gast war. Beide Schüsseln zierten nämlich dünne blaue Linien, die kunstvolle Vögel und Blumen darstellten. Käthe zog die Tür hinter sich ins Schloss und drehte in Ermangelung eines Schlüssels den Türknauf. Mit einem kräftigen Rütteln an der Klinke überzeugte sie sich davon, dass die Tür fest verschlossen war. Nie zuvor hatte sich die Verrichtung eines Geschäfts so angenehm angefühlt. Als sie wieder an ihren Warteplatz auf der Holzbank gegenüber dem Gerichtssaal zurückgekehrt war, wickelte Käthe das mitgebrachte Schmalzbrot aus, das sie am Morgen selbst geschmiert hatte und in das sie nun hungrig hineinbiss.

»Und? Wie läuft's?«, erklang plötzlich direkt neben ihr die verhasste Stimme vom Baumann Peter.

Käthe zuckte unbestimmt mit den Schultern und kaute demonstrativ mit vollem Mund. Sie verspürte keinerlei Lust, die heutige Fragestunde fortzusetzen, und schon gar nicht mit dem Metzgerssohn.

»Die Hälfte hast du hinter dir«, gab er erneut ungefragt sein Wissen zum Besten. »Nach der Pause wirst du zunächst weiterbefragt, und im Anschluss kommen die Zeugen an die Reihe.«

»Der Klugscheißer will sich nur wichtigmachen«, dachte Käthe genervt. Sie hatte befürchtet, dass die elende Fragerei nach der Pause weiterging. Wenn sie wenigstens wüsste, welchem Zweck der ganze Zirkus diente. Der Baumann Peter hatte, angeblich im Auftrag des Gerichts, die halbe Prominenz von Gudenshain für den Nachmittag geladen: Schulleiter Krekel, Pfarrer Bachner sowie Onkel Willi in seiner Funktion als Ortsvorsteher. Außerdem Elsa und den Otte-Karl. Als bestellter Verfahrenspfleger würde der Baumann Peter ebenfalls zum Sachverhalt Auskunft geben. Das verschwieg er jedoch lieber. Nicht dass die Käthe wie so oft auf ihn losging, wenn sie davon Wind bekam. Im Augenblick behandelte sie ihn wie Luft. Unschlüssig, ob er gehen oder bleiben sollte, trat er von einem Bein auf das andere und schaute ihr beim Essen zu. Käthe vermutete, dass die Verhandlung demnächst fortgesetzt wurde, denn das schicke Fräulein eilte auf klappernden Absätzen zurück in den Gerichtssaal. Tatsächlich rief der uniformierte Beamte, der sich während der gesamten Zeit nicht von der Flügeltür wegbewegt hatte, Käthe erneut auf. Wie am Vormittag saßen Dr. Becker und Dr. Trabert hinter dem Richterpult vor den imposanten Hakenkreuzflaggen und das elegante Fräulein an ihrer Schreibmaschine. Käthe nahm diesmal unaufgefordert wieder auf dem Stuhl in der Mitte des Saals Platz, auf dem sie zuvor schon gesessen hatte. Sie blickte sich schüchtern um. Auch der fesche Herr Doktor war weiterhin im Gerichtssaal. Sie hatte ihn während der Pause nicht im Flur gesehen. Aus irgendeinem Grund tröstete Käthe seine Anwesenheit.

»Fortsetzung der Befragung der Käthe Klepper vor dem Erbgesundheitsgericht Wiesbaden am 11. November 1935«, eröffnete Richter Dr. Heinrich Becker den zweiten Teil der Intelligenzprüfung, die sich um das allgemeine Lebenswissen drehte.

»Wo geht die Sonne auf?«, fragte Dr. Trabert.

»Am Himmel.«

»In welcher Himmelsrichtung?«

»Vom Hühnerstall aus gesehen von da.«

Käthe bemühte sich, so präzise wie möglich zu antworten, und deutete mit der ausgestreckten Hand über ihre rechte Schulter.

Einmal mehr amüsierte sich Dr. Karges über Käthes anschauliche Antwort. Damit bewies sie eindeutig Sinn für das Praktische.

»Warum wird es Tag und Nacht?«

Darüber hatte sie noch nie nachgedacht, deshalb schwieg sie. Auch die Beantwortung der folgenden drei Fragen musste sie schuldig bleiben.

»Was versteht man unter dem Kochen des Wassers?«

»Warum darf man Feuer nicht abschließen, wenn es brennen soll?«

»Warum baut man Häuser in der Stadt höher als auf dem Lande?«

Ja, weshalb nur? Das hatte Käthe sich auch gefragt, als sie die prächtigen Steinhäuser in Wiesbaden sah. Unmittelbar nachdem sie über die Platte das Nerotal erreichten, waren ihr die mehrstöckigen Gebäude aufgefallen. Aber den Grund für diese Bauweise kannte sie nicht. Deshalb schwieg sie weiterhin und fühlte sich erleichtert, dass sie immerhin Auskunft zu der folgenden Frage geben konnte.

»Warum gehen die Kinder in die Schule?«

»Damit sie das Lesen und Schreiben lernen.« Nach kurzer Bedenkzeit setzte sie hinzu: »Und das Rechnen natürlich.«

»Wozu sind die Gerichte da?«

»Um Mörder und Diebe einzulochen.«

»Welche Geldsorten gibt es?«

»Münzen und Scheine.«

Streng genommen war die Antwort nicht falsch, überlegte Dr. Karges. Er wusste jedoch, dass das Gericht eine andere Einschätzung vertrat.

Käthe fühlte sich indes recht zufrieden, obwohl sie die Antwort auf die nächste Frage wiederum schuldig blieb.

»Was kostet die Beförderung von Postsachen?«

Erneut hatte sie nicht die geringste Ahnung. Die Briefe, die der Post-Michel brachte, musste man nicht bezahlen. Das wäre ja noch schöner, enthielten sie doch meist schlechte Nachrichten, wie die Einberufung von Onkel Alwin.

»Was kostet ein Liter Milch?«

Diesen Preis hingegen kannte Käthe sehr genau. Entsprechend ausführlich fiel ihre Antwort aus.

»Wenn ich die Kanne mitbringe, was ich natürlich stets tue, will die Müllerin zwanzig Penning für den Liter.«

Einmal mehr bewies Käthe Sinn fürs Praktische, freute sich Dr. Karges – und auch darüber, dass sie damit offenbar die Geduld von Dr. jur. Heinrich Becker strapazierte. Es interessierte ihn, ob die Reaktionen des ehrenwerten Richters im Protokoll festgehalten wurden. Das Klappern der rot lackierten Fingernägel auf der Tastatur, das jede von Käthes Aussagen begleitet, verstummte kurz, als Dr. Trabert an das Fräulein gewandt präzisierte:

»Die Befragte meint Reichspfennig.«

»Was kostet ein Laib Brot?«, wollte der Herr Doktor als Nächstes wissen.

Herrje, dachte Käthe, will er etwa alle Lebensmittelpreise abfragen? Bei ihm zu Hause war bestimmt die Ehefrau für die Einkäufe zuständig. Hoffentlich kannte die sich besser mit den Preisen aus.

»Unser Brot backt das Elschen selbst, das kaufen wir nicht«, antwortete Käthe wahrheitsgemäß.

Dr. Karges bedauerte, dass er keine Auswertung des Fragenkatalogs erhalten würde, denn zum zweiten Mal entsprach Käthes Antwort genau genommen den Tatsachen. Es interessierte ihn, ob in der Bewertung Abstufungen vorgenommen wurden zwischen einer grundlegend falschen Aussage und einer, die auf der Fehlinterpretation einer Frage beruhte. Vermutlich jedoch nicht, überlegte er.

»Was ist der Unterschied zwischen Irrtum und Lüge?«

Käthe schwieg ratlos.

»Was ist der Unterschied zwischen Borgen und Schenken?«

Auch darauf wusste sie keine Antwort.

»Was ist der Unterschied zwischen Geiz und Sparsamkeit?«

Käthe schaute verzagt auf ihre im Schoß gefalteten Hände; diese Frage vermochte sie ebenfalls nicht zu beantworten. Sie schielte zum Richter, fürchtete, dass sich sein Gesicht einmal mehr mit Zornesröte überzog. Doch seine Miene blieb unbewegt.

»Kommen wir nun zu speziellen Fragen des Berufs«, sagte Dr. Trabert, und Käthe straffte sich, im Bemühen, sich zu konzentrieren.

»Bilde einen Satz aus folgenden drei Worten«, forderte der Arzt. »Schule, Bildung, Leben.«

Sie wiederholte die genannten Begriffe in Gedanken, versuchte, sie in eine sinnvolle Reihenfolge zu bringen. Offenbar beanspruchte ihr Bemühen zu viel Zeit, denn Dr. Trabert erteilte ihr eine neue Anweisung.

»Käthe, du bist Obstpflückerin. Bestimmt kannst du einen Satz aus den folgenden drei Worten bilden: Baum, Obst, Leiter.«

Diese Aufgabe schien ihr lösbarer. Vor ihrem geistigen Auge entstand die Formulierung fast von allein.

»Käthe?« Sie erschrak, durfte sich nicht zu viel Zeit mit der Antwort lassen.

»Also«, begann sie hastig, »das Obst hängt am Baum, und man muss eine Leiter aufstellen, sonst kommt man nicht dran.«

Aus dem Nicken des Herrn Doktor schloss Käthe, dass sie ihre Sache gut gemacht hatte.

»Jetzt bilde einen Satz aus folgenden drei Worten: Jäger, Hase, Feld.«

Die Übung gefiel ihr. Langsam bekam sie den Bogen raus.

»Der Jäger schießt den Hasen, und der lebt im Feld. Also vorher, bevor ihn der Jäger holt.«

Wieder nickte der Herr Doktor und verlangte anschließend zu erfahren:

»Was bedeutet das Sprichwort: Lügen haben kurze Beine?«

Käthe wusste keine Antwort. Auch nicht auf die nächste Frage, die er stellte.

»Was bedeutet das Sprichwort: Hunger ist der beste Koch?«

Sie kannte keine Sprichwörter. Es sei denn, dazu zählten alte Bauernregeln, die zum Beispiel das schlechte Wetter vorhersagten, wenn die Schwalben niedrig flogen. Nur solche Sprüche hatte der Vater sie gelehrt.

»Kennst du ein Märchen?«, riss sie der Herr Doktor aus ihren Gedanken.

»Freilich.«

»Welches?«

»Das vom Rotkäppchen.«

»Erzählst du es uns?«

Käthe liebte Märchen und Sagen. An das Schicksal der Nonne, die auf der Flucht vor Plünderern ihre wertvolle

Monstranz im Wald versteckte, hatte sie tagelang denken müssen. Nachdem sie die Krekel-Zwillinge am Monstranzenbaum darüber hatte reden hören, malte sie sich das Schicksal der Klosteroberin in allen Einzelheiten aus.

»Alles?«, fragte sie sicherheitshalber, denn das Märchen vom Rotkäppchen ging recht lang.

»Bitte.«

Sie kannte die Geschichte auswendig. Auf gemeinsamen Streifzügen durch den Wald hatte sie das Märchen ihren Spielkameraden oft erzählt.

»Also gut: Es war einmal ein braves Mädchen, das trug ein Käppchen von rotem Samt. Es hieß Rotkäppchen. Eines Tages machte sich das Rotkäppchen auf, um die kranke Großmutter zu besuchen. Doch ein böser Wolf hatte die arme Großmutter gefressen und lag verkleidet in ihrem Bett.« Käthe holte Luft, um sich auf ihre Lieblingsstelle vorzubereiten, die sie mit verstellten Stimmen sprach: mit einer hohen, ängstlichen für das Rotkäppchen und der tiefen, brummenden vom bösen Wolf. Die Dorfkinder quiekten stets vor Begeisterung, wenn sie das tat. Die Kleineren gruselten sich sogar.

»Ei, Großmutter‹, fragte das Rotkäppchen erschrocken. ›Warum hast du denn so große Ohren?‹ – ›Damit ich dich besser hören kann‹, sagte der Wolf. ›Ei, Großmutter‹, fragte das Rotkäppchen. ›Warum hast du denn so große Augen?‹«

Dr. Karges bemerkte voller Staunen, dass Käthe das Märchen vom Rotkäppchen in sämtlichen Details, inklusive der wörtlichen Rede im Dialog zwischen Wolf und Großmutter, wiedergab – sogar mit verstellten Stimmen! Offenbar besaß sie eine Vorliebe für Märchen. Gemessen an ihrem Bildungsstand bewies sie ein ausgeprägtes Talent zum Geschichtenerzählen, das er kaum in ihr vermutet hätte.

»Vielen Dank, Käthe. Das reicht«, unterbrach sie Dr. Trabert.

»Es geht aber noch weiter«, protestierte Käthe enttäuscht. Sie fühlte sich gerade so richtig in ihrem Element.

»Ja, ich weiß. Aber den Rest der Geschichte kennen wir.«

Dr. Karges war überzeugt, dass das Gericht den Versuch der Weigerung als Aufmüpfigkeit wertete. Seiner Auffassung nach belegte sie jedoch das Gegenteil: Käthe bewies Konsequenz. Er konnte ihre Enttäuschung über die Unterbrechung nachfühlen.

»Wir möchten uns nun dem letzten Teil zuwenden: den Fragen der sittlichen Allgemeinvorstellungen und der Merkfähigkeit.«

Schade, dachte Käthe. Sie hätte die Geschichte vom Rotkäppchen gern fertig erzählt. Aber wenigstens näherten sie sich jetzt endlich dem Schluss der Befragung. Käthe schwirrte bereits der Kopf. Sie war das viele Reden nicht gewöhnt.

»Warum lernt man?«, lautete die nächste Frage des Herrn Doktor, die sie aus Unwissenheit einmal mehr unbeantwortet lassen musste.

»Warum und für wen spart man?«

»Für bessere Zeiten?«

»Weshalb darf man auch sein eigenes Haus nicht anzünden?«

»Ei, Herr Doktor!«, entfuhr es Käthe spontan. »Warum sollte denn jemand sein eigenes Haus anzünden wollen?«

Ja, warum nur?, dachte Dr. Karges bedauernd, ahnte er doch, dass Käthes Logik in den Augen des Gerichts keine Anerkennung gefunden hatte.

Erneut meinte sie zu bemerken, dass sich die Wangen des Herrn Richters wieder röteten. Offenbar war Vorsicht geboten. Sie nahm sich vor, ab jetzt nur zu antworten, wenn sie keinerlei Zweifel an der Richtigkeit ihrer Worte hegte.

»Was darf man mit gefundenen fünf Reichsmark machen?«

Käthe schwieg.

»Was darf man mit gefundenen fünfhundert Reichsmark machen?«

Sie sagte weiterhin kein Wort.

»Wie denkst du dir deine Zukunft?«

»Ich tät gern heiraten und Kinder haben.«

Die Antwort entfuhr ihr ohne Nachdenken. Einerseits stimmte es, dass sie sich Kinder wünschte. Andererseits verzichtete sie lieber darauf, wenn sie dafür das tun musste, was der Zores mit ihr gemacht hatte. Und plötzlich fragte sie sich verunsichert, ob sie ihren Kinderwunsch besser nicht hätte erwähnen sollen.

Dr. Karges brach das Herz. Ein junges Mädchen, das das Leben noch vor sich hatte und das sich trotz der traumatischen Erlebnisse, an denen sie keinerlei Schuld trug, Kinder wünschte, sollte unfruchtbar gemacht werden.

Zum Glück stellte Dr. Trabert bereits seine nächste Frage. Sie klang in Käthes Ohren unverfänglich.

»Was würdest du tun, wenn du das große Los gezogen hättest?«

»Ich tät warme Schuhe kaufen für das Elschen und für mich.« Auch diese Aussage entschlüpfte ihr spontan.

»Was sind Treue, Frömmigkeit, Ehrerbietung und Bescheidenheit?«

Darauf wusste Käthe keine Antwort.

»Was ist das Gegenteil von Tapferkeit?«

Sie wollte Feigheit sagen, doch der Doktor brachte sie völlig aus dem Konzept, als er sie unvermittelt aufforderte:

»Merke dir die Zahl 1849!«, und sodann fragte: »Kennst du die Geschichte vom Froschkönig?«

Das ging Käthe zu schnell. Als sie den Kopf schüttelte, verblüffte Dr. Trabert sie erneut:

»Ich will dir die Geschichte erzählen.« Er verlor keine Zeit und begann sogleich. »Einer Prinzessin fällt eine goldene Kugel in den Brunnen. Sie weint bitterlich. Da taucht ein Frosch aus dem Brunnen auf und bietet der Prinzessin an, die Kugel vom Grund des Brunnens heraufzuholen. Dafür muss die Prinzessin versprechen, seine Freundin zu werden und den Frosch mit zu sich in den Palast zu nehmen. Die Prinzessin verspricht es, und der Frosch bringt ihr die Kugel zurück. Doch die Prinzessin geht ohne den Frosch nach Hause. Der Frosch läuft ihr nach und fordert die Einlösung des Versprechens. Der König spricht Recht und lässt den Frosch in den Palast einziehen. Die Prinzessin ist wütend und wirft den Frosch an die Wand.«

Käthe entfuhr unwillkürlich ein Schreckenslaut, doch der Doktor störte sich nicht daran und fuhr fort: »In diesem Augenblick verwandelt sich der Frosch in einen wunderschönen Prinzen. Er heiratet die Prinzessin, und sie leben glücklich bis ans Ende ihrer Tage.«

»Jesses!«, seufzte Käthe vernehmlich. »So eine schöne Geschichte.« Eine derartige Verwandlung schien ihr unvorstellbar.

»Käthe!« Die strenge Stimme des Herrn Doktor riss sie jäh wieder aus der Märchenwelt.

»Welche Zahl solltest du dir merken?«

Sie blinzelte mehrmals. Es stimmte, Dr. Trabert hatte ihr aufgetragen, sich eine Zahl zu merken. Nur wie lautete sie?

»18 …«, begann sie, musste aber schließlich zugeben: »Weiter weiß ich nicht mehr.«

Wie hatte sie nur die vermaledeite Zahl vergessen können? Sie ärgerte sich über ihre Nachlässigkeit. Der Doktor schien weniger verwundert. Jetzt forderte er:

»Sprich mir nach und merke dir die Worte: Haus.«

»Haus«, echote Käthe folgsam.

»Tür.«

»Tür.«

»Hut.«

»Hut.«

»Kopf.«

»Kopf.«

Brav wiederholte Käthe jeden Begriff, den der Doktor nannte. Plötzlich wechselte er erneut das Thema.

»Welche Geschichte habe ich dir vorhin erzählt?«, fragte er.

»Die vom Froschkönig, Herr Doktor«, kam es von Käthe wie aus der Pistole geschossen. Dieses herrliche Märchen würde sie nimmermehr vergessen, deshalb setzte sie mit einem sehnsuchtsvollen Seufzen hinzu: »Eine schöne Geschichte.«

Dr. Karges wunderte sich keineswegs, dass Käthe sich die Geschichte vom Froschkönig gemerkt hatte. Sie schien tatsächlich eine Vorliebe für Märchen zu hegen.

»Käthe! Welche Worte solltest du dir merken?«

»Die, die ich nachgesprochen habe?«, vergewisserte sie sich.

»Ja. Welche waren das?«

»Also, Hut ... und Haus ... und noch zwei.« Sie dachte angestrengt nach. »Ich komm gleich drauf.«

»Nicht nötig. Das reicht.«

Dr. Friedhelm Karges reichte es schon lange. Um es deutlich auszudrücken: Er hatte die Nase gestrichen voll. Obwohl er sich an einigen Stellen ein Schmunzeln nicht hatte verkneifen können, fehlten ihm die Zuversicht und der Glaube an das System, dem er diente und das er doch aus tiefstem Herzen verabscheute. Das Mädchen war seiner Einschätzung nach keineswegs eine Idiotin. Ihr mangelte es lediglich an der nötigen Schulbildung, um zufriedenstellend auf die Fragen des Gerichts zu antworten. Käthe Klepper bewies Sinn fürs Praktische und ließ eine Vorliebe für Märchen erkennen. Er seufzte niedergeschlagen.

Immerhin hatte Käthe die Prozedur überstanden. Es folgten keine weiteren Fragen. Der Richter verkündete: »Ende der Befragung der Käthe Klepper vor dem Erbgesundheitsgericht Wiesbaden am 11. November 1935 durch den Vorsitzenden Richter Dr. jur. Heinrich Becker und den Vorsitzenden Amtsarzt Dr. med. Rudolf Trabert. Ende der Befragung um elf Uhr dreißig.«

Als Käthe den Gerichtssaal verließ, fühlte sie sich müde und ausgelaugt. Im Flur sah sie sich suchend um. Sie erwartete, den Baumann Peter hinter irgendeiner Säule oder Ecke auftauchen zu sehen. Doch ausnahmsweise ließ er sich nicht blicken. Dafür entdeckte sie Onkel Willi auf derselben Bank, auf der sie selbst zuvor gesessen hatte. Sie eilte auf ihn zu und setzte sich neben ihn. Er legte den Arm um sie.

»War es schlimm?«, fragte er mitfühlend. Käthe schüttelte den Kopf.

»Tapferes Mädchen«, lobte er. »Ich bin als Nächster an der Reihe. Meine Zeugenaussage dürfte nicht allzu lange dauern. Warte hier auf mich. Dann machen wir uns anschließend gemeinsam auf den Heimweg.«

Die Befragungen des Willi Lupp sowie die der fünf weiteren Zeugen erstreckten sich zum Leidwesen von Dr. Heinrich Becker über den gesamten Nachmittag des 11. November. Dr. Karges hatte den Gerichtssaal im Anschluss an die Befragung vom Vormittag verlassen und wohnte den Zeugenaussagen nicht mehr bei.

Am Ende des anstrengenden Gerichtstages erging unter dem Vorsitz des ehrenwerten Amtsrichters folgender Beschluss des Erbgesundheitsgerichts:

> *Die erbkranke Käthe Klepper, geboren am 31. Oktober 1922 in Gudenshain, Tochter des Josef Klepper und der Hertha Klepper, geborene Lupp, ist unfruchtbar zu machen.*
>
> *Die Kosten des gerichtlichen Verfahrens trägt die Staatskasse, wegen der Kosten des ärztlichen Eingriffs entscheidet § 13 Abs. 2 des Gesetzes zur Verhütung erbkranken Nachwuchses in Verbindung mit Abs. 9 ff. seiner dritten Ausführungsverordnung.*

Gründe:

Der Antrag, die Unfruchtbarmachung der oben genannten Erbkranken anzuordnen, ist am 7. Oktober 1935 von dem zuständigen Amtsarzt in Gudenshain, Dr. med. Trabert, schriftlich gestellt worden, also berechtigterweise gemäß §§ 2–4 des Gesetzes.

Nach dem verlässlichen Gutachten des zuständigen Amtsarztes in Gudenshain, Dr. med. Trabert, vom 7. Oktober 1935 leidet die genannte Erbkranke an angeborenem Schwachsinn. Die Unfruchtbarmachung ist notwendig, da die Erbkranke fortpflanzungsfähig ist.

Die Erbkranke ist nicht wegen Anstaltsbedürftigkeit dauerhaft in einer geschlossenen Anstalt zu verwahren.

Die Endgültigkeit des Beschlusses wird bescheinigt.

Die Erbkranke hat sich binnen vierzehn Tagen in der Landesheilanstalt Geisberg zur Unfruchtbarmachung einzufinden.

Die Ausführung des Beschlusses kann unter keinen Umständen ausgesetzt werden. Äußerstenfalls wird auf die Anwendung unmittelbaren körperlichen Zwangs nicht verzichtet werden. Die Erbkranke kann die Unfruchtbarmachung nur dadurch vermeiden, dass sie sich auf eigene Kosten in eine geschlossene Anstalt aufnehmen lässt, was die volle Gewähr dafür bietet, dass die Fortpflanzung unterbleibt.

Unterzeichnet: Richter Dr. jur. Heinrich Becker Wiesbaden, am 11. November 1935.

Der Beschluss wurde in dreifacher Ausfertigung verfasst. Ein Original wurde der erbkranken Person zugestellt, die sich dem Eingriff zu unterziehen hatte. Ein zweites Exemplar verblieb in der Gerichtsakte. Eine dritte Abschrift ging zusammen mit einer vollständigen Kopie aller Prozessunterlagen, insbesondere inklusive des amtsärztlichen Berichts, zu den Akten des Gesundheitsamts und wurde dem behandelnden Arzt zugänglich gemacht.

Mitschrift

Zehn Tage später fand Käthe sich zu dem Eingriff in der Krankenanstalt auf dem Geisberg ein. Dr. Friedhelm Karges führte die Untersuchung durch, die ihr schrecklich peinlich war. Er wechselte einen düsteren Blick mit Schwester Annegret und verließ das Untersuchungszimmer ohne ein weiteres Wort. Wie immer überließ er es der Stationsschwester, die Vorbereitungen für den morgigen Eingriff zu erledigen. Er wusch sich die Hände und setzte sich an seinen Schreibtisch, wo er minutenlang untätig vor sich hin starrte. Die Untersuchung der jungen Patientin hatte ihn sichtlich mitgenommen, nie zuvor hatte er derartige Verletzungen gesehen. Das Mädchen war erst dreizehn, und ihr Genitalbereich … Er fand keine Worte! Der unterschiedliche Vernarbungszustand ließ darauf schließen, dass die Wunden über einen längeren Zeitraum entstanden sein mussten. Er nahm sich ihre Akte zur Hand. In der Zusammenfassung des amtsärztlichen Berichts hieß es lapidar:

> *Käthe Klepper ist sexuell hyperaktiv. Zwar lässt sie keine libidinösen Zudringlichkeiten oder Vorlieben für geschlechtliche Perversionen erkennen. Jedoch entfaltet sie ihren stark*

ausgeprägten Sexualtrieb, indem sie regelmäßigen Geschlechtsverkehr mit einem älteren Landarbeiter ausübt. Ein erhöhter sexueller Appetit ist bei Schwachsinnigen gemeinhin stark ausgeprägt und deutet auch im Fall von Käthe Klepper auf eine extreme geistige Zurückgebliebenheit hin.

Der Bericht trug die Signatur des allseits geschätzten Dr. med. Rudolf Trabert. Es hatte also keinen Zweck, die Möglichkeit einer Fehldiagnose mit dem werten Kollegen zu erörtern. Dr. Friedhelm Karges erinnerte sich lebhaft an die kürzlich mit ihm geführte Diskussion am Rande des Consilium Medicum. Dr. Trabert hatte ihm deutlich zu verstehen gegeben, was er von seinen Zweifeln an dem Feststellungsverfahren zur Unfruchtbarmachung hielt. Nicht auszudenken, wie der ältere Kollege auf eine Infragestellung seiner ärztlichen Diagnosekompetenz reagierte. Er würde seine hervorragenden Verbindungen, die bis in die höchsten Regierungskreise reichten, zum Nachteil seines Kontrahenten zu nutzen wissen. Daran bestand nicht der geringste Zweifel. Insbesondere angesichts der Verletzungen erachtete Dr. Karges es jedoch für ausgeschlossen, dass das Mädchen freiwillig Geschlechtsverkehr mit dem Landarbeiter ausgeübt hatte. Wiederholte Vergewaltigungen erschienen als Erklärung wesentlich plausibler. Außerdem kannte er Käthe Klepper flüchtig von deren regelmäßigen Besuchen bei ihrem trunksüchtigen Vater, der zu Karges' Patienten in der Landesheilanstalt auf dem Geisberg zählte. Die Tochter hatte stets schüchtern, jedoch keinesfalls geistig minderbemittelt auf ihn gewirkt.

Dr. Friedhelm Karges nahm sich die Kopie der Gerichtsakte vor, die ihm das Kreisgesundheitsamt übermittelt hatte. Normalerweise beschränkte er sich darauf, ausschließlich die ärztlichen Berichte seiner Patienten zu studieren, aber im vorliegenden Fall der Käthe Klepper vertiefte er sich ausführlich auch in die gerichtlichen Protokolle. Er blätterte in der Akte zu den Mitschriften und begann zu lesen.

Dr. Karges haderte damit, dass man Käthe für den Eingriff ausgerechnet zu ihm in die Klinik auf dem Geisberg geschickt hatte. Stärker denn je quälte ihn der Gewissenskonflikt, der ohnehin an ihm nagte, in Anbetracht dessen, was er diesen armen Menschen antat. Nicht zum ersten Mal erwog er, den verhassten medizinischen Eingriff zu verweigern. Doch das zöge erhebliche Konsequenzen nach sich, sowohl für ihn als auch für das Mädchen, das ihrem Schicksal ohnehin niemals entginge. Ihre Unfruchtbarmachung würde dann ein anderer Arzt durchführen, und welche Repressalien ihn selbst erwarteten, wagte er sich kaum auszumalen. Letztendlich gab das Untersuchungsergebnis den Ausschlag für seine Entscheidung.

Dr. Friedhelm Karges machte es sich wahrlich nicht leicht. Er war kein mutiger Mensch, und er wusste – egal, wie sorgfältig er plante, damit die Angelegenheit glimpflich abliefe –, dass ihm drohte, durch einen Zufall entdeckt zu werden. Trotzdem hatte er keine andere Wahl.

Es war spät geworden. Die Lektüre der Gerichtsakte hatte ihn die Zeit vergessen lassen. Er musste sich auf die morgige Operation konzentrieren und OP-Schwester Annegret Instruktionen für die Vorbereitung des Eingriffs hinterlassen, bei dem sie ihm assistierte. Sie musste vor allem wissen, nach welcher Methode er zu operieren gedachte, damit sie die entsprechenden Instrumente sterilisierte und bereitlegte. Es gab drei Operationsmethoden, um an den Uterus und die Eierstöcke zu gelangen. Entweder setzte man seitlich am Unterbauch zwei kleinere Längsschnitte oder arbeitete – ähnlich wie beim Kaiserschnitt – mit einem großen Bogenschnitt. Der Bauchdeckenschnitt fand häufiger Anwendung als die

Längsschnitt-Methode. Noch seltener wurde die dritte Variante gewählt, der vaginale Zugangsweg, da er einen beweglichen Uterus voraussetzte. War diese Bedingung jedoch erfüllt, barg diese Operationsmethode den unschätzbaren Vorteil, dass keine Wunden – und damit später auch keine Narben – sichtbar wurden. Dies empfahl sich insbesondere bei Eingriffen, die ohne das Wissen der Patientinnen durchgeführt wurden. Aber auch grundsätzlich war die Methode aus Sicht von Dr. Karges zu bevorzugen, da sie ein geringes postoperatives Trauma verursachte und nur selten Komplikationen nach sich zog. Dr. Karges entschied sich, diese dritte Methode bei Käthe anzuwenden. Keinesfalls gedachte er die Bauchdecke des Mädchens aufzuschneiden. Er nahm gern in Kauf, dass Kollegen diese Art des Eingriffs als unzuverlässig kritisierten, und notierte daher auf dem Operationsplan: *Uterus ausreichend mobil, vaginaler Zugang*.

OP-Schwester Annegret würde, der Anweisung folgend, eine stumpfe Klemme vorbereiten, die dazu diente, den Uterus nach vorne zu ziehen, außerdem eine lange Pinzette, zwei anatomische Klemmen sowie sterilen Faden zum Abbinden, um das Werk zu vollenden.

Eingriff

Käthe saß auf dem Krankenbett. Eigentlich war es eher eine schmale Pritsche auf Rollen mit ausklappbaren Gittern an den Längsseiten. Darauf würde man sie nach der Betäubung in den Operationssaal schieben, hatte ihr Dr. Karges erklärt. Seither fragte sich Käthe ängstlich, wie eine Betäubung vonstattenging. Musste sie etwas tun? Und wenn ja, was? Tat es weh? Sie hatte sich nicht getraut, den Herrn Doktor zu fragen. Er wirkte ebenso Respekt einflößend wie Dr. Trabert und der

Herr Richter, der ihre Verhandlung geleitet hatte, aber trotzdem menschlicher. Genau genommen war er außer Onkel Willi, ihrem Vater und dem Elschen der einzige Mensch, der sich im Verlauf der Gerichtsverhandlung freundlich ihr gegenüber verhalten hatte. Und ausgerechnet er sollte heute den schrecklichen Eingriff vornehmen.

Käthe hatte keine Vorstellung, was auf sie zukam. Elsa hatte ihr erklärt, dass sie *untenrum* operiert werde, weil die Richter verhindern wollten, dass sie Kinder bekam.

»Niemals?«, hatte sie traurig gefragt, und Elsa hatte stumm den Kopf geschüttelt.

»Aber warum?« Käthe verstand die Welt nicht mehr. Was hatte sie verbrochen, um ein solches Urteil zu verdienen? Nur weil sie bei Gericht nicht alle Fragen richtig beantworten konnte, sollte sie zu dumm fürs Kinderkriegen sein? So stand es jedenfalls in dem Urteil. Elsa hatte es ihr vorgelesen. Die Richter hatten andere Worte benutzt, aber genau das gemeint.

»Wieso ich?«, begehrte sie auf. »Man sollte lieber dem Zores die Eier abknipsen«, sprach sie aus, was sie bereits bei der Untersuchung durch Dr. Trabert gedacht hatte. Elsa konnte nicht anders, als ihr beizupflichten.

»Das Schicksal trifft im Moment viele Frauen«, versuchte sie, Käthe zu trösten. »Auch ohne Gerichtsurteil! Man munkelt, dass etliche nach einer Blinddarmoperation keine Kinder mehr bekommen können.«

Käthe fühlte sich ungerecht behandelt und unwohl in dem fadenscheinigen Operationshemdchen, das hinten offen stand und nur durch ein paar schmale Bänder notdürftig zusammengehalten wurde. Wenn sie lief, flatterten die Schöße des Hemdchens und klafften auseinander. Der Griff zum Rücken, mit dem sie hoffte, die Stoffenden mit beiden Händen festhalten zu können, endete in einer unnatürlichen Verrenkung, die wenig nutzte. Um den peinlichen Blick auf ihr blankes Hinterteil und ihren

Rücken zu verbergen, bewegte sie sich deshalb nicht, sondern saß wie festgewachsen auf dem Bett. Da die Seitengitter heruntergeklappt waren, ließ sie ihre nackten Füße von der Pritsche baumeln. Der Warteraum wirkte unpersönlich und abweisend. Ob sich hinter der schweren Tür in der gegenüberliegenden Wand der Operationssaal befand? Sie hatte noch nie einen Saal gesehen, in dem Menschen aufgeschnitten wurden, und war auch jetzt nicht versessen darauf. Käthe schlotterte vor Kälte und vor Angst: In wenigen Minuten würde Dr. Karges sie aufschneiden, um etwas aus ihr herauszuoperieren, damit sie keine Kinder bekommen konnte. Käthe hätte gern Kinder gehabt, später einmal, am liebsten einen Buben und ein Mädchen. Obwohl man dafür das machen musste, was der Zores mit ihr gemacht hatte. So viel hatte sie immerhin kapiert. Aber mit einem netten Mann wäre es vielleicht weniger widerlich.

Erneut stellte sie sich dieselbe Frage, die sie seit Wochen umtrieb: Warum wurde sie für die ekelhaften Dinge bestraft, die der Knecht ihr angetan hatte? Wenn sie daran dachte, glaubte sie gleich wieder seine säuerliche Körperausdünstung und den fauligen Atem zu riechen, der ihr im Rhythmus seiner Stöße in die Nase geweht hatte. Der Geruch war fast das Schlimmste an der ganzen Sache gewesen, fast. Noch mehr schmerzte sie die Ungerechtigkeit: Den Zores hatte man noch nicht mal vor Gericht bestellt, doch sie sollte verstümmelt werden. Selbst schuld sei sie, tadelte man sie bei Gericht. Herausgefordert habe sie ihr Schicksal und freiwillig mitgemacht. Sonst hätte sie sich schließlich wehren oder wenigstens Hilfe holen können. Käthe begann leise zu schluchzen. Wie denn, wenn alle die Tatsachen verdrehten und die Ernte ohne den Zores nicht eingebracht werden konnte? Sie war auf sich allein gestellt, damals wie heute. Verzweifelt stützte sie den Kopf in die Hände. Sie saß reglos, die Tränen rannen ihr über die Wangen. Kurz darauf öffnete sich die Tür.

»Na, na. Reiß dich zusammen, Kindchen!«, befahl eine resolute Stimme. »Dir wird ja schließlich nicht der Kopf abgehackt.« Käthe verstummte gehorsam und wischte sich mit dem Ärmel des Operationshemdchens über die Augen. Die resolute Stimme gehörte der rundlichen Krankenschwester, die schon bei der Untersuchung dabei gewesen war. Sie breitete mehrere Gegenstände auf einem Metalltischchen neben der Krankenliege aus. Käthe starrte angsterfüllt darauf.

»Hinlegen!«, befahl Schwester Annegret, die ihren Blick bemerkt hatte.

»Arm ausstrecken!« Käthe gehorchte zögerlich. Sie erschrak heftig, als die Krankenschwester ihren Arm mit geübtem Griff packte und mit einem Riemen festzurrte. Ihr Herz begann noch schneller zu rasen als ohnehin schon, als sie eine Spritze mit langer Nadel in der Hand der Schwester bemerkte. Aus den Augenwinkeln beobachtete Käthe, wie die Krankenschwester die Injektionsnadel in den Deckel eines Glasbehälters stach, den Spritzenkolben langsam zurück- und dadurch eine durchsichtige Flüssigkeit in die Spritze hineinzog. Käthe schauderte bei dem Gedanken, dass dieselbe Nadel in wenigen Augenblicken in ihr Fleisch eindringen würde. Instinktiv wollte sie den Arm zurückziehen, doch der Riemen machte jede Bewegung unmöglich. Verzweifelt drehte sie den Kopf zur Wand, hielt die Luft an und kniff die Augen fest zusammen. Sie spürte den Einstich und gleich darauf einen unangenehmen Druck, als die Flüssigkeit in ihre Vene gespritzt wurde. Nach einer Weile öffnete Käthe die Augen und drehte vorsichtig den Kopf zurück. Sie bemerkte, dass in ihrer Armbeuge ein Pflaster klebte, darunter steckte in ihrem Fleisch ein Plastikröhrchen. Der Riemen um ihr Handgelenk war gelöst. Trotzdem wagte sie keine Bewegung, aus Angst, die Nadel könne tiefer in ihren Arm eindringen oder gar abbrechen. Die Krankenschwester schob eine Vorrichtung auf Rollen herbei: Es handelte sich um eine Stange mit mehreren Haken, und an einem davon hing ein Beutel, der mit einer durchsichtigen Medikamentenflüssigkeit gefüllt war. Schwester Annegret verband das Röhrchen in Käthes Arm und den Medikamentenbeutel mithilfe eines dünnen Schlauchs. Käthe beobachtete gebannt, wie die Flüssigkeit Tropfen für Tropfen erst in dem Plastikröhrchen und dann in ihrem Körper verschwand. Eins, zwei …, begann sie in Gedanken zu zählen. Sie schaffte es zwar nicht sehr weit mit dem Zählen, doch es beruhigte sie. Es kam ihr so vor, als schlüge ihr Herz nicht mehr so aufgeregt. Käthe fühlte sich jetzt sogar schläfrig. Wenn sie bei zehn angelangt war, würde sie einfach von vorn beginnen. Doch bei fünf war sie bereits eingeschlafen.

Zeugen

Käthe schlug mit einem Mal die Augen auf und schaute sich verwirrt um. Wo befand sie sich? Sie lag in einem Bett, aber nicht in ihrem eigenen, daheim in der rustikalen Kammer. Dieser Raum hatte weiße Wände, eine grelle Deckenleuchte und hohe Flügelfenster, durch die weiches Herbstlicht ins Zimmer fiel. Aber warum waren die Fenster vergittert? Käthe fühlte sich schläfrig und matt. Außerdem verspürte sie ein undefinierbares Übelkeitsgefühl. Sie blinzelte benommen. Sosehr sie sich auch bemühte, es wollte ihr nicht gelingen, sich in dem fremden Bett mit der gestärkten Bettwäsche aufzusetzen. Die Laken dufteten nach Lavendel und noch nach etwas anderem, einem Geruch, den Käthe nicht benennen konnte, irgendwie sauber. Woran erinnerte sie der Duft nur? Sie erschrak, als sie eine Nadel in ihrem Handrücken bemerkte, die ein Pflaster an Ort und Stelle hielt. Und plötzlich wusste sie, dass die Bettwäsche nach Medizin und Krankenhaus roch. Ihr stieg der Geruch ihres Unglücks in die Nase. Jäh übermannten Käthe die Erinnerungen: an den Prozess und den unbarmherzigen Richter, der sie zu dem grausamen Eingriff verurteilt hatte, der ihr jegliche Zukunft raubte. Nun wusste sie auch wieder, wo sie sich befand. Sie war an dem Ort gefangen, an dem alle armen Irren und verwirrten Hungerleider früher oder später landeten, so wie vor ihr der Vater und jetzt sie selbst: auf dem Geisberg in der Siechenanstalt. Ob der Herr Doktor sie bereits aufgeschnitten hatte? War die Verstümmelung vollzogen? Käthe stellte erleichtert fest, dass sie keinerlei Schmerzen verspürte. Dafür quälte sie eine merkwürdige Übelkeit. Zitternd und vorsichtig hob sie die Bettdecke an, entdeckte aber weder einen Verband noch Blut zwischen ihren Beinen. Mühsam drehte sie den Kopf zur Seite. Zu ihrer grenzenlosen Überraschung meinte sie im Dämmerlicht eine Gestalt auszumachen. Sie saß auf einem Stuhl neben dem Bett und las im Schein einer Gaslampe. Spielte ihr die Fantasie einen Streich? Das musste wohl der Fall sein, denn Käthe glaubte, den Umriss des Herrn Doktor zu erkennen. Gleichermaßen erleichtert wie erschöpft sank sie auf das gestärkte Kopfkissen zurück und schlief wieder ein.

Käthe erlag keiner Sinnestäuschung. An ihrem Krankenbett wachte tatsächlich Dr. Karges. Er bemerkte ihr kurzes Erwachen aus der Narkose nur deshalb nicht, weil er in die Lektüre ihrer Gerichtsakte vertieft war. Er hatte die Unterlagen nach dem Eingriff erneut zur Hand genommen, um die Bescheinigung über die erfolgreiche Ausführung beizufügen. Wie üblich erstellte er das Dokument in dreifacher Ausfertigung: Ein Exemplar wurde der Patientin bei der Entlassung aus der Krankenanstalt ausgehändigt, jeweils ein weiteres war für den Verbleib in der Gerichts- beziehungsweise der Gesundheitsamtsakte vorgesehen. Den Bescheinigungen fehlte noch seine Unterschrift, damit sie als rechtskräftig anerkannt wurden. Er tastete auf seinem Schreibtisch nach einem Kugelschreiber, dabei klappte die Akte zu. Als er sie wieder aufschlug, fiel sein Blick auf die

Zeugenaussagen und blieb daran hängen. Es interessierte ihn, wer befragt und wer in welcher Weise über Käthe Auskunft erteilt hatte. Statt zu unterschreiben, begann er zu lesen. Er nahm sich zunächst die Aussage der Person vor, auf die die Anzeige zurückging.

<u>Zeugenaussage der Elsa Klepper:</u>
Beim Tanz in den Mai hat's gefunkt zwischen dem Alwin und mir. Das war vor einem Jahr. Klar kannten wir uns, vom Sehen. Bei so einem stattlichen Mannsbild schaut man automatisch hin, auch zweimal! Außerdem kennt in Gudenshain sowieso jeder jeden, und das nicht nur vom Sehen. Ist bei den knapp dreihundert Einwohnern ja auch kein Wunder. Aufgefordert zum Tanz hat er mich. Seinen Arm hat er mir angeboten, und ich hab mich bei ihm untergehakt. Gefreut haben mich vor allem die neidischen Blicke von der Grete und der Lieselotte. Die Kapelle hat gar so schön gespielt unter der großen Linde auf dem Dorfplatz. Beide Hände hat mir der Alwin auf die Hüften gelegt, und wir haben uns zur Musik gedreht. Immer schneller, dass meine Zöpfe nur so flogen. Ich hab gern mit ihm getanzt. Wohl hab ich mich gefühlt, und gar nicht mehr aufhören hab ich wollen.
Dem Vater war's zuerst nicht recht. Einen waschechten Weinbauern sollte ich heiraten, nicht den Klepper mit seinem Kirschwein. Eine Schande sei das gräusliche Gesöff für die gesamte Winzerinnung, schimpft er alleweil. Aber die Leut mögen den Kirschwein. Sogar aus der Stadt kommen sie extra zum Klepperhof und kaufen

gleich zwei oder drei Kisten auf einmal. Das ärgert den Vater alleweil am meisten. Aber als er dann gespannt hat, dass der Alwin eine gute Partie ist, hat er am Ende doch zugestimmt zur Heirat. Die Idee stammt vom Großvater Klepper. Also die mit dem Kirschwein, die Hochzeit haben wir ganz allein beschlossen. Da war der Klepper Johann längst tot. Der alte Klepper meinte, was dem Frankfurter sein Äbbelwoi, ist dem Gudenshainer sein Keschwoi. Genauso hat's mir der Alwin erzählt, und recht hat er behalten, der Klepper Johann. Gar nicht genug können die feinen Leut davon bekommen.

Ja, man könnt schon noch mehr produzieren. An Obstwiesen mangelt es nicht, und die Bäume tragen gut. Aber es fehlt an Pflückern: Auf Zack müssen sie sein und geschickt mit den Händen, damit es die Früchte nicht zerdrückt, so wie der Alwin. Er schafft gut drei Zentner am Tag. Die Käthe und ich, wir sind auch recht flink und bringen die Arbeit gut hin. Grad jetzt, wo die Männer weg sind.

Na, bei der Wehrmacht ist mein Alwin. Seit diesem Jahr werden die Kerle wieder eingezogen. Erst mal nur alle vom Jahrgang 1914, heißt es. Ausgerechnet! Jesses Maria, zwölf Monate muss mein Alwin dem Vaterland dienen. Also ist er zur nächsten Ernte noch nicht zurück. Und wir können sehen, wie wir auf dem Hof ohne ihn klarkommen. Ganz zu schweigen davon, dass wir kaum ein Jahr verheiratet sind. Nicht mal zum Schwangerwerden hat die Zeit gereicht. Eine Schande ist das. Sein Bruder? Der Josef sitzt auf

dem Geisberg im Siechenhaus. Er trinkt seit dem
Tod seiner Frau. Das hat mir der Alwin erzählt,
und mit eigenen Augen gesehen hab ich es auch.
Der Alkohol füllt wohl das Loch, das die Hertha
in sein Herz gerissen hat. Sie ist kurz nach der
Geburt der kleinen Käthe totgeblieben. Die
Schwindsucht hat sie dahingerafft. Ganz ohne
Mutter hat das kleine Wurm aufwachsen müssen,
und mit einem Trinker als Vater. Dreizehn ist sie
jetzt. Der Alwin hat sich all die Jahre um seine
Nichte gekümmert. Ich dann auch, nachdem wir
geheiratet haben. Und um den Hof kümmern
wir uns. Freilich hilft das Käthchen. Fleißig ist's
und folgsam.
Ei, natürlich hab ich die Schweinerei von dem
Zores gemeldet. Obwohl, eigentlich hat der Vater
wollen, dass ich den Herrn Amtsarzt informier.
Weil's ihm gar zu delikat war mit dere Sach. Das
könnt ich als Frau besser erklären, hat er gemeint,
und dann hab ich halt die Meldung gemacht.
Einer musste es ja anzeigen. Und wenn Sie mich
fragen, gehört's dem Gumber nicht besser, dem
Dreckigen. Aber wir konnten den Zores ja nicht
vom Hof jagen. Wer hätt denn sonst die Agria zur
Genossenschaft fahren sollen? Die Kesche müssen
doch gekeltert werden. Ohne Unterstützung
sieht's schlecht aus in der Erntezeit. Und jetzt,
wo der Alwin Wehrdienst macht und der Josef
im Siechenhaus sitzt, da waren wir auf die Hilfe
vom Zores angewiesen.
Warum ich die Anzeige erstattet hab? Na, weil's
der Vater verlangt hat und weil's nicht recht ist:
so ein alter Bock und so ein junges Mädchen.

Sie wissen schon, was ich meine. Erst hab ich
nicht mögen, weil ich keine Scherereien wollt.
Aber dann dacht ich, dass es meine Pflicht ist, zu
helfen. Man muss das Käthchen doch schützen.
Ich glaub schon, dass das eine Weile so ging.
Was heißt gewusst? Ja und nein – eher geahnt,
würde ich sagen.
Ob's Zeugen gab? Also der Vater hat's gesehen,
und ich auch einmal. Das war im Stall, da stand
der Zores mit heruntergelassenen Hosen über der
Käthe. Er hielt sie an den Zöpfen gepackt, nahm
sie von hinten und drückte sie dabei gegen einen
Strohballen. Das hat komisch ausgesehen, als ob
er ein Pferd bei den Zügeln packt, bevor er es
reitet. Ich glaub, deshalb bindet sich die Käthe
die Zöpfe jetzt immer hoch, damit er sie nicht
mehr zu fassen bekommt. Ich glaub nicht, dass
sie mich gesehen haben. Das Käthchen hatte die
Augen fest zugekniffen, und ich hab gemacht,
dass ich wegkam. Gott bewahre, wenn mich
der Zores entdeckt hätte. Am Ende hätt er sich
noch umgedreht. Der Anblick seines haarigen
Hinterns war eklig genug, das können Sie mir
glauben. Aber der Vater, der ist eingeschritten,
fuchsteufelswild war er und hat den Zores von
der Käthe gezerrt, als er sie auf dem Acker
erwischt hat. Und dann war ein für alle Mal
Schluss damit.

Die Zeugenaussage von Elsa Klepper bestätigte den Tatbestand der Vergewaltigung, die Friedhelm Karges nach seiner ärztlichen Untersuchung bereits diagnostiziert hatte. Auch stand sie Käthe offenbar weder ablehnend noch feindselig gegenüber. Das hatte er zunächst vermutet, da die Anzeige auf sie zurückging. Dr. Karges erkannte jedoch, dass Elsa Kleppers Vater der eigentliche Treiber hinter der Angelegenheit war. Er war neugierig, den Grund dafür zu erfahren, und hoffte, dass die Gerichtsakte auch eine Zeugenaussage von Karl Ott enthielt. Er blätterte durch die Akte und fand schließlich das Gesuchte. Er beschloss, die weitere Lektüre in Käthes Krankenzimmer fortzusetzen.

Zeugenaussage des Karl Ott:
Der Gumber, der Dreckige. Vom Laster ist er gesprungen. Mit sechs Mann kauerten wir hinten auf der Ladefläche: der Müller Peter, der Luppe-Schorsch, die Demant-Brüder Gert und Kurt, der Klepper Johann und ich. Einen nach dem anderen hatten uns die Soldaten zu Hause abgeholt und mit vorgehaltener Waffe zum Mitkommen gezwungen. Das Gezeter der Mutter hat die kaltgelassen. Ihr Klagen nutzte nichts, jeder Mann wurde an der Front gebraucht, auch die in unserem Alter. Wir waren fast noch Kinder. Das war 1916. Zwei Jahre vor Kriegsende. Zwei elend lange Jahre, das kann ich Ihnen sagen. In der Kurve am Waldrand, da wo der Kurzbach das Salzloch runterfließt, musste der Transporter langsam machen, und da ist der Gumber vom Wagen gesprungen. Einfach so. Ohne Vorankündigung. Klar schossen die Soldaten auf ihn, mehrfach und aus vollen Rohren. Noch bevor der Laster mit quietschenden Reifen zum Stehen kam. Ich dachte schon, sie hätten ihn erwischt, aber der Johann hatte einen Vorsprung und rannte wie ein Wiesel im Zickzack durch den Wald. Die Bäume haben ihn gedeckt.

Der Klepper Johann hatte bereits als Bub mehr Glück als Verstand. Im Dorf erzählt man sich, er habe sich zwei Wochen im Dickicht verkrochen, oben am Monstranzenbaum in der Huhl. Als ihn niemand mehr gesucht hat, soll er im Schutz der Dunkelheit zu Fuß zurück nach Gudenshain geschlichen sein. Seine Mutter, die alte Klepper Liesel, hat ihn im Kohlenkeller versteckt, da sind sich alle einig. Auch wenn die Alte noch auf dem Totenbett behauptet hat, das sei erstunken und erlogen. Im Krieg war der Hanni jedenfalls nicht, und dass er vom Wagen gesprungen ist, kann ich selbst bezeugen. Mit eigenen Augen hab ich es gesehen. Und während wir anderen an der Front ums nackte Überleben kämpften, hat der Hanni in aller Seelenruhe seinen elenden Keschwoi gepanscht. Wenn Sie mich fragen, hat das Gesöff den Namen Wein nicht verdient. Ist genauso ein Dreck wie der Frankfurter Äbbelwoi. Aber für den hat die Ratsverordnung immerhin eine Reinhaltungsbestimmung festgelegt und Steuern. Jawoll, vor allem Steuern! Auf die Flasche im Verkauf und im Ausschank. Warum soll es den Obstpanschern besser gehen als unsereinem? Und trotzdem ist und bleibt der Äbbelwoi minderwertig und der Keschwoi gleich zweimal. Im letzten Jahr hat uns die Reblaus zwei Drittel der Weinernte zerstört. Zwei Drittel! Wir müssen schauen, dass wir über die Runden kommen. Derweil lachen sich diese Möchtegernwinzer ins Fäustchen.

Früh gestorben ist der Klepper Johann, geschieht ihm recht. Obwohl, muss ein angenehmer Tod sein,

*wenn man morgens einfach nicht mehr aufwacht,
so wie er. Hatte ja sonst nie ein Zipperlein, im
Gegensatz zu mir: Ich hab im Krieg drei Finger
verloren, als eine Granatsplitterbombe direkt
neben mir hochgegangen ist. Und trotzdem
pack ich mit beiden Händen an: bei uns auf
dem Weingut und auf dem Klepperhof. Die Elsa
braucht meine Hilfe, jetzt wo der Alwin dem
Vaterland dient. Klar wäre mir ein Winzer als
Schwiegersohn lieber gewesen. Meine Tochter ist
viel zu schade für einen Obstbauern, aber nun
ist es nicht mehr zu ändern. Wenigstens ist der
Alwin kein Drückeberger wie sein feiner Herr
Vater und leistet seine Zeit bei der Wehrmacht ab.
Solange er fort ist, schaue ich nach dem Rechten.
Jemand muss das Käthchen schließlich an die
Kandare nehmen, sonst verdreht die mit ihren
festen Schenkeln und dem einladenden Hintern
den Mannsbildern den Kopf. Man sieht ja,
wohin das führt. Kein Wunder, dass der Zores sie
bespringt. Sogar unter freiem Himmel auf dem
Feld beim Kirschenpflücken hab ich die beiden
erwischt. Auf der Leiter hat er sie genommen, im
Stehen, ihr nackter Hintern wippte fest und weiß
zwischen zwei Sprossen. Was für ein Anblick!
Klar bin ich dazwischengegangen. Zum Glück
hat der Zores ihr keinen Bankert angehängt.
Aber damit ist jetzt Schluss, so wahr ich Karl Ott
heiße.*

Friedhelm Karges las die Mitschrift dieser Zeugenaussage zweimal. Er wurde nicht recht klug daraus: Offenkundig hegte Karl Ott einen Groll gegen Johann Klepper. Deshalb widerstrebte es ihm, dass seine Tochter ausgerechnet den Sohn seines Erzfeindes zum Ehemann auserkoren hatte. So weit konnte Friedhelm Karges folgen. Aber warum half er den Kleppers plötzlich mit der Ernte? Nur weil Elsa in die Familie eingeheiratet hatte? Unwahrscheinlich. Es musste mehr dahinterstecken. Und warum betonte er in seiner Aussage den Umstand, dass der Missbrauch nicht zu einer Schwangerschaft geführt hatte? In der Gerichtsakte befanden sich vier weitere Zeugenaussagen, und Dr. Karges war entschlossen, sie allesamt zu lesen.

Zeugenaussage des Franz Krekel:
Durchschnittlich, würde ich sagen. Weder klüger noch dümmer als die anderen Faulenzer, die bei mir die Schulbank drücken.
Schwachsinnig? Nein, dafür gab es keine Anzeichen. Es stimmt schon, mit dem Schreiben und Lesen hapert es bei der Käthe, aber sie kann leidlich addieren und subtrahieren. Wenn das Kind geistig minderbemittelt ist, dann sind es neunzig Prozent meiner Schüler ebenfalls.
Wie ich das meine? Na, so wie ich es sage. Was im Kopf meiner Schutzbefohlenen vor sich geht oder was an Stoff hängen bleibt, ist für mich eines der ungelösten Rätsel der Menschheit. Da kann man sich als Lehrer anstrengen, wie man will, glauben Sie mir, in den meisten Fällen bleibt mein Bemühen vertane Liebesmühe. Das gilt allen voran für den Metzgerbengel. Er war stets der schwerfälligste von all meinen Schülern. Und selbst der hat es zu etwas gebracht.
Natürlich unterrichte ich die Kinder in Geschichte und Geografie. Was denken Sie? Hauptstädte, Flüsse, höchste Erhebungen, die Grenzen unseres

Vaterlandes – das volle Programm. Ich halte mich streng an den Lehrplan.

Ergebnisse? Leichter gesagt, als umgesetzt, in einer Dorfschule, in der vier Klassen von der ersten bis zur vierten gemeinsam in einem Raum hocken. Wie Sie sich vorstellen können, ist die Wissensvermittlung unter diesen Voraussetzungen eine besondere Herausforderung. Die Erstklässler sitzen in der ersten Sitzreihe, die Schüler des zweiten Schuljahrs an den Pulten der zweiten Reihe und so weiter …

Käthe hat drei Schulklassen absolviert. Danach musste sie auf dem väterlichen Hof helfen. So geht es dem Großteil meiner Schüler, die Buben trifft es ebenso wie die Mädchen. Kaum einer schafft es in die vierte Sitzreihe.

Käthe war stets still und zurückhaltend. Nein, ich habe nie bemerkt, dass sie den Drang verspürte, andere Kinder zu umarmen oder dass sie Körperkontakt suchte, weder übermäßig noch überhaupt. Sie hat sich sowohl während des Unterrichts als auch in den Pausen unauffällig verhalten. Natürlich gab es manchmal Reibereien, das kommt vor bei der Rasselbande. Dann setzte es ein paar saftige Ohrfeigen von mir, und prompt herrschte wieder Ruhe im Klassenzimmer oder auf dem Pausenhof. Und falls nicht, kam der Rohrstock zum Einsatz.

Ich dachte mir schon, dass Sie danach fragen. Deshalb habe ich die Zeugnisse mitgebracht. Ich darf zitieren: Käthe hat sich rege am Unterricht beteiligt und diesen nicht gestört. *Wie Sie im oberen Bereich sehen können, ist unter Betragen*

in jedem Jahr ein Brav *vermerkt. Im dritten*
Schuljahr habe ich sie in Rechnen mit gut *und*
im Lesen mit befriedigend *bewertet. Lediglich*
im Schreiben kam sie über ein mangelhaft *nicht*
hinaus. Für spürbare Fortschritte hätte ihre
Anwesenheit regelmäßiger erfolgen müssen.

Franz Krekel war also der Schulleiter in Käthes Heimatort. Wie
hieß das Dorf noch gleich? Dr. Karges blätterte zum Beginn
der Akte. Ach ja, Gudenshain. Er kannte den Ort flüchtig von
einem Wochenendausflug. Er lag recht hübsch circa zwanzig
Autominuten vor den Toren Wiesbadens. Der Schulleiter bestätigte die Einschätzung, zu der auch Dr. Karges gelangt war.
Es entsprach nicht der Realität, Käthe als schwachsinnig einzustufen. Leider lieferte die Aussage von Franz Krekel keinen
Hinweis auf die Motivation des Karl Ott. Vielleicht wurde er in
den Mitschriften der anderen Befragten fündig.

Zeugenaussage des Hubert Bachner:
Meine liebste Sünde ist die Habgier. Sie nimmt
Besitz vom Denken der Menschen, bestimmt ihr
Handeln, sodass sie sich wider ihres Nächsten
und der Mutter Kirche versündigen. Meine
priesterliche Einschätzung besagt, dass Käthe
Klepper ein unschuldiges Opfer dieser Todsünde
ist.
Nein, ich will keinesfalls andeuten, dass die
kleine Käthe außer schwachsinnig auch noch
habgierig ist. Im Gegenteil: Erstens ist sie meiner
Meinung nach ganz und gar nicht schwachsinnig.
Zweifellos mangelt es ihr an Schulbildung, doch
macht sie dieser bedauernswerte Missstand zu
einer Idiotin? Falls ja, müsste sich jeder zweite

Gudenshainer vor einem Erbgesundheitsgericht verantworten.

Mir liegt es fern, das Gericht oder die Gesetzeslage zu kritisieren. Selbstverständlich bin ich weder Arzt noch Jurist. Aber als Gottesmann kenne ich die schwarzen Seelen meiner Schäfchen. Immerhin stehe ich der Gemeinde seit zweiunddreißig Jahren vor. Genau deshalb behaupte ich zweitens, dass Käthe Klepper das bedauernswerte Opfer eines von Habgier zerfressenen Menschen wurde.

Von wem ich spreche? Ich scheue mich durchaus nicht, Ross und Reiter zu nennen: Niemand anderer als Karl Ott zieht die Fäden in dieser Tragödie. Wenn Sie mich fragen, und das tun Sie ja, schreibe ich das Unglück, das der kleinen Käthe durch die Unzucht vom Zores erwachsen ist, allein Karl Ott zu.

Ich will keineswegs andeuten, dass er einen von beiden zu diesem abartigen Gebaren angestiftet hat. Ich behaupte vielmehr, dass Karl Ott die Situation zu seinen Gunsten nutzt. Ich erkenne den Teufel, selbst wenn er im Gewand des Helfers daherkommt.

Nein, ich verwechsle den Gerichtssaal keineswegs mit meiner Kanzel. Sollte ich den Eindruck erweckt haben, entschuldige ich mich hiermit beim Hohen Gericht.

Was er will? Den Klepperhof natürlich. Und nicht nur den.

Selbstverständlich obliege ich der Pflicht, die Beichtgeheimnisse meiner Schäfchen zu wahren. Doch handelt es sich hier um ein offenes

Geheimnis, dass er nämlich beabsichtigt, jeden Acker, jede Obstwiese im Dorf in seine Hände zu kriegen. So wahr ich hier stehe, sage ich Ihnen: Karl Ott wird nicht ruhen, bis ihm auch der letzte Hektar fruchtbaren Bodens in Gudenshain gehört, selbst wenn er dafür über Leichen gehen muss.

Ich bin ob Ihrer Rüge aufrichtig zerknirscht, Herr Richter. Danke, dass Sie mich daran erinnern, dass es im heutigen Verfahren nicht um die mutmaßlichen Vergehen eines Karl Ott, sondern um den Fall der kleinen Käthe geht. Nun, ich werde mich bemühen, ohne weitere Abschweifungen bei der Sache zu bleiben.

Ja, die Tochter des zuvor Erwähnten ist mir ebenfalls bekannt, ebenso wie der Umstand, dass sie die Anzeige gegen Käthe Klepper gestellt hat. Elsa Ott hätte jedoch nie ohne Geheiß des Vaters gehandelt. Glaubte sie doch, den Zores seiner gerechten Strafe zuzuführen. Elsa handelte in lauterer Absicht, dafür lege ich meine Hand ins Feuer. Es gab weder Neid noch Zwietracht zwischen ihr und Käthe. Beide arbeiteten tüchtig auf dem Hof und pflegten ein gutes Verhältnis zueinander.

Die Käthe ist ein wohlerzogenes Kind. Durch meine Hände empfing sie das Sakrament der Taufe und vor zwei Jahren die heilige Kommunion. Ich habe sie niemals frech oder vorlaut erlebt. Von unkontrollierten Wutausbrüchen weiß ich nichts, obwohl sie eine gewisse Durchsetzungskraft gegenüber der Dorfjugend erkennen lässt, wenn es zum Beispiel um die Verteidigung der Obstbestände geht.

*Nein, ich finde keine Hinweise von Verderbtheit
im Wesen der Käthe Klepper. Natürlich habe ich
Kenntnis von den unsittlichen Handlungen mit
dem Knecht.*

*Wie ich mir diese erkläre? Mit der Macht des
Stärkeren. Ich halte es für ausgeschlossen, dass
Käthe sich dem stinkenden Unhold freiwillig
hingegeben hat. Liegt das nicht auf der Hand?
Welches Vergnügen sollte ein junges Ding an dem
Akt mit einem alten Säufer finden?*

*Sie mögen recht in der Annahme gehen, dass mir
diesbezüglich schon von Berufs wegen jegliche
Fantasie fehlt.*

*Nein, Käthe hat bei mir zu keinem Zeitpunkt
um Rat oder gar Hilfe gebeten.*

Die Aussage des Pfarrers nötigte Dr. Friedhelm Karges Respekt
ab. Er hatte sehr klare Worte gefunden und hielt Käthe offenbar
ebenso wenig für schwachsinnig wie er selbst. Aber vor allem
lieferte er einen Hinweis auf die Hintergründe der Tat. Wenn
Karl Ott es tatsächlich darauf anlegte, möglichst viel Land in
seinen Besitz zu bringen, stellte der Klepperhof natürlich ein
lohnendes Ziel und eine relativ leichte Beute dar. Dr. Karges
durchzuckte ein ungeheuerlicher Gedanke. Hatte Karl Ott
es nicht nur auf die Tochter, sondern die komplette Familie
abgesehen? Arbeitete er am Ende mit Dr. Rudolf Trabert
zusammen, der ebenfalls aus Gudenshain stammte? Friedhelm
Karges versicherte sich zunächst, dass Käthe nach wie vor
schlief, stand auf, legte die Gerichtsakte auf die frei gewor-
dene Sitzfläche des Stuhls und verließ das Krankenzimmer. Er
begab sich in das Sekretariatsbüro, wo er im Aktenschrank in
der Registratur bei K wie Klepper nach der Patientenakte von
Josef Klepper suchte.

»Wusste ich es doch!«, entfuhr es ihm, kaum dass er die Akte aufschlug und den Verdacht bestätigt fand, der ihn zum Nachschauen bewogen hatte. Die Einweisungspapiere von Käthes Vater trugen ebenfalls die Unterschriften von Dr. Rudolf Trabert und beruhten auf einer Anzeige, die niemand anderer gestellt hatte als Karl Ott.

»Wenn das mal kein Zufall ist«, murmelte er. Einerseits war es nicht verwunderlich, dass der Gudenshainer Amtsarzt die Inobhutnahme eines Dorfbewohners anordnete. Andererseits konnte man zumindest vermuten, dass ein Komplott gegen die Familie im Gange war. Josef Klepper war mit der Einweisung ins Siechenhaus aus dem Weg geräumt, Alwin Klepper diente bei der Wehrmacht. Kam es zum Krieg, was sich abzeichnete, da bereits Zwangsarbeiter für die Rüstungsindustrie abgestellt wurden, stand seine Rückkehr auf den Hof ebenfalls in den Sternen. Somit schien es für jemanden, der sich den Hof aneignen wollte, logisch, dafür zu sorgen, dass die einzige verbleibende Erbin keine Nachkommen zeugte. Dr. Karges schüttelte den Kopf. Offenbar ging seine Fantasie mit ihm durch. Seine Theorie schien ihm weit hergeholt, zu weit. Außerdem wies sie deutliche Schwächen auf, denn Käthes Vergewaltigung passte nicht ins Bild: Erstens dürfte sie weder geplant noch vorauszusehen gewesen sein, und zweitens waren die Folgen eher schädlich denn förderlich. Er machte sich auf den Rückweg in Käthes Krankenzimmer. Da sie weiterhin schlief, vertiefte sich Dr. Karges in die übrigen Protokolle der Zeugenaussagen.

Zeugenaussage des Peter Baumann:
Ein Pfleger wie ich tut eine äußerst wichtige Rolle im Gerichtsverfahren spielen. Die Richter haben nicht die Zeit, sich jeden Fall vor Ort anzuschauen, bei den ganzen Bekloppten, die auf einmal wie Pilze aus dem Boden schießen

tun. Das ist meine Aufgabe. Mir soll's recht sein,
dann werde ich so schnell nicht arbeitslos.

Ich bin von Anfang an dabei, seit die neuen
Gesetze erlassen wurden, damit in Deutschland
das reine Blut überlebt. Das ist gut ein Jahr her.
Die Vorherrschaft der Herrenmenschen kann
nur durch eine Sache geschwächt werden: durch
krankes Erbgut. Deshalb muss es ausgemerzt
werden. Seither habe ich mindestens hundert
Verfahren auf dem Buckel. Können auch
hundertfuffzig sein.

Vorher war ich Metzger, wie alle Baumanns.
Freilich hat die Mutter wollen, dass ich als ältester
Sohn die Fleischerei vom Vadder übernehmen
tu, aber ich kann kein Blut sehen. Als Bub
musste ich im Schuppen immer die Blutwurst
rühren, stundenlang stand ich bis zum Schaft
der Gummistiefel in der klebrigen, dickflüssigen
Brühe. Allein der süßliche Geruch tut mich bis
heute zum Würgen bringen. Und die Fliegen,
diese elenden fetten Fliegen, die ständig durch
den Schuppen schwirrten. Bei der Erinnerung
tut's mich vor Ekel schütteln. Deshalb wird
mein Kuseng in ein paar Jahren den Betrieb
übernehmen. Der Hilbert wird's schon richten
mit seinem unerschütterlichen Gemüt und den
dicken Metzgerpranken. Wo er das Schlachtbeil
auf'nen Stier- oder Saunacken niedersausen lässt,
da tut kein Gras mehr wachsen. Mir kann's recht
sein und der Tante Gerda sowieso, aber meinen
alten Leuten tut's im Herzen weh. Freilich muss
ich alleweil sehen, wo ich bleib. Mir ist egal,
was ich schaffen tu, solang es nicht Metzger oder

Schlachter ist. Und als Verfahrenspfleger hätte ich es kaum besser treffen können. Das gibt inzwischen sogar die Mutter zu.

Ich tu den Richtern helfen, sich ein Bild von den armen Teufeln zu machen: Ich schau mir die Bekloppten aus nächster Nähe an und prüfe vor Ort, ob jemand zu Recht oder Unrecht angezeigt wurde. Ich spreche mit den Angehörigen und mit den Betroffenen selbst. Es sei denn, sie sind dermaßen durchgedreht, dass es keinen Zweck hat, oder nicht zu Hause. Beides tut oft vorkommen. Ich versuche es zweimal. Wer bei meinen Hausbesuchen durch Abwesenheit glänzen tut, hat Pech. Ich latsche genug in der Weltgeschichte rum, da kann man kaum verlangen, dass ich alleweil vor der Tür aufkreuzen tu. Im Fall vom Käthchen hab ich es genauso gehalten und mich zwei Mal den ganzen Weg über die Hintergass hoch zum Klepperhof gemacht. Das Fräuleinchen war jedes Mal ausgeflogen. Beim ersten Mal hat die Elsa gemeint, ich soll in der Küche auf die Käthe warten. Doch als sie nach einer halben Stunde noch nicht daheim war, wurd's mir zu bunt, und so habe ich mich wieder fortgemacht. Bei meinem zweiten Versuch war sie, glaube ich, im Stall, aber der Zores hat mir den Weg hinein versperrt und sich drohend vor dem Tor aufgebaut. »Zutritt nur für Männer, Burschi«, lachte er dreckig und fasste sich dabei anzüglich zwischen die Beine. Ich hatte keine Lust, mich mit dem Knecht anzulegen. Schließlich war ich im Dienst. Außerdem tue ich niemandem

meine Hilfe aufdrängen. Wer nicht will, der
hat schon. Ich bin Unverschämtheiten leider
gewohnt. Dabei meine ich es als Einziger gut
mit den armen Irren. Immerhin kümmer ich
mich als amtlicher Vertreter um ihre Belange.
Sie sollten es sich also nicht mit mir verscherzen,
aber um das zu verstehen, sind sie zu doll im
Kopp oder zu arrogant wie das feine Fräulein
Klepper. Käthe hat schon als Kind geglaubt,
sie ist etwas Besseres. Keines Blickes hat sie
mich gewürdigt, wenn sich die Dorfjugend
im Winter zum Schlittenfahren im Salzloch
getroffen hat. Nur zu ihrem Onkel, dem dicken
Willi, ist sie auf den Schlitten gestiegen, sonst
zu niemand. Einmal hat das enorme Gewicht
unseres heutigen Ortsvorstehers die beiden weit
übers Feld hinausgetragen. Erst mitten im
Kurzbach kamen sie zum Stehen. Die dünne
Eisdecke krachte ein, und sie wurden nass bis
auf die Knochen. Geschah ihnen recht. Wie die
begossenen Pudel haben sie sich heimgemacht.
Die alte Luppe-Wilma hat ihrem Willi
ordentlich die Leviten gelesen. Tja, Hochmut
kommt vor dem Fall.
Bevor Missverständnisse zu meinen Aufgaben
als Verfahrenspfleger aufkommen, muss ich eines
klarstellen: Manche von den Bekloppten können
ehrenwerte Menschen sein, so heißt es zumindest
in dem Merkblatt, das ein jeder Pfleger erhält.
Dazu gehören zum Beispiel die Einsichtigen,
die sich selbst anzeigen tun. Ist mir allerdings
bisher noch nicht untergekommen. Ich treffe nur
auf die kiebigen Vertreter, denen ich geduldig

erklären tu, dass ich eigensüchtige Interessen nie über das Volkswohl stellen darf. Klar, wer will schon freiwillig in die Irrenanstalt oder unters Messer vom Amtsarzt, ich weiß gar nicht, was schlimmer ist. Aber so ist das Gesetz, da gibt's nix zu rütteln. Das Wohl des Volkes tut immer an erster Position kommen.

Die Käthe ist genauso alt wie meine kleine Schwester, die Martha, also drei Jahre jünger wie ich. Wenn ich während der Kirschernte mit den anderen Dorfbuben aus Jux die Obstwiesen vom alten Klepper unsicher gemacht hab, hat sie mit Steinen nach uns geworfen. Zielen kann die Käthe. Einmal hab ich eine fette Beule am Hinterkopf abgekriegt, als ich mich nicht rechtzeitig auf und davon machte. Und von der Mutter – also meiner Mutter, die von der Käthe ist ja nicht mehr – hab ich gleich noch eins hinter die Ohren gekriegt, weil ich mich hab erwischen lassen. Das Käthchen läuft schnell wie ein Wiesel. Ich erzähl das nur, damit klar ist: Wenn die Käthe gewollt hätt, dann hätt sie sich den Zores ganz einfach vom Hals halten können.

Klar bin ich überzeugt, dass sie sich freiwillig mit dem alten Bock eingelassen hat. Auch wenn ich nicht weiß, was sie an dem Stromer findet. Immerhin stinkt der aus seinem fauligen Mund wie die Kuh aus dem Arschloch.

Dr. Karges spürte Wut in sich aufsteigen. Wer war hier wohl der *Bekloppte*, um mit den Worten dieses sogenannten Verfahrenspflegers zu sprechen? Der jedenfalls schien die Intelligenz keineswegs mit Löffeln gefressen zu haben.

Karges frage sich, ob es sich bei Peter Baumann um den schwerfälligen Metzgerssohn handelte, den der Schulleiter in seiner Zeugenaussage erwähnt hatte. Wundern würde es ihn kaum. Er äußerte sich jedenfalls weder unbefangen noch positiv zum Fall. Voreingenommenheit wegen Befangenheit schien das Gericht offenbar nicht zu kümmern.

Erwachen

Als Käthe zum zweiten Mal erwachte, fand sie sich im selben Bett, zudem vermutlich im selben Krankenzimmer. Sie konnte den Raum nicht deutlich erkennen. Er lag im Halbdunkel und wurde nur vom fahlen Mondlicht erleuchtet, das durch die Fenster fiel. Die Deckenleuchte brannte nicht.

Wie lange hatte sie geschlafen? Käthe fühlte sich weniger benommen als zuvor. Die merkwürdige Übelkeit, die sie nach dem ersten Aufwachen gequält hatte, war zum Glück verflogen. Sie drehte den Kopf jetzt ohne Anstrengung zur Seite, und zu ihrer grenzenlosen Überraschung entdeckte sie im Dämmerlicht dieselbe Gestalt, die sie zuvor zu sehen geglaubt hatte. Wenn ihr die Fantasie keinen Streich spielte, saß auf dem Stuhl neben ihrem Bett der Herr Doktor. Seine Anwesenheit konnte nur bedeuten, dass etwas schiefgegangen war, argwöhnte sie.

War der Eingriff missglückt? Ihre Gedanken überschlugen sich. Der mächtige Schreck, der ihr in die Glieder fuhr, ließ sie unwillkürlich die Luft laut einziehen. Der Arzt bemerkte das zischende Geräusch und blickte auf.

»Ah, die Lebensgeister sind zurückgekehrt«, sagte er freundlich und erhob sich, um den Lichtschalter neben der Tür zu betätigen. Das Neonlicht der Deckenleuchte flackerte auf und tauchte den Raum in gleißende Helligkeit. Einen Augenblick lang war Käthe von dem grellen Licht geblendet, was ihre Angst steigerte.

Sicher würde sie sterben! Warum sonst lag sie allein in einem Krankenzimmer, das sich normalerweise sechs bis acht Patienten teilten? Isoliert vor der letzten Ruhe? Bang blickte sie zu dem Arzt im weißen Kittel, der neben ihr Bett getreten war und auf sie herunterschaute. In der Hand hielt er eine Akte, eine Haarlocke fiel ihm in die Stirn. Dr. Karges sah müde aus und wohlwollend, nicht wie ein Chirurg, der ein blutiges Handwerk ausübte. Obwohl Käthe wusste, dass vor ihr der Vollstrecker des grausamen Urteils stand, empfand sie seltsamerweise weder Furcht noch Abscheu vor ihm.

»Ich habe etwas entdeckt«, erklärte Dr. Karges. Er klang zögerlich, fast behutsam. Käthe schluckte. Sie hatte geahnt, dass eine schlimme Sache den Herrn Doktor persönlich zu ihr geführt hatte. Verzweifelt bemühte sie sich, den dicken Kloß, den sie im Hals spürte, loszuwerden. Doch die Angst trocknete ihre Kehle aus und schnürte ihr die Luft ab.

»Du musst längere Zeit zur Beobachtung bleiben«, ergänzte er.

»Längere Zeit?« Dann musste sie also nicht sofort sterben? Gewährte der Herr Doktor ihr eine Gnadenfrist?

»Voraussichtlich einige Monate«, präzisierte er. Käthe horchte auf das Rauschen in ihren Ohren. Sie wusste nicht, was sie erwidern sollte. Ob sie überhaupt etwas erwidern sollte. Daher nickte sie nur zaghaft. Sie wagte kaum, Dr. Karges anzuschauen, der sie seinerseits aufmerksam musterte. Auch er schwieg nun und ließ sich wieder auf dem Stuhl neben ihrem Bett nieder. Dort saß er mehrere Minuten reglos. Er schien seine Gedanken zu sammeln, bevor er weitersprach.

»Das bedeutet, dass du zunächst nicht nach Gudenshain auf den Hof zurückkehren kannst.« Fast hätte Käthe erleichtert gejubelt. Wenn es nach ihr ginge, verzichtete sie leichten Herzens für immer auf die Rückkehr an den Ort ihres Unglücks. Sie nickte wieder, diesmal jedoch entschlossen. Sie wollte gern erfahren, was der Herr Doktor herausgefunden hatte und wie schlimm es um sie stand. Aber sie traute sich nicht zu fragen. Dr. Karges lächelte traurig und wandte sich zum Gehen. Einige Sekunden verharrte er reglos in der geöffneten Zimmertür, wo sich seine Silhouette dunkel gegen den erleuchteten Flur abhob.

»Du musst dich nicht mehr fürchten«, flüsterte er kaum hörbar. »Alles wird gut.« Fast klang es, als spräche er sich selbst Mut zu. Dann löschte er das Licht und ging zurück in sein Büro. Auch wenn das Urteil gegen Käthe längst gefällt war, hoffte Dr. Karges, dass die letzte Zeugenaussage in der Akte, die er nun noch lesen wollte, nicht demselben verleumderischen Tenor folgte.

Zeugenaussage des Wilhelm Lupp:
Der Otte-Karl ist ein elender Neidhammel. Zweimal wollt er mir das Amt als Ortsvorsteher abluchsen. Zweimal hat er sich bis auf die Knochen blamiert. Hat es nämlich nie auf mehr als fünfzig Stimmen geschafft, von dreihundert wohlgemerkt! Wenn Sie mich fragen, wird er es kaum noch mal versuchen. Das Dorf steht fest hinter mir. Die Gudenser wissen eben, wer sich für sie einsetzt oder wer sich nur die eigenen Taschen füllen will. Immerhin ist die genossenschaftliche Kelterei allein auf meinem Mist gewachsen. Die Gemeinschaftspresse erfreut sich größter Beliebtheit, denn davon profitieren alle, die Obstbauern genauso wie die Winzer. Und genau dieser Gewinn geht dem Otte-Karl gehörig gegen den Strich. Er gönnt den Obstbauern nicht die

Butter auf dem Brot – und den Kleppers gleich
zweimal nicht. Der Otte-Karl will das Sagen
haben im Dorf. Als Ortsvorsteher ist er krachend
gescheitert, drum versucht er es jetzt durch die
Hintertür.
Na, indem er sämtlichen Grund und Boden
in Gudenshain in seine hinterfotzigen Klauen
bekommt. Warum sonst hat er am Ende
eingewilligt, dass seine Elsa den Klepper Alwin
ehelicht? Sie sollte einen Winzer heiraten,
natürlich nicht irgendeinen, sondern am liebsten
einen reichen. Ein Obstbauer war weit unter der
Würde einer Ott. Und der Sohn seines Erzrivalen,
dem alten Klepper, kam schon gar nicht infrage
für seine Elsa. Der Karl hat dann scheinbar aus
heiterem Himmel doch eingewilligt. Es dürfte
kein Zufall sein, dass das geschah, kurz nachdem
seine Wahl zum Ortsvorsteher zum zweiten Mal
gescheitert ist. Wenn Sie mich fragen, hat er in
dem Moment beschlossen, die Gudenshainer
Äcker in seinen Besitz zu bringen. Und wer
hat die größten Streuobstwiesen im Dorf?
Richtig, die Kleppers! Der Otte-Karl muss nur
dafür sorgen, dass die beiden Söhne verrecken:
der Alwin im bevorstehenden Krieg und der
Josef im Siechenhaus, und dass die Käthe keine
Nachkommen zur Welt bringt, dann hat er freie
Bahn. Seine Elsa erbt, und im Handumdrehen
gehören dem alten Ott zwei Drittel von
Gudenshain. Blöd war er noch nie, der Otte-
Karl.
Die Elsa liebt den Alwin aufrichtig, sie hat nix
mit der Sauerei zu tun, die ihr Vadder ausgeheckt

hat. Sie ist ein gutes Mädchen, genau wie die Käthe!

Selbstverständlich ist das Käthchen ein gutes Mädchen! Das hat nix damit zu tun, dass sie meine Nichte ist. Wenn der Zores kein Unwesen mehr treiben kann, dann ist das nur gut. Aber dem Käthchen die Zukunft zu versauen, das ist nicht recht.

Unsinn, wer behauptet, dass sie jähzornig ist?! Weil sie ein paar Dorfbuben mit Steinen beworfen hat? Dass ich nicht lache. Wenn die alte Leier schon herhalten muss, dann möchte ich zwei Sachen klarstellen: Erstens hatten die Buben nix auf dem Grund und Boden der Kleppers zu suchen, und zweitens geschah ihnen die Abreibung ganz recht. Resolut, ja, das trifft den Sachverhalt schon eher.

Aber es ist doch etwas völlig anderes, ein paar Lausejungen mit Steinwürfen zu vertreiben, als sich gegen die Übergriffe eines ausgewachsenen Mannsbilds zu wehren.

Natürlich handelte es sich um Übergriffe. Um was denn sonst? Vergewaltigt hat der Zores das Kind. Wer wird denn glauben, dass eine Dreizehnjährige freiwillig einem alten, verdreckten Bock zu Willen ist? Genau das ist der Hurenbock nämlich – ein verlauster Stromer. Er hat dem Mädchen Gewalt angetan. Eine Schande ist das.

Der Otte-Karl wird versuchen, dem Josef den Hof für 'nen Knopp und 'nen Klicker abzujagen. Davon bin ich überzeugt, so wahr ich hier stehe. Das Unglück mit dem Käthchen hat dem

Sepp den Rest gegeben. Er ist ganz am Boden zerstört. Eine Weile hat er auf den Schreck nix mehr getrunken, keinen Tropfen angerührt, nur um dann umso heftiger wieder damit weiterzumachen.

Was soll denn jetzt aus dem Kind werden? Der Otte-Karl hat versprochen, dass es jederzeit auf dem Hof willkommen ist. Dass ich nicht lache. Ich kenn meine Pappenheimer. Der kriegt den Hals nie voll, und eine billigere Arbeitskraft kriegt er auch nicht. Die Arbeit auf dem Hof ist ja dieselbe geblieben, und das Elschen kann alleweil die Hilfe vom Käthchen gebrauchen. Ich werd persönlich dafür sorgen, dass der Gumber sein Versprechen hält. Das schwöre ich, und wenn es das Letzte ist, was ich tu.

Friedhelm Karges blickte nachdenklich in die Dunkelheit seines Arbeitszimmers. Er war erleichtert, dass Käthe im Ortsvorsteher einen Fürsprecher gefunden hatte. Offenbar war er ein Onkel mütterlicherseits. Trotz seines couragierten Auftretens hatte er Käthe letztlich leider nicht gegen die Intrige des Karl Ott schützen können. Für Dr. Karges lag klar auf der Hand, dass es sich um ein abgekartetes Spiel handelte, bei dem es um den Hof und die Ländereien ging. Wenn Willi Lupp richtiglag, was Dr. Karges befürchtete, würde Karl Ott versuchen, den Klepperhof in seinen Besitz zu bringen. Es war nicht seine, des Doktors Aufgabe, diesen Teil des Unglücks zu verhindern, aber er hoffte inständig, dass der Ortsvorsteher einschritt.

Er klappte die Akte zu und war froh darüber, dass er die Zeugenaussagen erst nach seinem Entschluss gelesen hatte. So brauchte er sich nicht vorzuwerfen, unter dem Einfluss dieser Schreckensdokumente gehandelt zu haben. Er griff nach dem

Kugelschreiber, der in der Brusttasche seines Arztkittels steckte, und unterschrieb die drei Exemplare der Bescheinigung, die er vorbereitet, aber noch nicht gezeichnet hatte.

Bescheinigung über die Unfruchtbarmachung

~~Der /~~ Die Erbkranke Käthe Klepper, geboren am 31. Oktober 1922 in Gudenshain, ~~Sohn /~~ Tochter des Josef Klepper und der Hertha Klepper, geborene Lupp, hat sich freiwillig ~~unter Anwendung unmittelbaren körperlichen Zwangs~~ am 20. November 1935 zur Unfruchtbarmachung in der Landesheilanstalt auf dem Geisberg eingefunden.
Das Verfahren wurde gemäß § 11 Abs. 2 des Gesetzes zur Verhütung erbkranken Nachwuchses vom 14.7.1933, RGBl. I, S. 529 durchgeführt.

~~Der /~~Die Erbkranke ist nicht mehr fortpflanzungsfähig.
~~Der /~~Die Erbkranke ist nicht wegen Anstaltsbedürftigkeit dauerhaft in einer geschlossenen Anstalt zu verwahren.

Gezeichnet: Dr. med. Friedhelm Karges
Geisberg, am 22. November 1935

TEIL III

DER NEUBEGINN

Dezember 1935

Weißkittel

»Hierbleiben?« Elsa machte große Augen, als Käthe ihr am Besuchstag von den Neuigkeiten berichtete. Fast hätte sie das Glas mit den eingemachten Kirschen und die beiden Kuchenstücke fallen lassen, die sie zum Krankenbesuch mitgebracht hatte.

»Jesses, was das kosten wird!« Mutlos schlug sie die Hände vors Gesicht.

»Keinen Penning«, beeilte Käthe sich, die Schwägerin zu beruhigen.

»Red doch keinen Unsinn!«, schalt die. »Nicht mal der Tod ist umsonst.«

»Ich soll dafür arbeiten.«

Elsa nickte nachdenklich. Wenn das Käthchen nicht mehr bettlägerig war, konnte die Leitung der Krankenanstalt natürlich verlangen, dass sie für die Behandlung sowie Kost und Logis arbeitete. Das leuchtete ein. Käthe war alleweil ein dürres Kind gewesen. Seit ihrem Aufenthalt auf dem Geisberg schien sie jedoch einige Pfund zugelegt und ein bisschen Fleisch auf die Rippen bekommen zu haben. Regelrecht drall war sie geworden. Aber welche Tätigkeiten kamen da wohl infrage? Das Käthchen hatte nix gelernt, was in einem Krankenbetrieb von Nutzen sein konnte – oder doch?

»Was gibt es denn im Krankenhaus für dich zu tun?«, fragte sie deshalb.

»Alle paar Stunden leere ich die Bettpfannen.«

»So ein Glück«, dachte Elsa erleichtert, der gar nicht in den Sinn gekommen war, dass es auf einer Krankenstation auch einfache Aufgaben zu erledigen gab. Ihr konnte es recht sein, denn sie hatte bereits genug Scherereien mit der Ernte und dem Hof. Ohne die Hilfe vom Vater wüsste sie kaum ein noch aus. Der Otte-Karl sorgte dafür, dass es auf dem Klepperhof wenigsten einigermaßen voranging.

Käthe gefiel es, sich im Krankenhaus nützlich zu machen. Zuerst hatte die resolute Oberschwester Marianne sie eingeschüchtert, die sie barsch aufgefordert hatte, gefälligst mit anzupacken. Inzwischen fürchtete sie die Krankenschwester jedoch kaum mehr.

»Weißt du, unter der rauen Schale hat sie ein gutes Herz«, berichtete Käthe stolz, während sie sich Elsas vorzüglichen Kirschstreusel schmecken ließ.

Bei ihrem nächsten Krankenbesuch brachte Elsa statt Kuchen ein frisches Nachtgewand und einen flauschigen Wollumhang mit. Den zweistündigen Fußmarsch vom Klepperhof zum Geisberg hatte sie durch hohen Schnee zurückgelegt. Ihre Nase und Wangen brannten vor Kälte. Normalerweise freute sie sich, wenn der Herrgott ihnen eine weiße Winterzeit bescherte. Doch in diesem Jahr sorgte sie sich um Alwin. Die Waffen- und Schießausbildung hatte er abgeschlossen, schrieb er. Nun folgten die Einsätze im Manöver. Die

Wehrmachtssoldaten errichteten Feldbefestigungen, marschierten und – so befürchtete Elsa – froren.

»Du kannst dir das Tuch um die Schultern schlingen, wenn du im Park spazierst«, schlug sie Käthe vor. Sie hatte das dreieckige Wolltuch selbst gestrickt. Käthe war sprachlos vor Freude. Behutsam legte sie den kostbaren Wollumhang neben sich auf das Bett. Voller Bewunderung für die herrliche Handarbeit strich sie immer wieder mit den Fingern über die weichen, warmen Wollfasern.

»Ich danke dir, Elschen. Von Herzen.« Das Tuch kam gerade recht. Die winterliche Kälte zog durch alle Ritzen in die schlecht geheizte Krankenanstalt.

»Du darfst doch raus, wenigstens manchmal, oder, Käthchen?«, fragte Elsa besorgt und senkte unwillkürlich die Stimme.

»Ja, freilich«, nickte Käthe. »Der Herr Doktor sagt, die frische Luft tut mir gut.« Da die Schwägerin wenig überzeugt schien, fügte sie hinzu: »Mach dir keine Sorgen, mir geht es gut hier.«

Ihre Aussage entsprach der Wahrheit. Käthe fühlte sich täglich besser, richtiggehend wohl und keineswegs krank. Die Stationsschwestern verhielten sich ihr gegenüber zwar distanziert, aber nicht unfreundlich, und Dr. Karges hatte es sich zur Gewohnheit gemacht, am Abend nach Dienstschluss kurz nach ihr zu sehen. Käthe war natürlich zu schüchtern, um auch nur ein Wort an den feschen Herrn Doktor zu richten, trotzdem erwartete sie seine Besuche voller Ungeduld und mit klopfendem Herzen. Aber das behielt sie lieber für sich.

»Ach, Käthchen!«, seufzte Elsa unglücklich. »Es ist nicht recht, was man dir angetan hat. Wenn ich geahnt hätte, was passiert … glaub mir, ich hätte …« Schluchzend brach sie mitten im Satz ab. Dicke Tränen rannen über ihre Wangen.

»Ich hab dir nix Böses wollen. Ich gelobe es bei allen

Heiligen.« Sie griff nach Käthes Hand, die sie sogleich fest drückte.

»Das weiß ich doch, Elschen.« Käthe zweifelte keinen Augenblick an Elsas Worten. Die Schwägerin war stets gut zu ihr gewesen. Andere trugen die Schuld an dem Unglück. Aber was nutzte es, sich über Vergangenes zu grämen? Die Zukunft machte Käthe größere Sorgen. Mehr denn je fürchtete sie, dass Dr. Karges sie aus einem ernsten Grund zur Beobachtung in der Krankenabteilung behalten hatte. Sie spürte es schon geraume Zeit. Sie fühlte sich zwar kerngesund, aber trotzdem stimmte etwas nicht mit ihr, genauer gesagt mit ihrem Bauch. Er veränderte sich, fühlte sich verhärtet an. Gern hätte sie Elsa ins Vertrauen gezogen, doch Käthe wagte es nicht.

»Wenn du wieder heimkommst, wird alles gut«, versprach die Schwägerin.

»Ich fürchte, daraus wird so schnell nichts«, sagte eine strenge Stimme in ihrem Rücken. Unbemerkt war Dr. Karges ins Krankenzimmer getreten. Sofort überzog eine feine Röte Käthes Gesicht. Elsa wirbelte auf dem Stuhl herum und sprang erschrocken auf die Füße.

»Guten Tag, Herr Doktor«, stammelte sie, während sie verlegen den wollenen Rock glatt strich.

»Das Fräulein Klepper wird weiter zur Beobachtung hierbleiben müssen.« Selbstverständlich wäre es Elsa nie in den Sinn gekommen, einem Weißkittel zu widersprechen, trotzdem erstaunte sie die Anordnung. Das Käthchen schien vollständig erholt. Ihre Wangen waren rosig, und sie sah nicht mehr so dürr aus wie vor dem Klinikaufenthalt, genau genommen mutete sie inzwischen regelrecht proper an.

Warum, um Himmels willen, sollte das arme Kind noch länger in der Krankenanstalt bleiben?, fragte sie sich verwundert, sprach ihren Zweifel jedoch nicht aus. Was verstand sie schließlich von der medizinischen Heilkunde?

»Es tut mir leid«, fuhr Dr. Karges fort. Dabei klang er keineswegs so, als ob er seine Worte bedauerte.

»Zudem darf das Fräulein Klepper bis auf Weiteres keinen Besuch mehr empfangen.« Der Doktor sprach mit äußerster Strenge. Elsa fühlte sich unbehaglich, insbesondere als er fortfuhr: »Aufgrund der schweren Verletzungen, die meiner Patientin zugefügt wurden, ist ein Rückfall nicht auszuschließen.«

Elsa musste offenbar den Eindruck erweckt haben, als ob sie widersprechen wollte, obwohl ihr das selbstverständlich nie eingefallen wäre, denn Dr. Karges setzte hinzu:

»Es gibt Spuren!« Während er sprach, funkelten seine Augen so durchdringend, dass Elsa beschämt den Kopf senkte. Sie konnte sich denken, auf welche Spuren der Herr Doktor anspielte. Aber das alles war schließlich nicht ihre Schuld. Zumindest versuchte sie sich, das die ganze Zeit einzureden. Als sie glaubte, dass er geendet hatte, hob sie zaghaft den Blick. Genau in diesem Moment stieß er wütend hervor:

»Sie ist doch noch ein Kind!«

Sein Gesichtsausdruck schien Elsa zum Fürchten, deshalb schaute sie schnell wieder zu Boden. Obwohl sie den Kopf gesenkt hielt, spürte sie deutlich, dass Dr. Karges sie lange und eindringlich musterte. Ihr lief es eiskalt den Rücken runter. Auch Käthe war starr vor Schreck.

»Ein Rückfall!«

Das war für Käthe der Beweis, dass es mit ihr zu Ende ging. Sie litt unter einer schlimmen, vielleicht sogar unheilbaren Krankheit. Bestimmt war ihr Leiden ansteckend und Besuch aus diesem Grund nicht mehr erlaubt. Ausgerechnet jetzt, da sie ein bisschen Freude am Leben empfand. Unglücklich ließ sie den Kopf hängen. Nachdem Elsa gegangen war, bestätigte der Herr Doktor ihre Befürchtungen.

»Wir werden dich vollständig isolieren müssen.« Die Eindringlichkeit, mit der er redete, verstörte Käthe zutiefst.

»In diesem Zustand darf dich keiner zu Gesicht bekommen«, warnte er. »Hörst du? Keine Menschenseele!«

Braunhemden

In der Nacht lag Käthe wach. Unruhig wälzte sie sich im Bett von einer auf die andere Seite. Schließlich stand sie auf, lief auf nackten Sohlen zum Fenster und blickte in den verschneiten Wald hinaus, der die Geisberg-Klinik umgab.

Warum durfte sie mit niemandem in Kontakt kommen? Sie fand keine andere Erklärung, als dass sie unter einer gefährlichen, ansteckenden Krankheit litt.

Aber wie um Himmels willen sollte sie die Isolation, die der Herr Doktor anordnete, befolgen?, fragte sie sich ratlos. Sie konnte sich schließlich nicht unsichtbar machen.

Vielleicht plante der Herr Doktor ja, sie wegzuschicken, überlegte sie. Aber wohin? Wohin könnte er sie bringen? Zurück auf den Hof, an den Ort ihres Unglücks? Der Herrgott bewahre! Lieber ertränkte sie sich im Rhein. Käthe hatte sich geschworen, niemals mehr einen Fuß nach Gudenshain oder auf den Hof zu setzen. Von Sorge und Unruhe geplagt, fand sie weder Schlaf noch Antworten.

Sie ahnte nicht, dass Dr. Karges sich ebenfalls schlaflos mit ähnlichen Grübeleien herumschlug, deren Konsequenzen er längst erwogen hatte. Sein Gewissen ließ ihm keine Wahl, als ein beträchtliches persönliches Risiko einzugehen. Auch wenn ihn die Angst quälte, wie er sich eingestehen musste. Insbesondere weil er sich außerstande sah, sämtliche Folgen seines geplanten Handelns abzuschätzen. Vor seinem inneren Auge entstanden immer neue Schreckensszenarien, denn es bestand keinerlei Zweifel, dass er sich gegen einen mächtigen, wenn nicht sogar übermächtigen Gegner stellte. Schlug er den gefährlichen Pfad einmal ein, bot sich keine Chance zur Umkehr, weder jetzt noch in Zukunft. Doch nicht die Angst, die er so deutlich wie warnend verspürte, hielt Friedhelm Karges wach. Längst hatte er den Entschluss gefasst, seiner jungen Patientin beizustehen. Im Prinzip hatte er die Schwelle, von der es kein Zurück gab, bereits überschritten, und zwar an jedem Tag, an dem er die gerichtlich angeordnete Unfruchtbarmachung nicht durchführte.

Ihn musste der Teufel geritten haben. Es war ihm jedoch in dem Moment ganz und gar unmöglich geworden, da seine Untersuchung ergab, dass das Mädchen im dritten Monat schwanger war. Für ihn bestand ein erheblicher Unterschied zwischen der Verhütung und der Abtreibung von neuem Leben. Alle Instinkte in ihm weigerten sich, ein Ungeborenes abzutreiben, selbst wenn es, wie im Fall von Käthe Klepper, bei einer Vergewaltigung gezeugt worden war. Was ihm den Schlaf raubte, waren die Folgen seiner Unterlassung, die über kurz oder lang unweigerlich zutage kämen. Die unerlaubte Schwangerschaft war seit der ersten Untersuchung weitere vier Wochen fortgeschritten. Bald wäre Käthes Zustand kaum mehr zu übersehen. Nicht nur in ihrem, sondern auch in seinem eigenen Interesse musste sie deshalb unbedingt isoliert werden. Zumindest bis nach der Geburt. Danach könnte man das Kind zur Adoption freigeben. Aber wo sollte Käthe hin? Eine Isolation im Krankenhaus war unmöglich. Dort gab es zu viele neugierige Augen und Ohren. Friedhelm Karges zweifelte keine Sekunde, dass die Zuträger des frisch erstarkten Naziregimes auch die Einrichtungen der Geisberg-Klinik infiltriert hatten. Jeder Pfleger, jede Krankenschwester konnte ein Spitzel der Braunhemden sein. Das charakterschwache Gesindel, das sich nicht scheute, sogar Verwandte, Freunde und Nachbarn bei den neuen Machthabern zu denunzieren, lauerte inzwischen überall.

Vielleicht konnte er ja seine Schwester überzeugen, Käthe im Haus aufzunehmen? Das schien ihm die sicherste Lösung.

Falls Frederike sich weigerte, musste er darauf bestehen. Über ausreichend Raum verfügte das dreistöckige Stadthaus, das die Familie Karges im Wiesbadener Nerotal bewohnte und das sich seit drei Generationen in Familienbesitz befand. Vater Pankraz war im Großen Krieg an der Westfront gefallen. Nur wenige Monate nach seinem Tod erlag Mutter Gundula der Schwindsucht. Frederike wohnte seit dem Tod der Eltern mit ihrem Mann Roland in der Wohnung im Erdgeschoss. Friedhelm im darüberliegenden Stockwerk, der sogenannten Beletage. Seit seine Frau und seine Tochter bei einem Autounfall ums Leben gekommen waren, lebte er dort allein. Die Rekonstruktion des Unfallhergangs hatte ergeben, dass ihr Automobil auf der Landstraße nach Stephanshausen mit einem Mähdrescher kollidiert war. Marianne hatte damals einen Ausflug mit der dreijährigen Leni unternommen. Sie planten, Onkel Heinrich einen Besuch im Forsthaus abzustatten, um die neugeborenen Rehkitzlein zu füttern. Offenbar scherte ein Traktor ohne Vorwarnung von einem angrenzenden Feld auf die Fahrbahn aus. Die Bauern waren nicht daran gewöhnt, sich die Landstraßen mit Automobilen zu teilen, es gab noch zu wenige davon. In den Städten hingegen gehörten sie längst ebenso zum Straßenbild wie Pferdefuhrwerke oder von Hand gezogene Karren. Drei Jahre lag der Unfall nun zurück, der Friedhelm Karges zum Witwer machte.

Die Zeit nach dem tragischen Ereignis war die dunkelste in seinem Leben. Wochenlang hatte er sich geweigert, die Realität zu akzeptieren. Er wollte nicht wahrhaben, dass er Leni und Marianne nie mehr in die Arme schließen würde. Verzweifelt klammerte er sich an die Vorstellung, dass sie bestimmt bald von ihrem Ausflug bei Onkel Heinrich zurückkehren würden. Ohne diese Selbsttäuschung hätte er sich in seiner Verzweiflung womöglich das Leben genommen. Als Arzt wusste er, welche Medikamente einen sanften Tod herbeiführten. Dank des einfühlsamen Zuredens seiner Schwester Frederike behalf er sich jedoch mit einer Dosierung, die ihn in den angenehmen Dämmerzustand nebelhafter Betäubung versetzte. Noch bei der Beerdigung, die er wie durch einen Schleier erlebte, redete er sich ein, es handele sich um ein Versehen. Es musste einfach so sein! In den blumengeschmückten Särgen, die neben Vater Pankraz und Mutter Gundula Karges im Familiengrab auf dem Wiesbadener Südfriedhof beigesetzt wurden, konnten unmöglich Leni und Marianne liegen! Unvorstellbar, dass das fröhliche, helle Lachen seiner Tochter nicht mehr durch das Stadthaus hallen sollte, durch das sie wie ein Wirbelwind sauste, obwohl Marianne sie immer wieder ermahnte, sich weniger wild zu gebärden.

Ach, Marianne! Wie sehr er die Liebe und Zärtlichkeit seiner Frau vermisste. Er vermochte die Leere, die er in sich spürte, kaum in Worte zu fassen.

Marianne Vollmer entstammte einer äußerst konservativen Familie aus dem Elsass. Ihr Vater war ein hoher Staatsbeamter, und die Familie hatte regelmäßig die Sommerfrische in Wiesbaden verbracht. Die populäre Kurstadt hatte es Vater Eduard angetan, seit ihn ein beruflicher Aufenthalt vor Jahren hergeführt hatte. Er gehörte zu der Delegation ausgewählter Funktionäre um Walther Rathenau, die 1921 mit den Siegermächten des Großen Kriegs die Reparationszahlungen Deutschlands verhandelten. In den Urlauben logierte er mit der Familie – genau wie während der zähen Verhandlungen zum *Wiesbadener Abkommen* – im *Nassauer Hof*.

Während Eduard Vollmer gelegentlich die Wiesbadener Spielbank aufsuchte und beim Roulette die einzigartige, nostalgische Atmosphäre dort genoss, gönnten sich Marianne und ihre Mutter Gertrude ausgedehnte Spaziergänge im Kurpark oder auf dem nahe gelegenen Neroberg, von wo sich ein herrlicher Blick über die Stadt bot.

In dem Sommer, in dem Friedhelm und Marianne sich kennenlernten, stolperte Marianne in dem Bergpark über der Stadt über eine Baumwurzel, knickte unglücklich um und verstauchte sich den Knöchel. Binnen Minuten schwoll der Fuß dick an, sodass nicht daran zu denken war, damit den Heimweg anzutreten. Frederike Karges, die ebenfalls auf dem Neroberg spazierte, beobachtete, wie Marianne mühsam am Arm der Mutter zum Schatten spendenden Kuppelbau im Zentrum des Parks humpelte. Sie eilte sofort zu ihnen, stellte sich vor und bot ihre Hilfe an.

»Meine Familie wohnt am Fuß des Nerobergs. Mit vereinten Kräften könnten wir es bis in die Kabine der Bergbahn schaffen. Von dort ist es nur ein Katzensprung zu meinem Elternhaus.«

Dankbar akzeptierte Gertrude Vollmer das Hilfsangebot des jungen Fräuleins, das etwa so alt wie ihre verletzte Tochter sein mochte. Der Vorschlag klang vernünftig. Trotz der Schmerzen in ihrem Fuß zeigte sich Marianne entschlossen, die etwa sechzig bis siebzig Meter bis zur Bergstation der wasserbetriebenen Standseilbahn zu bewältigen. Flankiert und gestützt von Frederike und ihrer Mutter, biss sie die Zähne zusammen und hüpfte auf dem unverletzten Bein vorwärts.

»Von der Talstation sind es nur wenige Meter bis zum Haus meiner Familie«, wiederholte Frederike während der langsamen Fahrt nach unten, im Bemühen, den Frauen Mut zuzusprechen.

Tatsächlich lag das Haus so nah, dass es sich trotz Mariannes Verletzung nicht lohnte, eine Motordroschke zu mieten. Als die Frauen die Karges-Villa glücklich erreichten, brachte das Hausmädchen auf Frederikes Geheiß zunächst Eis für Mariannes Knöchel und servierte anschließend einen kräftigen schwarzen Tee mit Gebäck. Den Hausdiener schickte Frederike mit einer handschriftlichen Nachricht zum *Nassauer*

Hof. Er hatte Glück und traf Eduard Vollmer persönlich an, der sogleich in einer Motordroschke herbeieilte, die er vor dem Haus warten ließ.

»Verehrtes Fräulein Karges«, sagte Mariannes Vater gerührt, nachdem Frau und Tochter ihm vom beherzten, hilfsbereiten Verhalten der jungen Frau berichtet hatten, »die Familie Vollmer, allen voran ich selbst, steht auf ewig in Ihrer Schuld.« Er ließ sich nicht zu einer Tasse Tee überreden, sondern wollte sich eilig verabschieden, um im Hotel nach einem Arzt schicken zu lassen.

»Nicht nötig«, sagte Friedhelm Karges, der in diesem Moment den Salon betrat. Er erfasste die Situation mit einem Blick. Marianne lag ohne Schuh und Strumpf, dafür mit einem Eispack ausgestreckt auf der Chaiselongue. Er befand sich wenige Wochen vor dem Abschluss seines Medizinstudiums, aber nicht nur aus medizinischen Gründen widmete er sich dem verletzten Knöchel des jungen Gastes so intensiv. Ihr Anblick traf ihn wie ein Blitz. Für ihn war es Liebe auf den ersten Blick. Als sich die Vollmers verabschiedeten, war Friedhelm fest entschlossen, Marianne bald wiederzusehen. Ihr verstauchter Fuß bot ihm einen hervorragenden Vorwand.

»Der Knöchel sollte beobachtet werden«, empfahl er mit medizinischer Autorität – zumindest hoffte er, Autorität auszustrahlen.

»Natürlich«, stimmte Eduard Vollmer zu. »Ich werde dafür Sorge tragen.«

»Aber nein«, widersprach Friedhelm. »Selbstverständlich übernehme ich das, wenn Sie erlauben.« Um etwaigen Einwänden vorzubeugen, fügte er eilig hinzu: »Ich bestehe darauf.«

Zwei Wochen nach dem Vorfall küsste er Marianne zum ersten Mal, und zwei Jahre später heirateten sie. Marianne war intelligent und besaß – obwohl sie weniger vehement diskutierte als Frederike – ihren eigenen Kopf, den sie stets durchzusetzen suchte. Nächtelang lieferten sie sich hitzige Wortgefechte: über Politik, Kindererziehung und sogar Operationsmethoden. Falls Eduard Vollmer sich einen anderen Schwiegersohn gewünscht hatte, einen, der das gleiche konservative Weltbild und die gleichen politischen Werte vertrat wie er, so ließ er dies zu keinem Zeitpunkt erkennen. Er schob es auf den frühen Tod der Eltern, dass Frederike und Friedhelm eine preußische Erziehung fehlte. Gleichwohl schätzte er die Geschwister von Herzen. Er sah es als seine Pflicht an, fortan als ihr väterlicher Mentor und Berater zu fungieren. Außerdem freute er sich für seine Tochter, deren Glück er um nichts in der Welt im Wege zu stehen gedachte.

Nach der Heirat zog Marianne zu Friedhelm nach Wiesbaden, während die Eltern 1922 nach Berlin umsiedelten. Eduard Vollmer folgte der Berufung zum Büroleiter des Reichspräsidenten. Er arbeitete zunächst für Friedrich Ebert, dann für Paul von Hindenburg. Im selben Jahr bekleidete sein Weggefährte Walther Rathenau das Amt des Reichsaußenministers.

Seit Mariannes Tod stand Friedhelm Karges weiterhin in gutem Kontakt mit seinem ehemaligen Schwiegervater. Meist telefonierten die Männer anlässlich von Mariannes und Lenis Todestag miteinander. Daher wusste Friedhelm, dass Eduard Vollmer neuerdings die Präsidialkanzlei von Adolf Hitler leitete. Sie hegten Wertschätzung füreinander, deshalb vermieden sie es, über ihre unterschiedlichen politischen Überzeugungen zu diskutieren. Jeder von ihnen achtete die Familienbande höher.

Friedhelm Karges vermisste Marianne schmerzlich, und seine Schwester teilte seinen Kummer über den Verlust. Auch sie hatte einen freundschaftlichen Umgang mit der Schwägerin gepflegt. In den ersten Monaten nach dem Unfall kümmerte sie sich besonders liebevoll um ihren Bruder, führte ihn mit sanfter

Gewalt in den Alltag zurück. Dank ihrer Unterstützung gelang es Friedhelm Karges schließlich, mit seinem Leben weiterzumachen. Auch die Arbeit und seine Berufung als Arzt halfen ihm dabei. Der Tod von Frau und Kind schmerzte ihn bis zum heutigen Tag, doch inzwischen war der Schmerz erträglich geworden. Der Schicksalsschlag hatte ihn demütig gegenüber dem Leben gemacht. Er war überzeugt, dass es niemandem zustand – auch keiner Regierung –, Menschen das Existenzrecht abzusprechen. Und deshalb war er entschlossen, Käthe zu helfen.

Das Stadthaus verfügte über ausreichend Platz, um das Mädchen aufzunehmen. Neben den zwei Etagen, die er und Frederike bewohnten, gab es noch das Dachgeschoss der Villa, das als Quartier für die beiden Bediensteten herhielt, die für die Familie arbeiteten. Erika kochte, wusch und putzte; ihr Mann kümmerte sich um Hausmeisterei, Grundstück und Garten. Kurt sorgte außerdem dafür, dass stets ausreichend Eis für die Kühlkammer vorhanden war, in der verderbliche Lebensmittel gelagert wurden. Das Eis bezog der Hausangestellte von dem buckligen Lieferanten, der täglich dicke Eisblöcke mit einem Handkarren durch die Straßen zog und feilbot. Die Blöcke kühlte er mithilfe von Sägespänen und brach daraus mit einem Eispickel kleinere Stücke für den Hausgebrauch heraus.

Das Bediensteten-Ehepaar diente der Familie Karges treu. Friedhelm hegte keinerlei Zweifel, dass sie unter allen Umständen, sogar den widrigsten, über sämtliche Dinge Stillschweigen bewahrten, die im Haus vor sich gingen. Doch welche Erklärung sollte er den Nachbarn auftischen? Die Anwesenheit einer jungen, noch dazu schwangeren Frau dürfte ihnen kaum verborgen bleiben und Neugier, möglicherweise sogar Misstrauen wecken. Auch unter den angrenzenden Bewohnern nahm die Zahl der strammen Nazisympathisanten zu, obwohl – oder gerade weil – sich das Nerotal als Wohnsitz bei jüdischen Kaufleuten einiger Beliebtheit erfreute. Im günstigsten Fall sähe sich Friedhelm Karges mit neugierigen Nachfragen konfrontiert. Würden die Nachbarn das Märchen von einer dritten Hausangestellten schlucken? Die Möglichkeit bestand immerhin.

Alles Grübeln half nichts, er musste mit seiner Schwester sprechen. Er schaute auf seine Taschenuhr, die neun anzeigte. Wie immer zu dieser Tageszeit fand er Frederike lesend am Frühstückstisch. Sie begann jeden Tag mit der ausführlichen Lektüre der *Wiesbadener Zeitung*. Noch hatten die Nazis ihre Spitzel nicht in allen Zeitungsredaktionen des Reichs platziert. Derzeit fehlte ihnen noch der Einfluss, sämtliche freie journalistische Berichterstattungen zu verbieten. Frederike fürchte jedoch, dass der Niedergang der freien Presse unter der Herrschaft der Braunhemden nur eine Frage der Zeit war. Die Zahl der unabhängigen Verlagshäuser verkleinerte sich rapide, aber noch wurden unparteiische Nachrichten publiziert. Das Zeitungssterben war eine direkte Folge des überwältigenden Wahlerfolgs der NSDAP. Für Frederike war absehbar, wohin das führte: Zukünftig läge die überregionale Berichterstattung ausschließlich in den Händen des parteieigenen Blatts. Der *Völkische Beobachter* lieferte jedoch nur solche Informationen, die der Nazipropaganda dienten, wie zum Beispiel die viel gerühmte Fertigstellung des Autobahnteilstücks zwischen Darmstadt und Frankfurt im Mai dieses Jahres. Gerüchten zufolge drohte der *Wiesbadener Zeitung* ebenfalls kurzfristig die Schließung, da laut Reichspressekammer ein unnötiges Überangebot an Presseverlagen in der Stadt vorherrsche. Solange jedoch noch objektive Informationen verfügbar waren, verfolgte Frederike Karges die wirtschaftlichen und politischen Entwicklungen in Hessen-Nassau sowie im Deutschen Reich mit größter Aufmerksamkeit. Ihrer Meinung nach verschlechterte sich die gesellschaftliche Lage drastisch. Die Halbierung der Arbeitslosenzahlen von sechs Millionen auf knapp drei, mit der sich der neue Reichskanzler brüstete, war die reinste Augenwischerei. Ja, Adolf Hitler holte Menschen von der Straße, aber mit welchen Mitteln? Seit Wiedereinführung der Wehrpflicht dienten Männer bei der neu gegründeten Luftwaffe oder der Wehrmacht, und ihre jugendlichen Geschlechtsgenossen wurden zum sogenannten freiwilligen Reichsarbeitsdienst verdonnert. Als Frederike ein nervöses Räuspern vernahm, blickte sie irritiert von der druckfrischen Ausgabe der Zeitung auf, hinter der sie sich mit einer Tasse Tee verschanzt hatte.

»Wir werden einen Gast bei uns aufnehmen«, platzte ihr Bruder statt einer Begrüßung heraus. Frederike bemerkte, dass er angespannt wirkte. Sie kannte ihren Bruder so gut wie sich selbst.

»Einen Gast?« Verblüfft ließ sie die Zeitung sinken und legte sie neben ihrer Teetasse ab. Seit dem Tod seiner Frau lebte Friedhelm relativ zurückgezogen. Er pflegte kaum soziale Kontakte. Welchen Gast wollte er im Haus unterbringen? Einen ehemaligen Studienkollegen vielleicht? Egal, um wen es sich handelte, Friedhelm benötigte nicht ihre Zustimmung. Deshalb wunderte sie seine förmliche Ankündigung.

»Ganz recht, Rike.«

Sie schwieg besorgt, während sie die nervöse Miene ihres Bruders studierte.

»Wen denn?«

»Eine Patientin.«

»Eine Patientin?«, entfuhr es ihr. »Doch hoffentlich keine von deinen Irren!«

»Rike!«, mahnte Friedhelm. »Das sind keine Irren. Es sind Menschen, die unserer Hilfe und Nächstenliebe bedürfen.« Seine Schwester setzte eine störrische Miene auf.

»Einige von ihnen sind gefährlich, du hast es mir selbst berichtet«, widersprach sie.

»Käthe ist keine Insassin …« Frederike entging nicht, dass ihr Bruder seine Patientin beim Vornamen nannte, entschied jedoch, diesen Umstand unkommentiert zu lassen, zumindest für den Augenblick. Stattdessen erkundigte sie sich misstrauisch:

»Sondern?«

»Ein Bauernmädchen.«

In jähem Erschrecken schlug Frederike die Hand vor den Mund.

»Friedel«, entfuhr es ihr. »du hast das arme Ding doch nicht etwa …« Ihren Einwand erahnend, beeilte Friedhelm sich, seiner Schwester ins Wort zu fallen, bevor sie den ungeheuerlichen Verdacht aussprechen konnte.

»Natürlich nicht! Käthe ist fast noch ein Kind.«

»Und was fehlt ihr?«

»Alles, Rike! Ihr fehlt alles!«, brach es aus Friedhelm heraus. »Insbesondere ein Ort, an dem sie sich in Sicherheit fühlen kann.«

Die Inbrunst, mit der er sprach, beunruhigte Frederike. Hatte sie anfangs eine unschickliche Liebelei geargwöhnt, befürchtete sie nun Schlimmeres. Plante ihr Bruder eine Straftat? Oder hatte er gar bereits eine begangen? Daher fragte sie alarmiert: »In Sicherheit vor wem?«

Friedhelm starrte vor sich auf den Boden, ohne zu antworten.

»In Sicherheit *vor wem*?«, insistierte sie ein zweites Mal. Als seine Antwort weiterhin ausblieb, seufzte sie resigniert. Sie liebte ihren Bruder. Ungeachtet dessen, was er möglicherweise angestellt hatte, war sie bereit, ihn zu unterstützen. Und sie wusste, dass er umgekehrt ebenfalls für sie durchs Feuer ginge, wenn es nötig sein sollte.

»Und dieser Ort soll ausgerechnet unser Heim sein?« Ihre Stimme klang jetzt mild, sodass Friedhelm, der Frederikes Blick bisher gemieden hatte, direkt zu ihr aufschaute und nickte.

»Ich weiß keinen besseren.«

Im Frühstückszimmer breitete sich Schweigen aus. Frederike hoffte, dass ihr Bruder sich ihr anvertraute, und tatsächlich gestand er kaum hörbar:

»Rike, ich habe mich zu etwas ganz und gar Törichtem hinreißen lassen.« Er erzählte seiner Schwester von Käthes Schwangerschaft, die er auf wiederholte Vergewaltigungen zurückführte, und dem Gerichtsurteil gegen sie.

»Das Urteil ist hanebüchen und ungerecht«, erboste er sich. »Und das Mädchen ist keineswegs schwachsinnig.« Nach einigem Schweigen, das Frederike nicht zu unterbrechen wagte, fuhr er fort:

»Ich habe es nicht über mich gebracht, die angeordnete Unfruchtbarmachung durchzuführen.«

»Du hast dich damit in große Gefahr gebracht«, stellte Frederike nüchtern fest. In ihrer Stimme schwangen weder Tadel noch Vorwurf mit. Was geschehen war, war geschehen. Nun galt es, den Tatsachen ins Auge zu sehen. Frederike erkannte, dass Friedhelm nicht nur um Käthes, sondern auch um seiner selbst willen einen sicheren Ort finden musste, wo er sie verstecken und wo sie ihr Kind unbehelligt zu Welt bringen konnte.

»Nun denn«, rang Frederike sich zu einer Entscheidung durch, obwohl ihr die Überzeugung fehlte. »Ich werde Erika bitten, die Dachkammer herzurichten.«

Besagte Kammer grenzte an jenen Trakt im Dachgeschoss, den das Dienstboten-Ehepaar bewohnte. Hell und geräumig war sie und ging trotz der Dachschrägen schon fast als Zimmer denn als Kammer durch. Obwohl weniger komfortabel eingerichtet als die Räumlichkeiten, die die Hausherren nutzten, bot der Raum dennoch einige Annehmlichkeiten, sogar ein Grammofon zählte dazu. Erika und Kurt besaßen eine Schellackplatte der berühmten Comedian Harmonists. Sie hüteten die zerbrechliche Musikscheibe wie einen Schatz. Die

Karges gestatteten dem Dienstbotenehepaar hin und wieder, die Platte auf dem Gerät abzuspielen. Natürlich nur zu besonderen Anlässen, denn immerhin nutzte sich die Stahlnadel des Grammofons bei jedem Abspielen ab. Auf eine Schellackplatte passten maximal zwei Lieder, eines wurde auf die Vorderseite, das andere auf die Rückseite der Platte gepresst. Erika liebte es, mit Kurt zu den Klängen von *Wochenend und Sonnenschein* oder *Veronika, der Lenz ist da* zu tanzen. Das Vergnügen gönnten sie sich freilich nur so lange, bis die Reichsmusikkammer dreien der sechs Sänger wegen ihrer jüdischen Herkunft ein Berufsverbot erteilte und gemeinsame Aufnahmen sowie Auftritte der Sängergruppe verbot. Seither stand die Platte unangetastet im Regal, mit Ausnahme jener Momente, in denen Erika sie herausnahm und wehmütig entstaubte.

Trotz des erfreulichen Verlaufs des Gesprächs mit seiner Schwester verspürte Friedhelm Karges keine Erleichterung. Er zweifelte im Gegenteil an der Richtigkeit des Vorhabens. Im Grunde seines Herzens wusste er, dass das Stadthaus kaum als geeigneter Zufluchtsort dienen konnte, um Käthe vor den Augen der Öffentlichkeit zu verbergen. Käthe musste aber ihr Kind heimlich zur Welt bringen. Ein Kind, das laut höchstrichterlicher Anordnung kein Recht auf Leben hatte. Deshalb durfte seine Existenz keinesfalls mit Käthe in Verbindung gebracht werden. Außerdem würde die Spur unweigerlich zu ihm selbst führen. Auch aus diesem Grund musste die Schwangerschaft unter allen Umständen geheim bleiben. Die verzwickte Situation bereitete Friedhelm Karges Kopfzerbrechen und eine weitere schlaflose Nacht. Es galt, einen Ort für Käthe zu finden, der entweder völlig abgelegen war oder an dem niemand eine Verbindung zu ihm und seiner Tätigkeit im Krankenhaus herstellte.

Seine angestrengten Überlegungen wurden jäh gestört, als von draußen Lärm in das Bibliothekszimmer drang.

Zu dieser Nachtzeit war das ganz und gar ungewöhnlich. Friedhelm Karges glaubte Motorengeräusche, unterdrücktes Rufen und Fußgetrappel zu vernehmen sowie das Schlagen von Autotüren. Alarmiert spähte er durch einen Spalt der zugezogenen Vorhänge auf die nachtdunkle Straße hinaus. Der Anblick, der sich im fahlen Licht der Straßenlaternen bot, ließ ihm das Blut in den Adern gefrieren. Hilfspolizisten in braunen Kakihemden und mit der unverkennbaren Hakenkreuzbinde am Arm zerrten schlaftrunkene Menschen aus ihren Häusern. Unter Fußtritten sowie Hieben von Knüppeln, Gewehrkolben und Fäusten trieben sie die Unglücklichen vor sich her und auf den Ladeflächen von Lastwagen zusammen. Die Gräuel, die er hinter dem Vorhang beobachtete, lähmten Friedhelm Karges. Unfähig, den Blick abzuwenden, starrte er reglos aus dem Fenster. Plötzlich legte sich wie aus heiterem Himmel eine Hand auf seine Schulter. Er zuckte heftig zusammen.

»Meine Güte, Roland«, japste er nach einigen Schrecksekunden, die er benötigte, um in der dunklen Gestalt, die dicht an ihn herangetreten war, seinen Schwager zu erkennen. »Hast du mich aber erschreckt.«

»Das ist erst der Anfang«, prophezeite Roland düster mit einem flüchtigen Seitenblick auf das Straßengeschehen.

»Der Anfang wovon?«

»Einer groß angelegten Verhaftungswelle der Nazis.«

»Woher … Woher nimmst du die Gewissheit?«, stammelte Friedhelm Karges fassungslos.

»Schneider verfügt über Informationen aus erster Hand. Er hat mich gewarnt. Sein Anruf aus Berlin kam vor zwei Stunden.«

»Der SPD-Schneider? Dein Duzfreund und ehemaliger Kommilitone?«

»Ja«, nickte Roland Geiger bestätigend. »Göring hat die Hilfspolizei zu verschärften Razzien aufgerufen.« Diesbezügliche Gerüchte kursierten seit einiger Zeit. Doch Friedhelm Karges hatte bisher angenommen, dass sie jeglichen Wahrheitsgehalts entbehrten. Offenbar hatte er sich geirrt.

»Aber aus welchem Grund warnt er dich? Was hast du von den Braunhemden zu befürchten?« Die kakifarbenen Hemden galten zusammen mit der Hakenkreuzbinde am Oberarm als Erkennungszeichen der SA-Leute. Sie stammten aus den üppigen Restbeständen der Deutsch-Ostafrika-Truppe, für die es seit der Abtretung der deutschen Kolonien im Juni 1919 keine Verwendung mehr gegeben hatte.

»Es reicht aus, SPD-Mitglied zu sein, um auf der Liste der Festzunehmenden zu landen«, erklärte Roland. Anders als sein Duzfreund Schneider hatte er nie ein offizielles Amt in der Partei bekleidet, doch er war bereits seit 1928 Mitglied in der SPD.

»Die Nazis führen Listen?« Friedhelm Karges kam nicht mehr mit. Sein Verstand wehrte sich gegen die Erkenntnis, dass ein unbescholtener Bürger aufgrund seiner Zugehörigkeit zu einer demokratisch gewählten politischen Partei in ernsthafter Gefahr schwebte.

»Ellenlange! Mit sämtlichen tatsächlichen und angeblichen Gegnern des nationalsozialistischen Regimes und der NSDAP.«

Die Festnahmen erstreckten sich bis in die frühen Morgenstunden. Vom Beobachtungsposten hinter dem Spalt im Vorhang ließ sich deutlich erkennen, dass sich die Hilfspolizisten immer brutaler gebärdeten.

»Sie scheinen wie von Sinnen«, klagte Roland angewidert.

»Zeitweiliger Geistesverlust aufgrund von Blutmangel im Hirn«, diagnostizierte Friedhelm Karges mit der Abgeklärtheit eines Arztes, dem diese Zustände nicht unbekannt waren. »Wenn der Organismus zu viel Blut zum Herzen pumpt, verfallen Menschen typischerweise in einen Blutrausch.«

Beim Anblick der geschundenen Opfer, die sich verängstigt und eingepfercht auf den Lastwagen drängten, wurde ihm angst und bange. Er fürchtete ernsthaft um die Sicherheit seines Schwagers und seiner Schwester.

»Es gibt nur eins«, stellte er besorgt fest. »Ihr müsst fliehen.« Kopfschüttelnd widersprach Roland Geiger.

»Nein! Mit einer Flucht geben wir vorschnell dem überstarken ersten Druck dieser wutschäumenden Fanatiker nach.« Er sprach voller Inbrunst und Überzeugung. »Die Lage wird sich beruhigen.«

Die Argumentation klang in den Ohren von Friedhelm Karges plausibel. Doch sein Schwager sollte nicht recht behalten, wie sich am folgenden Morgen herausstellte.

Nagelschuh

Die nächste unangenehme Überraschung erwartete Frederike Geiger beim vormittäglichen Einkauf im Lebensmittelgeschäft der Meiers. Auch ihr bot sich das ungewohnt neue Stadtbild: An allen Straßenecken sah sie Männer mit Hakenkreuzbinden und dem zusätzlichen Aufdruck *Hilfspolizei* postiert. Als sie in das Geschäft der Meiers gehen wollte, beobachtete sie, wie auf der gegenüberliegenden Straßenseite ein Schlägertrupp der SA mit einem ihr gut bekannten SPD-Funktionär aus der Haustür trat. Die SA-Männer schlugen immer wieder auf den Parteikollegen ihres Mannes ein. Sogar als er auf dem Boden lag, trampelten sie noch mit ihren Nagelschuhen auf ihm herum. Schuhe und Schnürstiefel mit Eisennägeln unter den Ledersohlen fungierten als bevorzugtes Schuhwerk dieser Typen. Zum einen verstärkte das Eisen den Schmerz ihrer Fußtritte, zum anderen knallte das Metall laut und Furcht einflößend auf dem Kopfsteinpflaster der Straßen. Bis zu Hitlers Machtübernahme hatte die SA ihre Mitglieder aus dem unteren Mittelstand rekrutiert. Hauptsächlich frustrierte Kleinbürger, bedrängte Kleinhändler, Handwerker,

Bauern und vor allem aus der Bahn geworfene Soldaten suchten in der SA ein Zuhause. Doch seit der Ernennung Himmlers zum Reichsführer schwoll die Zahl der Truppe kontinuierlich an. Mittlerweile zählte die SA bereits zweihunderttausend Mann. Der Anblick der Schläger empörte Frederike Geiger derart, dass sie dem SPD-Genossen spontan zu Hilfe eilen wollte.

»Hiergeblieben!«, fuhr sie der Lebensmittelhändler an, der ihre Absicht erkannte, und zog sie mit festem Griff in seinen Laden. »Sie sind doch keine Selbstmörderin.«

»Aber Herr Meier!«, keuchte Frederike. »Was hat dieser Wahnsinn bloß zu bedeuten?«

Der Lebensmittelhändler schaute sich wachsam nach allen Seiten um.

»Nicht hier«, zischte er und wies mit dem Kinn zum rückwärtigen Teil des Geschäfts. Während Frederike ihm ins Hinterzimmer folgte, blieb seine Frau im Laden zurück, um weiter die Kundschaft zu bedienen.

»Es geht allen an den Kragen, die den neuen Führer nicht unterstützen«, erläuterte Herr Meier, nachdem er die Zimmertür hinter sich ins Schloss gezogen hatte. »Die Verhaftungen laufen bereits die ganze Nacht.«

»Der Führer, dass ich nicht lache«, schnaubte Frederike angewidert. »Seit Menschen über Menschen berichten, kann man sich nicht erinnern, dass ein Taugenichts wie dieser Hitler, der in Männerwohnheimen und vom Hausieren mit seinen selbst gepinselten Postkarten gelebt hat, also quasi vom Betteln, zu einem gottähnlichen Geschöpf erhoben wurde.«

»Um Gottes willen«, zischte der Lebensmittelhändler. »Schweigen Sie, Frau Geiger. Sie fällen sonst Ihr eigenes Todesurteil.« Im selben Moment drang aus dem Laden ein vernehmliches »Heil Hitler« bis ins Hinterzimmer.

»Wenn ich allein dieses dämliche *Heil Hitler* höre«, erboste sich Frederike.

Meier erschrak. Eilig legte er den Finger an die Lippen, um ihr zu bedeuten, still zu sein. Dann spähte er durch ein verstecktes Guckloch in den Laden, wo er aufgeregt gestikulierende SA-Leute gewahrte.

»Sie müssen verschwinden«, wisperte er besorgt. Auf seiner Stirn zeigten sich Schweißperlen. Jetzt begann auch Frederikes Herz wild zu rasen. Über den Hinterhof erreichte sie eine schmale Gasse, durch die sie nach Hause hastete. Vor der Eingangstür der Villa erblickte sie Franz Wilmert. Geistesgegenwärtig ging sie hinter einer Litfaßsäule in Deckung, sodass der Nachbar und bekennende Nazi sie zum Glück nicht entdeckte. Während sie vorgab, die Plakate auf der Litfaßsäule zu studieren, überlegte sie fieberhaft, was zu tun sei. Wohin konnte sie sich wenden? Prompt kam ihr die Witwe Möring in den Sinn, die in unmittelbarer Nähe wohnte. Frederike beschloss, der einundachtzigjährigen ehemaligen Konzertpianistin einen Besuch abzustatten. Bei der alten Dame hoffte sie, untertauchen zu können, bis der Spuk vorüber war. Frau Möring würde sie gewiss nicht abweisen, denn während des Winters hatte Frederike stets dafür gesorgt, dass die betagte Dame nicht zu frieren brauchte, indem sie Kurt damit beauftragte, den Kohleofen regelmäßig mit Briketts zu füttern. Das Hausmädchen der Witwe öffnete beim ersten Klopfen. Fast schien es, als habe die Bedienstete im schwarzen Kleid und mit gestärkter weißer Schürze hinter der Haustür gelauert. Aus dem Kaminzimmer drangen gedämpfte Stimmen. Frederike lauschte angespannt und erkannte zu ihrer Erleichterung die ihres Mannes. Roland hatte sich also, den gleichen Gedanken hegend, ebenfalls hier außer Reichweite der Braunhemden gebracht.

Das Hausmädchen nahm Frederike Mantel und Handschuhe ab und öffnete die Tür zum Salon. Roland erhob sich sofort von der Kaffeetafel, an der er gemeinsam mit der Witwe Platz genommen hatte, als er Frederike im Türrahmen gewahrte.

»Liebling!«, rief er erleichtert.

Frederike stürmte auf ihn zu und warf sich in seine ausgebreiteten Arme. Der Schreck stand ihr deutlich ins Gesicht geschrieben.

»Oh mein Gott!«, stammelte sie verstört und tupfte sich eine Träne aus dem Augenwinkel. »Dort draußen tobt ein Mob.«

»Ist dir auch nichts geschehen?«, fragte Roland besorgt.

Frederike schüttelte den Kopf und entschuldigte sich bei der Witwe Möring für ihren Gefühlsausbruch, den die Gastgeberin mit einem Stück Kuchen und einer gehörigen Portion Sahne zu kurieren suchte. Es sollte geschlagene fünf Stunden dauern, bis sich die Lage auf der Straße so weit beruhigt hatte, dass sie wagen konnten, in die eigenen vier Wände zurückzukehren. Dort erwartete sie Friedhelm schon ungeduldig. Die Sorge um sie stand ihm ins Gesicht geschrieben.

»Du hattest gestern Abend völlig recht«, gestand Roland ein. »Ich muss tatsächlich fliehen oder zumindest für eine Weile untertauchen. Am besten noch in dieser Nacht.« Die Worte klangen in seinen eigenen Ohren unwirklich.

»Ich gehe selbstverständlich mit dir«, erklärte Frederike energisch.

Sie mochte sich nicht vorstellen, ohne Roland zu sein. Sie waren seit der Schulzeit unzertrennlich, und ihre Hochzeit war lange beschlossen, bevor sie vor fünf Jahren stattfand. Im Gegensatz zu den meisten männlichen Zeitgenossen, die sich ein Heimchen am Herd zur Frau wünschten, war Robert von der ersten Begegnung im Deutschunterricht bei Schuldirektor Franzen fasziniert von Rikes messerscharfem Verstand und ihrer energischen Unerschrockenheit gewesen, mit der sie sämtlichen Fragen – egal ob in Politik, Wirtschaft oder normalen Alltagssituationen – auf den Grund ging. Niemals würde er sich verzeihen, wenn ihr wegen ihm etwas zustieße.

»Rike, das wäre ganz und gar töricht. Nur ich stehe wegen meiner Parteizugehörigkeit auf der Liste der Nazis«, widersprach Roland. »Du bist nicht in Gefahr.«

»Ich gehe mit dir!«, beharrte Frederike, ohne seinen Argumenten die geringste Aufmerksamkeit zu schenken. Ihr Ton duldete keine Widerrede. Für sie handelte es sich um eine beschlossene Sache. »Aber wohin?«, überlegte sie. Ratloses Schweigen füllte den Raum.

»Wir könnten zu meiner Familie ins Fichtelgebirge«, schlug Roland vor. Doch fehlte ihm die rechte Überzeugung.

»Dort wird man zuallererst nach dir suchen«, verwarf Friedhelm den Gedanken.

»Hast du eine bessere Idee?«, erwiderte sein Schwager. Die hatte Friedhelm Karges leider nicht.

»Wir benötigen Zeit, um nachzudenken und einen Plan auszuarbeiten«, riet er deshalb. »In der Zwischenzeit könntet ihr bei Onkel Heinrich in Stephanshausen untertauchen.«

»Im Forsthaus?«, griff Frederike den Vorschlag auf.

»Ja, dorthin verirrt sich so leicht niemand, und die Fallen, die unser Onkel im Wald aufstellt, halten ungebetene Gäste fern.« Der alte Heinrich kümmerte sich als Revierförster um den Wild- und Baumbestand im Rheingauer Forst. Das Dienstgebäude der Forstbehörde, das er allein bewohnte, lag zwar keine zwanzig Kilometer von Wiesbaden entfernt, jedoch mitten im Wald in völliger Abgeschiedenheit.

»Ein hervorragender Gedanke«, lobte Roland. »Niemand dürfte uns an einem so nahe gelegenen Ort vermuten.«

Frederike klatschte aufgeregt in die Hände.

»Dann ist es also abgemacht?!« Als Kind hatte sie häufig die Ferien bei Onkel Heinrich verbracht und das Herz des alleinstehenden Försters erobert. Bei ihm fühlte sie sich wohl und sicher.

»Ich fahre euch«, bot Friedhelm an. »Mit dem Anstaltsbus.« Während er heute Nachmittag auf die unversehrte Rückkehr von Schwester und Schwager gehofft hatte, war ihm diese Idee gekommen.

»Aber ihr werdet noch jemanden mitnehmen.«

Höllenhunde

Zwei Tage hoffte, wartete und bangte Käthe vergeblich. Seit dem letzten Gespräch, in dem er ihr verkündet hatte, dass sie keinen Besuch mehr empfangen dürfe, hatte sich Dr. Karges nicht mehr bei ihr blicken lassen. Auch war kein anderer Arzt zur Visite erschienen. Nur die mürrische Schwester Marianne hatte kurz nach ihr geschaut.

»Kommt der Herr Doktor gar nicht mehr?«, hatte Käthe schüchtern zu fragen gewagt, ohne verhindern zu können, dass sich ihr Gesicht dabei bis unter die Haarwurzeln rötete. Das geschah jedes Mal, wenn sie an seine blauen Augen oder die widerspenstige Haarlocke dachte, die er sich mit einer eleganten Handbewegung aus der Stirn strich.

»Dienstfrei«, blaffte die Krankenschwester, der weder Käthes gerötete Wangen noch ihre Enttäuschung entgingen.

»Kindchen«, tadelte sie deshalb mitleidig. »Den feschen Herrn Doktor schlag dir schleunigst aus dem Kopf. Der ist nix für eine wie dich. Außerdem ist er viel zu alt.«

»Von wegen!«, dachte Käthe empört. Zwar war der Herr Doktor tatsächlich einige Jahre älter als sie; möglicherweise, so schätzte sie, hatte er sogar ein oder zwei Jährchen mehr auf dem Buckel als Onkel Alwin. Aber deshalb fand sie ihn keinesfalls zu alt. Im Gegenteil! Mit der zweiten Aussage lag Schwester Marianne jedoch leider richtig, gestand sich Käthe traurig ein. Natürlich interessierte sich ein feiner Herr Doktor nicht für einen Bauerntrampel wie sie. Oder hatte die Krankenschwester mit *eine wie dich* auf etwas anderes angespielt? Selbst wenn, beschloss Käthe: Was kümmerte sie das? Noch nie in ihrem gesamten Leben war jemand so freundlich zu ihr gewesen wie der Herr Doktor. Sogar der gutmütige Onkel Willi nicht. Sehnsüchtig wartete sie darauf, dass Dr. Karges erneut bei ihr im Krankenzimmer auftauchte. Sie hatte die Hoffnung fast aufgegeben, als sie mitten in der Nacht der grelle Schein des Flurlichts weckte, das durch die geöffnete Tür in ihr Zimmer fiel. Im Türrahmen erkannte Käthe eindeutig die hochgewachsene Gestalt von Dr. Karges, die sich im Gegenlicht abzeichnete.

»Schnell, zieh dir was an und pack deine Sachen!«, flüsterte er, während er ins Zimmer trat, die Tür hinter sich zuzog und das Deckenlicht einschaltete. Obwohl Käthe sich wunderte, zögerte sie keine Sekunde, seiner Aufforderung zu folgen. Sie warf den Wintermantel über das Nachthemd und schlang das Tuch, das Elsa ihr geschenkt hatte, um die Schultern. Zuletzt schlüpfte sie mit den dicken Socken, die sie wegen der Kälte im Krankenzimmer sogar im Bett trug, in ihre Schnürschuhe. Es erstaunte sie selbst, dass sie ausgerechnet dem Mann vertraute, der das schreckliche Urteil an ihr vollstreckt hatte. Sie verstaute ihre wenigen Habseligkeiten in dem kleinen Koffer, der einst ihrer Mutter gehört und den Elsa für Käthes Krankenhausaufenthalt eigens vom Speicher geholt hatte. Die Ecken des grauen Pappkartons, dessen Deckel und Boden jeweils zwei aufgeniete Holzleisten verstärkten, waren abgenutzt. Deshalb hatte Alwin sie vor Jahren mit Kanten aus Stahlblech ausgebessert. Dr. Karges ergriff den Koffer, der nur wenige Kilogramm wog, und eilte mit Käthe im Schlepptau die langen Korridore der Krankenanstalt entlang Richtung Ausgang. Dabei vermied er die Empfangspforte im Hauptportal, wo eine Krankenschwester Nachtdienst tat. Stattdessen gelangten sie durch eine Tür im Kellergeschoss ins Freie. Käthe hätte vermutlich gezögert, dem Doktor durch den dunklen Gang nachzuhasten, hätte sie geahnt, dass die angrenzenden Räume mit stählernen Seziertischen ausgestattet waren und der Obduktion von Leichen dienten. Der Kellerausgang führte über eine schmale Wendeltreppe hinauf zum hinteren Parkplatz, wo der weiße Anstaltswagen mit den vergitterten Scheiben parkte. Käthe hatte von ihrem Fenster im Krankenzimmer mehrfach beobachtet, dass damit Patienten ins Siechenhaus eingeliefert wurden. Einige von ihnen trugen robuste Jacken mit Schnallen auf dem Rücken, die es unmöglich machten, die Arme zu bewegen, weil sie nach hinten um den Körper geschlungen und fixiert waren. Bei dem Gedanken an das Siechenhaus im Nachbargebäude überfiel Käthe Bedauern, sich nicht vom Vater verabschieden zu können. Während ihres Aufenthalts in der Krankenanstalt hatte sie häufig bei ihm vorbeigeschaut. Er würde sich wundern, wenn ihre Besuche plötzlich ausblieben. Dr. Karges öffnete die Flügeltüren am Heck des Anstaltsfahrzeugs und stellte den Koffer auf dem Boden im Innenraum ab. Die beiden Sitzbänke, die zur Rechten und Linken fest mit dem Fahrzeugboden verschraubt waren, trennte ein Mittelgang. Im hinteren Teil des Wagens saß man nicht hintereinander, wie in anderen Fahrzeugen üblich, sondern vis-à-vis.

»Los, hier rein!«, drängte Dr. Karges. Käthe musste sich am Türgriff hochziehen, um das Wageninnere zu erklimmen. Das krachende Geräusch, mit dem die Hecktüren hinter ihr ins Schloss fielen, ließ sie unwillkürlich zusammenzucken. Nun beschlich Käthe doch leiser Argwohn, denn sie bemerkte, dass an der Innenseite der Tür keine Klinke existierte. Sie beobachtete, wie Dr. Karges um den Wagen herumlief, in die Fahrerkabine stieg und den Motor startete. Langsam gewöhnten sich ihre Augen an die Dunkelheit, und sie erschrak, als sie zwei weitere Personen im Wageninnern entdeckte.

Auweia!, durchfuhr es sie. War sie etwa mit zwei armen Irren eingesperrt? Am Ende waren die gewalttätig …

»Setz dich!«, forderte eine weibliche Stimme sie auf.

Von einer Sekunde zur anderen war Käthes Mund plötzlich staubtrocken. Sie brachte kein Wort heraus. Stattdessen nickte sie mechanisch, was in der Dunkelheit jedoch kaum zu erkennen war. Unbehaglich ließ sie sich am äußersten Rand der Sitzbank nieder, möglichst weit von der zweiten Person und der Frau entfernt, die sie angesprochen hatte.

»Hab keine Angst«, schmeichelte die Frauenstimme. »Ich bin Frederike, die Schwester von Dr. Karges.«

Auf diese List fiel Käthe selbstverständlich nicht herein. Aus welchem Grund sollte die Schwester des Herrn Doktor mitten in der Nacht in einem vergitterten Anstaltswagen durch die Gegend gondeln? Käthe kannte zwar nicht den Namen der Krankheit, wusste jedoch, dass manche Irre logen wie gedruckt oder sich für berühmte Persönlichkeiten hielten. Beim Vater im Siechenhaus saß zum Beispiel ein Dachdecker ein, der seit einem Sturz von der Leiter behauptete, der Kaiser von China zu sein. Der selbst ernannte Herrscher war harmlos, hoffentlich galt das auch für ihre Mitfahrer, wünschte sich Käthe stumm und war froh darüber, dass der Rest der Fahrt schweigend verlief. Während der Kastenwagen durch die Dunkelheit rumpelte, fragte sie sich besorgt, wohin der Herrn Doktor sie brachte und ob sie ihm besser doch nicht hätte vertrauen sollen. Niemand wusste, dass sie mit ihm fortgegangen war. Er könnte sie umbringen und im Wald verscharren. Hatte er das etwa vor? Kaum dass ihr der Gedanke durch den Kopf schoss, schienen sich ihre Befürchtungen auch schon zu bewahrheiten, denn der Anstaltswagen bog von der Landstraße in einen holprigen Feldweg ein. In einiger Entfernung zeichneten sich die Umrisse eines abgelegenen Hauses ab, vor dem sie zum Stehen kamen. Käthe vernahm Hundegebell. Es drang tief und drohend aus den Kehlen zweier riesiger Dobermänner. Wie Pfeile schossen sie auf den Herrn Doktor zu, der soeben das Fahrerhaus verließ. Im Scheinwerferlicht waren die Bestien klar zu erkennen, ihre Muskeln, die sich beim Laufen spannten, zeichneten sich deutlich unter dem glänzenden Fell ab. Schon fürchtete Käthe, mitansehen zu müssen, wie sich die gefletschten Hundezähne in den Hals des Doktors bohrten. Entsetzt schlug sie die Hände vor den Mund. Die Hunde sprangen, ohne abzubremsen, am Doktor hoch. Doch statt dem Arzt den Garaus zu machen, wedelten sie mit dem Schwanz. Käthe traute ihren Augen kaum.

»Brutus! Zerberus!«, befahl im selben Moment eine durchdringende Stimme. »Bei Fuß!« Die Tiere gehorchten aufs Wort und trollten sich. Ein vollbärtiger Mann näherte sich dem Kastenwagen. Er schien direkt aus dem Bett geschlüpft zu sein, denn auf dem Kopf trug er eine Nachtkappe. Offenbar hatte ihn das Gebell der Hunde aus dem Schlaf geschreckt, kein Wunder um diese Unzeit. Die dunkelgrüne Joppe, die er über das Nachtgewand geworfen hatte, identifizierte Käthe als Försterjacke. Sie erkannte das bronzene Abzeichen mit dem Hirschgeweih, das am Revers steckte und im Scheinwerferlicht glänzte. Es ähnelte dem des Waldhüters, in dessen Revier am Bärlochweiher sich die Gudenshainer Dorfjugend gern herumtrieb. Der bärtige Förster senkte den Arm, mit dem er zuvor ein Gewehr im Anschlag gehalten hatte. Käthe beobachtete, wie er auf Dr. Karges zuging und ihn zur Begrüßung umarmte. Die Männer kannten sich offensichtlich. Dafür sprach auch, dass der Herr Doktor mit ernster Miene auf den Förster einredete, der sich dabei nachdenklich über den Vollbart strich. Als er schließlich zögernd nickte, atmete die Frau, die mit Käthe im Auto saß, hörbar aus. Sie hatte die Szene ebenfalls gespannt beobachtet.

»Roland!« Sie rüttelte an der Schulter des Mannes, der auf der gegenüberliegenden Sitzbank apathisch vor sich hin starrte. Bisher hatte er kein einziges Wort gesprochen.

»Ich glaube, Onkel Heinrich ist einverstanden.« Sie wirkte erleichtert. Kaum dass Dr. Karges die Tür des Krankentransporters öffnete, sprang sie flink wie ein Wiesel aus dem Wagen und stürmte freudestrahlend auf den Förster zu.

»Danke, dass du uns aufnimmst!«, rief sie und warf sich in seine ausgebreiteten Arme. Käthe heftete sich vorsichtig und mit gebührendem Abstand an ihre Fersen, während der Mann zunächst im Innern des Anstaltswagens verharrte. Aber schließlich verließ auch er das Fahrzeug und folgte ihnen ins Forsthaus, wo sie nun offenbar bleiben sollten.

Als Dr. Karges sich verabschiedete, erschrak Käthe. Sie lief ihm nach und hielt ihn an der Haustür auf.

»Aber warum muss ich hierbleiben?«, fragte sie ängstlich.

»Hör zu, Käthe!«, sagte der Herr Doktor und klang sehr streng. »Ich habe dir doch schon im Krankenhaus erklärt, dass dich in den nächsten Monaten keiner zu Gesicht bekommen darf.« Käthe nickte zögerlich. »Das bedeutet, dass du dich einige Monate verstecken musst.« Käthe schauderte.

»Einige Monate? Hier im Forsthaus?«, flüsterte sie unsicher. Dr. Karges nickte ernst. Es war ihr kein Trost, dass er beteuerte, der Aufenthalt sei zu ihrem Besten.

»Glaub mir, hier wird es dir gut gehen«, versicherte ihr Dr. Karges. Käthe wäre lieber bei ihm geblieben. Bei ihm fühlte sie sich sicher. Deshalb ließ sie traurig den Kopf hängen.

»Kann ich mich auf dich verlassen?«, fragte der Doktor mit eindringlicher Stimme. Sie nickte tapfer, obwohl sie starke Zweifel plagten.

»Gut!« Friedhelm Karges wandte sich zum Gehen.

Käthe hatte noch so viele unausgesprochene Fragen. Wer waren die Menschen im Forsthaus? War die Frau, die mit ihr im Anstaltswagen gesessen hatte, wirklich seine Schwester, wie sie behauptet hatte? Versteckten sie und der Mann sich ebenfalls im Forsthaus? Und wenn ja, warum? Nun, das würde sie wohl selbst herausfinden müssen.

Schüchtern winkte sie Dr. Karges nach. Als er ins Auto stieg, fasste sie sich ein Herz und rief ihm die allerdringendste Frage nach, die sie beschäftigte:

»Sehen wir uns wieder?«

»Ja! Bald.«

»Versprochen?«

»Versprochen!«

Albtraum

Karl Ott war froh, nicht mehr täglich auf dem Klepperhof nach dem Rechten sehen zu müssen. Der Gedanke, Elsa allein mit Zores auf dem Hof zurückzulassen, hatte ihm keineswegs behagt. Er hielt es zwar für ausgeschlossen, dass der geile Bock es wagte, seine Tochter zu betatschen oder gar zu bespringen wie das Klepper-Mädchen, trotzdem beorderte er den Knecht vorsorglich zurück auf den heimischen Hof. Die Kirschernte der Kleppers war ohnehin eingebracht, wenigstens finanziell hatten sich seine Mühen ausgezahlt. Er hatte einen stattlichen Gewinn eingestrichen. Jetzt warteten dringendere Arbeiten auf dem eigenen Weingut. Außerdem hatte er den Zores dort besser unter Kontrolle. Dennoch behielt Karl Ott die Gewohnheit bei, sonntags bei seiner Tochter auf Kaffee und Kuchen vorbeizuschauen.

»Eine elende Schande ist das«, lamentierte er, während er drei Löffel Zucker in die dampfende Kaffeetasse rührte, die sie mit einem Stück Kirschstreuselkuchen vor ihm abgestellt hatte.

»Worüber beschwerst du dich denn jetzt schon wieder, Vadder?«, erkundigte sich Elsa ohne echtes Interesse. Auf die Frage hatte er gewartet.

»Jetzt sag bloß, du findest es in Ordnung, dass du hier schuftest wie ein Brunnenputzer, während sich dein feiner Ehegatte in der Weltgeschichte herumtreibt«, legte er prompt los.

Elsa kannte das reizbare Temperament ihres Vaters. Normalerweise ließ sie ihn widerspruchslos vor sich hin schimpfen, aber die Behauptung von gerade eben ging zu weit.

»Jetzt schlägt's aber dem Fass den Boden aus!«, begehrte sie verärgert auf. »Du weißt genau, dass der Alwin nicht freiwillig von zu Hause fortbleibt. Meinst du etwa, es macht ihm Spaß, durch den Matsch zu robben und leere Gebäude zu bewachen?«

»Ist es das, was er den ganzen Tag macht?«, erkundigte sich Karl Ott. Sie nickte.

»Und Gewehre putzen, schreibt er.«

»Vergeudete Zeit«, urteilte der Vater. »Eine Zumutung.«

Diesmal sah Elsa keine Veranlassung, ihm Kontra zu geben, denn er sprach ihr aus der Seele. Sie beobachtete, wie er mit der Kuchengabel ein großes Stück vom Streuselkuchen abtrennte und zum Mund führte. Der Kuchen war noch warm, da er direkt aus dem Ofen kam.

»Lecker«, lobte Karl Ott.

»Wenigstens etwas«, dachte Elsa und machte sich ebenfalls über ihr Kuchenstück her. Die gefräßige Stille währte nur kurz.

»Das Käthchen will wohl gar nicht mehr vom Geisberg heimkommen«, stichelte Karl Ott.

»Der Doktor hat gesagt, sie muss noch zur Beobachtung bleiben.«

»Was gibt es denn da zu beobachten?«

Statt zu antworten, zuckte Elsa mit den Schultern und starrte schweigend in ihren Kaffee. Sie hatte keine Lust, mit dem Vater zu streiten, deshalb erzählte sie ihm nicht, was sie sich beim Pfarrer Bachner von der Seele hatte reden müssen, weil sie der Alb des Nachts in ihren Träumen plagte.

»Ich hab das Käthchen im Krankenhaus besucht«, hatte sie dem Geistlichen anvertraut. »Ganz blass war's nach dere Sach. Sie muss auf dem Geisberg bleiben. Zur Erholung, hat der Herr Doktor gesagt, und dass er das Käthchen beobachten will, weil der Eingriff gar so kompliziert war und sie deshalb zu schwach ist, um nach Hause zu gehen.«

Pfarrer Bachner hatte sich bemüht, tröstende Worte für Elsa zu finden, indem er ihr versicherte, dass sie keine Schuld an dem trage, was der Käthe widerfahren war. Sie habe es schließlich nur gut gemeint. Wer hätte ahnen können, dass dem Käthchen vor Gericht dann so übel mitgespielt wurde? Das versuchte Elsa sich ebenfalls einzureden oder zumindest ihr Gewissen damit zu beruhigen, dass die Käthe offenbar keinerlei Schmerz empfunden hatte, weil sie während der gesamten Operation tief und fest geschlafen hatte. Das hatte das Käthchen sogar selbst beteuert. Aufgewacht sei sie erst, als alles vorbei war. Trotzdem seufzte Elsa bekümmert.

»Du meintest doch, dass Käthe gut erholt aussah«, hakte Karl Ott nach. Die Worte des Vaters brachten sie zurück in die Realität. Es stimmte, was er sagte. Bei Elsas letztem Besuch in der Krankenanstalt hatte Käthe tatsächlich rosige Wangen gehabt und weniger dürr gewirkt als üblich.

»Es ging ihr sogar gut genug, um zu arbeiten«, bestätigte sie. Karl Ott zog skeptisch eine Augenbraue in die Höhe.

»Arbeiten? Als Patientin einer Krankenanstalt? Ist das die neue Mode?«

Wieder zuckte Elsa mit den Achseln. »Ich weiß nur, dass Käthe die Pinkelpötte geleert hat. Aber das war vor dem Rückfall.«

»Welchem Rückfall?«

»Keine Ahnung. Der Doktor meinte jedenfalls, dass das Käthchen keinen Besuch mehr bekommen darf.«

Karl Ott musterte seine Tochter argwöhnisch. Im Gegensatz zu ihm glaubte sie den Quatsch offenbar, den sie von sich gab. Die Sache stank doch zum Himmel.

»Und seither bist du nicht mehr bei ihr gewesen?«

»Freilich«, bestätigte sie. Sie käme nie auf den Gedanken, sich dem Arzt zu widersetzen. »Der Herr Doktor sprach sehr streng. Ehrlich gesagt, war er mir ein bisschen unheimlich«, gestand sie.

Karl Ott kannte das zarte Gemüt seiner Tochter. Entweder übertrieb sie ihren Eindruck, oder sie hatte sich von dem Weißkittel ins Bockshorn jagen lassen – oder beides.

»Wieso war dir der Doktor unheimlich?«, hakte er nach.

»Er sagte, jemand habe dem Käthchen sehr wehgetan, und dabei funkelten seine Augen richtig bedrohlich. Sein Gesicht war direkt zum Fürchten.« Elsa stockte. Bei der bloßen Erinnerung an jenes Gespräch gruselte es sie erneut. »Vadder, du kannst mir glauben, mir lief es eiskalt den Rücken runter.«

Diesmal glaubte Karl Ott seiner Tochter, und ihn beschlich ein ungutes Gefühl. Er fragte sich, ob von diesem Weißkittel Scherereien zu befürchten standen, und beschloss, sich bei Gelegenheit selbst auf dem Geisberg nach Käthes Gesundheitszustand zu erkundigen. Er hatte sowieso noch eine Angelegenheit im Siechenhaus zu klären, denn der Klepper Josef weigerte sich bisher hartnäckig, ihm den Hof zu verkaufen. Karl Ott war jedoch nicht gewillt aufzugeben, bis die ersehnte Unterschrift unter dem Kaufvertrag stand. Jetzt, da er wusste, wie einträglich das Kirschgeschäft war, wollte er den Hof dringender denn je in seine Hände bringen. Solange Alwin Klepper bei der Wehrmacht diente, bestand eine realistische Chance, dem alten Säufer seinen Besitz abzujagen, und er war fest entschlossen, sie zu nutzen.

Käthe war auch nicht mehr in der Lage, seine Pläne mit einem Balg zu durchkreuzen. Dafür hatte er ein für alle Mal gesorgt. Einen Klepper-Erben konnte Karl Ott nämlich am allerwenigsten gebrauchen. Wenn überhaupt, dann höchstens einen, durch dessen Adern zur Hälfte Ott-Blut floss. Doch zum Schwangerwerden hatte es bei Elsa vor Alwins Einberufung zum Wehrdienst nicht mehr gereicht. Einerseits mochte Käthe ihm daher gestohlen bleiben und bis zum Sankt-Nimmerleins-Tag in der Krankenanstalt verfaulen. Andererseits schien es ihm ratsam, das Mädchen im Auge zu behalten. Deshalb entschied er, nach ihr zu fragen, wenn er dem Klepper Johann den nächsten Besuch im Siechenhaus abstattete. Und im Gegensatz zu Elsa würde er sich weder von den giftigen Krankenschwestern noch den arroganten Weißkitteln abwimmeln lassen.

Täuschung

Angesichts der vorgerückten Stunde lohnte es für Dr. Karges nicht, nach der nächtlichen Fahrt zum Forsthaus ins Stadthaus zurückzufahren. Stattdessen steuerte er den Wagen direkt zum Klinikum auf den Geisberg, wo er früher als üblich zum Dienst erschien. Die große Uhr über dem Eingangsportal der Krankenanstalt zeigte kurz nach sechs. Die Tagschicht hatte erst wenige Minuten zuvor die Kollegen der Nachtschicht abgelöst. Zu dieser frühen Stunde standen die Chancen gut, den Anstaltswagen unbemerkt auf dem Gelände abstellen zu können. Wie erwartet, fand er den Parkplatz hinter dem Gebäude menschenleer vor. Nun, da er Käthe in Sicherheit wusste, gab es eine zweite Angelegenheit, die keinen Aufschub duldete und die er dringend zu regeln gedachte.

»Schwester Waltraud«, sprach er die diensthabende Krankenschwester am Empfang an. Sie fühlte sich durch sein verfrühtes Eintreffen ertappt. Zwischen ihren Lippen steckte die letzte von drei Haarnadeln, mit der sie soeben die zur Schwesterntracht gehörende Haube am Schopf befestigte. Als der Vorgesetzte die Halle betrat, beeilte sie sich, die Nadel aus dem Mund zu nehmen und die gestärkte weiße Kopfbedeckung zu richten. Für den Moment musste die Befestigung mit zwei Haarnadeln ausreichen. Schwester Erika straffte den Rücken und setzte ein strahlendes Lächeln auf.

»Was kann ich für Sie tun, Herr Doktor?«

»Das Bett in Zimmer vierzehn ist ab sofort wieder verfügbar. Die Patientin hat uns auf eigenen Wunsch verlassen. Bitte weisen Sie das Schreibzimmer an, den Schlussbericht zu tippen und in die Akte Käthe Klepper einzusortieren.«

»Gewiss, Herr Doktor.« Falls die Schwester sich darüber wunderte, dass die Patientin sich offenkundig nachts aus dem Staub gemacht hatte, enthielt sie sich jeglichen Kommentars.

»Und ersuchen Sie bitte bei Dr. Märzner um einen Termin.«

»Gewiss, Herr Doktor. In welcher Sache wünschen Sie den Herrn Klinikvorsteher zu sprechen?«

Dr. Karges überlegte kurz: »Ein unaufschiebbares persönliches Anliegen«, informierte er Schwester Waltraud. »Wenn möglich sollte die Unterredung noch heute stattfinden.«

»Gewiss, Herr Doktor. Ich werde auf die Dringlichkeit hinweisen und sehen, was sich machen lässt.« Die Krankenschwester griff zum Telefonapparat. Während sie die Durchwahl vom Vorzimmer des Klinikleiters wählte, wandte sie Dr. Karges den Rücken zu. Auf diese Gelegenheit hatte er gelauert, um die Zündschlüssel des Kliniktransporters zurück an ihren Haken am Schlüsselbrett zu hängen, das sich im hinteren Teil des Rezeptionsbereichs befand.

Dr. Märzner ahnte, dass den Kollegen Karges etwas Ernstes beschäftigte, da der gewissenhafte Arzt, den er sehr schätzte, ihn nur in seltenen Ausnahmefällen behelligte. Da sich am heutigen Tag im übervollen Terminkalender des Klinikleiters nur ein Zeitfenster zwischen einer Blinddarmoperation und der eines Leistenbruchs ergab, bestellte er seinen Mitarbeiter in einen der Räume ein, die zur Operationsvorbereitung der Patienten dienten. Friedhelm Karges steckte in dem Moment den Kopf zur Tür hinein, als sich Dr. Märzner bis zu den Ellenbogen unter den Wasserhahn beugte, um sich Hände und Unterarme zu desinfizieren.

»Treten Sie näher«, ermunterte ihn der Klinikvorsteher nach einem kurzen Blick über die Schulter. Friedhelm Karges folgte der Aufforderung und warf dem Vorgesetzten beim Eintreten ein Handtuch zu, das dieser geschickt auffing und die Geste mit einem dankbaren Kopfnicken quittierte.

»Wo drückt der Schuh?«, kam er sofort zur Sache, während er sich Hände und Arme abtrocknete.

»Ich ersuche um Versetzung«, verkündete Dr. Karges. Die Enge, die er im Hals verspürte, versuchte er mit einem kräftigen Räuspern zu vertreiben. Trotzdem klang seine Stimme belegt. »Wenn möglich mit sofortiger Wirkung.«

Erstaunt zog Dr. Märzner die linke Augenbraue hoch.

»Sie wollen der Chirurgie den Rücken kehren?«

»Ja. Zu meinem Bedauern muss ich diese Frage bejahen.«

Im Raum breitete sich langes Schweigen aus.

»Darf ich erfahren«, erkundigte sich der Klinikleiter dann, »wie Sie so plötzlich auf diese Schnapsidee verfallen? Denn das ist es, wofür ich Ihr Ansinnen halte: eine Schnapsidee.«

Die Verärgerung sprach deutlich aus der Stimme von Dr. Märzner. Friedhelm Karges hatte eine solche Frage erwartet und lange nachgedacht, welche Begründung er ins Feld führen könnte, ohne mit Repressalien der Nazis rechnen zu müssen, die inzwischen auch das Geschehen in der Klinik kontrollierten. Wenn er freiheraus gestand, keine Unfruchtbarmachungen mehr vornehmen zu wollen, weil er die Eingriffe für falsch und barbarisch hielt, wären Schwierigkeiten vorprogrammiert. Deshalb hatte er sich gegen die Wahrheit entschieden und sich einen Vorwand zurechtgelegt.

»Ich fühle mich der Aufgabe nicht länger gewachsen.«

»Pah, dass ich nicht lache«, konterte Dr. Märzner, der seinem Mitarbeiter diese Erklärung keine Sekunde abkaufte. »Und was schwebt Ihnen stattdessen vor? Etwa die Orthopädie?« Er schnaubte verächtlich. »Das kommt für einen Arzt mit Ihrer handwerklichen Begabung ja doch wohl kaum infrage.«

Friedhelm Karges musste einsehen, dass seine Strategie nicht aufging. In einem Deutschland, in dem das Bild des stahlharten deutschen Mannes propagiert wurde, dessen vorrangigste Aufgabe darin bestand, mit germanischer Kraft und Entschlossenheit gegen die sogenannten Untermenschen vorzugehen, war kein Platz für moralische Zweifel oder gar Schwäche.

»Ich appelliere an Ihre Fürsorgepflicht als Vorgesetzter«, wagte er trotzdem einen zweiten Vorstoß. »Befreien Sie mich bitte von der Bürde. Ich benötige eine Auszeit.«

Dr. Märzner funkelte ihn wütend an. Er fragte nicht: »Welche Bürde?«, sondern stellte stattdessen unmissverständlich klar: »Ich erwarte, dass Sie Ihre Position gründlich überdenken und sich bis spätestens Ende der Woche geläutert und mit dienstfreundlichem Gesicht in meinem Büro einfinden.«

Ohne ein weiteres Wort stieß der sichtlich erzürnte Klinikleiter die Tür zum Operationssaal auf und stürmte aus dem Vorbereitungsraum. Friedhelm Karges stand da wie ein begossener Pudel. Das Gespräch hätte kaum schlechter verlaufen können. Auf dem Rückweg zu seinem Büro kam er am Empfang des Krankenhauses vorbei, wo Schwester Waltraud gerade mit einem rotgesichtigen Mann diskutierte. Er bemerkte den Hilfe suchenden Blick, den sie in seine Richtung sandte, und eilte näher.

»Kann ich helfen?«, wandte er sich an den Herrn.

»Ich möchte Fräulein Käthe Klepper besuchen«, antwortete der, wenig beeindruckt von der Autorität des Arztes.

»Sind Sie ein Verwandter?«, erkundigte sich Dr. Karges.

»Gewissermaßen.«

»Ich habe Herrn Ott bereits erklärt, dass er Fräulein Klepper nicht besuchen kann«, sagte Schwester Waltraud.

Der Name Ott klingelte in Friedhelm Karges' Ohren. Er tauchte gleich zwei Mal in den Zeugenaussagen der Gerichtsakten auf. Elsa Ott hatte er kennengelernt. Sie war eine angeheiratete

Klepper und hatte Käthe regelmäßig in der Krankenanstalt aufgesucht, bevor er das Besuchsverbot verhängte. Soweit er beurteilten konnte, schien sie Käthe wohlgesonnen, obwohl sie die Tat angezeigt hatte. Wenn man Elsas Aussage Glauben schenkte, die er aufmerksam in der Akte studiert hatte – und dazu neigte er –, hatte sie Käthe lediglich vor den Übergriffen dieses Zores schützen wollen. Ganz anders schätzte er nach Aktenlage die Rolle von Karl Ott ein, der offenbar von jeher einen Rochus auf die gesamte Klepper-Familie hatte und sich jetzt mit Zornesröte im Gesicht vor ihm aufbaute.

»Ich werde nicht gehen, bevor ich das Käthchen gesehen habe«, drohte er. »Ich mache mir Sorgen um das Kind und wurde von der Familie gebeten, nach dem Rechten zu sehen.«

Friedhelm Karges durchschaute die Lüge. »Schwester Waltraud«, wandte er sich an die Krankenschwester. »Bitte holen Sie die Akte ...« Er hielt inne und fragte, Ahnungslosigkeit vortäuschend: »Wie heißt die Patientin doch gleich?«

»Klepper«, antwortete Karl Ott, »Käthe Klepper.«

»Bitte holen Sie die Akte Käthe Klepper.« Schwester Waltraud erhob sich sofort und trat hinter dem Empfangsbereich hervor.

»Jawohl, Herr Doktor.« Es würde einige Minuten dauern, bis sie mit der Patientenakte zurückkehrte. Dr. Karges nutzte die Wartezeit, um sich eine Strategie zurechtzulegen. Angesichts der Tatsache, dass Karl Ott nachweislich nicht blutsverwandt mit Käthe war, konnte er natürlich rigoros jegliche Auskunft verweigern. Vielleicht war es jedoch geschickter, ihn mit einigen unwesentlichen Nachrichtenfetzen abzuspeisen. Dr. Karges kannte diesen Menschenschlag: Fühlten sie sich nicht ernst genommen, entwickelten sie sich zu unangenehmen Widersachern. Insgeheim hatte er bereits damit gerechnet, dass jemand aus Käthes Umfeld Nachforschungen anstellte, wenn sie nicht nach Gudenshain auf den Hof zurückkehrte. Es hatte sich nur um eine Frage der Zeit gehandelt, bis diese Person in der Krankenanstalt auftauchte. Friedhelm Karges spürte Erleichterung, dass er Käthe rechtzeitig von hier fortgeschafft hatte. Wie sich jetzt zeigte, war ihre Flucht am Vorabend keinen Tag zu früh geschehen.

Während er auf die Rückkehr von Schwester Waltraud wartete, beugte sich Dr. Karges geschäftig über die Dienstpläne der Station, um ein Gespräch mit Karl Ott zu vermeiden. Er beobachtete jedoch aus den Augenwinkeln, wie dieser ungeduldig in der Empfangshalle auf und ab stapfte. Friedhelm Karges hoffte, dass Käthes Entlassung gemäß seines Arztberichts bereits in der Patientenakte vermerkt war, die Schwester Waltraud ihm jetzt reichte.

»Nun, dann schauen wir mal«, sagte er, während er umständlich in der Krankenakte blätterte.

Karl Ott war bereits herbeigeeilt und ging neben ihm in Stellung. Die Krankenschwester bezog wieder ihren Arbeitsplatz hinter der Empfangstheke. Ihre Miene verriet keine Regung, falls sie sich über die vorgetäuschte Amnesie des Arztes wunderte. Schließlich hatte er sie nur wenige Stunden zuvor persönlich von der Entlassung Käthe Kleppers in Kenntnis gesetzt.

»Es tut mir leid, Herr …«

»Ott.«

»Es tut mir leid, Herr Ott. Ich fürchte, es ist völlig ausgeschlossen, dass Sie Fräulein Klepper sehen.«

»Weshalb?« In der Stimme von Karl Ott schwang ein aggressiver Unterton mit, den Dr. Karges ignorierte und überfreundlich parierte.

»Sie wissen natürlich, Herr Ott, dass ich Ihnen streng genommen keine Auskünfte erteilen darf, da Sie nicht zu den nächsten Angehörigen der Patientin zählen.«

»Immerhin ist mein Schwiegersohn der Onkel des Mädchens, deshalb will ich nach ihr sehen. Ich mache mir

Sorgen«, beharrte Karl Ott. Dr. Karges hatte gehofft, dass er zu dieser fadenscheinigen Rechtfertigung griff.

»Nun, in diesem Fall«, sagte er, während sich seine vormals strenge Miene aufhellte. »In diesem Fall und weil ich Ihre Sorge verstehe, bin ich bereit, eine Ausnahme zu machen.« Er erkannte sofort, dass er die richtige Strategie gewählt und den richtigen Ton angeschlagen hatte. Das ließ sich unmittelbar an Karl Otts Haltung und Gesichtsausdruck ablesen, der zufrieden wirkte.

»Ich kann Käthe also doch sehen?«, vergewisserte sich Karl Ott versöhnlich und warf Schwester Waltraud einen triumphierenden Blick zu, den sie jedoch geflissentlich ignorierte.

»Nein, das wird leider nicht möglich sein«, bedauerte Dr. Karges mit falschem Lächeln. »Denn wie ich der Akte entnehme, weilt das Fräulein Käthe Klepper nicht mehr in der Krankenanstalt.«

»Sie soll wieder zu Hause sein?«, fragte Karl Ott verdutzt. »Das kann nicht sein. Das wüsste ich«, behauptete er.

»Nun ...« Dr. Karges zögerte absichtlich, um den Eindruck zu vermitteln, als ringe er mit sich, ob er sein Gegenüber an einem Geheimnis teilhaben lassen sollte. Schließlich gab er sich einen imaginären Ruck.

»Nun«, setzte er nochmals an, »das Fräulein Klepper hat sich offenbar selbst entlassen.«

»Selbst entlassen? Was soll das heißen?«, unterbrach Karl Ott ungehalten.

»Ja, sie ist in einer Nacht-und-Nebel-Aktion aus der Krankenanstalt verschwunden.«

Zum Glück reagierte Karl Ott nicht geistesgegenwärtig genug, um sich nach dem Zeitpunkt zu erkundigen. Auch darauf hatte Dr. Karges spekuliert. Hätte sich Karl Ott danach erkundigt, hätte er jegliche weitere Auskunft verweigert. Friedhelm Karges hoffte, dass Karl Ott zukünftig von

Nachfragen im Krankenhaus absah. Er hielt es zudem für unwahrscheinlich, dass die Familie offizielle Nachforschungen anstellte. Falls irgendwann doch, läge der Vorgang hoffentlich weit genug in der Vergangenheit, dass er glaubhaft versichern könnte, sich nicht an die näheren Umstände zu erinnern. Ob die Patientin etwa abgeholt worden war oder von wem. Darüber hinaus erwartete keine Behörde von einer Krankenanstalt, dass sie Hinweise zum Aufenthaltsort ehemaliger Patienten erteilten.

Forsthaus

Wie sich herausstellte, war Frederike tatsächlich die Schwester des Herrn Doktor und Roland ihr Ehemann. Anfangs gab er sich sehr wortkarg, doch nach wenigen Tagen im Forsthaus legte er seine Schweigsamkeit ab. Käthe wusste inzwischen, dass Frederike und Roland aus der Stadt hatten fliehen müssen. Den Grund verstand sie nicht, aber er hing auf irgendeine Art mit den Braunhemden zusammen. Immer wieder fielen Begriffe wie Meinungsfreiheit und Gleichmacherei, wenn sie mit Förster Heinrich am abendlichen Kaminfeuer diskutierten. Da niemand sie wegschickte, hockte Käthe mit in der Runde und spitzte die Ohren. Natürlich beteiligte sie sich nicht an den Gesprächen. Erstens hatte man ihr beigebracht zu schweigen, wenn Erwachsene sich unterhielten, und zweitens hätte sie nicht gewusst, was sie sagen sollte. Außerdem war Käthe ihr Hessisch peinlich. Mehr denn je fühlte sie sich wie ein dummer Bauerntrampel. Mit ihr schwätzte Förster Heinrich im Dialekt. Doch Frederike und Roland sprachen Hochdeutsch, genau wie der Herr Doktor. Trotz ihrer anfänglichen Skepsis und obwohl sie noch immer bedauerte, dass Dr. Karges sie zurückgelassen hatte, lebte Käthe sich schnell im Forsthaus ein. Sie fühlte sich sogar recht wohl dort. Ein Grund dafür waren die Dobermänner. Förster Heinrich staunte, wie natürlich und vertrauensvoll die Hunde und das Mädchen miteinander umgingen. Die Tiere schienen einen Narren an ihr gefressen zu haben, denn in ihrer Gegenwart verhielten sie sich sanft wie Lämmer.

»Die reinsten Schoßhunde«, staunte er. Tagsüber begleiteten Brutus und Zerberus den Förster auf seinen Streifzügen durch das Revier. Auch Roland verspürte große Lust, sich dazuzugesellen, doch durfte er sich nicht außerhalb des Hauses blicken lassen. Zwar verirrte sich kaum eine Menschenseele in die abgelegene Waldgegend, aber zufällige Begegnungen mit Wilderern, Pilzsammlern oder lichtscheuem Gesindel konnte man in diesen Zeiten nie völlig ausschließen. So verbrachte Roland den Großteil des Tages über Zeitungen und Papiere gebeugt, die er aufmerksam studierte. Auch Frederike las interessiert in der Tageszeitung, die Förster Heinrich täglich aus dem Briefkasten fischte, der am Ende des Feldwegs an der Kreuzung zur alten Chausseestraße stand.

Das Forsthaus bot ausreichend Platz für die Gäste. Käthe bezog sogar eine eigene Kammer im Dachgeschoss, wo sich auch die Schlafkammer des Försters und das Zimmer von Roland und Frederike befanden. Niemals zuvor hatte Käthe eine Frau getroffen, die so selbstbewusst und so klug wie Frederike war. Sie diskutierte ganze Abende mit Roland und Heinrich am Kamin. Dabei nahm sie anscheinend kein Blatt vor den Mund und vertrat furchtlos ihre Meinung. Frederike war aber ganz und gar kein unattraktives Mannweib – wie die Männer im Dorf zum Beispiel die Lindenwirtin hinter vorgehaltener Hand titulierten –, sondern kleidete und gab sich höchst elegant. Anders als bei der Lindenwirtin hatte Käthe auch nie beobachtet, dass sich die Schwester des Herrn Doktor laut oder gar handgreiflich gegenüber Roland gebärdete oder er gegenüber ihr. Im Gegenteil, sie sah die beiden oft liebevoll miteinander turteln, wenn sie sich unbeobachtet fühlten, sodass es Käthe ganz warm ums Herz wurde. Frederikes Koch- und Brotbackkünste indes langten nicht annähernd an die vom Elschen heran. Auch das Wäschewaschen schienen ihre feinen Hände nicht gewohnt zu sein. Deshalb unterstützte Käthe sie nach Kräften, froh darüber, sich nützlich machen zu können. Trotz der Hausarbeit blieb viel Zeit für Müßiggang, die Frederike oft mit dem Legen von Spielkarten füllte, die sie *Patiencen* nannte. Käthe schaute ihr interessiert dabei zu, lehnte jedoch ab, es selbst zu versuchen. Wenn es zu Hause auf dem Klepperhof nichts im Stall und auf den Äckern zu schaffen gab, hatte sie die Zeit genutzt, um Kleidung auszubessern, Strümpfe zu stopfen oder Socken zu stricken. Hier im Forsthaus verfügte sie jedoch weder über Garn noch Wolle und traute sich auch nicht, danach zu fragen.

»Kannst du eigentlich lesen?«, erkundigte sich Frederike eines Nachmittags. Käthe schüttelte verschämt den Kopf.

»Magst du es lernen?« Das Leuchten in den Augen des Mädchens war Frederike offenbar Antwort genug, denn sie beschloss: »Gut, dann fangen wir morgen an.«

Sie fand heraus, dass Käthe das Alphabet leidlich beherrschte und mit einiger Mühe einzelne Wörter entziffern konnte. Um einen Lesefortschritt zu erzielen, galt es also mit einfachen Texten zu üben. Die Tageszeitung eignete sich für diesen Zweck kaum. Auf der Suche nach Büchern wurde Frederike in den Regalen des Forsthauses nicht fündig. Deshalb fragte sie Onkel Heinrich danach.

»Doch«, erwiderte der nach längerem Nachdenken. »Meine Elfriede, Gott hab sie selig, war eine leidenschaftliche Leseratte. Die meisten Bücher habe ich zwar der Kirche gespendet, aber irgendwo existiert noch eine Kiste mit Dingen, die ich nicht wegwerfen mochte. Bestimmt findest du darin auch noch einige Bücher.«

Frederike und Käthe machten sich daran, das Forsthaus auf der Suche nach den Erinnerungsstücken an die verstorbene Tante Elfriede zu durchkämmen. In einer alten Truhe fanden sie schließlich das Gesuchte. Unter einem Stapel von Stoffen und Tischdecken lagen drei Bücher: die Bibel, der Roman *Anna Karenina* von Leo Tolstoi und – Frederike konnte ihr Glück kaum fassen – ein Kinderbuch von Erich Kästner. Wie sie wusste, hatten die Nazis die Werke dieses Autors zwar verboten, aber darum scherte sie sich erstens schon aus Prinzip nicht und zweitens zählte *Das fliegende Klassenzimmer* seit jeher zu ihren Lieblingsbüchern. Sie vermochte beim besten Willen nichts Regimefeindliches in einer Geschichte über ein paar Pennäler und ihre Lausbubenstreiche zu finden. Außerdem kam es für die Leseübungen gerade recht.

Außer in der Lesefibel der Schule hatte Käthe noch nie in einem Buch gelesen. *Das fliegende Klassenzimmer* war völlig anders als alle Geschichten, die sie kannte. Die Handlung unterschied sich auch von den Märchen, die sie so sehr liebte und die ihr der Vater manchmal vor dem Einschlafen erzählt hatte. Es gab kein *Es war einmal* und weder Prinzen noch böse Hexen. Die Abenteuer von Martin Thaler, Matthias Selbmann, Jonathan Trotz, Sebastian Frank und Uli von Simmern schienen Käthe fast real. Je flüssiger die Lektüre voranging, desto hautnaher fühlte sie sich in das oberbayrische Internat versetzt. Obwohl sie natürlich wusste, dass ihr ein solch herrliches Leben niemals vergönnt sein würde. Nie hätte sie sich träumen lassen, von einigen gedruckten Zeilen an fremde Orte entführt zu werden. Sie konnte die nachmittäglichen Lesestunden mit Frederike kaum abwarten, die sich ihr gegenüber ebenso freundlich verhielt wie der Herr Doktor. Käthe fasste Vertrauen zu ihr. Sie verlor auch die Scheu vor Roland, der ihr anfangs wie ein Griesgram vorgekommen war. Am liebsten jedoch verbrachte sie Zeit mit Förster Heinrich, der sie, genau wie seine

Hunde, vom ersten Augenblick an ins Herz geschlossen hatte. Er erlaubte ihr sogar, mit den Dobermännern herumzutollen, was Käthe fast ebenso viel Freude bereitete wie das Lesen mit Frederike.

Weihnacht

»Wenn Ortsvorsteher Lupp seinen dicken Wanst einzieht, passen alle rein«, scherzten die Gudenshainer gern, wenn die Kirche mal wieder aus allen Nähten zu platzen drohte, weil sich sämtliche dreihundert Seelen des Dorfes darin versammelten. Tatsächlich war es noch nie vorgekommen, dass jemand den Gottesdienst von der Gasse aus hatte verfolgen müssen, auch nicht zu Ostern oder am Heiligen Abend. Obwohl die diesjährige Christmette wie in jedem Jahr gut besucht war, drängten sich diesmal weniger Menschen im Kirchenschiff als üblich. Zum Leidwesen der betroffenen Familien hatte keiner der sechs Burschen, die bei der Wehrmacht oder der Luftwaffe ihren Dienst am Vaterland leisteten, Heimaturlaub erhalten. Elsa hatte bis zuletzt gehofft, ihren Ehegatten bis zum Weihnachtsfest in die Arme schließen zu können, aber vergeblich. Wenigstens eine Postkarte *mit besten Grüßen zum Fest* hatte Alwin an sein *Liebes Frauchen* geschrieben.

Käthe Klepper fehlte ebenfalls in der Kirchengemeinde. Sie war noch immer nicht nach Gudenshain zurückgekehrt, was Elsa kaum verwunderte. Auf dem Dorfplatz sorgte der bunt geschmückte Christbaum für Weihnachtsstimmung, in der Kirche die Krippe und der Chor, der neben dem Altar Aufstellung genommen hatte.

»*Stille Nacht, heilige Nacht*«, stimmten die Chorsänger auf ein Zeichen von Pfarrer Bachner an.

»*Alles schläft*«, fiel die Gemeinde in den Gesang ein.

»*Einsam wacht*«, sangen die einen aus Gewohnheit, »*Einfach wacht*« die anderen, die den neuen Liedtext bereits verinnerlicht hatten. Fiel die unterschiedliche Interpretation zunächst kaum auf, trat sie kurz darauf jedoch deutlich zutage. Denn die Fraktion der Falschsänger schmetterte: »*Nur das traute hochheilige Paar.*« Die in der Naziversion des Textes Sicheren bemühten sich trotz ihrer Unterzahl, gegen den Patzer anzusingen, und hielten dagegen:

»*Adolf Hitler für Deutschlands Geschick.*«

Böse Blicke ließen die Falschsänger unsicher verstummen, woraufhin die nächste Liedzeile nur aus einzelnen Kehlen kaum hörbar durch die Kirche klang: »*Führt uns zu Größe, zu Ruhm und zu Glück.*«

Beim Refrain jedoch stimmten wieder alle lautstark mit in den Gesang ein: »*Über die Völker der Welt.*« – »*Über die Völker der Welt.*«

Pfarrer Bachner seufzte resigniert und dachte, dass es hätte schlimmer kommen können, während er auf seine Kanzel emporstieg. Wie in jeder Christmette üblich, rezitierte er aus der Weihnachtsgeschichte. Zu seinen Füßen spielten derweil als Engel, Heilige Drei Könige sowie Maria und Josef verkleidete Schulkinder wesentliche Szenen der Erzählung nach. Die Kinder hatten seit Wochen für das Krippenspiel geübt.

»Hoffentlich pinkelt diesmal keines von ihnen vor Aufregung in die Krippe oder den Stall«, betete Willi Lupp stumm. Der Auftritt der Piesel-Liesel im vergangenen Jahr stand ihm noch lebhaft vor Augen. Deshalb hatte er darauf bestanden, dass das Jesuskind zukünftig von einer Puppe verkörpert wurde. Zufrieden ließ er seinen Blick über die versammelte Gemeinde schweifen. Den stolzen Eltern der Laienschauspieler nickte er zu, während er die Kirchenbänke nach der kleinen Liesel absuchte. Er entdeckte sie heulend neben ihrer Großmutter, die ihm ein verschwörerisches Lächeln zuwarf. Wahrscheinlich beklagte das Kind, dass es in diesem Jahr nicht in der Krippe liegen durfte. Eine Sitzreihe weiter vorn saßen Karl und Elsa Ott. Der alte Ott wirkte gereizt wie meist.

Für Käthe gestaltete sich das erste Weihnachtsfest, das sie fern des Klepperhofs verbrachte, ungewohnt. Wehmütig schweiften ihre Gedanken zu Onkel Willi, Alwin und Elsa. Wie gern hätte sie die Christmette bei Pfarrer Bachner besucht. Welches Kind wohl in diesem Jahr die Maria spielte? Ob die Piesel-Liesel wieder das Jesuskind in der Krippe sein durfte? Immerhin musste Käthe nicht auf die Weihnachtsgeschichte verzichten. Frederike hatte sie mit weicher, warmer Stimme vor dem Abendessen vorgelesen. Dadurch wirkte die Suche von Maria und Josef nach einer Unterkunft weniger hoffnungslos als in der Version, die Pfarrer Bachner von seiner Kanzel rezitierte. Der Weihnachtsschmaus im Forsthaus hatte aus selbst geschossenem Rehbraten mit Kartoffeln bestanden. Als Vorspeise servierte Käthe eine kräftige Fleischbrühe, die sie aus zwei Rehbeinscheiben ausgekocht hatte. Den Braten bereitete Heinrich zu. Er übernahm nicht nur das Häuten und Ausweiden des Tiers, sondern auch das Kochen. Der alte Förster war es gewohnt, sein Essen selbst zuzubereiten.

Der Heilige Abend im Forsthaus war gemütlich verlaufen. Roland hatte darauf bestanden, eine Tanne zu schlagen, die Frederike und Käthe gemeinsam schmückten. Da weder Lametta noch Kerzen zur Verfügung standen, behalfen sie sich mit selbst gebackenen Plätzchen und Nüssen. Mangels Kerzenschein sorgte der Kamin für eine heimelige Weihnachtsatmosphäre.

Januar 1936

Neujahr

Das Leben im Forsthaus hätte für Käthe kaum angenehmer verlaufen können. Vor allem die Lesestunden mit Frederike bereiteten ihr große Freude. Da sie täglich übte, machte sie enorme Fortschritte. Allerdings sorgten sie zwei Dinge: Zum einen, auch wenn sie es nie vor anderen zugäbe, vermisste sie den Herrn Doktor. Seit der nächtlichen Fahrt hierher hatte sie ihn nicht mehr zu Gesicht bekommen. Noch in derselben Nacht war er mit dem Anstaltswagen auf Nimmerwiedersehen verschwunden, wie es schien. Seither hielt Käthe mehrmals am Tag Ausschau, in der Hoffnung, ihn hinter dem Steuer eines Autos über den Feldweg herbeiholpern zu sehen. Leider blieb ihr Wunsch bislang unerfüllt: Er hatte sich weder zum Weihnachtsfest blicken lassen noch schien er am heutigen Neujahrstag herzukommen. Außer ihrer Sehnsucht gab es noch einen weiteren Grund, weshalb sie Dr. Karges herbeiwünschte. Käthe war sehr besorgt und wollte unbedingt erfahren, welche

Krankheit er bei seiner letzten Untersuchung in der Anstalt entdeckt hatte. Sie war davon überzeugt, dass es etwas Schreckliches sein musste. Womöglich wuchs in ihrem Bauch ein Geschwür heran. Ihre Bauchdecke spannte und wölbte sich immer stärker nach außen. Am Neujahrstag fasste sie sich ein Herz und wandte sich in ihrer Verzweiflung an Frederike.

»Muss ich sterben?«

»Sterben? Wieso um Himmels willen fürchtest du, sterben zu müssen?« Käthe musste all ihren Mut zusammennehmen, um ihren schlimmen Verdacht in Worte zu fassen. Frederike hörte schweigend zu. Danach dauerte es mehrere Minuten, bis sie ihre Sprache wiederfand.

»Hat dich denn niemand über deinen Zustand aufgeklärt?«, fragte sie schließlich erschüttert. Sie fühlte sich wie vor den Kopf geschlagen. Offenbar hatte Friedhelm nicht mit dem Mädchen gesprochen. Das sah ihrem Bruder ähnlich: Eine derartige Diagnose schien in seinen Augen zu offensichtlich, als dass sie einer Erwähnung bedurfte. Als Käthe den Kopf schüttelte, seufzte Frederike. In ihrem Bemühen, das aufgewühlte Mädchen zu beruhigen, beteuerte sie: »Ich verspreche dir, dass du nicht sterben wirst.«

»Nein?« Käthe stiegen vor Erleichterung Tränen in die Augen. »Aber was ist denn dann mit mir los?«

Frederike fasste Käthe an beiden Händen. »Etwas ganz und gar Wunderbares, liebe Käthe: Du erwartest ein Kind«, antwortete sie behutsam.

»Ein Kind? Ich?«, wisperte Käthe fassungslos. Natürlich hatte sie der Gedanke an eine Schwangerschaft bereits vor Frederikes Auskunft beschlichen. Obwohl sie auf einem Obstbauernhof aufgewachsen war, gab es dort und auch auf dem Hof von Onkel Willi genug Tiere, um die Abläufe der Fortpflanzung zu begreifen. Aber sie hatte sich einfach nicht eingestehen wollen, dass die Übergriffe vom Zores Folgen gehabt haben könnten.

Der Gedanke war zu verstörend. Käthe hatte sich verzweifelt an den Irrglauben geklammert, dass Menschen verheiratet sein mussten, um ein Kind zu zeugen.

Frederike war nun neugierig. Sie wollte erfahren, wie es zu Käthes Schwangerschaft gekommen war, und stellte dem Mädchen zahllose Fragen. Fragen, die Käthe als äußerst peinlich empfand und die sie daher entweder ausweichend oder nur bruchstückhaft beantwortete. Trotzdem gelang es Frederike nach und nach, sich aus den spärlichen Antworten die schrecklichen Vorkommnisse zusammenzureimen. Sie hätte gern behauptet, dass eine Schwangerschaft keinen Grund zur Sorge und noch weniger zur Verzweiflung darstellte. Sie und Roland sehnten sich seit Jahren nach Nachwuchs, leider vergebens. Sie wäre überglücklich gewesen, endlich schwanger zu sein. Aber bei Käthe lag der Fall natürlich anders. Sosehr sie Käthes Schicksal rührte, drängte sich doch die Sorge um ihren Bruder in den Vordergrund. Er hatte sich in größte Gefahr gebracht.

Frederike bereute, das Thema angesprochen zu haben, und war daher froh, als ein lautes Rauschen und Pfeifen das Gespräch mit Käthe unterbrach. Die Geräusche drangen aus dem Radioapparat, den Roland eingeschaltet hatte.

»Hört mal zu!«, rief er, während er am Senderknopf des Geräts drehte, um einen stabilen Empfang einzustellen. »Jetzt kommt die Übertragung der Neujahrsrede von Joseph Goebbels.«

»Wer ist Joseph Goebbels?«, fragte Käthe, die sich inzwischen traute, Fragen zu stellen, wenn sie etwas nicht verstand.

»Er ist der Reichspropagandaminister«, antwortete Roland. Da er annahm, dass das Mädchen keine Ahnung hatte, welche Aufgaben ein Propagandaminister erfüllte, erklärte er: »Er ist für die Volksaufklärung verantwortlich.« Käthe nickte, obwohl sie weder die Bedeutung von Propaganda noch Aufklärung kannte.

Sie schwieg jedoch, da Roland den Sender endlich gefunden hatte.

»Zum neuen Jahr wünscht die Regierung dem ganzen deutschen Volke den Segen Gottes für seine Arbeit und sein nationales Gedeihen«, erklangen die Worte von Joseph Goebbels aus dem Radiogerät. *»Die wichtigste Voraussetzung für all unsere Erfolge ist die innere Einigkeit und die nationale Solidarität aller guten Deutschen. Nur durch Opfersinn und Gemeinschaftsgeist können wir die Schwierigkeiten überwinden, die sich immer wieder unserer nationalen Wohlfahrt entgegenstellen«*, mahnte der Propagandaminister eindringlich und versprach: *»Es wird und muss uns gelingen, Deutschland unter den anderen Völkern wieder die Stellung zurück zu erkämpfen, auf die es aufgrund seiner Größe und Leistung Anspruch hat. Damit wahren wir auch am besten den Weltfrieden, der der Regierung sowie dem Volke so sehr am Herzen liegt.«*

»Von wegen Weltfrieden«, murrte Frederike. »Die Nazis planen ganz klar einen Krieg.«

»Pst!«, zischte Roland, der die Worte des Reichsministers ebenfalls als Kriegsstimmungsmache interpretierte, er wollte jedoch den Rest der Rede hören.

»Im Übrigen aber«, kam Joseph Goebbels zum Schluss seiner Neujahrsansprache, *»wünschen wir dem Führer Kraft und Gesundheit und eine gesegnete Hand. Er zeigt dem Reich den Weg zu Größe, Wohlfahrt, Einigkeit und nationalem Lebensrecht. Heil Hitler!«*

»Nationales Lebensrecht«, schnaubte Frederike. »Dass ich nicht lache.«

»Was gibt es zu lachen?«, drang in diesem Moment eine gut gelaunte Stimme zusammen mit einem Schwall kalter Luft vom Flur in die Stube. Niemand im Forsthaus hatte das Eintreffen eines Besuchers bemerkt. Förster Heinrich schaute zu den Dobermännern. Wenn jemand ins Haus trat, ohne dass

Brutus und Zerberus anschlugen, konnte es sich nur um einen Freund handeln.

»Friedel!«, begrüßte Frederike den Neuankömmling, den sie trotz dickem Schal und Mütze erkannte, und fiel ihrem Bruder glücklich um den Hals.

»Lieber Schwager!«, rief auch Roland erfreut.

»Was treibt dich in der Eiseskälte her?«, fragte Heinrich und klopfte Friedhelm Karges kameradschaftlich auf die Schulter. »Komm ins Warme!«

Einzig Käthe schwieg verlegen. Ihr hatte es vor Freude und Überraschung die Sprache verschlagen.

»Es gibt Neuigkeiten, die ihr kennen solltet«, kündigte Friedhelm an.

»Ich hoffe, gute«, scherzte Heinrich.

»Das kommt darauf an.«

»Worauf? Sind die Nachbarn misstrauisch geworden?«, mischte sich Roland besorgt ein.

»Nein«, beruhigte Friedhelm den Schwager sofort. »Erika erzählt jedem, der es hören will oder nicht, dass ihr verreist seid.«

»Suchen die Nazis nach uns?«

»Ich glaube nicht. Jedenfalls hat sich niemand bei mir nach euch erkundigt.«

»Gut«, erwiderte Roland beruhigt. »Was ist es dann, das wir wissen sollten?«

»Aber jemand anderes stellt Fragen, und zwar nach Käthes Aufenthaltsort.« Das Mädchen erschrak heftig. Auch die übrigen Bewohner des Forsthauses schauten sich beunruhigt an.

»Wer ist es?«, sprach Roland die Frage aus, die allen auf der Seele brannte.

»Ein gewisser Karl Ott. Er war ebenfalls in den Prozess verwickelt und stammt aus Gudenshain.«

»Deinem Heimatdorf?«, vergewisserte sich Frederike bei

Käthe, die geistesabwesend nickte und sich besorgt fragte, was der alte Otte-Karl weiterhin gegen sie im Schilde führte und warum er keine Ruhe gab.

»Dubios.«

»In der Tat. Deshalb solltet ihr äußerste Vorsicht walten lassen, wenn ihr euch außerhalb das Forsthauses bewegt, um zufällige Begegnungen mit anderen Menschen zu vermeiden«, mahnte Friedhelm Karges. Er erntete zustimmendes Kopfnicken.

»Ich nehme an, du hast den Unwissenden gespielt?«, mutmaßte Frederike.

»Selbstverständlich, und überzeugend, wie ich meine. Ich habe behauptet, dass Käthe in einer Nacht-und-Nebel-Aktion unbemerkt aus der Krankenanstalt entwichen ist.«

»Hier ist Käthe so sicher wie in Abrahams Schoß«, warf Heinrich ein, und Käthe war dem Förster dankbar für seine fürsorglichen Worte, die ihr Schutz versprachen. Doch damit war das Thema für Frederike noch längst nicht abgeschlossen, denn erstens konnte Käthe nicht ewig im Forsthaus bleiben, und zweitens ließ sich für die Schwangerschaft einer angeblich Unfruchtbargemachten nur schwerlich eine Erklärung finden.

»Friedel!«, mahnte sie besorgt. »Wenn sie Käthe finden, fliegst du auf!« Friedhelm Karges nickte gequält. Natürlich hatte seine Schwester recht.

»Warum sollte Friedel auffliegen?«, fragte Roland verdutzt. Er wusste nur wenig über die Arbeit seines Schwagers, nur so viel, dass dort in der Krankenanstalt unter anderem auch die Beschlüsse der Erbgesundheitsgerichte umgesetzt wurden. Hatte Friedhelm sich eines Vergehens schuldig gemacht?

»Später«, winkte Frederike ungeduldig ab und ließ die Frage ihres Ehemanns unbeantwortet. Stattdessen fixierte sie ihren Bruder mit durchdringendem Blick.

»Nur wenn sie Käthe vor der Geburt finden«, räumte er schließlich kleinlaut ein.

»Vor welcher Geburt?« Roland und Heinrich blickten verwirrt von einem zum anderen. Sie verstanden nur Bahnhof. Käthe schaute derweil beschämt zu Boden. Ihre Reaktion lieferte Antwort genug.

»Käthe ist schwanger?«, entfuhr es Heinrich und Roland fast gleichzeitig.

»Das Kind kommt im Mai«, bestätigte Friedhelm.

»Ein Kind, das du …?«, stammelte Roland, der plötzlich die Tragweite der Situation erfasste. Er zögerte, auf der Suche nach einem Wort, das Käthe möglichst nicht verletzte.

»Ein Kind, das laut Gerichtsbeschluss das Licht der Welt nicht hätte erblicken sollen.« Friedhelm nickte, seine Tat eingestehend.

»Wenn die Behörden entdecken, dass Käthe dennoch Mutter geworden ist, werden sie ihr das Kind wegnehmen und dich zur Rechenschaft ziehen«, malte Frederike die Zukunft in düsteren Farben.

Käthe schwankte zwischen Freude und Schock, als sie verstand, dass der Herr Doktor sich wegen ihr in Gefahr begeben hatte, und angesichts der Konsequenzen, die ihm und ihr im Falle der Entdeckung drohten.

»Dafür wird sich schon eine Lösung finden«, sagte Friedhelm und hoffte, dass die alte Lebensweisheit *Kommt Zeit, kommt Rat* hielt, was sie versprach.

Käthe ging früh zu Bett. Sie konnte immer noch nicht richtig begreifen, dass sie tatsächlich schwanger sein sollte.

»Ein Kind ist etwas ganz und gar Wunderbares«, hatte Frederike behauptet. Das sagt sich so leicht, hatte Käthe mit einem Anflug von Verbitterung gedacht. »Und warum hast du dann keins?« Kaum ausgesprochen, bereute sie ihre unbedachte Äußerung und biss sich auf die Lippen.

»Der Herrgott scheint etwas dagegen zu haben«, seufzte Frederike leise, und Käthe fühlte deutlich die Trauer, die in ihren Worten mitschwang.

»Glaub mir, Roland und ich hätten gern Kinder, sehr gern sogar.« Käthe hatte spontan ihre Hand ergriffen und voller Mitgefühl gedrückt.

»Vielleicht bringt euch der Storch bald eines«, wisperte sie in dem Bemühen, ihre garstige Bemerkung zurückzunehmen.

»Ja, vielleicht«, hatte Frederike lächelnd erwidert. Aber das Lächeln erreichte ihre Augen nicht.

Natürlich hatte Käthe das Ausbleiben ihrer Monatsblutung bemerkt, dem Umstand aber keine Bedeutung beimessen wollen. Sie hatte sich eingeredet, dass Unregelmäßigkeiten bei einer Frau normal seien. Jetzt wusste sie es besser, und nun verstand sie auch, warum der Herr Doktor sie vor den Augen der Öffentlichkeit zu verbergen suchte.

Friedhelm Karges verbrachte den restlichen Neujahrstag im Forsthaus und wollte auch über Nacht bleiben. Außer einem Lob für Käthes Lesekünste, die Frederike pries, richtete er kein persönliches Wort an sie. Dafür diskutierte er umso intensiver mit Roland. In der Nacht erwachte Käthe von ihren Stimmen, die gedämpft vom Erdgeschoss in ihre Schlafkammer heraufdrangen. So leise, wie es die knarzenden Holzdielen zuließen, schlich sie zur Treppe, um das Gespräch zu belauschen. Von dort konnte sie zwar nicht ins Kaminzimmer schauen, aber sie vernahm deutlich jedes Wort, das fiel.

»Du spielst also mit dem Gedanken, Deutschland zu verlassen?«, hörte Käthe den Herrn Doktor fragen.

»Ich sehe keinen anderen Ausweg.«

»Wohin willst du gehen?«

»In die Tschechoslowakei.«

»Warum ausgerechnet dorthin?«

»Es sprechen mehrere Gründe dafür: Erstens ist die deutsche

Sprache in den Grenzgebieten und in Prag verbreitet, was das Einleben enorm erleichtern dürfte. Und zweitens ...« Käthe stellte sich vor, wie Roland jedes Argument seiner Aufzählung mit einem ausgestreckten Finger betonte.

»... zweitens sind die Aufnahmeprozeduren denkbar einfach.«

»Ach ja?«

»Man benötigt nicht mehr als einen gültigen deutschen Pass, um sich im Land aufzuhalten.«

»Wie lange? Unbegrenzt?«

»Bis zum Ablauf der Gültigkeit.«

»Viel wichtiger ist jedoch drittens: dass nämlich die Tschechoslowakei keine Abschiebungen nach Deutschland für politisch, rassisch oder religiös Verfolgte zulässt.« Im Kaminzimmer trat Stille ein. Käthe spitzte die Ohren. Es dauerte eine Weile, bis der nächste Satz fiel.

»Wie ich sehe, hast du bereits gründlich über eure Flucht nachgedacht«, stellte Friedhelm Karges fest. Käthe hätte gern sein Gesicht gesehen, um darauf abzulesen, ob er Rolands Plan befürwortete oder ablehnte.

»Offenbar nicht gründlich genug, denn bis jetzt ging ich davon aus, dass wir legal einreisen können.«

»Erwartest du Ärger wegen der Papiere?«

»Nein, wer illegal über die Grenze kommt, kann bei den Bezirksbehörden eine Aufenthaltsgenehmigung beantragen, die in der Regel problemlos gewährt wird.«

»Was beunruhigt dich dann?«

»Ich muss meine Spuren verwischen. Also muss ich unter falschem Namen reisen, und dazu benötige ich die Hilfe von Fluchthelfern.«

»Warum?«

»Um mich mit gefälschten Passierscheinen auszustatten.« Wieder breitete sich Schweigen im Raum aus. Käthe schwirrte der Kopf von der Fülle der unbekannten Wörter, die sie heimlich mit angehört hatte.

»Das Problem besteht aber nicht darin, an die Papiere zu gelangen.«

»Sondern?«

»Mein Problem ist die Zeit. Wie viel Zeit bleibt mir für die Vorbereitungen?«, überlegte Roland laut. »Tage? Wochen? Möglicherweise Monate?«

»Was sagt Frederike dazu?«

»Sie weiß noch nichts davon.«

Käthe schlich sich zurück in ihr Zimmer. Die geplante Flucht von Roland erschreckte sie. Niemals würde Frederike ihn allein ziehen lassen. Das hielt sie für völlig ausgeschlossen, denn die beiden liebten sich zu sehr, um auch nur einen Tag ohne den anderen sein zu können. Der Gedanke, ohne die beiden im Forsthaus zurückzubleiben, machte sie traurig. Zwar mochte sie Förster Heinrich, aber allein mit ihm und den Hunden würde sie sich hier einsam fühlen.

Vor dem Morgengrauen hörte sie die Haustür ins Schloss fallen. Vom Fenster ihrer Kammer beobachtete sie eine dunkle Gestalt, die sich vom Forsthaus entfernte. Es bedrückte sie, dass der Doktor nicht zum Frühstück blieb. Sie fragte sich, wann sie ihn wiedersehen würde.

Piffchen

Wenige Wochen nach seinem Besuch auf dem Geisberg schlug Karl Otts Stimmung von Erleichterung in Wut um. Zunächst hatten ihn die Informationen beruhigt, die er in der Krankenanstalt erhalten hatte: Käthe war verschwunden. Bestimmt war sie über das Trauma ihrer Unfruchtbarmachung tatsächlich irre im Kopf geworden. Das kam öfter vor, wie man hörte. Zum Glück schienen die Weißkittel deshalb weder beunruhigt noch auf Nachforschungen über die Gründe der Flucht aus zu sein. Karl Ott hatte befürchtet, dass jemand auf die Idee kommen könnte, die Rechtmäßigkeit der Unfruchtbarmachung zu untersuchen. Aber von der Klinik drohten keinerlei Scherereien. Da war sich Karl Ott mittlerweile sicher. Deshalb und um keine schlafenden Hunde zu wecken, hatte Karl Ott von weiteren Nachfragen abgesehen. Die Wut kam mit dem Verdacht, dass Willi Lupp seiner Nichte womöglich Unterschlupf gewährte. Wohin sonst sollte das Mädchen gegangen sein? Und offenbar hielt es der Ortsvorsteher nicht für nötig, ihm über Käthes Rückkehr Bescheid zu geben. Allerdings wunderte er sich, dass auch sonst niemand im Dorf davon sprach. Der fette Luppe-Willi konnte sich auf ein Donnerwetter gefasst machen, wenn er ihn das nächste Mal in die Finger bekam. Vielleicht, so argwöhnte er, steckte sogar Elsa mit ihm unter eine Decke. Das dumme Gerede von Käthes angeblichem Rückfall hatte er keine Sekunde geglaubt. Die Gelegenheit, seinem Ärger Luft zu machen, bot sich bereits am folgenden Morgen, als Karl Ott den Willi Lupp beim sonntäglichen Frühschoppen im Gasthof *Zur Linde* traf. Der Ortsvorsteher saß gemeinsam mit dem Färber Schorsch, dem Baumann Heinz und dem Post-Michel am Stammtisch vor einem Piffchen Rieslingwein. Zum Frühschoppen am Sonntag schenkten die Lindenwirtsleute den Wein in kleinen, nur 0,1 Liter fassenden Weingläschen aus. Außerdem stoppten sie ab der fünften Runde den Nachschub. So vermieden sie, dass die Stammtischler betrunken zu Hause zum Sonntagsbraten erschienen. Schließlich wollten sie keinen Ärger mit den Hausfrauen riskieren. Die Stammtischler schienen bester Laune. Noch hatten sie den Otte-Karl nicht entdeckt.

»Gibt es eigentlich Nachricht vom Alwin?«, erkundigte sich der Färber Schorsch beim Post-Michel.

»Woher soll ich das wissen?« Der Briefträger tat verwundert.

»Wer steckt denn ständig seine neugierige Nase in die Briefe anderer Leute?«, neckte ihn Georg Färber.

»Wie bitte?!«, empörte sich der Gudenshainer Postbote. »Ich öffne doch keine Briefe.«

»Ach nee, und woher hast du dann immer den neuesten Klatsch?«, stichelte der Färber Schorsch weiter.

»Na, von den Postkarten! Postkarten lese ich natürlich.«

»Natürlich!«, entgegnete der Baumann Heinz ironisch. »Und das findest du wohl völlig in Ordnung?«

»Warum sollte ich nicht? Wer nicht will, dass andere mitlesen, sollte keine Postkarten schreiben!« Seine Unschuldsmiene brachte die Männer am Stammtisch zum Grinsen. Sie wussten aus langjähriger Erfahrung, dass eine Diskussion über das Postgeheimnis mit dem Briefträger nicht lohnte. Seine Moral folgte einer eigenen Logik.

»Also, was schreibt der Alwin?«, unternahm Georg Färber einen zweiten Versuch.

»Ach, wer ist denn jetzt neugierig?«, verteidigte sich der Post-Michel, gab aber dennoch Auskunft: »Dass es ihm gut geht.«

»Mehr nicht?«

»Dass er die Elsa vermisst.«

»Jetzt komm schon. Lass dir doch nicht jeden Wurm einzeln aus der Nase ziehen.«

»Soso, jetzt wollt ihr es plötzlich ganz genau wissen.« Der Post-Michel schmollte. Er fühlte sich unverstanden.

»Ja, wollen wir«, grölten der Baumann Heinz und der Färber Schorsch wie aus einem Mund und grinsten siegessicher, denn sie konnten am Gesichtsausdruck des Postboten ablesen, dass er sich geschlagen gab. Willi Lupp stellte sich taub, ansonsten wäre er als Ortsvorsteher verpflichtet, gegen diese Indiskretion vorzugehen.

»Nun ja«, begann der Briefträger. Er schaute sich vorsichtig um, um sich zu versichern, dass Elsas Vater nicht ausgerechnet jetzt auf der Bildfläche erschien. Der Otte-Karl durfte keinesfalls mitbekommen, dass das Privatleben seiner Tochter am Stammtisch durchgehechelt wurde. Üblicherweise beehrte er die Frühschoppenrunde mit seiner Anwesenheit, aber die Luft schien rein, zumindest für den Augenblick.

»Zufällig habe ich die Postkarte noch nicht zugestellt.«

»Lesen, lesen, lesen«, skandierten die Männer und trommelten mit den Fäusten im Takt auf die Tischplatte, was ihnen einen warnenden Blick der Lindenwirtin bescherte.

»*Liebster Schatz!*«, gab der Post-Michel mit verstellter Fistelstimme zum Besten. »*Ich träume mit offenen Augen von dir. Ich stelle mir vor, dass ich bei dir wäre, so wie an unserem letzten Abend zu Hause.*« Er hielt kurz inne und schielte zur Eingangstür, die sich soeben geöffnet hatte, wie ein eisiger Luftzug verriet. Mit der Kälte kam aber nur der Lindenwirt herein, der ein Fass mit Sauerkraut schleppte. Eisbein mit Kraut stand heute auf der Speisekarte. »*Ach, wenn dies doch wieder Wirklichkeit wäre*«, setzte der Post-Michel seine gesäuselte Inszenierung fort. »*Ich wüsste nicht, was ich vor lauter Liebe zu dir tun würde. So kann ich dich, liebes Frauchen, nur in Gedanken heiß und süß küssen und dich innig umarmen. Tausend Küsse, Dein Alwin.*«

»Hört, hört!«, rief der Färber Schorsch. »Wer hätte gedacht, dass in Alwin ein Poet steckt.«

»*Liebstes Frauchen!* Das klingt so gar nicht nach ihm«, zweifelte der Baumann Heinz. »Ob ein Kamerad den Brief für ihn geschrieben hat?«

»Egal«, urteilte der Post-Michel. »Die Elsa wird's freuen, endlich wieder von ihrem Mann zu hören. Sie weiß ja vor lauter Arbeit nicht, wo ihr der Kopf steht.«

»Kümmere dich gefälligst um deinen eigenen Dreck«, schnauzte Karl Ott, der wie aus heiterem Himmel am Stammtisch auftauchte, statt einer Begrüßung.

Der Postbote fragte sich bang, wie lange der alte Ott schon dort stand und wie viel er mit angehört hatte. Er entschloss sich, die Flucht nach vorne anzutreten, und setzte selbstbewusst hinzu: »Ist doch wahr, sie schuftet auf dem Hof wie ein Brunnenputzer. Noch dazu ganz allein.«

»Wie bitte? Was soll das heißen – ganz allein? Bin ich etwa niemand?«, keifte Karl Ott. »Schließlich helfe ich meiner Tochter, wo ich kann.« Er brauchte sich nicht künstlich in Rage zu reden, er war ohnehin stinksauer. Das verriet auch seine dunkelrote Gesichtsfarbe, die die Stammtischler nur zu gut kannten.

»Findet ihr Geheimniskrämer keine andere Beschäftigung, als in meinem Leben herumzustochern?«, blaffte er.

»Dir auch einen schönen Sonntag, Kall«, schaltete Willi Lupp sich in dem Bestreben ein, die Situation zu entspannen. »Welche Laus ist dir denn über die Leber gelaufen?« Doch der Schuss ging nach hinten los.

»Das solltest du am besten wissen!« Der Ortsvorsteher hatte keine Ahnung, wovon Karl Ott sprach.

»Sprich nicht in Rätseln, sondern käs dich aus«, forderte er deshalb.

»Tu doch nicht so unschuldig. Monatelang helfe ich der Klepper-Bagage, und alles, was ich ernte, ist Undank.«

»Red doch keinen Unsinn, Kall«, hielt Willi Lupp dagegen. Schon aus Prinzip ließ er sich nicht vom cholerischen Temperament seines ehemaligen Schulkameraden einschüchtern. »Erstens hast du selbst keinen einzigen Finger krumm gemacht ...«

»Reicht es etwa nicht, dass ich monatelang meinen besten Knecht auf dem Hof abgestellt habe?«, fiel Karl Ott ihm hitzig ins Wort.

»Und zweitens«, fuhr Willi Lupp, seinen Einwand ignorierend, unbeirrt fort, »wirst du dir deinen Anteil an der Ernte schon gesichert haben. Schlecht ist sie ja nicht ausgefallen. Hab ich recht, oder hab ich recht?«

»Pah!«, entrüstete sich Karl Ott. »Am Ende ist die ganze Schufterei sowieso für die Katz. Und glaub bloß nicht, dass ich nicht mitbekomme, was im Dorf hinter meinem Rücken gelästert wird.«

»Als ob dich das je interessiert hätte«, nuschelte der Färber Schorsch. In diesem Moment trat die Lindenwirtin an den Tisch.

»Wenn ihr schon streitet wie die Kesselflicker, dann gefälligst leiser«, forderte sie resolut und stellte ein Piffchen vor Karl Ott ab. »Man hört euer Gezeter bis hinaus auf die Gasse.« Die Männer schwiegen nach der Schelte betreten.

»Was ist denn los, Kall?«, schlug Willi Lupp einen versöhnlichen Ton an. »Schätzt das Elschen deine Hilfe etwa nicht?«

»Als ob du nicht genau wüsstest, was los ist«, geiferte Karl Ott wieder, um keinen Deut milder gestimmt, aber immerhin leiser. »Die Kleppers glänzen durch Abwesenheit ...« Jetzt war es der Ortsvorsteher, der ihm entrüstet ins Wort fiel.

»Du kannst dem Alwin kaum vorwerfen, dass er seinen Dienst am Vaterland leistet«, rügte er. Karl Ott winkte entnervt ab.

»Na gut, dann reden wir Klartext: Wo hält sich die Käthe versteckt?« Auf dem Gesicht von Willi Lupp zeichnete sich ehrliches Erstaunen ab.

»Versteckt? Wie kommst du denn darauf?«

Elsa reagierte nicht minder überrascht, als ihr Vater und der Ortsvorsteher plötzlich einträchtig versöhnt zwei Stunden und drei Piffchen später bei ihr auf dem Klepperhof erschienen und ihr dieselbe absurde Frage stellten.

»Seid ihr betrunken?«, fragte sie kopfschüttelnd und musste alle Mühe aufwenden, um die beiden Kindsköpfe wieder loszuwerden. Sie gingen erst, nachdem sie jeden Winkel im Haus inspiziert und ein Heidendurcheinander angerichtet hatten. Elsa fluchte und klagte ihr Leid in dem Brief, den sie am Abend an ihren Alwin schrieb:

Ich fürchte, das Käthchen werden wir so schnell nicht mehr zu Gesicht bekommen. Wer könnte es ihr verdenken, nach allem was sie hat durchmachen müssen?

Februar 1936

Ahnenerbe

Dr. Trabert rätselte lange über seine letzte Begegnung mit Medizinalrat Zenker am Rande des Consilium Medicum. Damals war er überzeugt gewesen, dass der Leiter der Stiftung Ahnenerbe ihn in einer bestimmten Absicht angesprochen hatte. Er hatte bereits die Hoffnung gehegt, für eine Aufgabe in der Stiftung ausgewählt worden zu sein, sah diese jedoch leider enttäuscht. Bis jetzt war es zu keiner weiteren Kontaktaufnahme gekommen. Weder ahnte noch erträumte Dr. Trabert sich, dass der berühmte Kollege im Hintergrund Informationen über ihn einholte. Mehrere Spitzel im Dienst des Sicherheits- und Informationsdienstes trugen Medizinalrat Dr. Zenker Näheres über die Ambitionen des Rudolf Trabert zu. In den Akten der Schutzstaffel fanden sich hauptsächlich Lobeshymnen über die medizinischen Verdienste des hoch anerkannten Vaters, Trabert senior. Zum Sohn existierte, abgesehen von dem an Fanatismus grenzenden Engagement zur Durchsetzung der deutschen Rassengesetze, bisher wenig Dokumentiertes. Genau dieser Umstand weckte die Neugier des Leiters der Stiftung Ahnenerbe, und so ließ er Dr. Trabert endlich die langersehnte Einladung zukommen.

»Bitte, nehmen Sie Platz, werter Kollege«, begrüßte Medizinalrat Zenker den Gast in seinem Büro und deutete auf eine bequeme Sitzgruppe mit grünen Samtpolstern. Rudolf Trabert steuerte mit energiegeladenem Schritt und entschlossener Miene in die angezeigte Richtung. Die freundliche Begrüßung milderte die Verärgerung, die in ihm gärte. Zwanzig Minuten hatte man ihn mit dem Hinweis, dass der Stiftungsleiter beschäftigt sei, im Vorzimmer warten lassen. Die Tasse Tee, die ihm eine pummelige Empfangsdame anbot, hatte er schroff abgelehnt. Dr. Trabert verabscheute Unpünktlichkeit. Während die Wut in ihm hochkochte, hatte er wiederholt seine Taschenuhr hervorgezogen und ungeduldig mit dem Zeigefinger über die ziselierte Oberfläche gestrichen. Einzig der Gedanke an den hohen Rang des Mannes, dessen Einladung er gefolgt war, ließ ihn die Beherrschung bewahren. Zudem galt ihm der hochgewachsene und überaus sportlich anmutende Medizinalrat als berufliches Vorbild. In Medizinerkreisen war allgemein bekannt, dass er im Auftrag von SS-Führer Heinrich Himmler zu wissenschaftlichen Zwecken Forschungen an lebenden Objekten durchführte. Ein Arbeitsfeld, das Dr. Rudolf Trabert über alle Maßen faszinierte.

»Danke, Herr Medizinalrat«, entgegnete er versöhnt.

»Vierhundertzwölf also!«

»Wie meinen?« Die einleitenden Worte seines Gastgebers verwirrten ihn. Seit dem Erhalt des Einladungsschreibens vor zehn Tagen grübelte er über den Grund für das Gespräch mit dem Leiter der Stiftung Ahnenerbe nach. Hatte er geglaubt, seine Absicht zu erahnen, sah er sich leider enttäuscht.

»Nun«, ergänzte Medizinalrat Zenker. »Seit Erlass der Rassengesetze haben Sie vierhundertzwölf Fälle von Imbezillität sowie moralischer Verderbtheit zur Anzeige gebracht. Das ist eine beachtliche Anzahl.« Dr. Rudolf Trabert lächelte zufrieden. Offenbar hatte man sich mit seiner Vita beschäftigt.

»Mein Streben gilt dem Reinerhalt der deutschen Rasse, die von Untermenschen zu säubern ist.« Stolz und Überzeugung waren seiner Stimme deutlich anzuhören. Medizinalrat Zenker nickte zustimmend.

»Lassen Sie mich ohne weitere Umschweife zur Sache kommen, geschätzter Kollege.« Trotz der Ankündigung fuhr er erst nach einer kurzen Pause fort, in der er seine Teetasse an die Lippen führte und trank.

»Sind Sie an einer Mitarbeit in der Stiftung Ahnenerbe interessiert?« Die Hoffnung auf genau dieses Ansinnen hatte Dr. Rudolf Trabert im Vorfeld des Gesprächs genährt. Er hatte sich also doch nicht getäuscht.

»Wie komme ich zu der Ehre?«, fragte er, ohne seine Selbstzufriedenheit verbergen zu können.

»Nun, ein Mann von Ihrem Format fehlt in unseren Reihen. Es stünde unserer Sache gut zu Gesicht, den Sohn des berühmten Dr. Reinhardt Trabert mit im Boot zu haben.« Als Medizinalrat Zenker den überraschten Blick seines Gastes bemerkte, fuhr er fort: »Ich muss gestehen, dass ich mich mit den medizinischen Erfolgen Ihres Vaters beschäftigt habe. Auch wir haben vor, Großes zu schaffen.«

»Gestatten Sie«, nahm Dr. Rudolf Trabert vorsichtig Fühlung auf, »dass ich um Details bitte?«

»Nun, auf die Schnelle lassen sich die verschiedenen Programme, an denen wir forschen, schwerlich erklären«, wich Medizinalrat Zenker aus.

»An welchen Orten laufen die Experimente?«

»Uns stehen mehrere Orte zur Auswahl. Im konkreten Fall würden Sie direkt mit mir im Lager Katzbach zusammenarbeiten.« Seit Verabschiedung des Gesetzes gegen gefährliche

Gewohnheitsverbrecher und über Maßregeln der Sicherung und Besserung im November 1933 existierten überall im Deutschen Reich Arbeitshäuser und -lager.

»In den Frankfurter Adlerwerken?«

»Exakt! Die Bedingungen dort sind vielversprechend, um nicht zu sagen optimal. Zudem erhalten wir Zugriff auf Versuchspersonen sämtlicher Lager.«

Dr. Rudolf Trabert hatte damit gerechnet, nach Dachau umsiedeln zu müssen. Gerda, die an der Heimat hing, wäre erleichtert, in Gudenshain bleiben zu können, von wo aus er problemlos nach Frankfurt pendeln konnte.

»Erlauben Sie die Frage, zu welchen Experimenten Sie mich hinzuziehen wollen?«

»Nun, bevor ich Ihnen antworte, muss ich auf die Beantwortung *meiner* Frage bestehen: Können Sie sich vorstellen, mit mir zusammenzuarbeiten?«

»Selbstverständlich!«, beeilte sich Dr. Trabert zu versichern. »Die Erforschung des Unbekannten hat mich stets fasziniert. Genau wie mein Vater kann ich mich an unerforschten kausalen Zusammenhängen berauschen.«

»Exzellent, werter Kollege, exzellent. Dann will ich Sie nicht länger auf die Folter spannen und Ihnen Näheres über das Forschungsgebiet verraten.« Im Verlauf der folgenden Stunde erfuhr Dr. Trabert von den Unterredungen, die zwischen dem Leiter der Stiftung Ahnenerbe und Vertretern der neu gegründeten Luftwaffe unter dem Kommando von Hermann Wilhelm Göring geführt wurden. Das pummelige Fräulein vom Empfang servierte derweil frischen Tee, den Rudolf Trabert diesmal nicht ablehnte.

»Unser gemeinsames Ziel besteht darin, die besten Voraussetzungen für die Expansionspolitik Hitlers zu schaffen.«

»Wie?«

»Indem wir die Bedingungen erforschen, denen unsere Piloten bei einem Fallschirmabsprung aus großer Höhe unterworfen sind. Dazu gehört insbesondere die Rettung der in Seenot geratenen Fallschirmjäger. Deshalb müssen wir uns zum Beispiel damit beschäftigen, wie man Menschen nach Unterkühlung am besten wieder aufwärmen kann. Wir werden also testen, wie lange ein Mensch bei Unterdruck, Sauerstoffmangel und Kälte überleben kann.«

»Ein sehr gutes Thema«, befand Dr. Trabert und versicherte euphorisch: »Hierbei können Sie gewiss auf mich zählen.«

Kälteversuche

Mit Beginn der letzten Februarwoche wartete vor dem Wohnhaus der Traberts in Gudenshain jeden Morgen ein Wagen der SS, dessen Fahrer den neu ernannten Hauptsturmführer Trabert zu seinem neuen Wirkungsgebiet nach Frankfurt chauffierte und am Abend wieder zu Hause absetzte. Da die Versorgung der Kranken in Gudenshain weiterlaufen musste, blieb die Praxis während der Abwesenheit des Doktors zunächst in den Händen eines Sanitäters, der täglich mit demselben Fahrer an- und abends wieder abreiste. Der Mann stand im Rang eines Sanitätsgrads und verfügte über ausreichend Erfahrung, um zumindest die allgemeinmedizinischen Notfälle zu verarzten. Trotzdem wurde es höchste Zeit, dass sich ein geeigneter Arzt fand, der die vollwertige Praxisvertretung übernahm. Die Lagerleitung in Katzbach hatte den Sanitäter für die Notbetreuung in Gudenshain freigestellt, sodass Dr. Trabert sich voll und ganz auf seine neue Aufgabe konzentrieren konnte. Er begann zunächst damit, sich mit den wichtigsten organisatorischen Fakten im Lager vertraut zu machen. Die Internierten wurden in Gruppen geteilt: Politische, Minderwertige, Kriminelle, Asoziale, Juden,

Zigeuner, Bibelforscher und Homosexuelle. Unterschieden wurden sie mithilfe von verschiedenartigen Stoffdreiecken, die an die Haftkleidung genäht waren. Rot für die Politischen, Grün für die Kriminellen. Die Bibelforscher trugen Violett, die Asozialen Schwarz. Rosa war den Homosexuellen zugedacht, Braun den Zigeunern. Die Juden kennzeichnete der sechszackige Judenstern in gelber Farbe. Rassenschänder, ungeachtet ob Juden oder Nichtjuden, wurden markiert durch ein Dreieck mit schwarzen Rand, das mit einem gelben einen Stern bildete. Rassenschänderinnen trugen einen Stern, der aus einem gelben Dreieck auf einem schwarzen zusammengesetzt war. Rückfällige, also solche, die zum zweiten oder wiederholten Mal inhaftiert waren, erhielten zusätzlich einen gleichfarbigen Querstreifen.

»Könnte ich das bitte schriftlich haben, damit ich mir alles einprägen kann?«, schlug Trabert an seinem ersten Arbeitstag vor.

»Das lässt sich einrichten«, willigte der Lagerleiter ein. »Sie erhalten die Aufstellung zusammen mit der Liste der Mitarbeiter, die Ihnen unterstehen«, versprach Medizinalrat Zenker.

»Was können die Sanitätsdienstgrade?«

»Es sind brauchbare Leute, die sehr selbstständig arbeiten.«

»Sind sie befugt und in der Lage, Spritzen zu setzen?«

»Selbstverständlich. Darin besteht ihre Hauptaufgabe, wie Sie gleich erkennen werden. Bitte folgen Sie mir.«

Dr. Trabert ging neben dem Lagerleiter hinaus in den Hof, wo der Blockführer alle Gefangenen zum Morgenappell antreten ließ. Die Arbeitsfähigen wurden im Laufschritt zur Arbeitsstätte geführt, die Erkrankten ins angrenzende Krankenrevier. Dorthin begab sich nun auch Dr. Trabert in Begleitung von Medizinalrat Zenker, um sich mit der Arbeit der Sanitätsdienstgrade vertraut zu machen. Ihre Aufgabe bestand zunächst darin, anhand der Unterlagen die Faulen und ewigen

Drückeberger herauszufiltern. Dr. Trabert beobachtete, wie die Gefangenen der Reihe nach in ein Zimmer geführt wurden, wo der diensthabende Sanitäter in einer dicken schwarzen Kladde gewissenhaft die Registriernummer notierte.

»Danach werden die Gefangenen in den Sammelraum begleitet«, erläuterte Medizinalrat Zenker, »zur besseren Abwicklung und Aufstaplung.«

Dr. Trabert kam nicht dazu zu fragen, was in dem Raum abgewickelt und gestapelt wurde, den sie soeben betraten und den er vollständig leer vorfand, denn in diesem Moment wurde der erste Delinquent, flankiert von zwei Diensthabenden, hineingeführt.

»Entkleiden«, bellte der Sanitäter zu seiner Linken. Der Gefangene tat, wie ihm geheißen. Zum Vorschein kam ein Mann von kräftiger Statur mit kurzen, stämmigen Beinen. »Falten! Ordentlich!« Auch das zweite Kommando befolgte der Inhaftierte geflissentlich und legte die Kleidungsstücke akkurat übereinander auf den Boden.

Immer noch flankierten die Sanitätsdiensthabenden den jetzt entkleideten Mann zu beiden Seiten.

»Stillhalten!«, lautete der nächste Befehl. Der Nackte stand reglos, während die Sanitäter dichter an ihn heranrückten, ihn regelrecht in die Zange nahmen. Der Rechte zückte blitzschnell eine Spritze und setzte sie mitten ins Herz des Gefangenen, der sofort tot zusammenbrach.

»Die Kleidung wird wiederverwendet«, erklärte Medizinalrat Zenker. »Die Betroffenen sind vollkommen ahnungslos, daher setzen sie sich nie zur Wehr oder machen andere Schwierigkeiten.« Der Tote wurde an Armen und Beinen in die hintere Ecke des Raums gezogen, die durch einen Sichtschutz aus hellem Stoff abgetrennt war.

»Diejenigen, die im Laufe des Tages folgen, werden dazugelegt«, ergänzte Medizinalrat Zenker. Rudolf Trabert nickte verstehend. Hier wurden also die getöteten Gefangenen gesammelt, um ihren Abtransport zu erleichtern.

»Also, Trabert, sind Sie sicher, dass Sie sich bei uns integrieren können?«, verlangte Medizinalrat Zenker zu erfahren. »Oder fühlen Sie sich der Sache nicht gewachsen?«

»Die Frage kann ich Ihnen sofort beantworten«, erwiderte Rudolf Trabert. »Ich sehe nicht die geringste Schwierigkeit.«

Er erwartete den ersten Kandidaten seiner Kälteversuchsreihe mit Ungeduld. Ein untersetzter Häftling wurde von den Unterscharführern Klemm und Schütz in den eigens für die Versuchsreihe umfunktionierten Kastenwagen eskortiert. Der Laborwagen befand sich in einer abgelegenen Ecke des Lagers, damit die zu erwartenden Schmerzensschreie der Probanden möglichst ungehört von den übrigen Gefangenen verhallten. Medizinalrat Dr. Zenker hatte es sich nicht nehmen lassen, bei der Premiere höchstpersönlich zugegen zu sein. Der Leiter der Stiftung Ahnenerbe nahm sowohl die medizinischen Überwachungsgeräte als auch den Versuchsaufbau genauestens in Augenschein, dessen Herzstück eine Badewanne mit entsprechendem Wasserzu- und -ablauf sowie eine Haltevorrichtung bildete. Er nickte anerkennend, nachdem er sich durch mehrfaches kräftiges Rütteln an der Apparatur von der soliden Beschaffenheit überzeugt hatte. Der Gefangene entkleidete sich auf Befehl, weigerte sich jedoch, in der Wanne Platz zu nehmen. Die Unterscharführer Klemm und Schütz beförderten den Widerspenstigen blitzschnell hinein und schnallten ihn an die Riemen. Dr. Trabert war den Versuchsablauf wiederholt mit seinen Mitarbeitern durchgegangen, deshalb wussten sie, was zu tun war. Klemm drehte den Wasserhahn auf und ließ kaltes Wasser einlaufen. Als der hilflos ausgelieferte Gefangene zu schreien begann, stopfte Schütz ihm ein Tuch in den Mund. Die Muskelstarre trat nach circa zwanzig Minuten ein.

»Achten Sie auf die Wassertemperatur!«, befahl Dr. Trabert.

»Herr Stabsarzt«, berichtete Unterscharführer Klemm, »die Anzeige steht auf dreizehn Grad Celsius.«

»Das ist zu wenig«, ereiferte sich Medizinalrat Dr. Zenker sofort. »Die Wassertemperatur darf nicht auf dreizehn Grad fallen.« Er wusste, dass dem Probanden, der bereits das Bewusstsein verloren hatte, sonst ein Herzstillstand drohte. »Ideal wäre eine Temperatur zwischen vierzehn und fünfzehn Grad.« Der Unterscharführer ließ warmes Wasser zulaufen, bis sich die Wassertemperatur erwärmt hatte.

»Wegtreten!«, befahl Dr. Trabert den Gehilfen. »Wenn ich Sie benötige, rufe ich Sie. Halten Sie sich vor dem Wagen zur Verfügung.«

»Jawoll, Herr Hauptsturmführer.« Die Kontrolle des Experiments lief jetzt ausschließlich über die Apparatur. Dr. Trabert nahm das Elektrokardiogramm in Augenschein und erschrak, als sich nach Ablauf weniger Minuten kaum noch messbare Herzstöße ablesen ließen.

»Verdammt!«, brummte er mit Blick in seine Unterlagen. »Sein Herz ist wahrscheinlich zu schwach, um unsere Aufwärmprozedur zu überstehen.«

»Kommen Sie schnell!«, befahl er den Gehilfen, die sich beeilten, in den Wagen zurückzukehren. Unterscharführer Schütz ließ das Eiswasser ablaufen und regelte den Zulauf des Warmwassers. Heißer Dampf durchnässte die Kleidung der Gehilfen. Die Arbeit war neu für sie, noch hatten sie nicht die richtige Routine entwickelt.

»Es ist sinnlos«, befand Dr. Trabert enttäuscht. »Der Mann ist tot.« Er nahm diverse Eintragungen im Aktenblatt des Verstorbenen vor, der von den Unterscharführern weggeschafft wurde.

»Nicht so tragisch«, befand Medizinalrat Zenker. »Der Verlust eines Untermenschen ist leicht zu verschmerzen.«

242

»Ich muss den zeitlichen Ablauf anpassen«, überlegte Dr. Trabert. »Im Meer kann man davon ausgehen, dass sich der in Seenot Geratene so lange wie möglich in Bewegung hält.«

»Nun, werter Kollege, Abstriche im Versuchsaufbau sind unvermeidbar«, urteilte Medizinalrat Zenker. »Auch mögliche Einflüsse der Geophysik bleiben zwangsläufig außen vor.«

»Geophysik?«, hakte Dr. Trabert nach.

»Denken Sie nur an die Wellen.«

»Deuten Sie an, dass mein Experiment nicht valide ist, weil wir keine Wellen erzeugen können?« In den Worten schwang ein entrüsteter Unterton mit.

»Mitnichten, werter Kollege, mitnichten«, beschwichtigte Medizinalrat Zenker Dr. Trabert, in dem Ärger aufkeimte. »Das Gegenteil ist der Fall. Ich bin überzeugt, dass wir gemeinsam optimale Ergebnisse erzielen werden.«

»Selbstverständlich«, räumte Dr. Trabert ein, »müssen bestimmte Parameter im Experiment verfeinert werden. Es ist kaum möglich, wie ein Kaufmann an die Sache heranzugehen. Dieser gelangt rückwärts wie vorwärts bei fünf mal drei oder drei mal fünf stets zum selben Resultat.« Die Aussage bekräftigte Medizinalrat Zenker.

»Stimmt, werter Kollege, nehmen Sie zum Beispiel die Betäubung. Während der eine bereits beim Zählen bis zehn weg ist, zählt der andere bei zwanzig noch immer.« Er ließ ein herzliches Lachen vernehmen, in das Dr. Trabert einstimmte. Sich wieder dem Ernst der Sache zuwendend, sinnierte er: »Wir müssen zumindest einen Konsens bei der Festlegung der idealen Körpertemperatur erreichen.«

»Nun, möglicherweise könnten hierbei die Unterlagen des Kollegen Wirtz von Nutzen sein«, überlegte Medizinalrat Dr. Zenker. »Er unternimmt seit einigen Monaten diesbezüglich Versuche mit Tieren.«

»Diese Erkenntnisse haben keinerlei Wert«, lehnte Dr. Trabert kategorisch ab. »Jegliche Tierversuche sind zu weit von einem menschlichen Qualifikationstest entfernt.« Medizinalrat Dr. Zenker nickte nachdenklich.

»Es gibt nur eine Lösung«, ereiferte sich Dr. Trabert. »Wir müssen die Versuche so lange fortsetzen, bis wir ein brauchbares Ergebnis erzielen.« In diesem Moment führten die Unterscharführer Klemm und Schütz einen weiteren, diesmal jungen Gefangenen in den Laborwagen. Der Freiwillige war schmächtig, machte insgesamt aber einen robusten Eindruck.

»Vielleicht haben wir Fortuna diesmal auf unserer Seite«, hoffte Medizinalrat Dr. Zenker, während Dr. Trabert ein neues Aktenblatt zur Hand nahm. Dieses Mal begab sich der Mann zwar freiwillig in die Badewanne, wehrte sich aber heftig, sobald er fixiert werden sollte. Die Unterscharführer Klemm und Schütz hatten erhebliche Mühe, den wild um sich tretenden und sich aufbäumenden Mann zu bändigen. Deshalb schlug Schütz ihm mit einem Knüppel auf Arme und Kopf.

»Sind Sie von allen guten Geistern verlassen?«, gebot Dr. Trabert dem Treiben augenblicklich Einhalt. »Tot nutzt uns der Mann nichts.« Zum Glück blieb der Proband bei Bewusstsein. Auch nach Zulauf des Eiswassers dauerte es lange, bis die Schockstarre eintrat. Dafür ereilte ihn ein unmittelbarer Herztod, der jegliche Aufwärmversuche sinnlos machte.

»Ein veritabler Reinfall«, kommentierte Medizinalrat Dr. Zenker den zweiten Fehlschlag des Tages mit echtem Bedauern. Dr. Traberts Gedanken richteten sich bereits in die Zukunft. Er sann über eine verbesserte Versuchsabstimmung nach.

»Mich beschäftigt die nachteilige Schockwirkung auf unsere Probanden«, teilte er Medizinalrat Dr. Zenker mit Blick in seine Unterlagen mit. »Diesen Minuspunkt können wir nicht ignorieren, da er offenbar zur Labilität unserer Versuchspersonen führt.«

»Vielleicht sollten wir beruhigend auf den Probanden einwirken«, schlug Medizinalrat Zenker vor.

»Mit gutem Zureden allein wird dies kaum gelingen.«

Das Argument schien stichhaltig. Daher überlegte Zenker: »Man könnte ein Weib hinzuziehen, das den Gefangenen entkleidet und ihn auffordert, mit ihr in die Wanne zu steigen.«

Dr. Trabert schaute den Kollegen verblüfft an, dann klopfte er ihm anerkennend auf die Schulter. »Diese Masche ist das Kolumbus-Ei«, befand er und ordnete sogleich an, für die morgige Versuchsreihe eine möglichst ansehnliche Frau herzuschaffen.

»Jawoll«, bestätigten die Unterscharführer Klemm und Schütz den Befehl und schickten sich an, den Toten aus der Badewanne zu hieven. Ein Blick auf die Taschenuhr zeigte Dr. Trabert an, was sein knurrender Magen ihm suggerierte. Es war an der Zeit für ein deftiges Mittagsmahl. Daher verließ er den Laborwagen in Begleitung von Medizinalrat Dr. Zenker.

»Eine Sache noch, werter Kollege«, sagte der Leiter der Stiftung Ahnenerbe auf dem Weg in Richtung Kantine. »Es wäre besser, wenn die heutigen Fehlschläge nicht sofort bekannt würden. Nur so können wir auf weitere Freiwillige für die Kälteversuche hoffen und Zwangsuntersuchungen vermeiden.« Rudolf Trabert nickte zustimmend. Auch seiner Einschätzung nach war es wünschenswert, die Versuche ohne Druck auf die Probanden anzugehen.

Leider ließ sich ein ungestörtes Forschen aus vielerlei Gründen nicht realisieren. Zum einen konfrontierte man ihn von höchster Stelle mit dringlichen Erwartungen.

»Ich habe ein Schreiben von Heinrich Himmler erhalten«, informierte ihn Medizinalrat Zenker wenige Tage später. »Er bringt der Wiederbelebung erstarrter Körper durch Erwärmung großes Interesse entgegen und erwartet einen positiven Versuchsbericht.«

Zum anderen gingen Dr. Trabert trotz aller Verschwiegenheit die Freiwilligen aus. Glücklicherweise besaß er jedoch die volle Rückendeckung des Reichsführers, der ihm ein Sonderrecht zur Beschaffung von Versuchspersonen erteilte. Trotzdem fielen die Berichte von Dr. Trabert wenig positiv aus: Neun von zehn Versuchen scheiterten. Im Klartext: Es gelang nur im Ausnahmefall, eine unterkühlte Person wieder aufzuwärmen, und zwar grundsätzlich nur im ersten Durchgang. Eine Wiederholung der Prozedur überlebte kein Proband.

Trauergestalten

Wollte Dr. Rudolf Trabert jemals darauf hoffen, einen positiven Bericht für Heinrich Himmler zu schreiben, musste er die Anzahl der Kälteversuche erhöhen. Zu diesem Zweck hatte er bereits den Umbau eines zweiten Kastenwagens befohlen. Außerdem benötigte er Probanden mit einer robusteren Konstitution. Aber woher nehmen? Mit den ausgemergelten Trauergestalten im Arbeitslager Katzbach sowie dem Menschenmaterial aus den anderen Lagern ließ sich kein Blumentopf gewinnen. Sie waren allesamt minderwertige und unbrauchbare Kreaturen, die zu seinem großen Ärger bei den Versuchen starben wie die Fliegen. Auf der Autofahrt von Frankfurt nach Gudenshain sann er darüber nach, wie unverbrauchte, widerstandsfähige Naturen für seine Kältetests zu beschaffen wären.

Dr. Trabert genoss die tägliche Fahrt im brandneuen Opel Olympia. Das Fahrzeug, das als erster deutscher Personenwagen in Großserie produziert wurde, war erst im Februar des Vorjahres auf der 25. Internationalen Automobil- und Motorradausstellung in Berlin vorgestellt worden. Zur

Namensgebung hatten die bevorstehenden Olympischen Spiele inspiriert, die im Winter 1936 teils in der Reichshauptstadt, teils in Garmisch-Partenkirchen ausgetragen wurden. Wegen seiner selbsttragenden Ganzstahlkarosserie brachte der Wagen weniger Gewicht auf die Straße als herkömmliche Fahrzeuge mit separatem Fahrgestell und erreichte infolgedessen höhere Geschwindigkeiten. Seit Kurzem liefen die zweitürigen Modelle in zwei Varianten, als Cabriolet und als Limousine, vom Band der Rüsselsheimer Adam-Opel-Werke. Die geschlossene Fahrzeugversion in der Wagenfarbe Schwarz diente auch der SS als Dienstwagen. Dr. Trabert schätzte den außerordentlichen Sitzkomfort der Limousine. Zurückgelehnt auf der bequemen Sitzbank kamen ihm häufig die besten Ideen, während die Landschaften von Taunus und Hochtaunus am Seitenfenster vorüberflogen. Deshalb hatte er es sich zur Gewohnheit gemacht, auf der Autofahrt die Ergebnisse der Kälteversuche nochmals im Geiste durchzugehen oder über knifflige Problemstellungen beim Versuchsaufbau nachzugrübeln. Auf der heutigen Heimfahrt kam ihm eine Idee, wie er das Problem mit den Kälteversuchsprobanden lösen könnte.

»Setzen Sie mich bitte am Gasthof *Zur Linde* ab«, bat er den Fahrer, als sie auf die Hauptstraße von Gudenshain einbogen. Zum einen konnte es nicht schaden, sich nach längerer Abwesenheit mal wieder im Dorf blicken und auf den neuesten Stand vom Dorftratsch bringen zu lassen. Zum anderen hoffte er, Karl Ott bei dem abendlichen Kneipenbesuch zu treffen, denn er plante, etwas mit ihm zu besprechen. Statt zu Hause setzte der Fahrer Dr. Trabert somit wenige Minuten später, wie gewünscht, vor dem Gasthof ab.

»Bis morgen, Herr Doktor«, verabschiedete er sich, schloss die Tür des Wagenfonds, die er zuvor geöffnet hatte, um seinen Fahrgast aussteigen zu lassen, und tippte sich an die Chauffeursmütze.

»Bis morgen«, antwortete Dr. Trabert.

In der *Linde* fand er die gesamte Dorfprominenz um den Stammtisch versammelt.

»Ei, gude, Herr Doktor«, erklang es freudig zur Begrüßung aus mehreren Kehlen, kaum dass er den Fuß über die Schwelle der Gaststube setzte. Statt einer Antwort klopfte er zur Begrüßung mit den Fingerknöcheln auf die Eichentischplatte.

»Einen Schoppen«, orderte er bei der Lindenwirtin, die ausnahmsweise gut gelaunt mit dem Gewünschten herbeieilte. Es bedurfte keiner weiteren Erklärung, damit sie einen halben Liter trockenen Riesling vor ihm auf dem Tisch abstellte. Dr. Trabert fragte nicht nach, welche Neuigkeiten es in Gudenshain gab, denn erfahrungsgemäß kam der aktuelle Klatsch von ganz allein zur Sprache, und davon hatte er, wie sich herausstellte, einiges verpasst: Offenbar hatte die rothaarige Zwillingsbrut von Schulleiter Krekel am vergangenen Montag für schulfrei gesorgt, indem die Jungs das Türschloss der Dorfschule anpinkelten. Bei den herrschenden Minustemperaturen vereiste der Urin, den die Zwillinge im Morgengrauen versprengt hatten, bis zum Schulbeginn. Das Schulhaus blieb unbetretbar, bis der Färber Schorsch mit einem Schweißbrenner anrückte und die Pisse samt Schloss auftaute. Bis es jedoch so weit war, dass sich der Schlüssel des Schulleiters ins Türschloss einführen und drehen ließ, läutete die Kirchturmuhr zu Mittag. Somit lohnte sich der Unterricht freilich nicht mehr. Außerdem hatte Franz Krekel längst alle Kinder heimgeschickt.

»Bespringt dein haariger Knecht die kleine Klepper eigentlich immer noch?«, erkundigte er sich bei Karl Ott.

»Wie sollte er, nachdem sie nicht auf den Hof zurückgekehrt ist?«

»Ist sie auf dem Geisberg geblieben?«, fragte der Doktor in der Annahme, das Mädchen habe nach dem Eingriff vollends den Verstand verloren. *Auf dem Geisberg bleiben* stand im Dorf und der Umgebung als Synonym dafür, dass jemand als Patient in der Irrenanstalt einsaß.

»Nein«, korrigierte Karl Ott, »in der Krankenanstalt ist sie nicht mehr.«

»Weder zu Hause noch in der Anstalt?«, wunderte sich der Doktor. »Wo ist sie denn abgeblieben?«

»Das weiß allein der liebe Herrgott«, brummte Karl Ott.

»Hat denn niemand von der Familie im Klinikum nachgefragt?«

»Ich habe mich selbst dort erkundigt.«

»Und?«

»Dort hieß es nur, sie habe sich selbst entlassen.«

Dr. Trabert kannte die verklausulierte Formulierung. »Sie ist abgehauen?«

»Offenbar bei Nacht und Nebel, auf jeden Fall will keiner was bemerkt haben.« Aus Rücksicht auf Dr. Trabert verkniff sich Karl Ott eine Schimpftirade über die Arroganz der Weißkittel.

»Hmm …«, sinnierte Dr. Trabert nachdenklich und kam auf die Angelegenheit zu sprechen, die ihn ursprünglich in die *Linde* geführt hatte. »Hast du keine Angst, dass dein haariger Knecht jetzt deine Tochter bespringt, da die kleine Klepper verschwunden ist?«,

»Dazu lasse ich dem Zores keine Gelegenheit. Der schafft wieder bei mir auf dem Hof, schließlich kann die Arbeit dort nicht ewig liegen bleiben.« Dr. Trabert nickte zustimmend, vermutete jedoch, dass es dem alten Ott vor allem darum ging, den geilen Bock von seiner Elsa fernzuhalten, was er ihm kaum verdenken konnte.

»Der Lustmolch könnte mir bei meiner Versuchsreihe nützlich sein«, ließ er beiläufig fallen, als sei ihm der Gedanke gerade eben erst gekommen. »Ich brauche einen starken Kerl wie ihn.«

»Ich soll schon wieder auf meinen besten Mann verzichten?«, lamentierte Karl Ott wenig begeistert. »Der Kerl schuftet für zwei.«

»Ich werde dir Ersatz beschaffen«, wischte Dr. Trabert den Einwand vom Tisch. Karl Ott zweifelte nicht daran, dass der Arzt, der neuerdings in den Rang eines Hauptsturmführers aufgestiegen war, keine Erlaubnis von ihm benötigte. Wenn er den Zores wollte, bekam er ihn auch ohne seine Zustimmung. Der Doktor verfügte über das richtige Parteibuch und Freunde in hohen Positionen. Widerspruch wäre nicht nur zwecklos, sondern unklug, erkannte Karl Ott.

»Da müssten schon zwei Arbeiter her«, erwiderte er, sein Einverständnis signalisierend. Dr. Trabert lachte, nicht bereit, den Köder zu schlucken oder Zugeständnisse zu machen.

»Schick Zores morgen zu mir in die Praxis.« Karl Ott hatte nicht ernsthaft auf einen Zwei-zu-eins-Tausch für seinen besten Knecht gehofft, aber so leicht gab er nicht auf. Es lag ihm fern, den Doktor gegen sich aufzubringen, aber vielleicht konnte er ihm wenigstens einen Gefallen aus den Rippen leiern.

»Da gäbe es etwas anderes«, setzte er zögernd an, »was du im Gegenzug für mich tun könntest.«

»Das wäre?«, fragte der Dorfarzt misstrauisch, denn er kannte die Schlitzohrigkeit des Otte-Karl.

»Du hast doch Kontakte in der Geisberg-Klinik ...«, tastete sich der Winzer vor. Das stimmte. Mit dem Klinikleiter verband Dr. Trabert eine langjährige Bekanntschaft, die auf kollegialer Wertschätzung fußte. Trotzdem schwieg er abwartend.

»Könntest du prüfen«, fuhr Karl Ott fort, »ob die Auskunft, die ich erhalten habe, stimmt?«

»Wieso zweifelst du daran?«

»Weil sie weder auf dem Klepperhof noch sonst wo in Gudenshain aufgetaucht ist und ich mich frage, wo zum Teufel das Käthchen hin sein kann.« Fast hätte er hinzugesetzt, dass er sich Sorgen um das Mädchen machte, aber er wollte nicht zu dick auftragen.

Dr. Trabert zuckte mit den Schultern. Die Einlösung des Gefallens kostete ihn keine Mühe, zumal er den Klinikleiter ohnehin in einer anderen Angelegenheit sprechen musste.

»Wenn dir so viel daran liegt, ziehe ich gern Erkundigungen ein«, versprach er und leerte seinen Schoppen.

»In Ordnung. Der Zores wird morgen in aller Frühe da sein.«

Teufels Küche

Dr. Karges fühlte sich außerstande, auch nur eine einzige weitere Unfruchtbarmachung durchzuführen. Auf dem heutigen Operationsplan warteten gleich drei. Sein Entschluss stand fest: Entweder zeigte der Klinikleiter ein Einsehen und ermöglichte ihm einen Stationswechsel – Friedhelm Karges atmete zweimal tief ein und aus – oder es blieb ihm nichts anderes übrig, als zu kündigen. Er hatte sich bis auf Weiteres in der Klinik krankgemeldet. Für Erika bot seine Anwesenheit im Stadthaus einen willkommenen Anlass, um ihn mit Schweinegulasch samt Klößen zu verwöhnen. Leider hatte er überhaupt keinen Appetit. Als die Haushälterin bemerkte, wie er lustlos im Essen herumstocherte, klagte sie: »Jesses Maria, das gute Essen. Is doch alles für die Katz, wenn die einen nix essen, weil sie Hals über Kopf verreisen, und der andere keinen Hunger hat.«

Gut, dachte Friedhelm Karges, sollte Erika schimpfen. Am besten anhaltend, sodass die Nachbarn die Geschichte von der Urlaubsreise seiner Schwester kannten, möglichst glaubten und weitertratschten, falls ein Nazispitzel nachforschte. Er ging früh zu Bett, obwohl er fürchtete, eine weitere Nacht grübelnd wach zu liegen. Ihn quälten die Fragen, wo die überstürzte

Flucht von Käthe, Frederike und Roland enden und wie er das verbotene Kind erklären sollte, dessen Geburt er Anfang Mai erwartete. Im Forsthaus waren sie auf Dauer nicht sicher. Wenn herauskam, dass er die gerichtlich angeordnete Unfruchtbarmachung nur vorgetäuscht und eine Abtreibung unterlassen hatte, ginge es nicht nur Käthe und ihrem Kind an den Kragen, sondern auch ihm. Trotz seiner Sorgen bescherte ihm die jähe Müdigkeit, die ihn übermannte, dennoch einen traumlosen Schlaf. Er erwachte erfrischt, jedoch keineswegs zuversichtlich. Zu allem Überfluss schnitt er sich beim Rasieren. Er fluchte und ließ vor Schreck das Rasiermesser fallen. Es landete in der Waschschüssel, wo sich Wasser und Rasierschaum mit dem Blut mischten, das von seiner Wange herabtropfte.

»Erika«, rief er verärgert, »bringen Sie bitte ein Pflaster. Schnell!« Die Haushälterin eilte mit dem Gewünschten herbei.

»Herrje, Herr Doktor, wie konnte denn das passieren?«, jammerte sie besorgt angesichts des Anblicks, der sich ihr bot. Während Friedhelm Karges die Wunde versorgte, fischte sie mit spitzen Fingern das Rasiermesser aus der Waschschüssel und trocknete es ab. Ihr Blick ruhte zunächst vorwurfsvoll auf der Klinge, als trage sie die Schuld an dem Malheur, statt der Hand, die sie führte. Dann blieb er am hellen Perlmuttgriff hängen.

»Aber, Herr Doktor!«, entfuhr es ihr. »Das ist doch nicht Ihr Messer, sondern das vom Herrn Roland. Er muss es bei seiner Abreise vergessen haben.«

»Tatsächlich!«, wunderte sich Friedhelm Karges ebenfalls darüber, wie das Rasiermesser auf seinen Waschtisch kam. Kein Wunder, dass es ungewohnt schwer in seiner Hand gelegen hatte. Auf die Färbung der Griffschalen, die bei seinem eigenen Messer fast schwarz wirkten, hatte er nicht geachtet.

»Kurt muss sie nach dem Schleifen verwechselt haben«, entschuldigte sich Erika. Streng genommen konnte man dem Dienstboten keinen Vorwurf machen. Kurt hatte die Rasiermesser nie zuvor zu Gesicht bekommen. Seine Frau hatte sie erst kürzlich beim Scherenschleifer erstanden und darauf geachtet, die jeweiligen Vorlieben ihrer Dienstherren zu berücksichtigen: schwer und mit kurzer, breiter Klinge für Herrn Roland, leicht und mit langem, schmalem Scherblatt für den Herrn Friedhelm.

»Für Kurt sind nicht nur nachts alle Katzen grau«, unternahm Erika den zaghaften Versuch einer Erklärung.

»Schon gut«, beschwichtigte Dr. Karges die Haushälterin. »Ich präge mir auch nicht jede Kleinigkeit in meiner Umgebung aufmerksam ein oder beachte jedes Detail.«

»Wer tut das schon?«, stimmte Erika zu. Da die Blutung aus dem Schnitt in seiner Wange inzwischen gestoppt war, griff sie nach dem blutigen Handtuch.

»Ich werde es in Gallseifenlauge einweichen, damit sich der Fleck später rauswaschen lässt.« Dr. Karges blickte ihr verdutzt hinterher. Hatte Erika ihm soeben die Lösung für sein Problem auf dem Silbertablett serviert?

Wer tut das schon?, hatte sie gesagt, ohne zu ahnen, wie recht sie damit hatte. Friedhelm Karges wusste aus eigener Erfahrung, dass der Alltag der meisten Menschen von Routine bestimmt wurde. Vielfach fehlte entweder der Wille oder die Zeit, Dinge zu hinterfragen. Sogar die Ideologien der Nazis unterzog die breite Masse keinerlei Überprüfung. Und warum? Weil es so bequem war! Je selbstbewusster eine Lüge vorgetragen wurde, desto leichter wurde sie als Wahrheit akzeptiert. Er erkannte, dass darin auch die Lösung zur Rettung von Käthe und ihrem Kind lag. In seinem Kopf entstand ein konkreter Plan. Er nahm sich vor, bei nächster Gelegenheit mit Frederike und Roland darüber zu sprechen, denn sie mussten dem zustimmen. Aber vorher musste er sein Problem in der Krankenanstalt lösen und endlich mit Dr. Märzner sprechen, der noch immer auf seine Rückmeldung wartete.

Am nächsten Tag kehrte er zu seiner Arbeitsstelle zurück, wo er sich schnurstracks in das Arztbüro begab, nach einer Schreibkraft rief und sich dranmachte, die liegen gebliebenen Arztberichte zu diktieren. Er war derart vertieft in seine Arbeit, dass er den Klinikleiter zunächst nicht bemerkte, der unversehens im Türrahmen auftauchte.

»Schwester«, sagte Dr. Märzner zu der Schreibkraft, »lassen Sie uns allein.« Die Angesprochene stand eilig auf, raffte Block und Bleistift zusammen und verschwand.

»Kollege Karges«, wandte sich der Klinikleiter nun an Friedhelm. »Ich sehe, Sie sind wieder bei der Arbeit.« Er wirkte trotzdem nicht zufrieden. »Ihre jüngste Krankmeldung lässt darauf schließen, dass Ihnen gänzlich jene Härte fehlt, die Leistungsträger unserer Nation zur Elite formt«, kritisierte er mit strenger Stimme.

»Das fängt ja gut an«, dachte Friedhelm Karges. Auf einen neuerlichen Vortrag über arische Tugenden konnte er getrost verzichten. Erst letzte Woche hatten zwei hochrangige Vertreter der Schutzstaffel mit ähnlichen Parolen zur medizinischen Belegschaft der Geisberg-Klinik gesprochen und ein klares Bekenntnis zur NSDAP gefordert. »Treten Sie lieber jetzt freiwillig in die nationalsozialistische Partei ein als später unter Zwang«, hatten die Obersturmbannführer gemahnt.

Bisher hatte Friedhelm Karges sich auf diesem Ohr taub gestellt. Da er keine Ahnung hatte, was er auf die Gesprächseröffnung seines Vorgesetzten erwidern sollte, schwieg er.

»Eine Versetzung in die Orthopädie ist völlig ausgeschlossen«, teilte ihm Dr. Märzner mit. Ton und Haltung ließen keinen Zweifel an der Endgültigkeit dieser Entscheidung.

»Dann sehe ich mich gezwungen, zu kündigen.«

»Sie Narr!«, schalt der Klinikleiter laut. »Ohne das richtige Parteibuch werden Sie nirgendwo eine neue Anstellung finden. Und was wollen Sie dann machen? Etwa als Handelsvertreter für Strumpfwaren durch die Lande ziehen und darauf hoffen, dass es nicht zum Krieg kommt?« Dr. Märzner redete sich regelrecht in Rage.

»Denn wenn das geschieht, landen Sie als popeliger Kleinstadtarzt schneller als Kanonenfutter an der Front, als Sie Heil Hitler sagen können.« Bei den letzten Worten hatte der Vorgesetzte mit dem Zeigefinger auf Dr. Karges gedeutet. »Ein Kriegseinsatz dürfte ein zartbesaitetes Gemüt wie das Ihre überfordern.«

Nach dieser Schmährede war das Gesicht von Friedhelm Karges hochrot angelaufen. Er wollte gerade den Mund aufmachen, um zu einer Erwiderung anzusetzen, doch Dr. Märzner ließ ihn nicht zu Wort kommen.

»Schweigen Sie gefälligst still und spitzen Sie die Ohren, statt vorschnell das Kind mit dem Bade auszuschütten«, befahl er. »Ich vermag Ihnen einen Vorschlag zu unterbreiten.«

Trotz seiner Verärgerung beschloss Friedhelm Karges, den Klinikleiter anzuhören.

»Ich trage mich mit dem Gedanken, Ihnen die Vertretung einer nahe gelegenen Landarztpraxis zu offerieren.« Friedhelm Karges erkannte den Ausweg, der sich aus seinem Dilemma bot. Trotzdem widerstrebte es ihm, vorschnell zuzusagen.

»Darf ich fragen, wo sich die Praxis befindet? Wem ich nachfolge und aus welchem Grund?«

»Meine Güte, Karges! Bisher habe ich Sie nicht für den Umstandskrämer gehalten, als der Sie sich gerade entpuppen«, seufzte der Klinikleiter genervt. »Folgen Sie mir in mein Büro, dort erfahren Sie alles Wissenswerte.«

»Sehr gern«, antwortete Friedhelm Karges. Bevor er

jedoch der Aufforderung des Vorgesetzten folgte, klappte er die Patientenakte zu, die vor ihm lag, und ordnete sie mit einigen geschickten Handgriffen in den Schrank mit den Hängeregistern ein.

Dr. Märzner erwähnte nicht, dass ihm das Arrangement mit der Praxisvertretung auch selbst zupasskam. Wenige Wochen nachdem er vom Versetzungsgesuch seines tüchtigsten Chirurgen erfahren hatte, hatte ihn der Anruf des geschätzten Kollegen Dr. Richard Trabert erreicht. Der in den Rang eines Obersturmbannführers aufgestiegene Amtsarzt bat um Unterstützung bei der Suche nach einem zuverlässigen Mediziner, dem vertretungsweise seine allgemeinmedizinische Praxis in Gudenshain anvertraut werden konnte.

»Ich muss mich mit Priorität einem Forschungsprojekt widmen«, hatte er erklärt, »auf dessen Gelingen man von oberster Stelle drängt.« Dr. Märzner benötigte keine weiteren Details. Er verstand. Auch dass sich der Vertretungszeitraum schwer im Vorfeld abgrenzen ließ, leuchtete ihm ein. Dr. Trabert veranschlagte zunächst sechs Monate.

»Mir fällt da in der Tat ein talentierter junger Kollege ein, der dieser Verantwortung gerecht werden könnte«, hatte Dr. Märzner in Aussicht gestellt.

»Famos«, freute sich Dr. Trabert. »Ganz famos. Kenne ich den Wunderknaben?«

»Unwahrscheinlich. Es handelt sich um einen Klinikmitarbeiter, dem ich kurzerhand eine Luftveränderung verordne.«

Dr. Märzner hoffte, dass der Alltag einer allgemeinmedizinischen Dorfpraxis, wo es sich um die Behandlung von eingewachsenen Zehennägeln und eitriger Furunkel drehte, Dr. Karges zur Vernunft und zurück in die Spur brachte. Immerhin schien er sich zwischenzeitlich beruhigt zu haben. Zumindest zeigte sein Gesicht wieder eine normale Färbung.

»Nehmen Sie Platz, Kollege Karges«, forderte der Klinikleiter und deutete auf eine Sitzgruppe im hinteren Teil des Büros, wo bereits ein weiterer Besucher wartete.

»Obersturmbannführer Dr. Rudolf Trabert – Dr. Friedhelm Karges«, stellte der Klinikleiter die Männer einander vor.

»Wir kennen uns!«, konstatierte Dr. Trabert und klang wenig erfreut. Er vergaß nie ein Gesicht, insbesondere dann nicht, wenn es einem impertinenten Störenfried und Besserwisser gehörte. Auch Friedhelm Karges erkannte in dem Besucher den Arzt, mit dem er während des Consilium Medicum einen Disput ausgetragen hatte. Es war unschwer zu bemerken, dass er ihm immer noch übel nahm, dass er die Sinnhaftigkeit des Intelligenzprüfverfahrens angezweifelt hatte. Jener Befragung, die Käthe zum Verhängnis geworden war und die niemand anderer durchgeführt hatte als der Mann, der ihm jetzt gegenübersaß. Die gegenseitige Abneigung, die zwischen beiden herrschte, war deutlich spürbar und irritierte Dr. Märzner.

»Dr. Karges ist übrigens der Kollege«, wechselte der Klinikleiter vorsichtshalber das Thema, »der die Unfruchtbarmachung bei dem Bauernmädchen vorgenommen hat, nach dem du dich vorhin erkundigt hast.«

Dr. Karges horchte auf und fragte sich alarmiert, aus welchem Grund sich der Obersturmbannführer für den Verbleib von Käthe interessierte. Dr. Trabert musterte ihn mit einer Mischung aus Misstrauen, Abscheu und neu erwachtem Interesse.

»Sie wissen nicht zufällig, wo das Mädchen abgeblieben ist?«, erkundigte er sich scheinbar beiläufig.

Friedhelm Karges ließ sich nicht täuschen und überlegte fieberhaft, wie er reagieren sollte. Welche Optionen standen zur Auswahl? Er konnte vorgeben, sich nicht an Käthe zu erinnern, oder versuchen, Dr. Trabert mit derselben Antwort abzuspeisen wie diesen Karl Ott, der sich vor einiger Zeit ebenfalls nach ihr erkundigt hatte. Friedhelm Karges nahm an, dass sich die Männer kannten. Schließlich stammten beide aus Gudenshain. Womöglich steckten sie unter einer Decke und hatten die Intrige gegen Käthe gemeinsam ausgeheckt.

»Welches Mädchen?«, fragte er, um Zeit zu schinden. Im selben Augenblick erkannte er, dass man ihm eine Falle gestellt hatte. Hätte er versäumt, sich nach dem Namen zu erkundigen, wäre er hineingetappt. Er realisierte, dass dieser Naziarzt ein gefährlicher Gegner war, vor dem es sich in Acht zu nehmen galt.

»Fräulein Käthe Klepper«, antwortete der Klinikleiter und drückte ihm die Patientenakte in die Hand, die er sich hatte kommen lassen. Friedhelm Karges blätterte in den Unterlagen.

Auf eigene Verantwortung entlassen, stand dort zu lesen, wie er nur zu genau wusste. Während er vorgab, die Eintragungen zu überfliegen, rasten seine Gedanken. Er beschloss, alles auf eine Karte zu setzen.

»Ich erinnere mich an den Fall«, gab er zu. »Leider kann ich keine Auskunft zum Verbleib der ehemaligen Patientin geben.« Die Augen des Obersturmbannführers verengten sich argwöhnisch. Sein Gesichtsausdruck ähnelte dem eines Raubtiers, das zum Sprung ansetzte.

»Darf ich den Grund dafür erfahren?«, hakte er scheinbar unbeteiligt nach.

»Nun …« Dr. Karges räusperte sich und hoffte, dass ihm die Nervosität nicht anzumerken war. »Das Fräulein Klepper war plötzlich spurlos verschwunden. Wie es scheint, hat sie die Klinik unbemerkt vom Klinikpersonal verlassen.« Dr. Trabert nickte bedächtig. Seine emotionale Zurückhaltung verwunderte Friedhelm Karges, der sich bereits gewappnet hatte, Rede und Antwort zu den genauen Umständen ihres Verschwindens stehen zu müssen.

Obwohl die Befragung ausblieb, war er keineswegs so töricht, sich in Sicherheit zu wiegen. Ihm war klar, dass Dr. Trabert seine

Verbindungen spielen und weitere Nachforschungen anstellen lassen konnte. Er würde die Angelegenheit kaum einfach ad acta legen. Oder doch? Möglicherweise hatte Dr. Trabert mit seiner Nachfrage ja lediglich Karl Ott einen Gefallen erwiesen, der jetzt, da er die Auskunft zu Käthe bestätigt fand, hoffentlich ebenfalls Ruhe gab.

Dessen ungeachtet hielt Friedhelm Karges es für ausgeschlossen, dass Dr. Trabert ihm die Vertretung seiner Praxis anvertraute. Dr. Märzner hatte offensichtlich vor, ihm diese Aufgabe anzutragen. Natürlich kam das unter gar keinen Umständen infrage. Eine Ablehnung gestaltete sich jedoch schwierig, wollte er den Vorgesetzten nicht brüskieren und seinen Zorn endgültig auf sich ziehen. Deshalb trat er die Flucht nach vorne an.

»Wenn ich mich nicht täusche, haben Sie mich aber wegen einer anderen Angelegenheit herbestellt«, nahm er im Plauderton den anfänglichen Gesprächsfaden wieder auf. Es kostete ihn Mühe, nicht zufrieden zu grinsen, als Dr. Trabert den Köder prompt schluckte, eilig abwinkte und an den Klinikleiter gewandt sagte: »Ich bedaure, alter Junge. Dr. Karges scheint mir nicht der Richtige für die Aufgabe.«

März 1936

Blau gefroren

Anfang März waren der Taunus und seine Ausläufer noch immer von Schnee bedeckt. Obwohl Käthe sich im siebten Monat ihrer Schwangerschaft befand, fühlte sie sich beweglich genug, um einen Spaziergang zu unternehmen. Sie nahm den Schlitten mit und musste Förster Heinrich hoch und heilig versichern, dass sie keineswegs vorhatte, damit zu rodeln.

»Ich gerate jetzt immer so schnell außer Atem«, erklärte Käthe. »Der Schlitten eignet sich so gut als Sitzplatz für eine Verschnaufpause.« Das überzeugte Heinrich, der die Kufen extra mit Speck geschmeidig wienerte, damit das Käthchen nicht so schwer an dem Gefährt zu ziehen hatte. Käthe brach in Begleitung der Dobermänner auf.

»Auch wenn ich nicht rodeln kann, können wir uns doch einen Rodelhang aus der Nähe anschauen, oder?«, sprach sie zu den Hunden. »Was meint ihr?« Brutus und Zerberus quittierten ihren Vorschlag mit einem erwartungsfrohen Schwanzwedeln.

Es bestand zwar kaum Gefahr, jemandem im Wald zu begegnen, trotzdem schärfte Förster Heinrich ihr ein, sich von anderen Menschen fernzuhalten.

»Vor allem von den Freiluft-Nazis«, warnte er und meinte die Abhärtungscamps, die die Hitlerjugend neuerdings zum Zweck der körperlichen Ertüchtigung in der Gegend abhielt. Auf seinen Reviergängen war er mehrfach auf die militärisch geführten Jugendgruppen gestoßen. Interessiert hatte er ihr Überlebenstraining in der winterlichen Kälte verfolgt, das angeblich der Verweichlichung und Zersetzung der deutschen Gesellschaft entgegenwirken sollte. Adolf Hitler propagierte, dass die Jugend zu primitiven Instinkten zurückfinden und dass zur Förderung des nationalen Selbstbehauptungswillens ein körperlich und geistig unverdorbenes Geschlecht herangezogen werden müsse.

Käthe wagte nicht, die Blitzkuhle aufzusuchen, obwohl der beliebte Rodelhang bei straffem Tempo in knapp zwei Stunden fußläufig zu erreichen wäre. Zu dicht lag ihre ehemalige Rodelstrecke an Gudenshain. Stattdessen beschloss sie, den Weg zum Katzenbuckel einzuschlagen. Auf die steile Abfahrt wagten sich nur geübte Schlittenlenker, sodass dort kaum eine Menschenseele anzutreffen sein dürfte. Zweimal zuvor war Käthe mit den Spielkameraden aus dem Dorf dort gerodelt. Beim ersten Mal krachte der Müller Franz frontal in den Stamm einer dicken Eiche. Doch abgesehen davon, dass er einige Minuten wie weggetreten auf seinem Schlitten gehockt und mit benommenem Blick in die Schneelandschaft geglotzt hatte, trug er keine ernsthaften Schäden davon. Beim zweiten Ausflug rasten die Krekel-Zwillinge wie rote Teufel talwärts. Der Flammende Erich wurde bei voller Fahrt in die Luft geschleudert, nachdem der Rodelschlitten über eine Unebenheit im Boden gehüpft war, und kam mehrere Meter weiter vorn mitten auf der Abfahrt zum Liegen. Dem Roten Hans gelang weder ein Ausweich- noch ein Bremsmanöver, bevor er mit einer Kufe über den Arm seines Bruders fuhr und ihm dabei das Handgelenk brach. Käthe hatte das Knacken des Knochens gehört. Das Geräusch war ihr durch Mark und Bein gegangen.

Der Katzenbuckel lag näher am Forsthaus als die Blitzkuhle. Obwohl Käthe in aller Frühe kurz vor Sonnenaufgang aufbrach, wurde sie enttäuscht. Eine Gruppe Jugendlicher rodelte bereits am Steilhang. Schon von Weitem hallte ihr Lachen und Jauchzen durch den Wald. Käthe näherte sich der Rodelstrecke von der Talseite her und mit äußerster Vorsicht. Gemeinsam mit den Hunden, die bei Fuß gingen und sich mucksmäuschenstill verhielten, verbarg sie sich außer Sichtweite in einem Gebüsch, um die jungen Leute zu beobachten. Sie erwartete zwar kaum, dass es sich um Gudenshainer handelte, ließ aber trotzdem Vorsicht walten. Auch wenn sie den Herrn Doktor seit jener Nacht kaum gesehen hatte, so beherzigte sie dennoch seine eindringliche Ermahnung: *Niemand darf dich zu Gesicht bekommen. Hörst du, niemand!*

Käthe bereitete es kein Problem, sich von Gudenshain fernzuhalten. Sie verspürte ohnehin wenig Sehnsucht nach dem Hof und dem Dorf. Nur den Vater und das Elschen vermisste sie. Und den gutmütigen Onkel Willi natürlich. Wie es ihnen wohl erging?, fragte sie sich kurz, konzentrierte sich dann aber auf das Geschehen vor ihren Augen. Sie machte sechs Jugendliche aus, die sich auf der Schlittenbahn tummelten. Noch bevor Käthe einen von ihnen zu Gesicht bekam, wusste sie plötzlich zweifelsfrei, dass es sich doch um Gudenshainer handelte. Den Hinweis lieferte ihr ein Kinderwagen, der verlassen am Fuß der Rodelbahn in der Nähe ihres Verstecks stand. Sie brauchte nicht hineinzuschauen, um zu wissen, dass darin ein Kind ohne Mütze, Handschuhe, Schuhe und Strümpfe der Kälte trotzte. Sie beobachtete, wie die Buben mit ihren Schlitten im Schlepptau bergan stapften. Es würde eine Weile dauern, bis sie zur Kuppe des Katzenbuckels und anschließend zurück ins Tal gelangten. Käthe nutzte die Zeit, um geduckt zum Kinderwagen zu huschen und hineinzulugen.

»Na, Almalein«, gurrte sie freundlich und sah ihre Vermutung bestätigt. Beim Klang ihrer Stimme breitete sich auf dem Gesicht des Kindes ein fröhliches Grinsen aus, das von einem blau gefrorenen Ohr zum anderen reichte. Obwohl Käthe feststellte, dass sich der unbedeckte Kopf sowie die nackten Kinderhändchen und -füßchen eiskalt anfühlten, äußerte Alma keinen Ton der Klage.

»Quält dich der Sauhund von Bruder wieder?« Käthe sprach von niemand anderem als vom Baumann Peter. Diese Hinterfotzigkeit war schon vor dem Gerichtsprozess einer der Gründe gewesen, warum Käthe den Metzgerssohn nie hatte leiden mögen. Auf der Suche nach den fehlenden Kleidungsstücken tastete sie das Innere des Kinderwagens ab und entdeckte sie zusammengeknubbelt am Kopfende. Eines nach dem anderen zog sie der Baumann Alma die groben Wollstrümpfe, die geschnürten Lederstiefelchen und die dicken Fäustlinge an. Zuletzt setzte sie dem Kind die Bommelmütze auf.

»Jetzt hast du es wieder schön warm«, lächelte sie. Beim Anblick der vollständig bekleideten Schwester würde der Baumann Peter glotzen wie die Kuh, wenn's blitzt, dachte Käthe grimmig.

»Gell, wie die Kuh, wenn's blitzt!«, wiederholte sie laut und kitzelte das Almalein am Bauch. Das Kind quiekte vor Vergnügen und zerrte sich die Mütze vom Kopf. Offensichtlich war sie inzwischen derart abgehärtet, dass ihr die Kälte kaum mehr zusetzte. Käthe pfiff leise nach Brutus und Zerberus, die sofort herbeieilten, und machte sich eilig aus dem Staub und auf den Rückweg zum Forsthaus.

Als Käthe später in die Stube trat, nahm niemand Notiz von ihr. Frederike und Roland stritten heftig. Das war so selten wie erschreckend, dass Käthe sich schleunigst nach oben in ihre Kammer verdrückte. Vom alten Förster fehlte jede Spur. Offenbar hatte er sich ebenfalls diskret verzogen.

»Besser ins Ausland als ins Arbeitslager«, beharrte Roland wutentbrannt. In seiner Stimme schwangen Trotz und Entschlossenheit.

Frederike wusste zwar, was viele Deutsche nicht wahrhaben wollten: nämlich dass jeder Ansatz von Andersdenken oder Anderssein in die Zwangsarbeitslager der Nazis führte. Deshalb flüchteten seit der Machtübernahme der Nationalsozialisten immer mehr deutsche Reichsbürger in die Schweiz oder die Niederlande. Trotzdem gab Frederike zu bedenken: »Es wird nicht leicht werden, das Land zu verlassen.«

Was sie sagte, stimmte. Mit dem wachsenden Einfluss des Deutschen Reichs auf der internationalen Bühne gestaltete sich die Emigration zunehmend problematischer. Insbesondere die angrenzenden Staaten fürchteten, durch eine Aufnahme von Flüchtlingen und Asylsuchenden die Beziehungen zum mächtigen Nachbarn zu gefährden.

»Es gibt zwei Länder, die politisch verfolgte Deutsche unbürokratisch aufnehmen«, widersprach Roland. »Frankreich und die Tschechoslowakei.« Frederike starrte ihren Ehemann mit offenem Mund an. Er hatte doch hoffentlich nicht vor, sich ausgerechnet dorthin abzusetzen?! Sie konnte sich nicht vorstellen, weder in dem einen noch in dem anderen Land zu leben.

»Im Gegensatz zu den meisten Regierungen duldet die in Prag sogar die politische Tätigkeit der Emigranten«, untermauerte Roland seine Überlegungen und gleichzeitig Rikes Befürchtungen.

»Du willst also tatsächlich nach Prag?«

»Es spricht vieles dafür«, bestätigte er. »Sogar Teile des SPD-Vorstands planen, sich vorübergehend dort niederzulassen.« Durch seine Parteikollegen verfügte er über Informationen aus erster Hand und wusste sowohl von diesem Vorhaben als auch von dem Plan, dass das Politbüro der ebenfalls verbotenen Kommunistischen Partei Deutschlands demnächst von Prag aus operieren würde, und zwar unbehelligt von der tschechischen Regierung.

»Ich glaube nicht, dass es mir dort gefallen wird«, klagte Frederike kleinlaut.

»Das muss es auch nicht«, versuchte Roland, seine Frau zu beruhigen. Er erreichte jedoch das genaue Gegenteil, als er nachschob: »Denn ich werde allein gehen.«

»Wenn wir fliehen, fliehen wir zusammen«, brauste Frederike auf.

Käthe, die in ihrer Kammer nicht umhinkam, jedes Wort mitzuhören, erschrak. Roland hatte Frederike also in die Fluchtpläne eingeweiht, die er bereits in der Neujahrsnacht mit Friedhelm erörtert hatte. Obwohl sie sich für ihr egoistisches Denken schalt, wollte sie nicht, dass Roland und Frederike ins Ausland flohen. Was sollte ohne sie aus ihr werden?

Isegrim

Käthe hatte es sich zur Gewohnheit gemacht, ausgedehnte Spaziergänge zu unternehmen, wenn sie nachdenken wollte. Auch auf ihrem heutigen Ausflug begleiteten Brutus und Zerberus sie und wachten über sie, während sie ihren Gedanken freien Lauf ließ. Ob sie ohne Frederike und Roland im Forsthaus bleiben durfte? Wenn nein, wohin sollte sie gehen? Und würde sie Friedhelm Karges dann je wiedersehen?

Abgesehen davon, dass ihr wenig daran lag, nach Gudenshain zurückzukehren, war ihr klar, dass sie sich weder auf dem Hof noch im Dorf mit einem Bankert blicken lassen konnte. Insbesondere nicht, nachdem das Erbgesundheitsgericht von

Rechts wegen verfügt hatte, dass sie niemals Kinder bekommen durfte. Sie hatte schon verstanden, dass der Herr Doktor gegen die gerichtliche Anordnung verstoßen und nicht für die entsprechenden Maßnahmen gesorgt hatte. Natürlich fragte sie sich nach dem Grund, fand aber keine Antwort. Insbesondere nachdem Frederike ihr erklärt hatte, dass ihm deswegen sogar Schwierigkeiten drohten, und sie eindringlich gewarnt hatte, dass darum niemand von dem Kind erfahren durfte.

»Ihrem Kind«, dachte Käthe. Inzwischen hatte sie den Irrglauben abgelegt, dass man für eine Schwangerschaft verheiratet sein musste. Ihr Zustand kam von den schändlichen Übergriffen des Zores. Trotzdem war sie erleichtert, dass Dr. Karges seiner Pflicht nicht nachgekommen war. Sie verstand es selbst kaum, aber sie freute sich auf das Kind, das allein ihres sein würde. So hatte sie es beschlossen. Auch wenn sie keinerlei Vorstellung hatte, wie ihr Leben nach der Geburt aussehen sollte, blickte sie zuversichtlich in die Zukunft. Plötzlich drang ein tiefes Knurren aus den Kehlen der Dobermänner. Sie witterten eine Bedrohung. Sofort suchte Käthe im Dickicht Deckung. Die Hunde folgten ihr auf dem Fuß und verhielten sich mucksmäuschenstill. In diesen Teil des Waldes verirrte sich niemand zufällig. Käthes Augen waren weniger scharf als die Nasen der Hunde. Sie musste daran denken, was Dr. Karges am Neujahrsmorgen berichtet hatte: Wie es schien, suchte der Otte-Karl nach ihr. Und sie ließ ihre Begegnung mit der Baumann Alma Revue passieren. Hatte sie sich verraten, indem sie der Kleinen Schuhe, Strümpfe, Mütze und Handschuhe angezogen hatte? Vermuteten ihre Verfolger einen Hinweis hinter dieser unbedachten Geste? Falls ja, daran hegte sie keinen Zweifel, würden sie nicht ruhen und ihr nachspüren. Sie hatte niemandem davon erzählt, weil sie das schlechte Gewissen plagte. Keinesfalls wollte sie verantwortlich sein, wenn Frederike und Roland durch ihr Verschulden im Forsthaus entdeckt wurden. Obwohl sie keine Menschenseele erspähte, war sie plötzlich überzeugt, dass jemand im Wald umherschlich. Sie löste die Leine von den Halsbändern der Dobermänner. »Brutus, Zerberus«, flüsterte sie, »fass!« Die Hunde schnellten wie von der Sehne eines Bogens katapultiert los. Käthe verlor sie in kürzester Zeit aus dem Blickfeld. Der oder die Eindringlinge befanden sich also immerhin nicht in unmittelbarer Nähe, registrierte sie erleichtert. Offenbar war ihre Fantasie mit ihr durchgegangen, und es existierte überhaupt keine Bedrohung. Dafür sprach, dass die Hunde nicht anschlugen. Einmal von der Leine gelassen, ließen sie sich Zeit mit ihrer Rückkehr. Wahrscheinlich jagten sie Kaninchen. Käthe trat den Rückweg zum Forsthaus ohne die Dobermänner an. Es dauerte jedoch nicht lange, bis Brutus an ihre Seite trabte. Zerberus folgte nach einer Weile mit blutverschmierter Schnauze. Offenbar war ihm das Jagdglück hold gewesen.

Am selben Nachmittag erwachte Dr. Trabert fluchend aus seinem wohlverdienten Mittagsschlaf. Wer besaß den Nerv, ihn um diese Uhrzeit aus dem Bett zu scheuchen? Noch dazu an seinem freien Tag!

»Gerda«, brüllte er aus dem Schlafzimmer. »Sieh nach, wer hier wie ein Berserker an die Tür der Praxis hämmert.« Wer auch immer es wagte – dieser impertinenten Person würde er gehörig den Marsch blasen.

Gerda rannte sofort auf klappernden Absätzen die Treppe nach unten. Der Arzt war gerade erst mit einem Bein in seine Tweedhose geschlüpft, als sie rief: »Rudi, komm schnell, ein Notfall!« Und selbst wenn, grummelte er noch immer ungehalten, war das keine Entschuldigung.

»Wer ist es?«, blaffte er zurück.

»Der Metzgersbub.« Dr. Trabert verdrehte die Augen. Was hatte der Schwachkopf diesmal wieder angestellt? Der Junge zog das Unglück offenbar magisch an.

»Ist er wieder vom Baum gefallen?«, fragte er, kaum dass er wenige Minuten später das Arztzimmer im Erdgeschoss betrat, in dem der Baumann Peter bäuchlings auf der Behandlungsliege lag. Roswitha Baumann zuckte auf die Art mit den Schultern, wie es nur eine leidgeprüfte Mutter fertigbrachte. Eine Antwort blieb ihr erspart, denn Dr. Trabert gewahrte die zerrissene Hose und das blutige Hinterteil des Jungen. »Die Metzgersleute waren um ihre Brut wahrlich nicht zu beneiden«, dachte er und erkundigte sich ohne Mitleid:

»Was hast du diesmal angestellt?«

»Ein Wolf«, jammerte Peter mit weinerlicher Stimme.

»Erzähl keine Märchen!«, schalt der Arzt. »Wo willst du dem Tier denn begegnet sein?«

»Im Wald«, schluchzte der Junge.

»Roswitha«, wandte sich Dr. Trabert an die Metzgersfrau. »Zieh dem Verreckling die Hose aus.« Obwohl sie versuchte, so vorsichtig wie möglich zu Werke zu gehen, greinte Peter vor Schmerz. Dr. Trabert zog eine Betäubungsspritze auf und verabreichte sie ihm.

»Hältst du dich etwa für Rotkäppchen?«, bemerkte er sarkastisch. »Der letzte deutsche Wolf wurde 1904 in unseren Gefilden ausgerottet.« Der Baumann Peter antwortete nicht. Auch weigerte er sich, Auskunft zu geben, wo genau im Wald er dem Raubtier angeblich begegnet sein wollte und was er dort zu suchen gehabt hatte. Dr. Trabert glaubte ihm kein Wort. Es schien ihm eher plausibel, dass der pubertierende Bengel einem Mädchen nachgestiegen war und dabei die Rechnung ohne den Schäferhund der Familie gemacht hatte. In Gudenshain und Umgebung kamen dem Doktor auf Anhieb mehrere lohnende Ziele in den Sinn, die diese Konstellation aufwiesen. Die ärztliche Untersuchung ergab, dass dem Baumann Peter ein gutes Stück Fleisch aus dem Allerwertesten fehlte. Die Verletzung wies eindeutig auf eine Bisswunde hin: verursacht vom Kiefer eines

Tieres mit Reißzähnen und einer beachtlichen Kieferspanne. Trotzdem schloss Dr. Trabert einen Wolf aus. Die Wunde war zwar erheblich, aber dennoch klein genug, um genäht werden zu können.

»Ist dein Sohn gegen Tollwut geimpft?«, verlangte er von der Metzgersfrau zu erfahren. Da sie verneinend den Kopf schüttelte, zog er eine zweite Spritze auf.

»Das ist die erste von insgesamt drei Impfungen. Die nächste Dosis muss in circa vierzehn Tagen verabreicht werden.« Roswitha nickte.

»Der Biss eines Hundes oder Fuchses kann Tollwut auf den Menschen übertragen, und die Impfung verhindert, dass die Erreger ins Hirn wandern«, dozierte Dr. Trabert. Er kniff dem Baumann Peter ins Hinterteil, um sich davon zu überzeugen, dass die Betäubung wirkte. Anschließend machte er sich daran, die Wunde zu vernähen.

»Er wird einige Wochen nicht sitzen können«, sagte er zu Roswitha Baumann und tauschte ein hämisches Grinsen mit ihr.

»Geschieht ihm recht«, entgegnete sie. »Beeil dich!«, trieb sie ihren Sohn an, der sich ungeschickt bemühte, mit dem Laken, das ihm Dr. Trabert gereicht hatte, seine Blöße zu bedecken. Für die paar Schritte einmal quer über den Dorfplatz bis nach Hause sollte es ausreichen.

»Ich muss den Laden aufsperren, und wegen dir kommt der Doktor zu spät zur Gemeindeversammlung.« Energisch schob sie ihren Sohn vor sich aus der Praxis, dankte dem Dorfarzt und entschuldigte sich für die Störung. Dr. Trabert schaute auf seine Taschenuhr. Roswitha Baumann hatte recht, wegen diesem vermaledeiten Bengel war er tatsächlich spät dran. Als er den Versammlungsraum in der *Linde* betrat, war die Sitzung bereits in vollem Gange.

Willi Lupp redete den Bauern eindringlich ins Gewissen.

»Wenn ihr mit dem Treiben vom Otte-Karl nicht einverstanden seid, dann lasst uns das hier besprechen, aber lasst es nicht an der armen Elsa aus«, schalt er die Bauern. Die Elsa hatte sich bei ihm ausgeweint. Seit ihr Vater versuchte, den Bauern im Dorf die Äcker abzuschwatzen, begegnete man nicht nur dem alten Ott, sondern auch ihr mit Ablehnung und Misstrauen.

»Ich kann doch nix für die Raffgier vom Vadder«, hatte sie beim Ortsvorsteher geklagt. Elsa tat ihm leid, erstens musste sie sich ganz allein mit dem Klepperhof herumplagen und wurde nun zweitens von den vergrätzten Einwohnern des Dorfes geschnitten. Er versprach ihr, ein Machtwort zu sprechen, und Elsa danke ihm artig, hatte aber wenig Hoffnung, dass seine Ermahnungen fruchteten. Sie kannte die starrsinnigen Gudenshainer – wenn sie sich einmal etwas in den Kopf gesetzt hatten, brachte sie so leicht nichts mehr von ihrer Meinung ab. Aber Elsa durchschaute inzwischen auch den Vater und zweifelte an seinen guten Absichten. Seit der Sache mit der Käthe sah sie ihn mit anderen Augen. Vor der Anzeige hatte sie tatsächlich felsenfest geglaubt, dass er dem Käthchen helfen wollte. Nie und nimmer hätte sie sich sonst von ihm zu dieser vermaledeiten Anzeige überreden lassen, die so viel Leid über Käthe gebracht hatte.

Auch Willi Lupp bereitete das Verhalten vom Otte-Karl Sorgen. Er hatte nicht nur dem Klepper Josef Hof und Äcker abgeluchst, sondern schien es auch auf den Grund und Boden der anderen Bauern abgesehen zu haben. Drei Bauern hatten ihn bereits besorgt angesprochen und davon erzählt, dass der alte Ott angeboten hatte, ihr Land zu kaufen. Die Elsa hatte es ebenfalls bestätigt. Der Otte-Karl führte eindeutig etwas im Schilde! Das war so sicher wie das Amen in der Kirche. Aber was?

»Weißt du«, hatte Elsa dem Willi Lupp traurig gestanden, »es ist schlimm genug, dass mir der Alwin abgeht, aber ich mache mir auch schreckliche Sorgen um das Käthchen. Ich frage mich immerzu, wo es abgeblieben sein könnte.«

Darüber debattierten auch die Versammlungsmitglieder, statt dem Ortsvorsteher Besserung im Umgang mit Elsa zu geloben.

»Vielleicht versteckt sie sich im Wald«, vermuteten einige.

»Womöglich in einer Höhle wie dieser Räuber, der in den Taunuswäldern sein Unwesen trieb«, spekulierten andere daraufhin.

»Wie hieß er noch gleich?«

»Leichtweiß«, sagte der Schulleiter Krekel. »Die Glanzzeit des Wilderers liegt jedoch lange zurück.«

»Verbreitet keine Geschichten«, tadelte Willi Lupp. Es fehlte noch, dass die Tratschweiber im Dorf mit dieser Schauermär hausieren gingen. Im Dorf zerriss man sich seit der Sache mit dem Zores alleweil genug die Mäuler über das Käthchen.

»Ich sage euch, im Wald spukt es«, beharrte der Färber Schorsch.

»Unsinn«, widersprach der Baumann Heinz.

Der Lindenwirt pflichtete dem Metzger bei und mutmaßte: »Hinter der Sach mit deiner Tochter stecken bestimmt die Krekel-Verrecklinge.«

»Keine Unterstellungen!«, erboste sich der Schulleiter sofort.

»Ist doch wahr.«

»Da steckt einzig und allein nur einer dahinter«, brummte der Metzger missmutig, »und zwar mein missratener Sohn.« Weil er keine Lust verspürte, sich den Spott der Gemeinderatsmitglieder anzuhören, leerte er sein Weinglas und räumte das Feld. »Ich muss mal austreten.«

»Hinter welcher Sach?«, fragte Dr. Trabert in die Runde

und wunderte sich, was die Krekel-Zwillinge mit der Baumann-Tochter zu schaffen haben sollten. »Was ist denn mit der kleinen Alma?«

Er wunderte sich, dass Karl Ott sich während der gesamten Versammlung ungewöhnlich schweigsam verhielt und auch jetzt nicht die Gelegenheit ergriff, um gegen die Krekel-Zwillinge zu wettern, wie er es sonst gern tat. Auch mit Dr. Trabert hatte er bis jetzt noch kein Wort gewechselt. Offenbar schmollte er, weil sein Knecht nicht von den Kälteversuchen zurückgekehrt war.

Dabei hatte Dr. Trabert große Hoffnungen in den Zores gesetzt, denn im Gegensatz zu anderen Versuchspersonen hatte er die Tests überlebt, wenigstens zunächst. Dann büßte er seine Gesundheit jedoch bei einem Schlaganfall ein, und zwar keineswegs aufgrund der Kälte, eher im Gegenteil. Gegen Minustemperaturen schien der Knecht ganz und gar unempfindlich. Er entstieg dem Eiswasser nicht nur kerngesund, sondern in freudiger Erregung, die sich deutlich an dem steifen Glied zwischen seinen Beinen ablesen ließ. Die Erektion galt den beiden Lagerinsassinnen, die ihn, drall und nackt, beim Aufwärmprozess unterstützen sollten. Die anwesenden Sanitätsgrade hatten fasziniert beobachtet, wie Zores sich in und an den Frauen rieb. Die heftigen Kontraktionen, die seinen Körper alsbald durchzuckten, deuteten sie zunächst als Ekstase. Fälschlicherweise, wie sich bei der Untersuchung durch Dr. Trabert dann herausstellte. Offenbar hatte sich das Herz-Kreislauf-System des Knechts nicht nur erwärmt, sondern überhitzt. Da der Schlaganfall seine linke Körperhälfte lähmte, kam der Zores für Arbeiten auf dem Hof von Karl Ott nicht mehr infrage. Deshalb hatte Dr. Trabert beschlossen, ihn im Lager zu belassen und für Anschlussversuche einzusetzen. Mindestens einen oder zwei weitere überlebte er voraussichtlich.

»Neulich hat der Peter die kleine Alma mal wieder mit dem Kinderwagen im Wald abgestellt«, erklärte Pfarrer Bachner.

»Saubengel«, fluchte Franz Krekel, froh darüber, dass es ausnahmsweise nicht um die Missetaten seiner eigenen Söhne ging.

»Hat der Peter seine Schwester etwa wieder mit nackten Händen und Füßen der Kälte ausgesetzt?«, wollte der Färber Schorsch wissen.

»Der Bengel schwört nein. Aber die Buben, die mit von der Partie waren, erzählen eine andere Geschichte«, erwiderte der Baumann Heinz.

»Und was ist jetzt mit der Alma?«, bohrte der Färber Schorsch weiter.

»Nix«, entgegnete der Metzger.

»Hat sie Erfrierungen erlitten?«, fragte Dr. Trabert.

»Eben nicht. Als die Saubande zum Kinderwagen zurückkehrte, hatte die Alma plötzlich wieder Schuhe, Strümpfe und Handschuhe an. Wie von Geisterhand«, antwortete Heinz Baumann.

»Geisterhand! So ein Unsinn. Wahrscheinlich ist zufällig jemand vorbeigekommen und hat sich Almas erbarmt«, wandte Dr. Trabert ein.

»Die Buben behaupten, im Wald tät's spuken.«

»Blödsinn«, kam es von Willi Lupp.

»Es gab keine Fußspuren. Die wären im Schnee leicht zu erkennen gewesen.«

»Sie glauben, es war der Geist von der Käthe.«

»Vom Klepper-Käthchen? Warum ausgerechnet von ihr?«

»Na, sie war doch diejenige, die der Alma immer Mütze und Handschuhe angezogen hat. Ohne sie wäre die Alma schon längst erfroren.«

»Aber warum der Geist? Das Mädchen ist doch nicht tot?«

»Jedenfalls schlottert der Baumann Peter seither vor Angst und traut sich kaum mehr in den Wald.« Die Männer lachten. Wer weiß, dachte Dr. Trabert bei sich. Vielleicht hatte der

Metzgersbub bezüglich des Ortes, an dem er sich den Hundebiss zugezogen hatte, doch nicht gelogen.

»Geschieht dem Verreckling recht«, meinte der Lindenwirt.

»Ich sag's noch mal«, verschaffte sich Willi Lupp laut Gehör, und diesmal sprach er mit der vollen Autorität seines Amtes. »Hört endlich auf, solche Schauergeschichten zu verbreiten.«

April 1936

Verschollen

Obwohl die Geburt nach Friedhelms ärztlicher Einschätzung erst ab Anfang Mai zu erwarten stand, klagte Käthe bereits zwei Wochen vorher über Unterleibsschmerzen. Ob sich bereits die ersten Wehen ankündigten, vermochten weder Frederike noch Heinrich oder Roland einzuschätzen. Ihnen fehlten die nötige Erfahrung sowie Friedhelms ärztliche Unterstützung. Er hatte versprochen, rechtzeitig zur Geburt zurückzukehren, jedoch seit Tagen nichts von sich hören lassen. Frederike musste ihn dringend erreichen. Zum Glück war das Forsthaus mit einem funktionierenden Diensttelefon ausgestattet. Trotzdem gelang es ihr nicht, den Bruder an die Leitung zu bekommen. An drei aufeinanderfolgenden Tagen versuchte sie es vergeblich. Bis spät in die Nacht hinein rief sie zu unterschiedlichen Zeiten im Stadthaus an.

»Tut mir leid, der Anschluss antwortet nicht«, teilte ihr das Fräulein von der Vermittlungsstelle des Fernmeldeamts ein ums andere Mal mit.

»Von mir aus kann das Kleine kommen«, scherzte Heinrich trotz der angespannten Lage und wies stolz auf die Kinderwiege, die er aus Kirschholz gezimmert und mit aufwendigen Schnitzereien verziert hatte. Sein Geschenk hatte Käthe zu Tränen gerührt.

»Ich habe nie eine schönere Wiege gesehen«, bedankte sie sich bei ihm. Zum Glück flauten ihre Unterleibsschmerzen unterdessen wieder ab. Trotzdem wuchs Frederikes Sorge mit jedem erfolglosen Anruf, den sie tätigte. Sie fragte sich beklommen, warum ihre Telefonate ins Leere liefen. Normalerweise hoben Erika oder Karl den Telefonhörer im Stadthaus ab. Wo steckten die Bediensteten nur?

Weil Frederike sich keinen anderen Rat wusste, spielte sie sogar mit dem Gedanken, in der Krankenanstalt anzurufen, um sich dort nach ihrem Bruder zu erkundigen. Sie beschloss, es zuvor noch ein letztes Mal im Stadthaus zu versuchen, und endlich verkündete die Telefonistin vom Fernmeldeamt: »Einen Augenblick bitte, ich verbinde.«

Ein Knacken drang aus der Leitung, dann erklang Erikas zaghafte Stimme: »Hier ist der Anschluss der Familie Karges. Wer spricht bitte?«

Statt Erleichterung zu verspüren, steigerte sich Frederikes Besorgnis, denn die Hausangestellte klang verängstigt.

»Erika«, fragte sie alarmiert. »Ist etwas geschehen?« Anstelle einer Antwort drang anhaltendes Schluchzen aus dem Hörer.

»Erika!«, mahnte Frederike mehrfach und immer eindringlicher, bis die Angesprochene endlich stammelte: »Gnädige Frau, Gott sei Dank, dass Sie anrufen.«

»Was um Himmels willen ist denn passiert?«

»Der gnädige Herr …«, wieder schluchzte Erika, sodass sie nicht weitersprechen konnte.

»Was ist mit meinem Bruder?«

»Sie haben ihn abgeführt«, stammelte die Dienstbotin schließlich.

»Friedel wurde verhaftet?«

»Ja, so ein Unglück!« Frederike fragte weder »Warum?« noch »Von wem?«. Sie konnte sich denken, dass die Nazis dahintersteckten.

»Wann war das?«

»Vor zwei Tagen. Seither haben wir uns nicht mehr vor die Tür getraut, der Kurt und ich.« Jetzt, da sie einmal zu sprechen begonnen hatte, schien Erika nicht mehr aufhören zu können. »Den Telefonhörer hab ich eigentlich auch nicht abnehmen wollen, aber ...« Erneut unterbrach sie sich, von Weinkrämpfen geschüttelt.

Kein Wunder, dachte Frederike, dass ihre Anrufe ins Leere gelaufen waren. Sie lauschte Erikas Klagen nur mit einem Ohr, denn ihre Gedanken überschlugen sich bereits: Stand die Verhaftung ihres Bruders mit Rolands und ihrem Verschwinden im Zusammenhang? Oder hatte sie vielmehr mit Käthes Schwangerschaft zu tun? War er aufgeflogen? Wenn ja, dann befand er sich in größter Gefahr! Doch wer konnte eigentlich wissen, dass er das Mädchen nicht unfruchtbar gemacht hatte? War ihm dieser Naziarzt auf die Schliche gekommen, der sich in der Krankenanstalt nach Käthe erkundigt hatte? Egal, welcher Grund dahintersteckte, Frederike befürchtete das Schlimmste.

Wer weiß, schoss es ihr durch den Kopf, vielleicht hören die Nazis sogar unsere Telefongespräche ab? Deshalb verabschiedete sie sich hastig von Erika und legte auf. Das gequälte Aufschluchzen, das ihrer Kehle entfuhr, versetzte ihren Mann, Käthe und Förster Heinrich in Alarmbereitschaft.

»Was ist geschehen?«, erkundigte sich Roland besorgt, der sogleich zu ihr in den Flur eilte, in dem sie wie versteinert an der Wand neben dem Telefonapparat lehnte. Roland führte sie behutsam ins Kaminzimmer, wo sie sich kraftlos in einen Sessel fallen ließ.

»Die Nazis haben Friedel abgeholt«, teilte Frederike tonlos mit. Entsetzt ließ Käthe das Buch sinken, in dem sie gelesen hatte. Inzwischen konnte sie sogar mehrsilbige Wörter entziffern. Komplizierte Sätze jedoch las sie meistens mehrfach, um sicherzustellen, dass sie den Sinn vollständig erfasste. Sie liebte *Das fliegende Klassenzimmer*. Mittlerweile gelang es ihr, die Abenteuer von Uli und Matz auf dem Johann-Sigismund-Gymnasium im Alpenstädtchen Kirchberg relativ flüssig zu verfolgen.

»Verhaftet?«, sprach Förster Heinrich aus, was auch Käthe befürchtete.

»Das glaube ich nicht«, urteilte Roland und klang zuversichtlich. »Sie werden ihn zunächst lediglich einer Befragung unterziehen.« Er behielt für sich, was er für offensichtlich erachtete: Die Nazis versuchten, über Friedhelm an ihn heranzukommen. Im Gegensatz zu Frederike fürchtete er keinen Moment, dass es um Käthe gehen könnte. Ihr Verschwinden aus dem Krankenhaus dürfte die Behörden kaum kümmern, und von der Schwangerschaft wusste niemand außer ihnen.

»Was sollen wir jetzt tun?«, fragte Frederike voller Sorge.

»Das liegt auf der Hand«, antwortete Roland. »Ich muss das Land verlassen. Und zwar so schnell wie möglich.«

»*Wir* müssen das Land verlassen«, beharrte Frederike. »Aber vielleicht hat Friedhelms Verhaftung gar nichts mit uns zu tun.« Sie wusste selbst, dass sie sich an einen Strohhalm klammerte.

»Willst du es darauf ankommen lassen?«, meldete sich Heinrich zu Wort. »Außerdem ist es einerlei, aus welchem Grund man Friedhelm festhält. Wer in die Hände dieser Mordbande gerät, ist meist verloren.« Er redete selten und dann auch nur wenig. Der für ihn ungewöhnliche Wortschwall wirkte daher umso eindringlicher. »Wenn ihr mich fragt, müsst ihr etwas unternehmen.«

»Aber was?«, überlegte Roland laut.

»In Zeiten wie diesen helfen nur Freunde in hohen Positionen – in hohen Nazipositionen, um genau zu sein«, antwortete der Förster mit der Erfahrung eines Mannes, der schon mehr als einen politischen Kurswechsel im Reich miterlebt hatte.

»Hab ich nicht und will ich auch nicht haben«, wehrte Roland den Vorschlag kategorisch ab. Doch Frederike krauste nachdenklich die Stirn. Sie ahnte, auf wen Heinrich anspielte: Mariannes Vater war ein Nazi, sogar in höchster Position, egal, wie inakzeptabel die Tatsache in ihren Ohren klang. Immerhin leitete er die Präsidialkanzlei von Adolf Hitler. Ohne das Parteibuch mit der ganz niedrigen Mitgliedsnummer wäre die Ausübung dieses Amtes wohl kaum möglich. Frederike fragte sich, ob Eduard Vollmer aus alter Verbundenheit mit der Familie Karges bereit wäre, seinem ehemaligen Schwiegersohn beizustehen. Nun, ein Versuch konnte keinesfalls schaden.

»Aber ich«, sagte sie mit neuer Zuversicht und ging zurück in die Diele, wo sie erneut zum Telefonhörer griff.

»Die Präsidialkanzlei«, ließ sie das Fräulein vom Telefonvermittlungsamt wissen.

»Wen wünschen Sie dort zu sprechen?«

»Den Leiter der Kanzlei, Herrn Eduard Vollmer, persönlich.« Frederike gab ihrer Stimme einen selbstbewussten Klang. Wenn überhaupt, dann konnte sie nur mithilfe einer gehörigen Portion Kühnheit darauf hoffen, von den Sekretärinnen der Kanzlei durchgestellt zu werden.

»In welcher Angelegenheit bitte?«, fragte wenige Minuten später eine Vorzimmerdame hochnäsig.

»Es handelt sich um eine dringende Privatsache.«

»Haben Sie einen Termin?« Frederike stellte sich vor, wie das Fräulein im Terminkalender ihres Vorgesetzten blätterte.

In Gedanken spielte sie mehrere Antwortmöglichkeiten durch: »Den brauche ich nicht.« – »Ich bin eine Freundin seiner verstorbenen Tochter.« Keine davon würde sie an dem Vorzimmerdrachen vorbeischleusen. Daher entschied sie sich für eine List und flötete kokett in den Apparat: »Sagen Sie Eduard, dass Rike-Maus ihn sprechen möchte.« Mochte das Fräulein getrost eine unschickliche Liebschaft vermuten, Frederike war es einerlei, Hauptsache, sie wurde durchgestellt. Tatsächlich dauerte es keine Minute, bis der tiefe Bass von Eduard Vollmer aus dem Hörer klang.

»Fräulein Frederike, sind Sie das?«, erkundigte er sich, und als sie seine Frage bejahte, reagierte er ehrlich erfreut. Mit keinem Wort ging er auf ihre wunderliche Anmeldung bei der Vorzimmerdame ein, sondern erkundigte sich ohne Umschweife: »Was kann ich für Sie tun?« Ihr Anliegen war schnell erklärt.

»Friedhelm wurde verhaftet.« Er fragte nicht nach den Gründen, derer gab es heutzutage vielfältige.

»Ich werde Erkundigungen einziehen«, versprach Eduard Vollmer. »Wo kann ich Sie erreichen, wertes Fräulein Frederike?«

»Das ist etwas heikel«, druckste Frederike herum.

»Verstehe«, erwiderte Eduard Vollmer, dann hörte sie, wie er einige Personen, die sich offenbar im selben Raum wie er befanden, aufforderte, ihn allein zu lassen.

»Jetzt können wir ungestört reden«, sagte er nach kurzer Zeit freundlich.

Frederike beschloss, alles auf eine Karte zu setzen und ihm zu vertrauen. Sie erzählte ihm, wo sie sich aufhielten und warum. Käthe, das Kind und Friedhelms Verstoß gegen die richterliche Anordnung erwähnte sie jedoch nicht. Damit, fürchtete sie, würde sie Eduard Vollmer ins Dilemma stürzen.

»Ich fürchte, man sucht nach uns und will nun von Friedhelm erfahren, wo wir uns aufhalten«, schloss Frederike ihren Bericht. Eduard Vollmer hörte ihr aufmerksam zu. Nachdem sie geendet hatte, schwieg er einen längeren Moment, sodass Frederike schon fragen wollte, ob er noch am Apparat sei.

»Liebes Fräulein Frederike«, sagte er schließlich. »Ich will die Behörden in Wiesbaden gern informieren, dass ein bedauerliches Missverständnis vorliegt, falls man aus Ihrer Abwesenheit geschlossen haben sollte, dass Sie sich versteckt halten oder gar außer Landes fliehen wollen.« Frederike lauschte atemlos.

»Ich will daher die Behörden gern über Ihre Urlaubsreise in Kenntnis setzen. Wohin, sagten Sie noch, sind Sie gereist? Ach ja, in das schöne Ostseebad Binz auf der Insel Rügen. Stimmt's?« Frederike nickte verdattert, ohne daran zu denken, dass Eduard Vollmer ihre Reaktion gar nicht sehen konnte. »Sollte ein diensteifriger Beamter falsche Schlüsse gezogen haben, so wird das schnellstens korrigiert. Selbstverständlich werden Sie nach Hause zurückkehren, da Sie als unbescholtene Bürger nichts zu befürchten haben«, versprach er. Endlich fand Frederike ihre Stimme wieder.

»Soll das heißen, dass wir unbehelligt ins Stadthaus zurückkehren können?«

»Das will ich meinen«, bekräftige Eduard Vollmer und klang dabei so überzeugend, dass Frederike keinerlei Zweifel an seinen Worten hegte.

»Danke sehr«, hauchte sie. Jetzt musste sie nur noch Roland überzeugen.

Offenbar erriet Eduard Vollmer ihre Gedanken, denn er fügte hinzu: »Ihr Roland ist ein kluger Kopf. Ich rate ihm dringend, sich über die verschärfte Verordnung zur Erhebung der Reichsfluchtsteuer zu informieren. Das wird auch ihn überzeugen.« Frederike schmunzelte. Der alte Haudegen leitete die Präsidialkanzlei nicht zufällig, er war durch und durch ein gewiefter Stratege.

»Sollten Sie nichts weiter von mir hören, liebes Fräulein Frederike«, schloss Eduard Vollmer, »dann werten Sie das bitte als gutes Zeichen. Sie werden Ihren Bruder bald wieder in die Arme schließen können. Grüßen Sie ihn herzlich von mir.«

Frederike versprach es nur zu gern.

Verhör

Bis zu dem Augenblick, als zwei uniformierte SA-Beamte in der Geisberg-Klinik auftauchten, hatte Friedhelm Karges geglaubt, heil aus dem Schlamassel herauszukommen, in den er sich manövriert hatte. Die Zeichen schienen günstig zu stehen, denn der Klinikleiter hatte seine Meinung doch noch geändert und seiner Versetzung in die Orthopädie zugestimmt. Den Sinneswandel verdankte Friedhelm Karges dem Umstand, dass der Kollege, der vor ihm auf der Station gearbeitet hatte, statt seiner nun die Praxisvertretung bei Dr. Trabert in Gudenshain übernahm. Damit war der Platz in der Orthopädie für ihn frei geworden. Ein Blick in die ernsten Mienen der SA-Männer ließ ihn jedoch befürchten, dass seine vermeintliche Glückssträhne vorbei war. Offenbar hegten sie die Absicht, ihn in Gewahrsam zu nehmen.

»Mitkommen!«, forderten sie ohne Angabe von Gründen und verweigerten sogar auf Nachfrage jegliche Auskunft. Sie ließen ihm keine Wahl, als dem Befehl unmittelbar Folge zu leisten. Dabei kümmerte es sie nicht im Geringsten, dass sowohl der Klinikleiter als auch die Kollegen den Vorfall persönlich miterlebten. Im Gegenteil, sie schienen ihre Amtsmacht in vollen Zügen zu genießen. Die öffentlich inszenierte Demütigung berührte Friedhelm Karges peinlich.

Er wurde in das Wiesbadener Polizeigefängnis gebracht, was ihn wunderte, denn Verhaftungen aus politischen Gründen fielen nicht in den Zuständigkeitsbereich der Polizei. Da man ihm nach wie vor Auskünfte verweigerte und ihm keine strafrechtlichen Verfehlungen in den Sinn kamen, ging er davon aus, dass man ihm ein politisches Vergehen vorwarf. Im Polizeigefängnis steckte man ihn in eine Einzelzelle und informierte ihn, dass er hier so lange festsitzen würde, bis die Schriftstücke eintrafen, die man im Vorfeld angefordert hatte und die für seine Befragung vonnöten seien.

»Hätte man unter diesen Umständen nicht mit meiner Einbestellung warten können?«, begehrte er verärgert auf.

»Hier drin braten wir keine Extrawürstchen«, blaffte ihn ein SA-Beamter unfreundlich an. »Merken Sie sich das. Schon gar nicht für die feinen Herren der gehobenen Gesellschaft. Sie werden sich gedulden müssen wie jeder andere auch.«

»Und wie lange wird das sein?« Der Uniformierte maß ihn mit abschätzenden Blicken.

»Sie sollten weniger mit Stunden, sondern eher mit Tagen rechnen«, lautete seine süffisante Antwort. Er genoss die Ohnmacht des Gefangenen sichtlich.

»Lassen Sie sich besser Waschzeug und Kleidung zum Wechseln bringen«, schob er nach. Zu diesem Zweck gestattete er Friedhelm Karges, einen Anruf zu tätigen. Der fragte sich immer noch verärgert, warum man mit seiner Verhaftung nicht gewartet hatte, bis die benötigten Dokumente vorlagen. Er verstand jedoch schnell, dass das Vorgehen zur gewöhnlichen Zermürbungstaktik der Beamten gehörte. Während der Wartezeit amüsierten sie sich damit, psychischen Druck auf die Inhaftierten auszuüben. Indem sie sie in Einzelzellen zittern ließen, machten sie deutlich, dass sie mit ihnen ganz nach Belieben verfahren konnten.

Auch bei der Befragung hing die Behandlung der Inhaftierten von den Launen der Aufseher ab. Friedhelm Karges geriet ausgerechnet an Obersturmbannführer Hubert Gerke, der ihn wie einen Schwerverbrecher behandelte und die

Vernehmung in erniedrigender Art und Weise führte. Gerke erweckte einen wenig gebildeten Eindruck. Seine grobporige Haut, die gerötete Nase und die wässrigen Augen entlarvten ihn außerdem als Trunkenbold. Dazu passte auch sein aggressives Auftreten.

Kein Wunder, dachte Friedhelm Karges, was sollte man auch von einer Mordbande erwarten, die aus dem Sumpf gekrochen kam? Er beschloss, sich keinesfalls einschüchtern zu lassen, und forderte mit Nachdruck: »Etwas mehr Respekt!«, woraufhin Obersturmbannführer Gerke außer Rand und Band geriet.

»Sie sind hier beim Sicherheitsdienst«, brüllte er und baute sich mit drohender Gebärde vor Friedhelm Karges auf.

»Ich werde mich über Sie beschweren«, konterte dieser.

»Ihre Beschwerde können Sie sich getrost sonst wo hinstecken«, blaffte Gerke unbeeindruckt. »Steigen Sie von Ihrem hohen Ross herunter, und zwar schnellstens. Sonst zwingen Sie mich, andere Saiten aufzuziehen.«

So hässlich klingt sie also, dachte Friedhelm Karges, die Terrorsprache der Nazis.

»Noch sitzen Sie hier als Zeuge, aber das kann sich schnell ändern«, schob Gerke aggressiv nach.

»In welcher Angelegenheit?« Friedhelm Karges gab sich Mühe, gelassen zu klingen.

»Vermisstenanzeige«, lautete die knappe Antwort des Obersturmbannführers. Vor Erleichterung hätte Friedhelm Karges fast laut aufgelacht. Entgegen seiner Befürchtung hing die Verhaftung also nicht mit seiner Pflichtverletzung gegen den Richterspruch des Erbgesundheitsgerichts zusammen. Eine Befragung zum Verschwinden von Käthe wirkte im Vergleich dazu fast wie eine Lappalie. Oder ging es um die Suche nach seinem Schwager und seiner Schwester?

»Wer wird denn vermisst?«, fragte er, falsches Interesse

heuchelnd, und erkannte im selben Moment, dass er den Bogen überspannt hatte.

»Komm mir nicht so, Freundchen. Der Film läuft bei mir nicht!«, schrie Gerke außer sich; Speicheltröpfchen landeten auf Friedhelm Karges' Gesicht. Der Obersturmbannführer tippte mit einem nikotingelben Zeigefinger auf eine Akte, die vor ihm auf dem Vernehmungstisch lag.

»Ich werde deine Zunge schon lösen.« In dem Säufer steckte offenbar mehr Tier als Mensch, erkannte Friedhelm Karges und widerstand dem Impuls, sich die Ohren zuzuhalten. Stattdessen ließ er das Gebrüll des Obersturmbannführers an sich vorbeirauschen, denn eine erschreckende Erkenntnis sickerte in sein Bewusstsein: Es gab eine Akte über ihn, und er fragte sich entsetzt, welche Informationen sich darin über ihn und seine Familie befanden. Er beschloss, sich weiterhin naiv zu stellen, um mit ein wenig Glück genau das herauszufinden.

»Falls es um meine Patientin geht, die vor ein paar Monaten verschwunden ist: Ich habe bereits der Krankenhausdirektion erklärt, dass ich nichts über ihren Verbleib weiß«, beteuerte er treuherzig und hielt gespannt die Luft an. Gerke wischte sich Speichel aus den Mundwinkeln und blätterte in der Akte.

»Es geht nicht um das Verschwinden einer deiner Irren.« Die Dokumente enthielten also Informationen über seinen Beruf und seine Arbeitsstelle. Er konnte es kaum fassen.

»Um wen dann?«, fragte Friedhelm Karges, um Sachlichkeit bemüht, obwohl er natürlich genau wusste, um wen es ging.

»*Ich* stelle hier die Fragen«, schnauzte Gerke. Nach einem kurzen Blick in die Akte, die aufgeschlagen vor ihm auf dem Vernehmungstisch lag, antwortete er aber trotzdem: »Um einen gewissen Roland Geiger nebst Gattin, also um Ihren Schwager, das linke SPD-Schwein, und um Ihre Schwester Frederike, geborene Karges.« Friedhelm Karges spürte, wie sein Hals trocken wurde, und schluckte besorgt. Offenbar hatten sie sich zu früh gefreut. Die Nazis waren auf Rolands und Frederikes Verschwinden aufmerksam geworden und stellten Nachforschungen über ihren Verbleib an.

»Und komm mir jetzt bloß nicht mit: Mein Name ist Hase, ich weiß von nichts.« Gerke redete sich erneut in Rage, bis das Klingeln des Fernsprechers auf dem Vernehmungstisch vor ihm seine Schimpftirade beendete. Der Obersturmbannführer verstummte abrupt, nahm den Hörer ab und lauschte schweigend. Nachdem er den Telefonhörer zurück auf die Gabel geknallt hatte, musterte er Friedhelm Karges hasserfüllt aus blutunterlaufenen Augen, ganz so, als inspiziere er ein widerliches Insekt. Sein Schweigen breitete sich bedrohlich im Raum aus, während sich die Gedanken von Friedhelm Karges überschlugen. Er fragte sich, wer hinter seiner Verhaftung steckte. War er durch einen unglücklichen Zufall ins Visier der Nazis geraten? Kaum vorstellbar. Oder verdankte er seine missliche Lage Dr. Trabert? Schon bei der ersten Auseinandersetzung mit ihm, die er am Rande des Consilium Medicum ausgetragen hatte, war ihm klargeworden, dass er sich mit einem mächtigen Widersacher angelegt hatte. Er gelangte zu der Überzeugung, dass niemand anderer als der fanatische Naziarzt hinter seiner Festnahme stecken konnte.

»Mitkommen!«, blaffte Gerke schließlich.

»Wohin werden Sie mich verschleppen?«, erkundigte sich Friedhelm Karges beunruhigt.

»Aber, aber! Wie kommen Sie denn auf einen derartigen Gedanken?« Plötzlich war Gerke also wieder beim Sie, registrierte Friedhelm Karges und wertete es als gutes Zeichen, genau wie den jovialen Tonfall des SA-Beamten.

»Sie müssen ja ein ganz schlechtes Bild von uns haben. Wir verschleppen doch keine Menschen … Wenn ich das schon höre.« Friedhelm Karges hielt es für klüger, nichts darauf zu entgegnen, und wartete stattdessen ab, was Gerke mit ihm vorhatte. Der Beamte führte ihn zurück in den Trakt mit den Haftzellen, sodass Friedhelm Karges bereits befürchtete, erneut eingesperrt zu werden. Sie durchquerten den Bereich jedoch und verließen den Gang über eine Wendeltreppe, die in das Stockwerk darüber führte. Gerke stieß die Tür zu einem stickigen Raum ohne Fenster auf, der fast vollständig von einem monströsen Schreibtisch ausgefüllt wurde.

»Setzen!«, forderte er und bedeutete Friedhelm Karges, auf einem hölzernen Schemel Platz zu nehmen. Er selbst ließ sich ihm gegenüber auf einen abgewetzten Schreibtischstuhl fallen. Der mit Papieren übersäte Schreibtisch befand sich zwischen ihnen. Gerke beugte sich nach unten, um irgendetwas aus einer Schublade hervorzukramen, und verschwand so für einige Sekunden aus Friedhelm Karges' Blickfeld. Mit einer Flasche Hochprozentigem, aus der er sich einen kräftigen Schluck genehmigte, tauchte er wieder auf. Er wirkte eindeutig angetrunken, als er mit fahrigen Bewegungen in dem Papierstapel kramte, der sich vor ihm auf der Schreibtischplatte türmte. Offenbar suchte er etwas Bestimmtes.

»Aha!«, verkündete er nach einiger Zeit und wedelte triumphierend mit einem Formular.

»Unterschreiben!«, befahl er und knallte das Papier auf die Tischplatte. »Dann können Sie verschwinden.« Friedhelm Karges nahm sich die Zeit, das Dokument genau zu studieren, und erkannte zu seinem größten Erstaunen, dass es sich um ein Entlassungsformular handelte. Gerke nutzte die Zeit, um sich noch einen kräftigen Schluck aus der Schnapsflasche zu genehmigen.

»Sie müssen einflussreiche Freunde haben«, lallte er verächtlich. »Sehr einflussreiche Freunde! Bei Ihrer Verhaftung handelte es sich selbstverständlich um ein bedauerliches Missverständnis.« Der SA-Beamte schnaufte boshaft und setzte süffisant hinzu: »Ist es nicht so, Herr Doktor?« Friedhelm

Karges hatte keine Ahnung, wer ein gutes Wort für ihn und seine Familie eingelegt hatte, aber in seiner aktuellen Situation spielte das eine untergeordnete Rolle. Er erkannte den Ausweg, der sich ihm bot.

»Gewissermaßen«, entgegnete er bewusst vage, um keinesfalls etwas zu äußern, was im Widerspruch zu der Information stand, die der Obersturmbannführer offenbar per Telefon erhalten hatte.

»Seien Sie wenigstens offen und ehrlich«, beharrte Gerke und nahm einen weiteren Schluck aus der Flasche. »Sie denken, für einen feinen Pinkel, wie Sie es sind, gelten andere Gesetze. Ist es nicht so?«

Ohne auf die Äußerung einzugehen, ergriff Friedhelm Karges den Füllfederhalter, der vor ihm auf der Tischplatte lag, und unterschrieb hastig das Dokument.

»Aber weißt du, wann es mit der Selbstherrlichkeit vorbei sein wird?« Gerke kicherte boshaft und knallte die Schnapsflasche auf die Schreibtischplatte. »Wenn wir dich und deinesgleichen bei den Hammelbeinen kriegen.« Friedhelm Karges gewahrte mit Sorge, dass Gerke sich wieder des aggressiven Duzens bediente.

»Rede gefälligst!«, blaffte er.

Um den Säufer nicht weiter zu reizen, entgegnete er wahrheitsgemäß:

»Ich weiß nicht, welche Antwort Sie sich erwarten.«

»Ach hör doch auf! Ich kann dieses scheinheilige Getue nicht mehr ertragen.« In den Mundwinkeln von Gerke sammelte sich erneut schaumiger Speichel.

»Verschwinde!«, brüllte er und deutete mit ausgestrecktem Arm zur Tür. Friedhelm Karges zögerte keine Sekunde. Grußlos stürzte er nach draußen, ohne sich die Mühe zu machen, die Bürotür hinter sich zu schließen. Gerkes Hasstiraden verfolgten ihn bis in den Gang.

»Aber merke dir, dass wir dein Haus beobachten. Und wenn du das nächste Mal vor mir sitzt, hast du kein Pardon zu erwarten.« Friedhelm Karges brachte so schnell und so viel Abstand wie möglich zwischen sich und das Polizeigefängnis. Er fragte sich, ob es stimmte, was Gerke im Suff ausgeplaudert hatte. Stand das Stadthaus unter Beobachtung? Oder war dem Säufer die Information nicht unfreiwillig entschlüpft, sondern hatte er sie vielmehr bewusst platziert? Möglicherweise bluffte Gerke, um ihn zu verunsichern. Wenn das in seiner Absicht stand, hatte er damit Erfolg.

»Womöglich werde ich beschattet«, schoss es Friedhelm Karges durch den Kopf, und er schaute sich auf dem Heimweg immer wieder unauffällig nach allen Seiten um. Er nahm sogar einen Umweg und wechselte mehrmals die Straßenseite. Soweit er jedoch feststellen konnte, folgte ihm niemand.

Mai 1936

Geburt

Eine Woche nach der beunruhigenden Nachricht von Friedhelms Verhaftung entdeckte der alte Förster vom Küchenfenster aus eine Gestalt, die sich in der Abenddämmerung vom Waldrand her dem Forsthaus näherte. Heinrich glaubte zwar, Gang und Silhouette zu erkennen, rief aber dennoch nach den Hunden und trat in den Flur, um die Haustür zu öffnen.

»Brutus! Zerberus!« Die Dobermänner, die faul vor dem Kamin gelümmelt hatten, nahmen sofort Habachtstellung ein und stürmten durch die geöffnete Forsthaustür ins Freie. Heinrich beobachtete beruhigt, dass sie schwanzwedelnd auf den Besucher zustürmten, sodass er seine Vermutung bestätigt sah. Bei der näher kommenden Person handelte es sich, dem Himmel sei Dank, tatsächlich um Friedhelm Karges.

»Keinen Tag zu früh«, murmelte der alte Förster erleichtert, denn bei Käthe hatten die Wehen eingesetzt. Diesmal waren ihre Unterleibsschmerzen kein falscher Alarm. Sowohl Heinrich und Roland als auch Frederike waren mit der Situation überfordert. Niemand von ihnen hatte jemals zuvor dabei geholfen, ein Kind auf die Welt zu holen. Da sie jedoch auf Friedhelm aufgrund seiner Verhaftung nicht zählen und Käthe keinesfalls in ein Krankenhaus bringen konnten, blieb ihnen kaum etwas anderes übrig, als mit der Lage umzugehen. Irgendwie mussten sie Käthe bei der Geburt Hilfe leisten. Nur wie genau? Frederike versuchte sich zwar tapfer als Krankenschwester, hatte heißes Wasser und Tücher bereitgelegt, wurde aber mit jeder Wehe, die Käthe durchlitt, ängstlicher. Deshalb hatte Heinrich sich gedanklich darauf eingestellt, die Entbindung zu übernehmen. Er verfügte wenigstens über rudimentäre Erfahrungen bei der Geburtshilfe – obwohl die sich auf Lämmer und Hirschkälber beschränkten. Erleichtert, dass ärztliche Hilfe nahte und es nun nicht mehr auf sein Geschick ankam, eilte er Friedhelm entgegen.

»Hat dich auch keiner gesehen?«, fragte er besorgt. Obwohl Eduard Vollmer seine schützende Hand über Roland und Frederike hielt, galt es noch immer, die schwangere Käthe vor den Augen der Öffentlichkeit zu verbergen.

»Ich glaube nicht, kann es aber nicht ausschließen«, antwortete Friedhelm wahrheitsgemäß. Auf dem Weg zum Forsthaus hatte er häufig abrupt im Laufen innegehalten, um auf verdächtige Geräusche zu lauschen. Es schien ihm nicht, als ob er verfolgt wurde. Der Förster nickte nachdenklich und tätschelte die Köpfe der Hunde, die ihn aufmerksam anblickten.

»Sucht!«, befahl er und schickte Brutus und Zerberus mit einer Handbewegung in den Wald. Sie gehorchten sofort und rannten gehorsam davon. Sollte sich jemand in der Nähe des Forsthauses herumtreiben, tat derjenige gut daran, schleunigst Reißaus zu nehmen.

»Komm ins Haus!«, forderte er Friedhelm auf und fasste ihn an der Schulter. »Gut, dass du da bist.« Seiner Stimme war die Erleichterung deutlich anzuhören. Friedhelm, der von dem Telefonat zwischen Frederike und Erika wusste, nahm an, dass der Förster auf seine Verhaftung anspielte.

»Keine Sorge«, beruhigte er ihn deshalb. »Ich wurde zwar einige Tage festgehalten, aber letztendlich nur einem Verhör unterzogen.« Er befreite sich von Jacke und Mütze und streifte sich die schlammigen Schuhe ab, um sie in der Diele abzustellen.

»Ich berichte euch gleich, wie es mir erging«, versprach er.

»Das muss warten«, entgegnete Heinrich mit einer Bestimmtheit, die Friedhelm überraschte. Er hatte angenommen, dass alle Bewohner des Forsthauses voller Ungeduld und außer sich vor Sorge bei seinem Eintreffen auf ihn zustürmten, stattdessen ließ sich keiner außer Heinrich blicken. Enttäuscht wollte er sich soeben erkundigen, wo sich Rike, Roland und Käthe herumtrieben, doch Heinrich kam ihm zuvor.

»Jetzt werden erst mal dringend deine Fähigkeiten als Arzt benötigt.«

»Wieso?«, fragte Friedhelm sofort alarmiert. »Was ist los?« Eine Antwort erübrigte sich, denn aus dem oberen Stockwerk drang ein lautes Stöhnen, wie es nur von einer Gebärenden kommen konnte.

»Käthe!«, begriff er und stürmte, immer zwei Treppenstufen auf einmal nehmend, in den ersten Stock.

»Gott sei Dank, Friedel!«, entfuhr es Frederike, als er die Tür zur Kammer aufstieß. Die Erleichterung seiner Schwester hätte kaum größer ausfallen können. Eingedenk seiner ärztlichen Routine hielt Friedhelm Karges sich nicht mit langen Vorreden auf, sondern prüfte, ob ausreichend Leintücher und heißes Wasser vorhanden waren.

»Gut«, nickte er seiner Schwester anerkennend zu. Er krempelte die Hemdsärmel hoch und machte sich sogleich daran, seine Hände und Unterarme sorgfältig zu waschen. In einer

Ecke der Kammer bemerkte er Roland, der kreidebleich an der Wand lehnte.

»Lass uns lieber allein!«, sagte er an den Schwager gewandt, der der Aufforderung nur zu gern nachkam und fluchtartig den Raum verließ. Er taumelte an dem Bett vorbei, in dem Käthe mit schweißglänzender Stirn unter einem dünnen Laken lag. Ihr Blick war von Angst und Schmerz erfüllt.

»Atmen!«, befahl Friedhelm und legte behutsam eine Hand auf ihren Bauch. »Du musst regelmäßig ein- und ausatmen.« Er tastete ihren Unterleib vorsichtig ab. Roland lehnte sich derweil im Flur gegen die Wand, bis er nicht mehr fürchtete, dass seine Beine unter ihm nachgaben.

»Rike …« Er hörte noch, wie der Schwager eine Anweisung erteilte, bevor er ins Erdgeschoss eilte, wo er sich zu Heinrich an den Kamin gesellte.

»Du musst tief einatmen, und wenn ich sage *jetzt!*, musst du pressen«, wies Friedhelm Karges die stöhnende Käthe an. »So fest du kannst. In Ordnung?« Käthe nickte. Seit der Ankunft vom Herrn Doktor war jede Nervosität und Sorge von ihr abgefallen.

»Also gut. Jetzt!« Käthe atmete tief ein und presste. Einmal! Zweimal! Beim dritten Mal merkte sie, wie etwas aus ihrem Inneren herausflutschte.

»Du meine Güte!«, lachte Friedhelm Karges angesichts der mühelosen Geburt erleichtert auf. »Da hatte es aber jemand eilig.« Käthe sank auf das Kissen zurück, während er die Nabelschnur durchtrennte, das Kind in die Höhe hob und ihm einen Klaps versetzte.

»Ein Mädchen!«, rief Frederike im selben Augenblick, in dem der Schrei des Neugeborenen durch die Kammer klang. Käthe setzte sich mühsam auf.

»Es ist alles dran«, sprudelte Frederike überwältigt drauflos: »Füße, Zehen, Finger – einfach alles! Und so klein ist sie …« Sie wickelte den Säugling vorsichtig in eine Decke und reichte ihn Käthe, die ihn glücklich entgegennahm und in ihre Armbeuge bettete.

»Ein Mädchen!«, dachte sie. »Mein Mädchen! Ein Wunder!«

Brutus und Zerberus lagen indessen in der Stube neben dem Sessel des Försters. Ihr Streifzug durch den Wald war ohne Beute geblieben. Offenbar hatten sich keine Verfolger an Friedhelms Fersen geheftet. Roland und Heinrich starrten schweigend in das Kaminfeuer. Die Anspannung, die sie verspürten, war deutlich greifbar, bis der durchdringende Schrei eines Neugeborenen sie erlöste.

»Es ist ein Mädchen!«, rief Frederike wenige Minuten später vom Treppenabsatz im ersten Stock. »Mutter und Kind sind wohlauf«, fügte sie voller Freude hinzu, bevor sie zurück in Käthes Kammer eilte.

»Dem Herrgott sei's gedankt!«, bekreuzigte sich Förster Heinrich und lächelte Roland zu, der ebenfalls erleichtert grinste. Friedhelm gesellte sich kurze Zeit darauf zu den Männern an den Kamin. Frederike blieb derweil bei Käthe, um die Kammer aufzuräumen und ihr mit dem Neugeborenen zur Hand zu gehen. Friedhelm nutzte ihre Abwesenheit, um sich besorgt an seinen Schwager zu wenden.

»Roland, die Nazis suchen nach euch«, warnte er.

»Nicht mehr!«, winkte Roland ab, und seine sorglose Gelassenheit erstaunte Friedhelm.

»Nicht? Woher willst du das wissen?«

»Das hat mir ein Vögelchen gezwitschert.«

»Ein Vögelchen? Bist du übergeschnappt? Mit den Braunhemden ist nicht zu spaßen.« Nach seiner unangenehmen Erfahrung im Polizeigewahrsam wusste Friedhelm, wovon er sprach.

»Die hirnlosen Barbaren werden weder dir noch uns etwas antun«, versuchte ihn der Schwager zu beruhigen.

»Und was ist mit deinen Fluchtplänen?« Der Sinneswandel des Schwagers erstaunte ihn.

»Auf Eis gelegt.« Friedhelm raufte sich die widerspenstigen Locken. Vor einigen Wochen noch war Roland entschlossen gewesen, nach Prag auszuwandern.

»Was hat deine Meinung so schnell und so grundlegend geändert?«, fragte er erstaunt.

»Mehrere Faktoren: Erstens hätten wir im Falle einer Flucht eine Steuer zu entrichten.«

»Wie bitte?« Friedhelm traute seinen Ohren nicht. Was faselte der Schwager da? »Was zählt schon Geld bei einer Gefahr für Leib und Leben? Du hast vor geraumer Zeit selbst noch gesagt, eine Flucht sei besser, als ins Lager zu gehen«, insistierte er.

Roland nickte beschwichtigend. »Ich sage dir doch, uns droht keine Gefahr.«

»Woher nimmst du die Gewissheit?«

»Mariannes Vater hält seine schützende Hand über uns.«

»Eduard?«

»Ja, er ist auch für deine Freilassung verantwortlich.«

Natürlich! Jetzt war es für Friedhelm offensichtlich. Allein ein ranghoher Nazi verfügte über genügend Einfluss, um mit einem einzigen kurzen Telefonat das Verhör eines Gefangenen abzubrechen und dessen Freilassung zu veranlassen. Er lächelte. Sein Schwiegervater war ein Teufelskerl. Trotz ihrer politischen Differenzen stand für ihn die Familie stets an erster Stelle, sogar über den Tod der Tochter hinaus.

»Wie kam's?«, fragte Friedhelm mit rauer Stimme, denn die Erinnerung an Marianne drohte ihn plötzlich zu überwältigen.

»Rike«, sagte Roland. »Sie hat mit ihm telefoniert. Gleich nachdem wir von deiner Verhaftung erfuhren.« Friedhelm durchströmte tiefe Dankbarkeit. Seine kluge Schwester hatte darauf gesetzt, dass der alte Haudegen ihr keine Bitte abschlagen konnte, und recht behalten. Eduard Vollmer hatte damals nach dem kleinen Unfall von Marianne und Frederikes beherzter Hilfestellung gelobt: »Fräulein Rike, die Familie Vollmer steht für immer in Ihrer Schuld.«

Er hatte sein Versprechen gehalten, obwohl ein solches Einschreiten auch für jemanden in seiner Position heikel sein dürfte, vermutete Friedhelm. Dass er es dennoch getan hatte, rechnete er seinem Schwiegervater hoch an.

»Und er hat euch versichert, dass ihr unbesorgt ins Stadthaus zurückkehren könnt?«

»So ist es«, bestätigte Roland. »Sobald wir von unserer angeblichen Urlaubreise zurück sind.« Eduard Vollmer hatte offenbar an alles gedacht, auch an einen Vorwand für ihre Abwesenheit. Friedhelm sah keinerlei Veranlassung, an den Worten seines Schwiegervaters zu zweifeln, und spürte zum ersten Mal seit seiner Verhaftung wieder Zuversicht in sich aufsteigen.

»Bei einer Ausreise aus Deutschland wird eine Steuer fällig, sagtest du?«, wechselte er das Thema, um nicht an Marianne und Leni zu denken.

»Korrekt«, griff Roland den Faden sogleich auf. »Die sogenannte Reichsfluchtsteuer. Und nicht nur bei der Ausreise.«

»Sondern?«, fragte Friedhelm.

»Die Finanzbehörden können die Steuer sogar rückwirkend erheben, auch bei der Wiedereinreise.«

»Das wird ja immer bunter«, entrüstete sich Friedhelm und schob ironisch nach: »Warum wird die Reichsfluchtsteuer nicht gleich vorsorglich verhängt?«

»Nun, das Szenario ist leider nicht so abwegig, wie du glaubst«, kommentierte Roland. Er hatte sich sofort nach Rikes Telefonat mit Eduard Vollmer mit der Rechtslage vertraut gemacht.

»Schon im Verdachtsfall wird tatsächlich eine Sicherheitsleistung in Höhe der geschätzten Reichsfluchtsteuer fällig.«

Friedhelm Karges schwieg konsterniert. Die Ironie war ihm vergangen. Er fragte nicht, ob es sich um einen Scherz handelte. Der Ernst der Lage offenbarte sich allzu deutlich.

»Wie hoch ist die Steuer?«, erkundigte er sich.

»Sie beträgt fünfundzwanzig Prozent des Gesamtvermögens.«

»Fünfundzwanzig Prozent! Kein Wunder, dass viele Menschen zögern, Deutschland zu verlassen«, schlussfolgerte er erschüttert.

»Zumal mittlerweile ein gut funktionierendes Netzwerk existiert, um Ausreisewillige zu identifizieren.«

»Wie das?«, schaltete sich nun Heinrich in das Gespräch ein, das er bisher schweigend verfolgt hatte.

»Speditionen melden Umzüge, Notare Verkäufe und so weiter«, zählte Roland auf.

»Das ist nicht dein Ernst!« Der alte Förster schüttelte bekümmert den Kopf. Das deutsche Volk mutierte offenbar zu einer Horde von Denunzianten.

»Leider doch. So wollen die Nazis verhindern, dass Kapital und Vermögenswerte außer Landes gebracht werden.« Das Gesetz zur Erhebung der Reichsfluchtsteuer belegte eindrucksvoll, wie konsequent die neue Regierung die Legislative in ihrem Sinn zu nutzen verstand.

In diesem Moment gesellte sich Frederike zu ihnen. Ihre Wangen glühten regelrecht. Sie stand noch vollständig unter dem euphorisierenden Eindruck der Geburt, die sie hautnah miterlebt hatte, und strahlte die Männer an.

»Das Mädel ist gesund und munter«, verkündete sie und ließ sich erschöpft in den freien Sessel vor dem Kamin fallen. »Ein goldiges Geschöpf. Friedel, wie gut, dass du noch rechtzeitig gekommen bist.« Die Worte sprudelten nur so aus ihr heraus. Doch sofort fiel ihr ein, was ihn daran gehindert hatte, früher zu ihnen zu stoßen, und Besorgnis zeigte sich auf ihrer Miene.

»Haben dir diese hirnlosen Hitlergetreuen auch kein Leid zugefügt?«, erkundigte sie sich beunruhigt und strich Friedhelm über die Wange.

Bei einem Glas selbst gebranntem Kirschschnaps erzählte Friedhelm, was er im Polizeigewahrsam erlebt hatte, und anschließend bat er Frederike, ihm ihr Gespräch mit Eduard Vollmer in allen Einzelheiten wiederzugeben.

»Wir müssen also nicht ins Ausland fliehen. Ist das nicht wunderbar!«, schloss sie ihren Bericht glücklich.

»In der Tat«, stimmte Friedhelm zu, der während Rolands Vortrag über die Reichsfluchtsteuer bereits an der Lösung eines anderen Problems gefeilt hatte.

»Denn dadurch bietet sich auch eine Perspektive für Käthe und ihr Kind.«

»Wie das?«, wunderte sich seine Schwester. Friedhelm fixierte Rike und Roland mit ernstem Blick.

»Mein Plan funktioniert allerdings nur, wenn ihr mitspielt.«

»Wir?«, fragte Roland erstaunt.

»Ja, Rike und du.«

»Lass hören!«

Friedhelm holte tief Luft, bevor er sprach: »Ihr könntet Käthe und das Kind bei euch aufnehmen.« Auf Rolands und Rikes Gesichtern spiegelten sich die unterschiedlichsten Emotionen: Überraschung, Erschrecken, aber auch eine Spur von Freude. Roland fand als Erster seine Sprache wieder.

»Als was soll sie denn bei uns leben?«, fragte er skeptisch.

»Als Kindermädchen!«

»Als Kindermädchen?«

»Ja.« Obwohl ihn niemand als übergeschnappt beschimpfte, versuchte Friedhelm eine Rechtfertigung.

»Ich dachte, ihr freut euch?« Immerhin war er darüber im Bilde, dass sich sein Schwager und seine Schwester schon seit geraumer Zeit vergeblich Nachwuchs wünschten. Wenn sie sich bereit erklärten, Käthe mit ihrem Kind bei sich aufzunehmen und das Kleine als ihres auszugeben, wäre allen geholfen. Nicht nur, weil Frederike und Roland ihre bisher unerfüllte Kinderliebe leben konnten, auch Friedhelm lief nicht länger Gefahr, wegen Missachtung einer gerichtlich angeordneten Unfruchtbarmachung entdeckt und belangt zu werden. Zudem musste Käthe nicht befürchten, dass der Gerichtsbeschluss an ihr doch noch vollstreckt und ihr das Kind entzogen wurde.

»Ihr wünscht euch doch schon lange ein Kind.«

»Schon«, räumte Frederike ein. »Aber willst du den Plan wirklich in die Tat umsetzen?« Friedhelm nickte.

»Wenn ihr dabei seid und wenn Käthe zustimmt natürlich.«

Satzfetzen der lebhaft geführten Diskussion drangen vom Kaminzimmer hoch zu Käthe in die Kammer. Sie achtete jedoch nicht darauf, sondern betrachtete fasziniert das schlafende Kind in ihrem Arm – ihr Kind! Nie gekanntes Glück und tiefe Zärtlichkeit durchströmten sie. Die Strapazen der Geburt waren bereits vergessen. Sanft legte sie das Kind in die Holzwiege, die neben ihrem Bett in der Schlafkammer stand und die Heinrich eigens für den kleinen Wurm angefertigt hatte. Er hatte Kirschholz geschliffen und glatt poliert und das Kopfende mit einem geschnitzten Hirschgeweih verziert. Unwillkürlich begann Käthe die Melodie eines alten Wiegenliedes vor sich hin zu summen, das Schulmeister Krekel sie in der zweiten Klasse gelehrt hatte. An den Text erinnerte sie sich nicht mehr vollständig, nur noch an den Anfang des Liedes.

»*Guten Abend, gut' Nacht, mit Rosen bedacht* ...« Und den Refrain: »*Morgen früh, wenn Gott will, wirst du wieder geweckt.*« Die Melodie jedoch kannte sie auswendig. Käthe hatte sich davor gefürchtet, in den Gesichtszügen des Kindes womöglich die vom Zores zu erkennen. Doch zum Glück erwies sich ihre Sorge als unbegründet: Mit ihren blauen Augen sah die Kleine aus wie eine waschechte Klepper. Sogar die angewachsenen Ohrläppchen der Familie hatte sie ihr vererbt. Lediglich der rabenschwarze Flaum auf ihrem Köpfchen und ein winziges herzförmiges Muttermal auf ihrem rechten Handrücken erinnerten sie an den Erzeuger des Mädchens. Doch Käthe hatte bereits vor der Geburt beschlossen, dass das Kind einzig und allein *ihr* Kind sein würde.

»Wie soll sie denn heißen?«, erkundigte sich Frederike, die leise wieder in die Kammer getreten war, um nach Käthe und dem Kind zu sehen. Darüber hatte Käthe nicht lange nachdenken müssen. Hätte sie einen Sohn geboren, hätte sie das Kind nach einem ihrer Helden aus dem *Fliegenden Klassenzimmer* von Erich Kästner benannt. Da sie aber eine Tochter bekommen hatte, stand für sie fest, dass ihre Tochter Charlotte heißen sollte. Wie ihre eigene Großmutter, die sie leider nie kennengelernt hatte.

»Charlotte«, sagte sie. »Ist sie nicht goldig?«

»Ja«, bestätigte Frederike. Die Kleine sah wirklich hinreißend aus. »Ein schöner Name.«

Er schien Friedhelm Karges ebenfalls zu gefallen, was Käthe mit großer Freude erfüllte, als auch der Doktor am nächsten Morgen nochmals nach ihr schaute.

»Wie ich sehe, sind Mutter und Kind wohlauf!«, stellte er nach einer kurzen Untersuchung zufrieden fest. Dann wurde er ernst.

»Käthe, ich möchte dir einen Vorschlag machen«, sagte er und legte dann in allen Einzelheiten dar, was Frederike, Roland, Heinrich und er sich am gestrigen Abend zurechtgelegt hatten. Käthe vernahm staunend, dass sie mit Roland und Frederike ins Stadthaus zurückkehren sollte. Die Aussicht, mit ihrem Kind bei der Familie zu leben, gefiel ihr. Es störte sie auch nicht, dass sie offiziell nicht als Charlottes Mutter auftreten sollte. Ihr war einzig wichtig, ihre Tochter und sich selbst in Sicherheit zu wissen.

Am Abend konnte Käthe bereits das Bett verlassen und mit den anderen gemeinsam essen.

»Ich soll also wirklich Käthes Kind als meines ausgeben?«, kam Frederike wieder auf die Rückkehr ins Stadthaus zu sprechen.

Sie ließ ihren Blick zwischen Ehemann, Bruder und Käthe wandern. Alle – auch Käthe – nickten zustimmend und entschlossen.

»Ihr seid verrückt«, urteilte Frederike, aber in ihrer Stimme schwang bereits viel weniger Widerstand als noch am Vorabend. Nach dem Essen, als sich die Männer zum Rauchen an den Kamin zurückzogen, vergewisserte sie sich bei Käthe.

»Bist du wirklich damit einverstanden?«

»Ja«, nickte Käthe.

»Du wärst offiziell nicht die Mutter von Charlotte. Das wird bestimmt nicht leicht für dich.«

»Ich will es so.«

»Du müsstest mit uns in der Stadt leben. Wirst du dein Dorf und den Hof nicht vermissen?«

»Ganz bestimmt nicht«, beteuerte Käthe und hegte nicht den geringsten Zweifel daran.

»Nun gut«, erwiderte Frederike. »Das wird unser aller Leben grundlegend verändern.«

Hoffentlich!, dachte Käthe voller Zuversicht.

Dieses Mal verabschiedete sich der Doktor von ihr, bevor er das Forsthaus verließ.

»In einer Woche kommst du mit Charlotte, Frederike und Roland nach«, versprach er, und Käthe fühlte unbändige Vorfreude in sich aufwallen. Trotzdem fiel ihr der Abschied vom Forsthaus schwer.

»Darf ich die schöne Wiege wirklich mitnehmen?«, fragte sie den alten Heinrich, der ihr mehrfach versicherte: »Aber selbstverständlich! Schließlich habe ich sie eigens für die kleine Lotte angefertigt.«

»Lotte?« Der Kosename gefiel Käthe sehr. Sie würde den alten Förster und seine Freundlichkeit vermissen, Brutus und Zerberus natürlich ebenfalls. Auch Heinrich bedauerte den Auszug des jungen Mädchens.

»Es wird still ohne euch werden«, meinte er bekümmert. Er beugte sich ein letztes Mal über die Wiege und versteckte darin heimlich *Das fliegende Klassenzimmer*. Er wollte, dass Käthe das Buch behielt, das sie so sehr lieben gelernt hatte. Auch *Anna Karenina* steckte er dazu. Wenn Käthe weiter so fleißig übte, würde sie eines Tages sogar den dicken Wälzer von Leo Tolstoi lesen, daran hegte Heinrich nicht den geringsten Zweifel.

Dieses Mal holte Dr. Karges Käthe, Charlotte, Roland und Frederike nicht heimlich still und leise in finsterer Nacht ab. Im Gegenteil – er wählte einen belebten Vormittag für den Umzug.

»Es soll ruhig jeder im Nerotal mitbekommen, dass ihr wieder daheim seid, mit Kind und Kegel.« Er chauffierte sie dieses Mal auch nicht mit dem Anstaltsbus, sondern mit seinem privaten Automobil. Es handelte sich um einen dieser schicken Schlitten, die Käthe auf dem Weg zu ihrer Gerichtsverhandlung in den Straßen der Stadt bestaunt hatte. Nie hätte sie sich träumen lassen, selbst einmal in einem dieser schnittigen Automobile zu sitzen. Obwohl seit der Gerichtsverhandlung erst ein halbes Jahr vergangen war, schien sie Käthe Lichtjahre zurückzuliegen und zu einem anderen Leben zu gehören. Bald würde sie in der Stadt und im Haus der Familie Karges wohnen. Sie war sich sicher, die richtige Entscheidung getroffen zu haben, denn Käthe spürte instinktiv, dass von dieser Familie kein Leid zu befürchten stand. Deshalb hatte sie auch zugestimmt, Charlotte offiziell als Frederikes Tochter eintragen zu lassen und sich als ihre Kinderfrau auszugeben. Hauptsache, sie konnte bei ihr sein und sie großziehen.

Sie vertraute darauf, dass das Ehepaar Geiger ihr die Tochter weder wegnahm noch entfremdete, sondern ihr eine bessere Zukunft ermöglichte. Nein, korrigierte Käthe sich: keine bessere, sondern die beste Zukunft.

Für ihre kleine Lotte und vielleicht auch für sie selbst.

Epilog

8. Mai 1946

Das Joch

Die kleine Lotte holte zweimal tief Luft, um alle zehn Kerzen auszupusten, die auf ihrer Geburtstagstorte steckten. Sie kniete auf der Eckbank, damit sie sich möglichst weit über den gedeckten Kaffeetisch beugen konnte, in dessen Mitte die große Kirschtorte stand. Das vierstimmige »Bravo!«, das daraufhin erklang, ließ sie stolz und ein bisschen verlegen zu Boden schauen. Lotte sprang von der Eckbank, rannte wie ein Wirbelwind um den Tisch herum und warf sich in die ausgestreckten Arme ihres Vaters.

»Alles Gute zum Geburtstag, meine Große! Gefällt dir die Geburtstagstorte, die Tante Käthe für dich gebacken hat?«

»Oh ja, sehr!«, strahlte Lotte und strampelte mit den Beinen, bis ihr Vater sie absetzte und sie wieder festen Boden unter den Füßen spürte. Dann lief sie zu Tante Käthe und drückte ihr zwei dicke Schmatzer auf die Wangen. Genau wie Mama, die die nächste Salve Küsse abbekam, strahlte sie vor Stolz und Glück.

»Heute haben wir doppelten Grund zur Freude«, sagte Onkel Friedhelm, nachdem Tante Käthe die Torte angeschnitten und Mama jedem ein Stück davon serviert hatte.

»Warum doppelt?«, fragte Lotte. Sie sprach undeutlich, weil sie sich soeben eine große Gabel der süßen Köstlichkeit einverleibt hatte. »Ich habe heute doch nur einmal Geburtstag.«

»Sprich nicht mit vollem Mund!«, mahnte Mama bestimmt, jedoch keineswegs streng, woraufhin Lotte schuldbewusst innehielt, um zu kauen.

»Dein Geburtstag fällt in eine neue Zeit«, erklärte Onkel Friedhelm. Lotte runzelte verwundert die Stirn. War denn heute ein Feiertag? Nein, sonst hätten sie mit dem Anschneiden der Geburtstagstorte nicht bis nach dem Ende des Schulunterrichts warten müssen. Artig schluckte sie den letzten Bissen herunter, doch bevor sie nachfragen konnte, fuhr ihr Vater schon fort.

»Heute vor einem Jahr haben wir endlich das Joch des Bösen abgeschüttelt.«

»Tat das Joch weh?«, fragte Lotte, die keine Ahnung hatte, was ein Joch war. Sie stellte es sich aber groß und schwer vor, weil ihr Vater es böse nannte.

»Sehr.«

»Dann ist es ja gut, dass es weg ist.«

»In der Tat, aber es wird Jahrzehnte dauern, bis alle Spuren des Unrechts getilgt sind.«

»Du meinst, es schmerzt weiter, obwohl es weg ist?«

»Genau«, bestätigte ihr Vater.

»Dann ist es vielleicht gar nicht weg, sondern nur unsichtbar«, überlegte Lotte.

»Du bist ein kluges Mädchen. Genau das steht zu befürchten.« Lotte freute sich über das Lob, obwohl ihr nicht klar war, wie das mit den unsichtbaren Schmerzen funktionierte.

»Du wirst verstehen, was dein Vater meint, wenn du älter bist«, tröstete Mama sie.

»Ich bin schon zehn«, erwiderte Lotte stolz und spreizte alle zehn Finger vor dem Gesicht. Die Erwachsenen lachten gutmütig.

»Wenn du noch älter und vor allem noch klüger bist«, sagte Tante Käthe.

Das Mädchen zog eine Grimasse. Gleich würde die Tante wieder predigen, dass sie fleißig lernen müsse, dass sie dankbar sein solle, die Schule besuchen zu dürfen, dass das früher ganz und gar nicht selbstverständlich gewesen sei und so weiter und so fort. Sie fing jedes Mal damit an, wenn sie sich über die Schule beschwerte oder keine Lust hatte, ihre Hausaufgaben zu erledigen. Sie hätte mit Freude die Schulbank gedrückt, statt auf dem Hof ihrer Eltern zu arbeiten, klagte Tante Käthe dann. Lotte stellte sich das Leben auf einem Bauernhof spannend vor. Sie würde gern auf dem Land wohnen oder zumindest einmal den Ort besuchen, an dem die Tante früher gelebt hatte. Doch Mama und Papa vertrösteten sie immer. Auch Tante Käthe ließ sich nicht überreden, obwohl sie ihr sonst nur selten etwas abschlug.

»Mich bringen keine zehn Pferde dorthin zurück«, sagte sie mit einer Stimme, die Lotte ein bisschen Angst einflößte, da sie voller Wut und Trauer steckte. Die Freundin von Tante Käthe, die manchmal zu Besuch kam, hatte früher auf demselben Bauernhof gelebt. Die Elsa lebte noch immer in dem Dorf, aber der Bauernhof existierte nicht mehr. Dort stand jetzt eine große Sektkellerei, hatte sie erzählt. Einmal brachte Elsa eine Flasche Sekt von dort mit. Aber Tante Käthe weigerte sich, auch nur einen Tropfen von dem *Teufelsgesöff*, wie sie es nannte, anzurühren.

Weil sie nur drei Schuljahre absolviert hatte, besuchte Tante Käthe seit Kriegsende die Abendschule. Im Gegensatz zu ihr lernte sie mit unermüdlichem Eifer und Onkel Friedhelm sagte oft, wie stolz er deshalb auf sie war.

»Ich bin aber schon klug«, schmollte Lotte, wenn Tante Käthe sie zu mehr Fleiß anspornte. Immerhin zählte sie zu den Klassenbesten. Besonders Mathematik lag ihr und war ihr Lieblingsfach, wie auch das von Tante Käthe. Später wollte sie Krankenschwester werden oder vielleicht Bäuerin. Oder doch lieber eine berühmte Ärztin?

Ja, genau, beschloss Lotte, sie würde in die Fußstapfen von Onkel Friedhelm treten und Ärztin werden. Dann fiel ihr noch eine wichtige Frage ein.

»Und wann tut das Joch nicht mehr weh?«

Mama strich ihr zärtlich über den Kopf.

»Vielleicht nie«, sagte sie leise.

Nachwort der Autorin

Das Schicksal der Käthe Klepper beruht leider nur in Teilen auf Fiktion. Zur sogenannten Reinerhaltung der deutschen Rasse rotteten die Nazis von 1934 bis 1945 Menschen mit erblichen Behinderungen systematisch aus, weil ihr Leben und ihre Gene als »unwert« galten. Zu diesem Zweck griffen die Machthaber zu drastischen Maßnahmen. Sie erließen Gesetze zur Verhütung erbkranken Nachwuchses, die Menschen mit einer erblichen Behinderung untersagten, Kinder zu zeugen. Vierhunderttausend Männer und Frauen in Deutschland wurden im genannten Zeitraum auf Beschluss der Erbgesundheitsgerichte unfruchtbar gemacht, darunter nachweislich auch Erbgesunde wie Käthe Klepper. Nicht nur vor Gericht herrschten Willkür und Machtmissbrauch, sondern, wie ein Blick in die Originalakte belegt, die sich auf meiner Webseite (https://www.yasmin-alinaghi.de/a-wie-autorin/romane/unwert/) findet, in der gesamten Gesellschaft. Blinde und taube Menschen meldeten sich unter dem herrschenden Druck teilweise sogar freiwillig. Auch war es keineswegs unüblich, dass der Eingriff bei Frauen im Zuge einer Blinddarmoperation ungefragt »prophylaktisch« mit ausgeführt wurde.

Am 22. März 2018 knüpfte die Partei Alternative für Deutschland im Bundestag mit einer kleinen Anfrage an diesen menschenverachtenden Geist der nationalsozialistischen Rassenlehre an. Sie verlangten von der Bundesregierung Auskunft über Anzahl und Entwicklung von Menschen mit Behinderungen in der Bevölkerung, die auf Vererbung und Migration zurückzuführen sind, und suggerierten damit ein Selbstverschulden. Zudem forderten sie eine Aufstellung der Kosten, die Behinderte im deutschen Staatshaushalt verursachen. Damit versucht die Partei meines Erachtens, den rechtsextremistischen Gedanken vom »unwerten Leben« wieder in die Köpfe eines leider wachsenden Bevölkerungsanteils zu pflanzen. Sozialverbände und Deutscher Ethikrat protestierten empört gegen den Vorstoß der AfD.

Ich möchte mit meinem Roman *Unwert* an die Entmenschlichung und Kriminalisierung der Opfer des Nationalsozialismus erinnern und einen Beitrag leisten, damit sich dieses unrühmliche Kapitel deutscher Geschichte hoffentlich niemals wiederholt.

Quellenverzeichnis

BECK, Christoph, *Sozialdarwinismus – Rassenhygiene Zwangs-sterilisation und Vernichtung »lebensunwerten« Lebens. Eine Bibliographie zum Umgang mit behinderten Menschen im »Dritten Reich« – und heute*, Bonn 1992.

DALICHO, Wilfent, *Sterilisation in Köln auf Grund des Gesetzes zur Verhütung erbkranken Nachwuchses vom 14. Juli 1933 nach den Akten des Erbgesundheitsgerichts von 1934 bis 1943*, Köln 1971.

DAUM, Monika / DEPPE, Hans-Ulrich, *Zwangssterilisation in Frankfurt am Main 1933–1945*, Frankfurt am Main 1991.

FORM, Wolfgang, *Erbgesundheitsgesetz und Blindenstudienanstalt. Die Schülerinnen und Schüler und die Mitarbeiter im Visier der Sozialhygiene*, in: Klaus-Peter Friedrich, *Die blista im Nationalsozialismus. Zur Geschichte der Blindenstudienanstalt Marburg (Lahn) von 1933 bis 1945*, Marburg 2016.

FORM, Wolfgang, *Zwangssterilisation im ehemaligen Regierungs-bezirk Kassel – Opfer, Akteure, Strukturen*, in: Andreas Hedwig / Dirk Petter (Hrsg.), *Schriften des hessischen Staatsarchivs Marburg 35, Auslese der Starken – »Ausmerzung« der Schwachen – Eugenik und NS-»Euthanasie« im 20. Jahrhundert*, Marburg 2017.

HENNIG, Jessika, *Zwangssterilisation in Offenbach*, Frankfurt am Main 2000.

HILDER, Dagmar Juliette, *Zwangssterilisation im National-sozialismus: die Umsetzung des »Gesetzes zur Verhütung erbkranken Nachwuchses« in der Landesheilanstalt Marburg*, Marburg 1996.

LEY, Astrid, *Die NS-Zwangssterilisation nach dem Gesetz zur Verhütung erbkranken Nachwuchses und das Verhalten der Ärzte,* in: Andreas Hedwig / Dirk Petter (Hrsg.), *Schriften des hessischen Staatsarchivs Marburg 35, Auslese der Starken – »Ausmerzung« der Schwachen – Eugenik und NS-»Euthanasie« im 20. Jahrhundert*, Marburg 2017.

SCHMUHL, Hans-Walter, *Rassenhygiene, Nationalsozialismus, Euthanasie. Von der Verhütung zur Vernichtung »lebensunwerten Lebens«*, Göttingen 1987.

SIMON, Jürgen, *Kriminalbiologie und Zwangssterilisation. Eugenischer Rassismus 1920–1945*, Münster 2001.

WESTERMANN, Stefanie, *Verschwiegenes Leid. Der Umgang mit den NS-Zwangssterilisationen in der Bundesrepublik Deutschland*, Köln 2010.